KB107229

모두 다 예쁜 말들

All the Pretty Horses

ALL THE PRETTY HORSES:
The Border Trilogy Volume One
by Cormac McCarthy

세계문학전집 379

모두 다 예쁜 말들

All the Pretty Horses

코맥 매카시

김시현 옮김

민음사

일러두기

본문 중에 나오는 스페인어는 괄호를 사용하여 뜻을 병기했다.

차례

1부

현관에 들어서자 촛불과 거울 속 촛불의 상(相)이 비틀거리다 우뚝 섰다. 문이 닫히자 또다시 비틀거림과 곧추섬이 반복됐다. 그는 모자를 벗고 천천히 앞으로 나아갔다. 부츠 아래에서 마룻바닥이 삐걱댔다. 검은 양복을 입은 그는 시커먼 유리창 앞에서 걸음을 멈추었다. 허리가 잘록한 유리병에서 비스듬히 뻗어 나온 백합이 유리창에 닿을 듯 말 듯했다. 등 뒤 싸늘한 복도에 주르르 걸린 유리 액자 초상화 속의 선조들은 그에게는 벽 아래 좁다란 벽판 위에서 빛나는 촛불만큼이나 희미한 존재였다. 그는 양초 촛농을 내려다보다가 오크 나무 벽판 위에 웅덩이를 이룬 촛농에 엄지손가락을 꾹 눌렀다. 결국 그는 수의의 주름 장식 사이로 푹 꺼지고 일그러진 얼굴을, 누르스름해진 콧수염을, 종이처럼 얇은 눈꺼풀을 보았다. 잠자는 것이 아니었다. 잠자는 것이 아니었던 것이다.

밖은 어둡고 싸늘했지만 바람 한 점 불지 않았다. 멀리서 송아지가 음매거렸다. 그는 모자를 손에 든 채 가만히 서 있었다. 할아버진 저런 머리는 안 하셨잖아요. 그는 말했다.

거실에서 재깍대는 금속 시계 외에는 집 안이 쥐 죽은 듯 고요했다. 그는 현관문을 닫고 집 밖으로 나갔다.

바람 한 점 없는 싸늘한 어둠의 순간, 세상 동쪽 언저리를 따라 가느다란 회색 암초가 뻗어 나오고 있었다. 그는 초원으로 걸어가 사방을 덮은 어둠에게 탄원하듯 모자를 들고 오래도록 서 있었다.

몸을 돌려 걸음을 옮기는데 기차 소리가 들렸다. 그는 발을 멈추고 기차를 기다렸다. 발밑으로 기차가 쿵쿵댔다. 곧 떠오를 태양을 맴도는 상스러운 위성인 양 기차는 멀리 동쪽에서부터 요란하게 짖으며 달려오고, 얽히고설킨 메스키트[1] 덤불을 가르는 전조등의 기다란 불빛은 지독히도 곧은 길을 따라 끝없이 이어진 울타리를 어둠 속에서 드러내는가 하면 줄줄이 늘어선 철조망과 기둥을 다시 후르르 집어삼켜 어둠 속으로 보냈다. 희미하게 드러나는 수평선 위로 기차 연기가 서서히 흩어지며 어둠을 뒤쫓았고, 소리도 느릿느릿 연기를 뒤따랐다. 그는 여전히 모자를 손에 쥔 채 벌벌 떠는 땅 위에 서서 기차가 완전히 사라지는 것을 바라보았다. 그리고 몸을 돌려 집으로 향했다.

---

1) 미국 남서부와 남아메리카에서 자라는 콩과의 식물로, 키가 큰 종은 15미터까지도 자란다.

그가 들어서자 그녀는 스토브에서 고개를 들고 그의 양복을 위아래로 훑었다. 부에노스 디아스, 구아포.(어서 와요, 미남 도련님.) 그녀가 말했다.

그는 문 옆에 주르르 늘어선 비옷과 코트와 마구(馬具) 사이의 빈 못에 모자를 걸고 스토브로 가서 커피 잔을 받아 들고 식탁에 가 앉았다. 그녀는 오븐을 열고 직접 구운 스위트롤을 접시에 얹어 버터용 칼과 함께 그의 앞에 놓았다. 그리고 그의 뒤통수를 쓰다듬고는 스토브로 걸어갔다.

초를 켜 놓아서 고마워요. 그가 말했다.

코모?(뭐라고?)

라 칸델라. 라 벨라.(촛불 말예요. 초.)

노 푸이 요.(내가 켠 게 아니야.)

라 세뇨라?(엄마가?)

클라로.(그럼.)

야 세 레반토?(벌써 일어났단 말이에요?)

안테스 케 요.(나보다 먼저 일어났는걸.)

그는 커피를 마셨다. 햇살이 막 점점이 흩어지는데 아르투로가 집을 향해 걸어왔다.

그는 장례식장에서 아버지를 보았다. 아버지는 울타리 근처 좁다란 자갈길에 혼자 서 있었다. 아버지는 거리에 세워 둔 차로 갔다. 그리고 다시 돌아왔다. 아침에 강한 북풍이 불며 먼지와 함께 눈발이 날리자 여자들이 모자를 꼭 붙잡았다. 무덤 자리 위에 차일을 쳐 두긴 했지만 비스듬히 내리치는 바람에는 아무런 소용이 없었다. 차일이 펄럭이고 목사의 애도문이 바람 소리에 흩어졌다. 장례식이 끝나고 조문객들이 일어서자 캔버스 간이 의자가 비석 사이로 데굴데굴 나뒹굴었다.

저녁에 그는 말에 안장을 얹고 서쪽으로 달렸다. 바람이 잦아들었지만 날씨는 싸늘했고, 태양은 암초 같은 핏빛 구름 아래에서 핏빛 타원형으로 가라앉았다. 그는 늘 달리던 곳으로 말을 몰았다. 카이오와족 인디언 거주지에서 북쪽으로 뻗은 옛 코만치 도로의 서쪽 갈림길이 목장의 서쪽 가장자리를 따라 달리는 그곳, 콘초 강의 북부와 가운데 지류 사이의 저지대 목초지를 넘어 남쪽으로 뻗은 길이 희미하게나마 보이는 그곳. 그는 늘 달리던 시간에 말을 몰았다. 그림자가 길게 드리울 때, 비스듬한 장밋빛 햇살 아래 얼굴에 칠을 하고 긴 머리를 땋아 늘인, 잃어버린 나라의 사내들이 자신들의 삶이 되어 버린 전쟁을 위해 무장을 한 채 색색깔 조랑말을 타고, 여자와 아이들과 아기를 안은 여자들이 피로써 맹세하고 피로써만이 그 맹세를 씻는 옛 시절의 꿈결처럼 옛길이 모습을 드러낼 때. 바람이 북쪽에서 불어오면 말과 말의 숨결과 가죽 편자를 씌운 말의 발굽, 덜걱대는 창, 거대한 뱀이 지나가기라도 한 양 모래 위로 끝없이 자국을 남기는 트래보이[2] 장대, 벌거숭이로 앉아 서커스 기수인 양 뽐내며 야생마를 골리는 소년과 혀를 빼물고 종종걸음으로 따라가는 개, 반쯤 헐벗은 채 무거운 짐을 짊어진 노예, 그리고 특히 말 위에서 나지막이 읊

2) 두 개의 장대를 틀에 붙들어 매어 개나 말이 끌게 하는 운반 용구.

조리는 여행의 노래가 모두 모여 하나의 소리가 되어 들려왔다. 나직이 노래 부르며 광석 찌꺼기가 널린 황무지를 지나 어둠의 방향으로 들어서는 부족과 부족의 유령은 덧없는 현세의 맹렬한 삶을 모든 역사와 모든 유물에 열렬히, 남김없이 빼앗겼다.

그는 얼굴을 구릿빛으로 태우는 태양과 붉은 서풍과 함께 말을 달렸다. 옛 전쟁이 빚은 길을 따라 남쪽으로 향하던 그는 나지막한 언덕에 올라 말에서 내려 고삐를 놓고 홀로 걷다가 무언가의 끝에 다다른 사람처럼 가만히 멈추었다.

덤불에 해묵은 말 두개골이 있었다. 그는 웅크리고 앉아 두개골을 집어 손에 올려놓았다. 부서질 듯한 연약함. 완전히 바랜 백지장 같은 새하얀 색. 그는 기다란 빛살 아래서 웅크린 채 제본이 해져 덜렁덜렁대는 만화책 같은 이빨을 보았다. 이어진 자리가 해진 접골판처럼 닳은 턱관절. 뼈를 뒤집자 뇌가 차 있었을 곳에서 모래가 스르르 흘러내렸다.

그가 말을 좋아하는 이유는 사람을 좋아하는 이유와 똑같았다. 그들에게는 피가 있고 피에는 열기가 있다. 그의 모든 존경과 모든 사랑과 모든 취향은 뜨거운 심장을 향한 것이었고, 그것은 영원히 변함없을 것이었다.

그는 어둠 속에서 다시 말을 몰았다. 말은 속도를 높였다. 그날의 남은 햇살은 뒤쪽 초원 위로 부채가 되어 서서히 퍼져 가다 다시 세상 끝으로 물러나 그림자와 어스름과 냉기의 싸늘한 푸른빛 속으로 움츠러들고, 새의 마지막 재잘거림도 빽빽한 검은 덤불숲에 가로막혔다. 그는 옛길을 되짚어 초원 위의 집으로 향해야 했다. 하지만 전사들은 석기 시대 무기만으로 무장하고 나직이 피의 노래를 부르며 초원을 지나 멕시코를 향해 남쪽으로 힘차게 어둠을 가로질렀을 것이다.

그 집은 1872년에 지어졌다. 그로부터 77년이 지난 후에야 그의 외할아버지가 그 집에서 처음으로 숨을 거둔 사람이 되었다. 과거 그 방에서 관에 누웠던 이들은 모두 문짝에 실려 오거나 마차 덮개에 싸여 오거나 소나무 널빤지로 짠 상자에 담겨 운송되어 트럭 운전사가 문가에서 운임 청구서를 내밀었다. 집으로 오기라도 한 사람이라면 말이다. 선조들 대다수는 죽었다는 말만 소문으로 전해졌을 뿐이다. 누르스름해진 신문지 조각으로. 편지로. 전보로. 원래 목장은 피셔 밀러 증서[3]의 구 모이제바흐 측량[4]에 의하면 1000헥타르 정도였고, 원래의 집은 나뭇가지를 엮어 만든 방 하나짜리 오두막이었다. 1866년의 일이었다. 바로 그해 첫 번째 소 떼가 그 당시나 지금이나 백사르 카운티라고 불리는 곳을 지나 목장의 북쪽 가장자리를 통과해 섬너 요새와 덴버로 향했다. 5년 후 그의 증조부는 같은 길로 수송아지 600마리를 몰고 가 돈을 벌어 지금의 집을 지었는데, 당시 목장은 이미 7000헥타르에 달했다. 1883년 처음으로 가시철조망을 둘렀다. 1886년 버펄로가 사

---

3) 19세기 후반 피셔와 밀러가 발행한 텍사스 특정 지역의 사용권.

4) 초기 독일인의 미국 이민을 담당했던 귀족인 모이제바흐에 의해 실시된 측량.

라졌다. 그해 겨울 대몰살이 있었다.[5] 1889년 콘초 요새가 폐쇄되었다.

그의 외할아버지는 여덟 형제 중 맏이로, 형제 중 유일하게 스물다섯 살을 넘겼다. 다른 형제들은 물에 빠지거나 총에 맞거나 말에 걷어차였다. 어떤 이는 불에 타 죽었다. 그들은 침대에서 죽는 것만 빼고는 세상에 무서운 것이 전혀 없는 듯싶었다. 제일 밑 형제 둘은 1898년 푸에르토리코에서 살해당했는데, 바로 그해에 외할아버지는 결혼하여 아내를 목장으로 데려왔다. 그는 토지를 둘러보며 신의 섭리와 장자 상속법에 관해 깊이 생각해 보았음이 틀림없다. 12년 후 아내가 유행성 독감으로 목숨을 잃었을 때 그들 사이에는 여전히 자식이 없었다. 1년 후 외할아버지는 죽은 아내의 언니와 재혼하여 다시 1년 후 그의 어머니를 낳았으나 다른 자식은 더 이상 없었다. 그래디라는 성은 간이 의자가 거센 북풍에 날려 묘지의 죽은 잔디 위로 데굴데굴 구르던 그날, 그의 외할아버지와 함께 땅에 묻혔다. 소년의 성은 콜이었다. 존 그래디 콜.

그는 세인트앤절러스 현관에서 아버지를 만나 함께 채드본 거리를 걷다가 이글 식당 구석에 자리를 잡았다. 그들이 들어서자 식당에 앉아 있던 사람들 중 몇몇이 대화를 멈추었다. 그들은 소년의 아버지에게 인사를 건넸고, 한 사람은 소년의 이

---

5) 1886년 겨울 텍사스에 극심한 눈보라가 불었으나 짐승들이 울타리에 가로막혀 남쪽으로 이동하지 못해 떼죽음을 당했다.

름을 불렀다.

그곳 여종업원은 손님을 무조건 자기라고 불렀다. 그녀는 주문을 받으며 소년에게 농을 걸었다. 소년의 아버지는 담배를 꺼내 불을 붙인 후, 담뱃갑과 제3 보병사단 지포 라이터를 포개어 탁자에 놓고, 등받이에 기대 담배를 피우며 그를 바라보았다. 소년은 장례식이 끝나고 에드 앨리슨 삼촌과 목사가 모자를 꼭 쥐고 악수를 나누는데 우스꽝스러운 만화에서처럼 바람에 몸이 30도 정도 기울더라고 말했다. 차일이 맹렬하게 펄럭이고 조문객들이 간이 의자를 쫓아 이리저리 뛰어다니는 와중에 삼촌은 목사에게 바짝 얼굴을 들이밀고는, 날이 저물면 날씨가 더 사나워질지도 모르니 아침에 장례식을 하길 잘했다고 외쳐 댔다는 것이었다.

소년의 아버지가 조용히 웃었다. 그러다 기침을 쿨럭였다. 물을 한 모금 마시고는 담배를 피우며 절레절레 고개를 저었다.

버디가 텍사스에 왔을 때 그러던데, 한번은 바람이 멎는 순간 하늘에서 닭들이 우르르 쏟아졌다는군. 아버지가 말했다.

종업원이 커피를 가져왔다. 자기, 커피 나왔어요. 다른 음식도 바로 가져다 드리죠.

그 여자는 샌안토니오에 갔어요. 소년이 말했다.

그렇게 부르지 마라.

엄마 말이에요.

알고 있어.

그들은 커피를 마셨다.

어떻게 할 생각이세요?

뭘 말이냐?

전부요.

네 엄마는 가고 싶은 데로 갈 권리가 있어.

그는 아버지를 바라보았다. 담배 좀 그만 피우세요.

소년의 아버지는 입술을 씰룩하더니 손가락으로 탁자를 두드리며 아들을 바라보았다. 네가 어른이 되면 내가 너한테 어떻게 할지 물을 테니, 그때까지는 나한테 이러쿵저러쿵하지 마라.

네, 아버지.

돈 필요하니?

아니요.

그는 아들을 유심히 바라보았다. 너한텐 별일 없을 거야.

종업원이 그들의 저녁으로 스테이크와 그레이비 소스와 감자와 콩이 담긴 묵직한 도자기 접시를 들고 왔다.

빵은 잠시만 기다리세요.

소년의 아버지는 냅킨을 셔츠에 꽂았다.

제 걱정을 하는 게 아니라요……. 솔직히 말해도 되나요?

소년의 아버지는 나이프로 스테이크를 썰었다. 그럼. 터놓고 말하렴.

종업원이 롤빵 바구니를 테이블에 놓고 갔다. 그들은 먹었다. 소년의 아버지는 그다지 많이 먹지 않았다. 잠시 후 그는 엄지손가락으로 접시를 밀치고는 담뱃갑에서 담배를 꺼내 라이터에 대고 툭툭 두드리다 입에 물고 불을 붙였다.

마음에 있는 말은 담아 두지 말고 모두 해. 젠장. 담배 그만 피우라고 잔소리를 늘어놓아도 좋아.

소년은 대답하지 않았다.

그런 말을 하려는 게 아니라는 거 아시잖아요.

그래. 잘 알아.

로스코는 어때요?

한동안 아무도 로스코를 안 탔단다.

토요일에 함께 말 타러 가요.

그래, 좋아.

바쁜 일이 있으면 굳이 안 가셔도 돼요.

바쁜 일은 무슨.

소년의 아버지는 담배를 피우며 아들을 바라보았다.

가기 싫으시면 굳이 가실 필요 없어요.

가고 싶어.

아버지랑 아르투로 아저씨가 시내로 데리러 오시겠어요?

그래.

몇 시에요?

몇 시가 좋니?

제가 시간을 맞출게요.

8시에 가마.

좋아요.

소년은 고개를 끄덕였다. 그리고 먹었다. 소년의 아버지가 주위를 둘러보았다. 커피를 더 마시려면 대체 누구를 불러야 하는 거야?

그와 롤린스는 말에서 안장을 벗겨 어둠 속에 풀어놓고 안장을 베개 삼아 안장깔개 위에 누웠다. 타오르는 모닥불에서 싸늘한 어둠 속으로 튀어나온 불티가 별 사이를 맹렬히 누벼 댔다. 트럭이 고속도로 위로 요란하게 달리고 도시의 불빛이 25킬로미터 떨어진 북쪽 사막에 반사되어 번쩍였다.

어떻게 할 생각이야? 롤린스가 말했다.

몰라. 아무 생각 없어.

네 속을 모르겠어. 너보다 두 살 위라며. 그런데도 차든 뭐든 없는 게 없다니.

그 사람은 그걸 대수롭지 않게 여긴대. 조금도 말이야.

엄마가 그러디?

아니, 엄마는 아무 말도 안 했어. 무슨 말을 하겠어? 말할 거리가 돼야지.

아무튼 네 속을 모르겠어.

아무 생각 없어.

토요일에 가니?

아니.

롤린스는 셔츠 주머니에서 담배를 꺼내며 일어나 앉아 모닥불 장작으로 담배에 불을 붙였다. 그리고 앉은 채 담배를 피웠다. 나는 절대 여자한테 놀아나지 않을 거야.

롤린스는 부츠 뒤꿈치에 대고 담뱃재를 털었다.

여자는 그럴 가치가 없어. 세상 그 어떤 여자도 말이야.

그는 아무 대꾸도 안 했다. 그러다 입을 열었다. 꼭 그런 것은 아냐.

집에 도착한 그는 말을 쓰다듬어 주고 마구간에 넣은 후 부엌으로 향했다. 루이사는 이미 잠자리에 들었고 집 안은 고요했다. 그는 뜨거운지 보려고 커피포트에 손을 대 본 후 컵에 커피를 따라서 복도로 걸어갔다.

그는 외할아버지의 사무실로 들어가 책상 램프를 켜고 오래된 오크 나무 회전의자에 앉았다. 책상 위에는 건드리면 자동으로 날짜가 넘어가게끔 회전 고리가 설치된 자그마한 황동 달력이 있었다. 달력 날짜는 여전히 9월 13일이었다. 재떨이. 유리 문진. 파머 피드 앤드 서플라이 상표 잉크 압지. 그의 어머니가 다녔던 고등학교 졸업 사진이 끼워진 자그마한 은 액자.

방에서 오래된 시가 냄새가 풍겼다. 그는 작은 황동 램프를 끄고 어둠 속에 묻혔다. 북쪽 창문 너머로 멀어져 가는 초원 위에서 별빛이 반짝였다. 거무스름한 십자형의 낡은 전봇대들이 동에서 서로 달려가는 별자리들과 하나가 되었다. 그의 외할아버지는 코만치[6]가 전선을 잘라다 말 털에 섞어 꼬곤 했다고 말했더랬다. 그는 의자 등받이에 기대어 발을 책상 위에 걸쳤다. 북쪽으로 60킬로미터 지점에서 마른 번개가 내리쳤다. 11시를 알리는 시계 소리가 거실에서부터 복도를 가로질렀다.

그녀가 계단을 내려와 사무실 문가에서 불을 켰다. 가운 차림의 그녀는 양손으로 팔꿈치를 감싸 안았다. 소년은 그녀를 쳐다보고는 다시 창문으로 고개를 돌렸다.

뭐 하니? 그녀가 말했다.

---

6) 아메리칸 인디언의 한 부족.

앉아 있어요.

그녀는 오래도록 서 있었다. 그러다 몸을 돌려 복도를 지나 다시 계단을 올랐다. 방문이 닫히는 소리가 나자 그는 일어나 불을 껐다.

날씨가 아직 따스할 무렵 소년과 소년의 아버지는 얇은 크로셰[7] 커튼이 창가에서 펄럭이는 호텔 방에서 하얀 버들가지 의자에 앉아 커피를 마셨다. 소년의 아버지는 위스키를 약간 탄 커피를 마시고 담배를 피우며 거리를 내다보았다. 석유 탐사 차량들이 전쟁터에라도 다녀온 양 길에 줄줄이 늘어서 있었다.

돈만 있다면 사시겠어요? 소년이 물었다.

돈은 있지만 안 사.

군에서 밀린 월급 말인가요?

아니. 그때 다 받았어.

가장 많이 딴 건 얼마였어요?

알 것 없다. 그런 건 배워 봤자야.

오후에 저랑 체스 두지 않으실래요?

지겨워서 싫어.

포커는 안 지겨우신가 보죠.

그건 달라.

뭐가 다른데요?

돈이 걸려 있잖니.

---

7) 코바늘로 뜬 편물.

그들은 가만히 앉아 있었다.

그 동네엔 아직도 뭉칫돈이 돌고 있어. 작년에 여기 온 I. C. 클라크는 대단한 거물이지.

소년의 아버지는 커피를 마셨다. 그리고 테이블에 놓여 있던 담뱃갑에서 한 개비를 꺼내 불을 붙인 뒤 아들을 바라보다 다시 거리로 고개를 돌렸다. 잠시 후 말했다.

스물두 시간 동안 포커를 쳐서 2만 6000달러를 땄지. 마지막 판에는 4000달러가 걸려 있었어. 휴스턴 출신의 두 녀석이랑 쳤는데, Q트리플[8]로 내가 이겼단다.

그는 고개를 돌려 아들을 바라보았다. 소년은 커피 잔을 입으로 가져가는 중이었다. 소년의 아버지는 창으로 고개를 돌렸다. 그 돈을 남김없이 다 써 버렸지.

제가 어떡해야 할 것 같아요?

선택의 여지가 그다지 없는 것 같구나.

어머니한테 말씀해 주실 거예요?

아니, 그럴 순 없어.

말은 해 줄 수 있잖아요.

우리가 마지막으로 얘기했던 건 1942년 캘리포니아 주 샌디에이고에서였지. 네 엄마 탓이 아니야. 난 더 이상 과거의 내가 아니잖니. 그렇지 않다고 믿고 싶지만 현실이 그래.

본성은 변하지 않는 법이에요. 아버진 여전히 아버지예요.

소년의 아버지가 기침을 쿨럭였다. 그리고 커피를 마셨다.

---

8) 퀸이 석 장 있는 패.

본성이라…….

그들은 오래도록 앉아 있었다.

어머닌 거기서 연극인지 뭔지를 한대요.

그래. 들었다.

소년은 바닥에서 모자를 집어 무릎에 올려놓았다. 그만 가 볼게요.

나도 목장을 꿈꾼 적이 있다는 것 알고 있지?

소년은 창밖을 바라보았다. 네.

나 때문에 슬퍼 마라.

안 그래요.

그래, 그래야지.

할아버지는 절대 포기 안 하셨죠. 포기하면 안 된다고 제게 깨우쳐 주신 분이 바로 할아버지예요. 할아버지는 아버지의 군번 목걸이도 안 받았는데 장례식은 무슨 장례식이냐고 고집하셨어요. 그래서 국방부에서 아비지 옷을 보내 주겠다고 했죠.

소년의 아버지가 웃음 지었다. 옷이야 줘 버리는 게 낫지. 군화 빼고는 맞는 게 없었거든.

할아버진 엄마 아빠가 다시 합칠 거라고 믿었어요.

그래, 그러셨지.

소년은 일어나 모자를 썼다. 이제 가 봐야겠어요.

할아버진 네 엄마를 위해서도 싸우곤 하셨어. 그 연세에 말이다. 누가 네 엄마 흉을 보다 들키기라도 했다간……. 그리 품위 있는 일은 아니었지.

그만 가 볼게요.

그래라.

소년의 아버지는 창턱에서 발을 내렸다. 같이 나가자. 신문 좀 사야겠다.

타일 깔린 로비에서 아버지가 신문의 머리기사를 훑는 동안 소년은 곁에 서 있었다.

셜리 템플이 이혼을 하다니? 아버지가 말했다.

소년은 고개를 들었다. 거리에 초겨울의 어스름이 깔리고 있었다. 이발을 해야겠어요.

아버지는 아들을 바라보았다.

네 기분이 어떨지 알아. 나도 그런 기분이니까.

소년은 고개를 끄덕였다. 소년의 아버지는 다시 고개를 돌려 신문을 접었다.

온유한 자는 땅을 차지한다는 성경 말씀이 아마 맞을 게다. 난 무신론자가 아니야. 그저 종교가 무조건 옳다고 생각하지 않을 뿐이지.

그는 소년을 바라보았다. 그러다 코트 주머니에서 열쇠를 꺼내 소년에게 건넸다.

올라가 봐라. 벽장에 네 선물이 있어.

소년은 열쇠를 받아 들었다. 뭔데요?

그냥 너 주려고 마련한 거야. 크리스마스에 주려고 했는데 그러자니 좀이 쑤셔서.

네, 아버지.

게다가 너도 기운 좀 차려야 할 것 같고 해서. 열쇠는 내려와서 프런트에 맡겨라.

네, 아버지.

그럼 다음에 보자.

올라가 볼게요.

소년은 다시 승강기를 타고 올라가 복도를 지나 문에 열쇠를 꽂고 방 안에 들어가 벽장을 열었다. 벽장 바닥에는 지저분한 셔츠 더미와 부츠 두 켤레 옆에 햄리 회사에서 나온 폼피터형 안장[9]이 놓여 있었다. 그는 안장 머리를 잡고 들어 올린 후 벽장 문을 닫고서 안장을 침대에 휙 던져 놓고 바라보았다.

죽이는걸.

소년은 열쇠를 프런트에 맡기고 어깨에 안장을 짊어진 채 성큼성큼 거리로 나섰다.

그는 남쪽 콘초 거리를 내려가다 발을 멈추고 안장을 휙 내려놓았다. 막 어둠이 내려앉았고 가로등에 불이 켜졌다. 첫 차가 달려왔다. A형 포드 트럭 몸체가 옆으로 4분의 1쯤 돌아간 채 끼익 하고 미끄러지더니 운전사가 손을 뻗어 창문을 약간 내린 후 위스키에 취한 목소리로 고함쳤다.

어이 카우보이, 안장은 얼른 짐칸에 처넣고 올라타라.

네, 아저씨.

다음 주에는 내내 비가 내리다가 갰다. 그리고 다시 내렸다. 비는 드넓게 펼쳐진 단단한 초원 위에 사정없이 내리꽂혔다. 크

---

9) 안장 뒷부분을 높여 기수가 말에서 떨어지는 것을 방지한 디자인.

리스토벌에서 다리가 물에 잠겨 고속도로가 끊겼다. 샌안토니오에서 홍수가 났다. 그는 외할아버지의 비옷을 입고 알리샤 목초지에서 말을 달렸다. 목초지 남쪽 울타리에 물이 철조망 꼭대기까지 차올랐다. 고립된 소들은 처량맞은 눈길로 소년을 바라보았고, 그의 말 레드보는 소들을 처량하게 쳐다보았다. 그는 발꿈치로 말의 옆구리를 꽉 조였다. 달려. 지면 안돼.

그녀가 떠나 있는 동안 그와 루이사와 아르투로는 부엌에서 식사를 했다. 그는 저녁을 먹은 후 도로까지 걸어가 차를 얻어 타고 시내로 가 어슬렁어슬렁 돌아다니거나 보리가드 거리의 호텔 앞에서 4층을 올려다보곤 했다. 얇은 커튼 뒤로 아버지나 아버지의 그림자가 실내 사격장의 곰 모양 철판 표지판처럼 끊임없이 오갔다. 다만 아버지는 철판 곰보다 느리고 수척한 데다 고뇌에 사로잡혀 있었다.

그녀가 돌아오자 두 사람은 다시 기다란 호두나무 식탁의 양 끝에 앉아 루이사의 시중을 받으며 식사했다. 루이사는 마지막 음식을 내온 후 문가에 가 섰다.

알고 마스, 세뇨라?(마님, 더 필요한 것은 없습니까?)

노, 루이사. 그라시아스.(됐어, 루이사. 수고 많았어.)

부에나스 노체스, 세뇨라.(그만 가 보겠습니다.)

부에나스 노체스.(그래, 들어가 쉬어.)

문이 닫혔다. 시계가 째깍거렸다. 소년이 고개를 들었다.

제가 목장을 임대할게요.

목장을 임대하겠다고?

네.

그 얘기는 더 이상 하지 말자고 했던 것 같은데.

이건 다른 얘기예요.

같은 얘기야.

수익은 전부 어머니한테 드릴게요. 어머니 마음대로 쓰셔도 좋아요.

수익이라. 뭘 몰라도 한참 모르는구나. 남는 게 있어야지. 지난 20년간 목장 수익금으로는 유지비도 대기 힘들었어. 전쟁이 있기 전부터도 백인들은 모조리 목장을 떠나갔지. 게다가 이제 겨우 열여섯 살인 네가 무슨 수로 목장을 꾸려 가겠니?

할 수 있어요.

억지는 그만 부려. 학교도 가야 하잖니.

어머니는 냅킨을 식탁에 올려놓더니 의자를 밀치고 일어나 식당에서 나갔다. 그는 앞에 놓인 커피 잔을 와락 밀쳤다. 그러곤 등받이에 등을 기댔다. 맞은편 찬장 위에 말을 그린 유화가 걸려 있었다. 눈을 부릅뜬 여섯 마리의 말들이 기다란 갈기를 휘날리며 장대 울타리를 빠져나가고 있었다. 그것은 어느 책의 삽화를 모사한 그림이었다. 말들은 안달루시아[10] 토종말처럼 주둥이가 길었는데, 얼굴 골격으로 보아 바르바리[11] 산 혈통임이 분명했다. 앞장선 몇 마리는 뒷다리와 궁둥이가 보였는데, 듬직하고 실한 것이 소몰이 말로 손색이 없었다. 스틸더스트[12]의 피라도 이어받은 듯싶었다. 하지만 나머지 부위

10) 스페인 최남단 지역.

11) 북아프리카의 지중해 연안 지역을 가리키는 옛 이름.

12) 19세기 텍사스의 전설적인 말.

로는 어느 품종인지 도저히 알 길이 없었는데, 그렇게 생긴 말은 아예 본 적이 없었다. 한번은 외할아버지에게 저 말이 무슨 종이냐고 물었더니, 할아버지는 고개를 들어 처음 본다는 듯이 그림을 바라보다가 그림책 말이라고 대꾸하고는 다시 식사를 계속했다.

그는 1층과 2층 사이 중간 층으로 연결된 계단을 올라 프랭클린이라는 이름이 둥그렇게 쓰인 자갈 무늬 유리문 앞에서 모자를 벗고 손잡이를 돌려 안으로 들어갔다. 여자가 책상에서 고개를 들었다.

프랭클린 씨를 뵈러 왔습니다.

예약은 했니?

아니요. 하지만 저를 아세요.

이름이 어떻게 되지?

존 그래디 콜이에요.

잠깐만.

여자는 사무실로 들어갔다. 잠시 후 여자가 나오더니 고개를 끄덕였다.

그는 일어나 사무실로 들어갔다.

어서 오렴. 프랭클린이 말했다.

그는 앞으로 다가갔다.

여기 앉아라.

그는 의자에 앉았다.

소년이 용건을 말하자 프랭클린은 등받이에 등을 기대고

창밖을 바라보았다. 그는 고개를 저었다. 그리고 몸을 돌려 책상 위에 손을 포갰다. 우선, 난 자네에게 솔직히 충고할 입장이 못 돼. 이걸 두고 이해관계의 상충이라고 하지. 고작 말할 수 있는 거라야 그 땅은 자네 어머니 소유이고, 자네 어머니 마음대로 처분할 수 있다는 것뿐이야.

전 전혀 권리가 없군요.

자넨 미성년자잖나.

아버지는요?

프랭클린은 다시 등받이에 등을 기댔다. 미묘한 상황이지.

아직 이혼하지 않으셨잖아요.

아니, 이혼했어.

소년이 고개를 들었다.

공문서에 기록된 사항이니 굳이 비밀로 할 건 없겠지. 서류 정리도 다 끝났고.

언제요?

3주 전에.

소년은 고개를 숙였다. 프랭클린은 그를 유심히 바라보았다.

자네 외할아버지가 돌아가시기 직전에 그랬지.

그는 고개를 끄덕였다. 무슨 말인지 알겠어요.

유감스럽지만 이건 사업상의 문제야. 그렇게 한 게 당연하다고 생각해.

어머니한테 말씀 좀 해 주시겠어요?

이미 말했네.

뭐라시던가요?

뭐라고 했느냐는 전혀 중요치 않아. 뭐라 했든 마음을 바꾸지 않을 테니까.

소년은 고개를 끄덕였다. 그러곤 모자를 내려다보았다.

서부 텍사스 목장에서 소를 키우며 사는 게 죽어서 천국에 가는 것 다음으로 멋진 일이라고 누구나 믿는 건 아니잖나. 자네 어머니는 거기서 살기 싫어해. 그뿐이야. 수익이라도 많이 난다면 모를까. 하지만 그렇지도 않으니.

수익이 날 수도 있죠.

그 얘기는 그만하지. 아무튼 자네 어머니는 젊어. 사람들이랑 어울려 지내고 싶은 것도 당연해.

서른여섯 살인걸요.

변호사는 등받이에 등을 기댔다. 그리고 몸을 살짝 틀어 집게손가락으로 아랫입술을 톡톡 두드렸다. 모두 자네 아버지 잘못이야. 내미는 대로 무턱대고 서명하더니. 전문가의 의견을 들어 보지도 않더군. 젠장, 내가 무슨 수로 돕겠나? 따로 변호사를 구하라고 그렇게 말했는데. 어디 말하기만 했어? 완전히 빌다시피 했다네.

네, 알고 있어요.

참, 병원엔 그만 다닐 거라더군.

소년은 고개를 끄덕였다. 시간 내 주셔서 감사합니다.

좋은 소식을 못 전해 주어서 미안하구나. 다른 사람한테 조언을 구해 보는 게 좋을 거야.

괜찮아요.

오늘 학교는 왜 안 갔니?

그냥 안 갔어요.

변호사는 고개를 끄덕였다. 그래.

소년은 일어나 모자를 썼다. 감사합니다.

변호사도 일어났다.

세상에는 어쩔 수 없는 일도 있기 마련이야. 이번 일도 그런 일 중 하나인 거고.

네.

크리스마스 이후 그녀는 늘 집에 없었다. 그와 루이사와 아르투로는 부엌에 앉아 있었다. 루이사는 그 말만 나오면 울음을 터트렸기 때문에 그들은 그 얘기를 아예 입에 담지 않았다. 아무도 루이사의 어머니에게 사실을 말할 수가 없었다. 그녀는 20세기가 되기도 전부터 이 목장에서 살고 있었다. 결국 아르투로가 말을 했다. 루이사의 어머니는 유심히 듣더니 고개를 끄덕이고 얼굴을 돌렸다. 그뿐이었다.

아침에 소년은 깨끗한 셔츠와 양말 한 켤레와 칫솔과 면도기와 면도솔을 넣은 가죽 가방을 들고 길옆에 서 있었다. 가방은 외할아버지의 것이었고, 담요로 안감을 댄 코트는 아버지의 것이었다. 첫 번째 차가 지나가다 멈추었다. 그는 차에 올라타 가방을 바닥에 내려놓고 두 손을 무릎 사이에 넣어 비볐다. 운전사가 소년 쪽으로 팔을 뻗어 문을 쾅 닫은 뒤 기다란 기어를 1단에 놓고 차를 출발시켰다.

문이 말썽이야. 어디로 가니?

샌안토니오에요.

난 텍사스 주 브래디까지 간단다.

태워 주셔서 고맙습니다.

소를 사러 가는 길이니?

네?

사내가 가죽 끈과 황동 자물쇠가 달린 가방을 향해 고갯짓했다. 소를 사러 가느냐고.

아니에요. 저건 그냥 가방으로 쓰는 거예요.

혹시 소를 사러 가는가 했지. 거기서 얼마나 서 있었니?

몇 분 정도요.

사내가 희미하게 오렌지색으로 빛나는 계기판의 플라스틱 손잡이를 가리켰다. 저 안에 히터가 설치되어 있는데, 별 소용이 없어. 열기가 느껴지니?

네, 아저씨. 딱 좋은데요.

그가 불길한 회색빛 새벽을 향해 고개를 끄덕였다. 그리고 소년 앞으로 천천히 손을 뻗어 뭔가를 가리켰다. 저것 보이니?

네.

그는 고개를 절레절레 저었다. 겨울이라면 딱 질색이야. 대체 겨울이 무슨 쓸모가 있는지 모르겠어.

그는 존 그래디를 바라보았다.

말이 별로 없구나.

그런 편이죠.

훌륭한 장점이야.

약 두 시간 후 그들은 브래디에 이르렀다.

사내는 시내를 지나쳐 도시의 반대편 외곽 지역에 그를 내려 주었다.

프레더릭스버그에 가거든 87번가에서 묵어라. 오스틴에서는 290번가에 얼씬도 하지 말고. 내 말 알겠니?

네, 아저씨. 정말 감사합니다.

그가 문을 닫자 사내는 고개를 끄덕이며 한 손을 들어 보이고는 차를 돌려 왔던 길을 되돌아갔다. 그다음 차가 지나가다 멈추자 그는 차에 올라탔다.

어디까지 가니? 사내가 물었다.

그들이 샌사바를 지날 때 눈이 내리더니 에드워즈 고원에서도 계속 내려 밸컨스에서는 석회암을 온통 하얗게 뒤덮었다. 그는 자동차 와이퍼가 오갈 때마다 앞 유리에서 회색 눈 조각이 너울대는 것을 바라보았다. 아스팔트 가장자리를 따라 반투명한 눈 더미가 쌓이고, 페더날레스에서는 다리 위에 얼음이 깔렸다. 녹색 강물은 강기슭의 거무스름한 나무들을 스치며 어기적어기적 미끄러져 갔다. 도로 가에 메스키트와 겨우살이가 어찌나 무성한지 꼭 라이브오크 나무 같았다. 사내는 등을 잔뜩 구부린 채 운전대를 쥐고는 나직이 휘파람을 불었다. 그들은 맹렬한 눈보라를 뚫고 오후 3시에 샌안토니오에 도착했다. 그는 사내에게 감사하며 차에서 내려 길을 걷다가 처음 마주친 식당에 들어가 바에 앉았다. 가방을 옆 의자에 올려놓고 받침대에서 자그마한 종이 메뉴판을 꺼내 펼쳐보다가 벽에 걸린 시계를 돌아보았다. 여종업원이 그 앞에 물컵을 갖다 놓았다.

샌앤젤로랑 시간대가 같나요?[13)]

그렇게 물어볼 줄 알았어. 척 보고 눈치챘지.

모르시나요?

내 평생 텍사스 주 샌앤젤로에는 발도 들여놓은 적이 없어.

치즈버거랑 초코우유 주세요.

로데오를 하러 왔니?

아니요.

같은 시간대야. 바 저쪽에 앉아 있던 사내가 말했다.

소년은 그에게 감사를 표했다.

같은 시간대지. 같은 시간대야. 사내가 되풀이해 말했다.

종업원이 주문서에 주문을 적다가 고개를 들었다. 꼭 해내고 말 테야. 소년이 말했다.

그는 눈을 맞으며 여기저기 돌아다녔다. 어둠이 일찍 내렸다. 그는 코머스 거리의 다리에서 눈이 강물 속으로 사라지는 것을 바라보았다. 길에 세운 차 위로 눈이 쌓이고, 어두컴컴한 거리에 지나가는 차라고는 택시나 트럭 몇 대뿐이었다. 차 전조등 불빛이 느릿느릿 눈을 가르고 타이어가 뽀드득뽀드득 눈을 밟았다. 그는 마틴 거리의 YMCA에 2달러짜리 방을 잡고 2층으로 올라갔다. 부츠를 벗어 난방기 위에 올려놓고 양말도 그 옆에 늘어놓고는 코트를 옷걸이에 건 다음 침대에 큰대 자로 누워 모자로 눈을 가렸다.

---

13) 미국 본토에는 표준 시간대가 네 개 있고, 서쪽에서 동쪽으로 갈수록 시간이 한 시간씩 빨라진다.

8시 십 분 전에 소년은 깨끗한 셔츠를 입고 손에 돈을 쥔 채 매표소 앞에 서 있었다. 그는 2층 특별석 세 번째 줄 표를 주문하고 1달러 25센트를 냈다.

여긴 처음 와 봐요.

좋은 자리야. 여직원이 말했다.

그는 여직원에게 고맙다고 말하고 안으로 들어가 안내인에게 표를 내밀었다. 안내인은 그를 붉은 카펫이 깔린 계단 너머로 안내하고 표를 돌려주었다. 자리에 앉은 소년은 모자를 무릎에 올려놓고 기다렸다. 극장이 반은 텅 비어 있었다. 조명이 어두워지자 그의 주변에 있던 사람들 몇몇이 일어나 앞자리로 옮겨 갔다. 그때 커튼이 올라가고 소년의 어머니가 무대 위에 난 문으로 들어와 의자에 앉은 여자에게 말을 건넸다.

휴식 시간에 그는 모자를 쓰고 로비로 내려가 금빛으로 바른 휴게실에서 한 발을 뒤쪽 벽에 기댄 채 담배를 말아 피웠다. 다른 관객들이 힐끔거리는 것이 느껴졌다. 그는 바짓가랑이 한쪽을 조금 접어서 그곳에 대고 부드럽고 하얀 담뱃재를 가끔씩 털었다. 부츠를 신고 모자를 쓴 남자들 몇 명에게 품위 있게 고개를 끄덕여 인사를 나누었다. 잠시 후 로비의 불이 다시 어두워졌다.

그는 빈 앞자리 등받이에 팔꿈치를 얹고 손목에 턱을 괸 채 아주 진지하게 연극을 관람했다. 연극을 통해 현재 세상이나 앞으로의 세상에 대해 알 수 있으리라 생각했지만 그것은 헛된 기대였다. 얻은 것은 전혀 없었다. 불이 켜지자 박수가 터지고, 소년의 어머니가 여러 번 앞으로 나와 인사하고 나서 출연자들이 모두 무대에 올라와 손에 손을 잡고 인사한 다음에야 막이 완전히 내렸고, 관객들이 일어나 복도를 올라갔다. 그는 텅 빈 극장에 오래도록 앉아 있었다. 그러다 일어나 모자를 쓰고 추위 속으로 걸어 들어갔다.

아침을 먹으러 밖으로 나가니 여전히 주변은 어슴푸레했고 기온은 영하 18도에 이르렀다. 트래비스 공원에 눈이 15센티미터쯤 쌓였다. 문을 연 식당은 멕시코 식당밖에 없었다. 그는 우에보스 란체로스[14]와 커피를 주문하고는 신문을 살폈다. 신문에 어머니에 대한 기사가 있으리라 생각했지만 보이지 않았다. 식당에 손님이라고는 소년뿐이었다. 종업원은 어린 소녀였고, 그를 유심히 살폈다. 그녀가 음식을 가져오자 그는 신문을 옆에 놓고 컵을 내밀었다.

마스 카페?(커피 더 드릴까요?)

시, 포르 파보르.(네, 더 주세요.)

그녀는 커피 주전자를 들고 돌아왔다. 하세 무초 프리오.(날씨가 정말 춥죠.)

바스탄테.(그만 됐어요.)

그는 옷깃을 세워 바람을 막고 코트 주머니에 손을 넣고서 브로드웨이 거리를 올라갔다. 그러다 멩거 호텔 로비로 들어가 의자에 발을 꼬고 앉아 신문을 읽었다.

소년의 어머니는 9시 무렵 로비로 내려왔다. 그녀는 정장에

---

14) '목동의 달걀'이라는 뜻의 멕시코 음식. 달걀, 토마토, 옥수수 빵 등으로 만든다.

코트를 걸친 남자와 팔짱을 낀 채 호텔을 나가 택시를 탔다.

소년은 오래도록 앉아 있었다. 그러다 일어나 신문을 접고 프런트로 향했다. 직원이 그를 바라보았다.

콜 부인 계십니까?

콜 부인 말씀인가요?

네.

잠시만요.

직원은 몸을 돌려 숙박부를 확인했다. 그리고 고개를 저었다. 아니요, 콜 부인이라는 분은 안 계십니다.

감사합니다.

그들이 마지막으로 함께 말을 탄 것은 날씨가 풀려 길가에 노란 멕시칸햇[15]이 만발한 3월 초의 어느 날이었다. 그들은 차로 맥컬로까지 간 후 차에서 말을 내려 그레이프 개천을 따라 가운데 목초지를 달리다가 야트막한 구릉지로 들어섰다. 맑고 푸른 개천 바닥에 깔린 자갈 더미에서 기다란 이끼가 나부꼈다. 그들은 메스키트와 노팔 선인장이 자라는 탁 트인 초원을 느긋이 달려 톰그린 카운티에서부터 콕 카운티까지 가로질렀다. 스쿠노버 옛길을 지나, 어두운 빛깔의 화성암 위로 개잎갈나무가 여기저기 자라는 울퉁불퉁한 언덕을 넘자, 150킬로미터 북쪽으로 조그마하게 보이는 푸른 산맥 머리에

15) 북미 전역에서 널리 자라는 국화과의 식물로, 꽃이 멕시코 모자와 유사하게 생겼다.

눈이 쌓여 있었다. 그들은 온종일 거의 아무 말도 안 했다. 안장 앞쪽으로 조금 쏠려 앉은 소년의 아버지는 안장 머리 5센티미터 위에서 한 손으로 고삐를 쥐고 있었다. 부서질 듯 여윈 몸은 옷 속에서 길을 잃었다. 움푹 들어간 두 눈은 저 앞의 세상이 변해 버렸다는 듯, 혹은 다른 곳에서 목격했던 것들로 인해 저 앞의 세상까지 의심스럽다는 듯 그 일대를 둘러보았다. 마치 다시는 그곳을 볼 수 없다는 듯이. 더 끔찍하게는 이제야 그곳을 보았다는 듯이. 예전이나 앞으로나 언제나 변함없을 듯이. 아버지보다 약간 앞쪽에 멈추어 선 소년은 그 땅이 본디 자신의 땅이었으며 자신이 곧 그 땅이라는 듯, 더구나 악의나 불운으로 말이 없는 기묘한 땅에 태어났다 하더라도 기필코 말을 찾아내고 말겠다는 듯 말 위에 앉아 있었다. 그는 올바른 세상이 되는 데 필요한 무언가가 혹은 자신이 세상에 올바로 서기 위해 필요한 무언가가 빠져 있음을 알고 있었고, 그것을 찾기 위해 언제까지고 방랑할 것이며, 우연히 마주친다면 그것이 바로 자신이 찾던 것임을 깨달을 것이고, 그 깨달음은 옳을 것이었다.

오후에 버려진 목장을 지나던 그들은 오랫동안 그 고장에서 볼 수 없었던 철조망 잔해를 매달고서 아무런 쓸모 없이 메사[16]의 돌밭 사이에 버티고 서 있는 울타리 기둥을 보았다. 옛날 옛적의 소초병 막사. 낡은 목재 풍차에서 떨어진 나뭇조각들이 돌밭에 널려 있었다. 그들은 계속 달렸다. 그러다 웅덩

16) 꼭대기가 평평하고 주위가 급경사를 이룬 탁자 모양의 지형.

이 밖으로 오리를 내몰았고, 저녁에 나지막한 구릉지와 붉은 흙 천지의 범람지를 통과해 로버트리 마을로 들어섰다.

그들은 사람이 다 지나가기를 기다린 후 천천히 널다리를 건넜다. 다리 아래로 시뻘건 진흙탕이 흘렀다. 그들은 코머스 거리에서 7번 거리로 꺾었다 다시 오스틴 거리로 접어들어 은행을 지나 말에서 내려 식당 앞에 말을 묶고 안으로 들어갔다.

식당 주인이 주문을 받으러 다가왔다. 주인은 그들의 이름을 부르며 인사했다. 소년의 아버지가 메뉴판에서 고개를 들었다.

어서 주문해라. 아저씨가 몇 시간이고 서 있을 수는 없잖니.

아버진 뭘 드실 거예요?

나는 파이랑 커피나 좀 먹어야겠다.

파이가 뭐 뭐 있어요? 소년이 물었다.

주인이 카운터로 고갯짓을 했다.

가서 고르렴. 많이 출출할 텐데. 소년의 아버지가 말했다.

그들이 주문을 마치자 주인은 커피를 가져다주고 카운터로 돌아갔다. 소년의 아버지가 셔츠 주머니에서 담배를 한 대 꺼냈다.

말을 맡기는 건 생각해 보았니?

네.

윌리스라면 네가 마구간을 청소하는 조건으로 네 말을 맡아 줄지도 몰라. 한번 부탁해 보렴.

별로 좋아하지 않을 거예요.

누가? 윌리스가?

아뇨. 레드보가요.

소년의 아버지는 담배를 피웠다. 그리고 그를 바라보았다.

바넷 씨네 딸하고는 여전히 만나니?

그는 고개를 저었다.

찬 거니, 차인 거니?

모르겠어요.

차인 모양이구나.

그런 셈이죠.

소년의 아버지는 고개를 끄덕였다. 그리고 담배를 피웠다. 밖에서 두 사람이 말을 타고 지나가자 그들은 기수와 말을 자세히 살폈다. 소년의 아버지는 오래도록 커피를 저었다. 블랙이라 저을 필요가 없었는데도. 그는 담배를 피우며 티스푼을 종이 냅킨 위에 내려놓고 잔을 들어 바라보다 입에 가져갔다. 그리고 아무 볼거리가 없는데도 계속 창밖만 내다보았다.

네 엄마와 나는 맘이 잘 맞지 않았어. 둘 다 말을 좋아하니까 그것으로 됐다고 생각했지. 내가 멍청했던 거야. 네 엄마가 아직 어리니 언젠가 생각이 바뀌리라 믿었지만, 나이가 들어도 여전했어. 어쩌면 내 생각이 잘못되었는지도 몰라. 단순히 전쟁 때문만은 아니야. 우리가 결혼한 건 전쟁이 나기 10년 전이야. 네 엄마는 여길 떠났지. 널 낳고 6개월 뒤에 떠났다가 네가 세 살이 되었을 때 돌아왔어. 너도 조금은 들어서 알고 있겠지. 내가 그 일을 말 안 한 건 내 실수야. 우리는 떨어져 지냈어. 네 엄마는 캘리포니아에 있었지. 루이사가 널 돌봤어.

아부엘라[17]하고 말이다.

그는 소년을 쳐다보다 다시 창밖으로 고개를 돌렸다.

네 엄마는 나랑 같이 가고 싶어 했어.

왜 같이 안 가셨어요?

갔더랬어. 하지만 계속 있을 수가 없었어.

소년은 고개를 끄덕였다.

네 엄마는 나 때문이 아니라 너 때문에 돌아왔어. 그 말을 꼭 해 주고 싶었단다.

그랬군요.

가게 주인이 소년의 저녁 식사와 파이를 들고 왔다. 소년은 소금 통과 후추 통으로 손을 뻗었다. 소년은 고개를 들지 않았다. 가게 주인이 커피 주전자를 들고 와 잔에 커피를 채우고 돌아갔다. 소년의 아버지가 담배를 비벼 끄고 포크로 파이를 찍었다.

엄마는 나보다도 더 오래 네 곁에 있을 거야. 서로 친해지면 좋겠구나.

소년은 대답하지 않았다.

내가 지금 살아 있는 것도 다 네 엄마 덕분이야. 고시에 있을 때 네 엄마랑 몇 시간이나 얘기를 나눴단다. 네 엄마는 마치 무엇이든 할 수 있는 사람 같았지. 나는 살아남지 못할 것 같은 전우들에 대해 얘기하며 그들을 위해 기도하고 그들을

17) 스페인어로 '할머니'라는 뜻. 여기에서는 루이사의 어머니를 부르는 애칭이다.

돌봐 달라고 부탁했어. 개중 몇몇은 완전히 회복했지. 그때 내가 좀 제정신이 아니었어. 내내 그랬던 건 아니고 그때 순간적으로 정신이 나갔던 거야. 하지만 네 엄마가 없었더라면 난 결코 회복하지 못했어. 무슨 수로 회복하겠니. 이 얘기는 아무한테도 안 했단다. 심지어 네 엄마도 모르고 있어.

소년은 음식을 먹었다. 밖이 점점 어두워졌다. 소년의 아버지는 커피를 마셨다. 그들은 아르투로가 트럭을 몰고 오기를 기다렸다. 소년의 아버지가 마지막으로 한 말은 이 고장이 완전히 변해 버렸다는 것이었다.

사람들이 불안해해. 200년 전의 코만치나 마찬가지 신세지. 백주 대낮에 뭐가 나타날지 아무도 몰라. 심지어 그것이 무슨 색일지조차도.

그날 밤은 포근했다. 그와 롤린스는 도로에 드러누워 아스팔트에서 올라오는 열기를 느끼며 하늘의 기다란 검은 경사를 따라 떨어지는 별들을 바라보았다. 멀리서 문이 쾅 닫히는 소리가 났다. 고함 소리. 산속 어딘가에서 코요테가 남쪽을 향해 울부짖다 뚝 멈추었다. 그리고 다시 울부짖었다.

널 부르는 소리 아냐? 그가 말했다.

아마 그럴걸.

그들은 새벽에 재판을 기다리는 포로인 양 아스팔트에 누워 있었다.

아버지한테 말했니? 롤린스가 물었다.

아니.

말할 거야?

그래 봤자 무슨 소용이겠어?

언제 떠나야 하지?

6월 1일자로 계약이 시작돼.

그때까지는 여기 있을 수 있겠네.

뭐 하러?

롤린스가 한쪽 부츠 뒤꿈치를 다른 쪽 부츠 앞꿈치에 괴었다. 하늘을 향해 걸음을 떼기라도 하듯. 우리 아빠는 열다섯 살에 가출했지. 안 그랬으면 난 앨라배마에서 태어났을 거야.

아예 태어나지도 못했을걸.

어째서?

네 아빠가 무슨 수로 샌앤젤로에 사는 네 엄마를 만났겠어?

누구든 만났을 것 아냐.

네 엄마도 마찬가지지.

그래서?

그럼 넌 못 태어나는 거지.

무슨 헛소리야. 난 어디에서든 태어났을 거야.

어떻게?

못 태어날 건 또 뭐냐?

네 엄마는 다른 남자와 아기를 가지고, 네 아빠는 다른 여자와 아기를 가진다면 어느 아기가 너겠니?

양쪽 다 아니겠지.

거 봐.

롤린스는 별을 바라보다 잠시 후 말했다. 그래도 태어났을 거야. 아마 외모 같은 거야 다르겠지. 신께서 내가 태어나기를 바라셨으니 당연히 태어날 것 아냐.

신께서 안 바라시면 못 태어나고 말이지.

너 때문에 괜히 머리만 아프잖아.

그러게. 내 머리까지 아픈걸.

그들은 별을 바라보았다.

그래서 결론이 뭐야? 그가 물었다.

몰라.

저런.

만약 네가 앨라배마에서 태어났다면 피치 못할 사정으로 가출해서 텍사스로 왔을 거야. 하지만 텍사스에서 태어났다면…… 나도 모르겠다. 여길 떠날 이유야 네가 나보다 많잖아.

네가 여기 있어야 할 이유는 대체 뭔데? 누가 죽어서 너한테 뭐라도 물려준대?

당연히 아니지.

그래. 아니 다행이군.

문이 쾅 닫혔다. 다시 고함 소리가 들렸다.

들어가 봐야겠어. 롤린스가 일어나 한 손으로 엉덩이를 퍽퍽 털고 모자를 썼다.

내가 안 간다고 해도 떠날 생각이야?

존 그래디는 일어나 앉아 모자를 썼다. 난 벌써 떠났는걸.

그는 그녀를 시내에서 마지막으로 보았다. 그가 노스 채드본 거리의 컬런 콜 씨네 가게에서 부러진 재갈을 용접한 뒤 투

히그 거리를 지나는데 그녀가 캑터스 약국에서 나왔다. 그는 거리를 건너다 자신을 부르는 소리에 멈추어 서서 그녀가 다 가오기를 기다렸다.

왜 요즘 날 피하는 거야? 그녀가 말했다.

그는 그녀를 바라보았다. 일부러 그러는 건 아니야.

그녀는 그를 유심히 살폈다. 감정은 못 속여.

그것 참 굉장하군.

좋은 친구로 남을 줄 알았는데.

그는 고개를 끄덕였다. 괜찮을 거야. 좀 있으면 여길 떠날 텐데, 뭐.

어디로 가는데?

말해 줄 수 없어.

왜?

그냥 안 돼.

그는 그녀를 바라보았다. 그녀는 그의 얼굴을 유심히 뜯어보고 있었다.

너랑 나랑 여기서 얘기하는 걸 그 애가 보면 뭐라 안 할까?

걔는 질투심이 별로 없는 편이야.

잘됐다. 정말 좋은 장점이야. 화낼 일이 별로 없겠군.

무슨 뜻이야?

별 뜻 없이 한 말이야. 이만 가 볼게.

날 미워하지?

아니.

날 싫어하잖아.

그는 그녀를 바라보았다. 그만 좀 해. 그게 그거잖아? 꺼림칙한 게 있으면 탁 터놓고 말해. 나도 그럴 테니.

네가 퍽도 그러겠다. 아무튼 난 꺼림칙한 것 없어. 그냥 우리가 친구로 지냈으면 할 뿐이야.

그는 고개를 저었다. 메리 캐서린, 그건 그냥 하는 말이야. 이만 가 봐야겠어.

그냥 하는 말이면 어때? 원래 말이란 게 다 그렇잖아?

다 그런 건 아니야.

정말 샌앤젤로를 떠날 거니?

그래.

하지만 다시 돌아올걸.

글쎄.

너한테 나쁜 감정은 전혀 없어.

나쁜 감정을 가질 이유도 없잖아.

그녀는 그의 시선을 따라 거리 위쪽으로 고개를 돌렸지만 볼거리라고는 눈에 띄지 않았다. 그녀가 다시 고개를 돌렸을 때 그는 그녀의 눈을 마주 보았다. 설령 눈이 촉촉이 젖어 있다 하더라도 그것은 그저 바람 때문이었다. 그녀가 손을 내밀었다. 처음에 그는 그녀가 왜 그러는지 알지 못했다.

행운을 빌어. 그녀가 말했다.

그는 그녀의 손을 잡았다. 익숙한 작은 손을. 여자와 악수하는 것은 그때가 처음이었다. 몸조심해. 그녀가 말했다.

고마워. 걱정 마.

그는 뒷걸음치며 모자챙에 손을 살짝 갖다 대고는 뒤돌아 걸어갔다. 돌아보지는 않았지만 맞은편 연방정부 건물 유리창에 그녀의 모습이 비쳤다. 그가 모퉁이를 돌아 그 유리창을 영원히 벗어날 때까지 그녀는 가만히 서 있었다.

그는 말에서 내려 문을 열고 말을 끌고 들어가, 문을 닫고서 울타리를 따라 말과 함께 걸었다. 그는 롤린스에게 자유의 빛을 줄 수 있을까 해서 들렀지만 롤린스는 그곳에 없었다. 그는 울타리 모퉁이에서 고삐를 놓고 집을 살폈다. 말이 공중에 대고 코를 킁킁거리다 주둥이로 그의 팔꿈치를 밀었다.

너야? 롤린스가 나직이 말했다.

나라서 천만다행인 줄 알아라.

롤린스가 말을 끌고 다가오다 걸음을 멈추고 집을 돌아보았다.

준비됐니? 존 그래디가 말했다.

물론이지.

눈치채지 못했겠지?

그럼.

자, 가자.

잠깐만. 짐을 대충 싣고 바로 나왔어.

존 그래디가 고삐를 잡고 안장에 올랐다. 저기 불이 켜졌어.

젠장.

이러다 네 장례식에도 늦겠는걸.

아직 4시도 안 됐잖아. 왜 이리 일찍 왔어?

어서 가자. 마구간인가 봐.

롤린스는 침낭을 안장 뒤에 단단히 묶었다. 부엌이야. 마구간은 무슨. 아마 집 밖으로 발도 안 내밀었을걸. 그냥 우유 한 잔 마시려는 걸 거야.

엽총을 장전하고 있는지도 모르지.

롤린스가 말에 올랐다. 준비됐어?

준비됐지.

그들은 울타리를 따라 말을 몰다 탁 트인 목초지를 가로질렀다. 가죽 등자[18]가 차가운 아침 공기 속에서 뽀드득거렸다. 그들은 속력을 높였다. 등 뒤로 빛이 멀어져 갔다. 고지대 목초지에 이르러 말을 보통 걸음으로 늦추자 검은 어둠에서 튀어나온 별들이 그들 주위로 떼를 지었다. 종이 있을 턱이 없는 텅 빈 어둠 속에서 종이 울리다 그쳤다. 한 줄기 빛도 없이 어둠 속에 홀로 놓인 지구의 둥근 단 위로 말을 몰던 그들은 대지가 들어 올려 준 덕분에 별 아래에서가 아니라 별 사이를 헤치며 신중하면서도 유쾌하게 앞으로 나아갔다. 어스름한 전깃불 아래 갓 풀려난 도둑처럼, 앞으로 선택할 1만 개의 세계와 추위에 맞서 헐렁한 재킷 하나 걸치고 과수원에 들어온 빨갛게 달아오른 어린 도둑처럼.

그들은 다음 날 정오까지 60킬로미터를 달렸다. 그래도 익히 알던 지역을 벗어나지 못했다. 밤에 마크 퓨리 목장을 가로지르다 울타리가 막아선 곳에 이르자 존 그래디가 말에서

---

18) 말을 탈 때 두 발을 디딜 수 있도록 안장 양옆에 늘어뜨리는 물건.

내려 뽑개로 못을 뽑고서 철조망을 밟아 눌렀다. 롤린스는 말들을 끌고 통과한 뒤 철조망을 바로 펴 기둥에 못 박고서 뽑개를 안장주머니에 넣고 말에 올랐다.

대체 이런 곳에서 무슨 수로 말을 타겠어? 롤린스가 말했다.

타지 말라는 뜻이지, 뭐.

그들은 아침 햇살을 받으며 말을 몰다가 존 그래디가 집에서 준비해 온 샌드위치를 먹고, 정오 무렵 돌로 된 낡은 저수조에서 말에게 물을 먹였다. 그러곤 소와 페커리[19]가 지나가 생긴 오솔길 사이에 말라 있는 개천을 따라가다 미루나무에 이르렀다. 그들이 다가가자 나무 아래에서 잠자던 소들이 일어나 그들을 바라보다 자리를 내주었다.

그들은 나무 아래에서 낙엽 위에 누워 코트를 말아 머리 밑에 베고 모자로 눈을 가렸다. 말들은 개천을 따라 늘어선 풀밭에서 풀을 뜯었다.

총은 가져왔어? 롤린스가 물었다.

할아버지가 쓰던 낡은 콜트 권총을 챙겨 왔어.

그걸로 정확히 쏠 수는 있니?

아니.

롤린스가 히죽 웃었다. 우리가 해냈어. 안 그래?

그래, 해냈어.

우리를 쫓아올까?

19) 멧돼지와 비슷한 몸체를 가진, 미국 남서부와 멕시코에 서식하는 소목(目)의 동물.

뭐 하러?

글쎄. 그냥 일이 너무 쉽게 풀리는 것 같아서.

바람이 스르르스르르 불고 말이 스륵스륵 풀을 뜯었다.

있잖아……. 롤린스가 말했다.

말해.

나는 아무 상관 안 해.

존 그래디가 일어나 앉아 셔츠 주머니에서 담배 가루를 꺼내 담배를 말았다. 뭘 말이야?

그는 담배에 침을 발라 입에 물고 불을 붙인 후 담배 연기를 내뿜으며 성냥을 껐다. 그리고 롤린스를 뒤돌아보았지만 친구는 이미 잠들어 있었다.

오후 늦게 그들은 다시 말을 달렸다. 해 질 무렵 저 멀리 고속도로에서 트럭이 달리는 소리가 들렸다. 선선한 저녁 내내 그들은 고속도로를 드문드문 오가는 전조등 불빛이 보일 만한 높은 언덕을 타고 서쪽을 향해 갔다. 목장 길에 이르러 그 길을 따라 고속도로 쪽으로 가니 출입문이 보였다. 그들은 말을 몰았다. 그런데 고속도로 건너편에는 출입문이 보이지 않았다. 트럭 전조등 불빛이 울타리를 스칠 때마다 좌우로 살폈지만 문은 없었다.

이제 어떡하지? 롤린스가 말했다.

나도 몰라. 오늘 밤 여기를 건너야 할 텐데.

이 밤중에 말을 고속도로로 몰 수는 없어.

존 그래디는 몸을 숙여 침을 뱉었다. 나도 마찬가지야.

날씨가 점점 싸늘해졌다. 바람이 불자 문이 삐걱거리고, 말들이 불안하여 발을 굴렀다.

저 불빛은 뭐지? 롤린스가 말했다.

엘도라도[20]일걸.

저기까지 얼마나 될까?

15킬로미터에서 25킬로미터쯤.

어떻게 할까?

그들은 안장을 벗긴 후 말을 매어 두고 흙바닥에 침낭을 펴 새벽까지 잠을 잤다. 롤린스가 일어나니 존 그래디는 벌써 말에 안장을 얹고 침낭을 끈으로 묶고 있었다. 저 위쪽에 휴게소가 있어. 아침 먹을래?

롤린스는 모자를 쓰고 부츠로 손을 뻗었다. 척 하면 탁이지.

그들은 트럭 문짝과 변속기와 차 부속품이 한 무더기 쌓인 휴게소 뒤쪽으로 말을 끌고 가 내관 틈새 탐색용 금속 물탱크의 물을 먹였다. 존 그래디가 트럭 타이어를 갈고 있던 멕시코인에게 다가가 화장실이 어디 있느냐고 물었다. 멕시코인은 건물 옆쪽으로 고갯짓했다.

그는 안장주머니에서 면도용품을 꺼내 화장실로 가 면도와 세수와 양치질을 한 후 머리를 빗었다. 화장실에서 나오니 말들이 나무 아래 야외 탁자에 묶여 있고 롤린스는 식당에서 커피를 마시고 있었다.

그는 살며시 자리에 앉았다. 주문했니?

널 기다렸지.

---

20) 텍사스 주에 있는 도시.

식당 주인이 커피 잔을 하나 더 놓았다. 얘들아, 뭘 먹을 테냐?

먼저 주문해.

그가 달걀 세 개와 햄과 콩과 비스킷을 주문하자 롤린스는 같은 것을 주문하면서 팬케이크와 시럽을 추가했다.

든든히 먹어 두는 게 좋을 거야.

보고 놀라지나 마라. 롤린스가 말했다.

그들이 팔꿈치를 식탁에 괴고 남향 창을 바라보니, 벌판 너머 멀찍이서 산들이 아침 햇살을 받아 그림자를 차곡차곡 포개고 누워 있었다.

저기로 가는 거야. 롤린스가 말했다.

그는 고개를 끄덕였다. 그들은 커피를 마셨다. 주인이 아침 식사가 담긴 묵직한 하얀색 도자기 접시를 내려놓고서 다시 커피 주전자를 가지고 왔다. 롤린스는 달걀이 새카매지도록 후추를 쳤다. 팬케이크에는 버터를 발랐다.

달걀에 꼭 후추를 쳐 먹는 사람이 있지. 식당 주인이 말했다.

주인은 그들의 잔에 커피를 따르고 부엌으로 되돌아갔다.

자, 이 몸께서 어떻게 드시나 잘 봐. 무절제한 아침 식사란 어떤 것인지 행동으로 보여 주지.

어디 해 볼 테면 해 봐. 존 그래디가 말했다.

아무래도 주문을 한 번 더 해야 할걸.

식료품점에는 마땅한 것이 없었다. 그들은 오트밀 가루 한 상자를 골라 돈을 내고 밖으로 나왔다. 존 그래디가 원통형 종이 상자를 칼로 두 동강 냈다. 그들은 자동차 휠캡 두 개에 오트밀을 나눠 붓고는 말이 먹이를 먹는 동안 야외 탁자에 앉아 담배를 피웠다. 멕시코인이 다가와 말을 살펴보았다. 롤린스 또래로 보였다.

어디로 가는 길이야? 멕시코인이 물었다.

멕시코.

거긴 왜?

롤린스가 존 그래디를 바라보았다. 믿을 만해 보여?

그래. 말해 줘도 괜찮겠어.

우린 쫓기는 몸이야.

멕시코인이 그들을 유심히 살폈다.

은행을 털었거든.

멕시코인이 말을 쳐다보았다. 어련하겠군.

저 아랫동네 잘 알아? 롤린스가 물었다.

멕시코인이 고개를 젓고 침을 뱉었다. 내 평생 멕시코에 발도 디딘 적이 없어.

말이 먹이를 다 먹자, 그들은 말에 안장을 얹고 식당 앞 진입로로 끌고 내려가 고속도로를 건넜다. 그리고 도랑을 따라가다 목장 출입문으로 들어가 문을 닫았다. 그제서야 그들은 말에 올라 흙먼지 이는 길을 달렸다. 1.5킬로미터쯤 가니 길이 동쪽으로 꺾였고 그들은 길에서 벗어나 완만하게 굽이치는 벌판에서 개잎갈나무 사이를 누비며 남쪽으로 달렸다.

그들은 아침나절에 데빌 강에 이르러 말에게 물을 먹이고 블랙윌로 나무 그늘에 누워 지도를 살폈다. 롤린스가 식당에서 챙겨 온 석유 회사 도로 지도였다. 그의 시선이 지도 위 야트막한 구릉지의 골짜기를 따라 남쪽으로 향했다. 지도의 미국 지역에는 도로와 강과 소도시가 표시되어 있었지만 리오그란데 강[21]을 끝으로 남쪽 너머에는 온통 흰색 공백뿐이었다.

저 아래쪽은 표시도 안 해 놨군. 롤린스가 말했다.

그러게.

저쪽 지역은 아예 지도가 없는 걸까?

아니야. 이 지도에만 안 나와 있다뿐이지. 내 안장주머니에 거기 지도가 있어.

롤린스가 지도를 꺼내 땅바닥에 앉아 앞으로 갈 길을 손가락으로 더듬었다. 그러다 고개를 들었다.

왜?

개뿔도 없는걸.

그들은 강을 뒤로 하고 메마른 골짜기를 따라 서쪽으로 향했다. 풀이 무성한 언덕 위로 태양이 떠올라 있고 날씨는 시원했다.

그쪽 동네에는 소가 많겠지? 롤린스가 말했다.

아무래도 그렇겠지.

그들이 언덕 등성이를 지나는데 풀숲에서 비둘기와 메추라기가 튀어나왔다. 이따금씩 토끼도 보였다. 롤린스가 말에서 내려 부츠에 달린 총집에서 자그마한 25구경 20그레인[22]짜리 소총을 슬며시 꺼내 들고 비탈을 올라갔다. 총소리가 울렸다. 잠시 후 그는 토끼 한 마리를 들고 돌아와 총을 다시 총집에

---

21) 미국과 멕시코의 국경 지대를 흐르는 강.

22) 탄약통에 든 탄약 무게를 나타내는 단위. 1그레인은 0.0648그램.

넣고 칼을 꺼내 저만치 떨어져 앉아 토끼의 내장을 빼냈다. 그리고 일어나 칼날을 바지 자락에 닦고 접은 다음 안장에 매어 둔 침낭 끈에 토끼 뒷다리를 묶고서 말에 올라 다시 길을 떠났다.

오후 늦게 남쪽으로 뻗은 길을 가로지른 그들은 저녁 무렵 존슨런 개울에 도착하여, 자갈이 깔린 마른 웅덩이 바닥에 야영 준비를 한 다음, 말에게 물을 먹이고 멀리 가지 못하게 다리를 느슨하게 묶고는 풀을 뜯도록 내버려 두었다. 그들은 가죽을 벗긴 토끼를 초록색 나뭇가지에 꿰어 모닥불에 구웠다. 존 그래디는 시커메진 캔버스 천 야영 가방에서 에나멜 칠을 한 자그마한 양철 커피 주전자를 꺼내 개울물을 담아 왔다. 그들은 앉아서 모닥불을 지켜보다 검은 언덕 위에서 서쪽으로 기우는 가느다란 초승달을 바라보았다.

롤린스가 담배를 말아 장작으로 불을 붙이고서 안장에 기대 누웠다. 할 말이 있어.

뭔데?

이 생활이 몸에 밸 것 같아.

그는 담배를 계속 피우다 담배 한쪽을 잡고서 절묘하게 집게손가락을 움직여 재를 털었다. 그것도 당장 말이야.

다음 날 그들은 굽이치는 언덕, 개잎갈나무가 점점이 박힌 나지막한 모자암 메사, 새하얀 유카 꽃으로 수놓인 동쪽 비탈을 지나 하루 종일 달렸다. 저녁에 팬데일 도로에 이르자 그들은 길을 따라 남쪽으로 달려 마을로 들어섰다.

마을에는 식료품점을 겸한 주유소까지 합쳐 건물이 모두

아홉 채였다. 그들은 주유소 앞에 말을 묶고 식료품점으로 들어갔다. 먼지투성이 몸에서 말과 땀과 장작불 연기 냄새가 진동했으며, 롤린스는 수염까지 덥수룩했다. 그들이 들어서자 가게 안쪽 의자에 앉아 있던 사람들이 그들을 쳐다보다가 다시 이야기를 계속했다.

그들은 육류 냉장고 앞에서 발을 멈췄다. 카운터에서 여자가 나와 냉장고 뒤로 가 앞치마를 꺼내고 사슬을 당겨 천장에 달린 백열등을 켰다.

네 꼴을 보니 데스페라도[23]가 따로 없구나. 존 그래디가 말했다.

그러는 네 꼴은 합창단 지휘자 같은 줄 아니?

여자는 등 뒤로 앞치마를 묶고서 몸을 돌려 흰색 에나멜 냉장고 너머로 그들을 바라보았다. 뭘 줄까?

그들은 볼로냐소시지와 치즈와 빵과 마요네즈를 샀다. 크래커 한 상자와 비엔나소시지 통조림 열두 통도 샀다. 그리고 쿨에이드[24] 열두 봉지와 베이컨과 콩 통조림, 옥수수 가루 2.2킬로그램들이 다섯 봉지와 핫소스 한 병을 샀다. 여자는 고기와 치즈를 따로 포장하고는 연필에 침을 발라 가며 계산한 다음 식료품을 4호 봉투 하나에 모조리 담았다.

어디서 왔니? 여자가 물었다.

샌앤젤로에서요.

---

23) 어원은 스페인어이며, '거침없는 무법자'라는 뜻이다.

24) 가루를 물에 타 마시는 미국의 색소 음료.

여기까지 줄곧 말을 타고 왔니?

네.

세상에나.

아침에 일어나 보니 그들 눈에 어도비 벽돌[25]로 된 작은 집이 보였다. 집에서 여자 하나가 나와 구정물을 마당에 휙 뿌렸다. 그러다 그들을 보더니 다시 집 안으로 들어갔다. 그들이 말리려고 울타리에 걸어 둔 안장을 내리는데 한 사내가 나와 그들을 지켜보았다. 그들은 말에 안장을 얹고서 길까지 끌고 나온 다음 말에 올라 남쪽으로 향했다.

집에서 어쩌고 있을지 안 궁금해? 롤린스가 말했다.

존 그래디는 몸을 굽혀 침을 뱉었다. 기똥차게 잘 지내고 있겠지. 석유를 찾아냈을걸. 그래서 시내로 달려가 새 차를 뽑고 야단법석을 떨겠지.

젠장.

그들은 말을 달렸다.

마음이 불안했던 적 없어? 롤린스가 물었다.

무엇 때문에?

글쎄. 그냥 아무 일 때문에라도. 괜히 마음이 불안한 거 있잖아.

몇 번 있었지. 내가 있지 말아야 할 곳에 있을 때면 불안해지지. 누구나 다 그렇잖아.

마음이 불안한데 그 이유를 모른다면, 그건 자기가 있지 말

25) 햇볕에 말려서 만든 벽돌로, 미국 남서부와 멕시코에서 많이 사용한다.

아야 할 장소에 있는데도 그걸 모르고 있다는 뜻이야?

뭘 잘못 먹었어? 왜 그래?

모르겠어. 그냥. 노래나 불러야겠다.

롤린스는 정말 그리했다. 노래를 불렀다. 날 그리워하실 건가요, 날 그리워하실 건가요. 내가 떠나면 날 그리워하실 건가요?[26)]

델리오 라디오 방송 알아?

응, 알아.

거기서 그러던데, 밤에 철조망 조각을 이에 물고 있으면 자기네 방송을 들을 수 있대. 라디오가 없어도 말이야.

그걸 믿어?

글쎄.

직접 해 본 적 있어?

응, 한 번.

그들은 계속 말을 몰았다. 롤린스가 노래를 하다가 말했다. 꽃이 만발한 경계 나무[27)]가 대체 뭘까?

정말 두 손 다 들었다, 친구.

그들은 깎아지른 듯한 석회암 절벽 아래로 흐르는 개천을 따라가다 자갈이 널찍하게 깔린 곳에서 개천을 건넜다. 최근에 온 비로 여기저기 움푹 파인 상류 쪽 웅덩이에 해오라기 한 쌍이 기다란 그림자를 드리우며 발을 담그고 있었다. 해오

---

26) 여성 컨트리음악 가수 준 카터 캐시의 노래 "Will you miss me when I'm gone?"

27) 같은 노래의 한 대목.

라기 하나가 날아오른 후에도 다른 하나는 꿈쩍도 하지 않았다. 한 시간 후 그들은 페이커스 강을 건너려고 여울로 향했다. 말은 석회암 바닥 위로 콸콸 흘러가는 짭조름한 맑은 물과 아침 햇살에 선명한 초록빛으로 너울대는 물이끼를 유심히 살피며 넓적한 화성암에 조심스레 발을 디뎠다. 롤린스가 말 위에서 몸을 숙여 강물에 손을 적셨다. 석회수야.

그들은 건너편 버드나무에 이르자 말에서 내려 고기와 치즈로 샌드위치를 만들어 먹고 담배를 피우며 앉아 강물이 흘러가는 것을 바라보았다. 누가 우리를 뒤따라오고 있어. 존 그래디가 말했다.

봤니?

아니.

말을 타고?

응.

롤린스가 맞은편 길을 유심히 살폈다. 아무도 안 보이는데?

좀 있으면 나타날 거야.

다른 데로 갔겠지.

어디로?

롤린스가 담배 연기를 내뿜었다. 뭐 때문에 우릴 쫓아올까?

글쎄.

어떻게 할까?

계속 가자. 나타나든지 말든지 알아서 하겠지.

그들은 잠시 휴식을 취한 후 느긋하게 흙길 위로 나란히 말을 몰았다. 고원에 오르자 저 멀리 남쪽으로 풀과 야생 데이지로 뒤덮인 구릉지가 보였다. 1.5킬로미터쯤 서쪽으로 회색 초지 위에 얼기설기 꿰맨 듯한 철조망 울타리 기둥이 점점이 박혀 있고, 그 너머에 영양 몇 마리가 그들 쪽을 바라보고 있었다. 존 그래디가 말을 옆으로 돌려 길을 되돌아보았다. 롤린스는 기다렸다.

쫓아오고 있어?

그래. 저기 어딘가에 있어.

고원을 계속 가니 널찍한 습지 혹은 바하다(비탈)가 나왔다. 롤린스는 길 오른쪽에 약간 떨어져 있는 무성한 개잎갈나무를 향해 고갯짓하며 속도를 늦추었다.

저기 숨어서 그 녀석을 기다리자.

존 그래디가 길을 돌아보았다. 좋아. 일단 갔다가 되돌아오자. 여기서 발자국이 끊기면 우리가 숨었다는 걸 녀석이 눈치챌 거야.

좋았어.

그들은 1킬로미터쯤 갔다가 길에서 벗어나 개잎갈나무로 되돌아와 말을 묶어 놓고 땅바닥에 앉았다.

담배 피울 정도의 시간은 있겠지? 롤린스가 말했다.

피울 담배만 있다면야 얼마든지 피워.

그들은 담배를 피우며 길을 지켜보았다. 오랫동안 기다렸지만 아무도 나타나지 않았다. 롤린스가 벌렁 누워 모자로 눈을 가렸다. 잠자는 것 아냐. 그냥 좀 쉬는 것뿐이야.

하지만 존 그래디가 발로 차는 바람에 롤린스는 이내 잠에서 깨고 말았다. 그는 일어나 앉아 모자를 쓰고 길을 살폈다.

말을 탄 이가 다가오고 있었다. 그들은 그렇게 먼 거리에서도 말을 보고 이러쿵저러쿵 평을 했다.

추격자는 이제 채 100미터도 떨어져 있지 않았다. 챙이 넓은 모자를 쓰고 멜빵바지를 입고 있었다. 그가 말을 멈추더니 바로 그들이 있는 바하다 쪽을 바라보았다. 그리고 다시 다가왔다.

어린애인걸. 롤린스가 말했다.

말이 죽이는군.

죽이긴 뭐가 죽여.

우릴 봤을까?

아니.

이제 어쩌지?

가게 내버려 두었다가 1분쯤 있다 뒤따라가자.

그들은 남자 아이가 시야에서 사라질 즈음에 고삐를 풀고 말에 올라타 나무 아래에서 나와 길을 달렸다.

남자 아이는 쫓아오는 소리에 말을 멈추고 뒤를 돌아보았다. 그리고 모자를 뒤로 젖히고 그들을 가만히 바라보았다. 그들은 아이를 양쪽으로 에워쌌다.

우릴 뒤쫓은 거야? 롤린스가 말했다.

남자 아이는 열세 살가량 되어 보였다.

아니요. 뒤쫓은 게 아니에요.

그럼 왜 우리 뒤를 졸졸 따라오는 거야?

따라간 적 없어요.

롤린스가 존 그래디를 바라보았다. 존 그래디는 아이를 자세히 살펴보고 있었다. 그러다 먼 산으로 고개를 돌렸다가 다시 아이를 바라보고는 롤린스를 쳐다보았다. 롤린스는 안장머리에 손을 얹고 앉아 있었다. 우릴 따라온 게 아니라고?

난 랭트리에 가는 길이에요. 형들이 누군지도 모르는걸요.

롤린스는 존 그래디를 바라보았다. 존 그래디는 담배를 말며 아이의 복장과 말을 뜯어보았다.

너 그 말을 어디서 구했니? 존 그래디가 물었다.

이건 제 말이에요.

그는 담배를 입에 물고, 셔츠 주머니에서 성냥을 꺼내 엄지손톱에 그어 불을 붙여 담배로 가져갔다. 모자도 네 거니?

남자 아이는 챙이 넓은 모자를 힐긋 올려다보았다. 그러곤 롤린스를 바라보았다.

몇 살이니? 존 그래디가 물었다.

열여섯요.

롤린스는 침을 뱉었다. 새파랗게 어린 것이 어디서 거짓말을.

뭘 안다고 그래요?

네가 열여섯이 아니라는 것쯤이야 알지. 어디서 오는 길이지?

팬데일에서요.

어젯밤 팬데일에서 우릴 봤지?

네.

어쩔래? 도망이라도 갈래?

아이는 두 사람을 번갈아 바라보았다. 도망가겠다면 어쩔건데요?

롤린스는 존 그래디를 바라보았다. 어떻게 할까?

글쎄.

말은 멕시코에서 팔면 되겠어.

그래.

지난번처럼 무덤은 파지 말자.

젠장, 그건 네 생각이었잖아. 난 대머리수리가 알아서 하게 내버려 두자고 했어. 존 그래디가 말했다.

누가 저 녀석을 쏠지 동전 던지기로 정하지.

좋아.

어느 쪽으로 할래? 롤린스가 물었다.

앞면.

동전이 공중에서 빙글빙글 돌았다. 롤린스가 동전을 낚아채서는 다른 쪽 손목 위에 탁 얹었다. 그리고 모두들 볼 수 있도록 덮고 있던 손을 치웠다.

앞면이야.

네 소총 좀 쓰자.

이건 말도 안 돼. 너 혼자서 벌써 세 명을 연달아 해치웠잖아. 롤린스가 말했다.

그렇담 좋아. 내가 특별히 양보하지.

저 말을 잘 잡고 있어. 총소리에 놀랄지도 몰라.

장난들 치지 마요. 아이가 말했다.

뭘 믿고 저리 까불까?

사람을 쏴 본 적도 없으면서.

그럼 첫 번째로 네 녀석을 쏴 보는 것도 나쁘지 않지.

장난 그만 쳐요. 형들이 어떤 사람인지 다 알고 있어요.

어련하실까. 롤린스가 말했다.

누가 널 뒤쫓고 있지? 존 그래디가 물었다.

그런 사람 없어요.

그럼 저 말을 쫓고 있나 보지.

아이는 아무 말도 안 했다.

정말 랭트리로 가는 길이니?

네.

우리랑 같이 갈 수는 없어. 네 녀석 때문에 우리까지 감옥에 처박힐 거야. 롤린스가 말했다.

이 말은 제 거예요.

이봐, 저게 누구 말이든 상관없어. 하지만 네 말이 아니라는 것만큼은 확실해. 이만 뜨자.

그들은 말 머리를 돌려 이랴 하고 말을 몰며 다시 남쪽으로 향했다. 한 번도 뒤돌아보지 않았다.

저 녀석은 사고뭉치일 게 분명해. 롤린스가 말했다.

존 그래디가 길에 담뱃재를 털었다. 언젠가 또 만날 거야.

정오 무렵 그들은 길에서 벗어나 광활한 초지를 가로질러 남서쪽으로 향했다. 그들은 바람결에 느리게 삐걱대는 낡은 F. W. 액스텔 회사의 풍차 아래 철제 물탱크에서 말에게 물을 먹였다. 남쪽에서 소들이 흑참나무 아래에 모여 햇빛을 피하고 있었다. 그들은 랭트리를 돌아서 가기로 한 후, 밤에 강을 건너자고 이야기했다. 빨아 놓은 셔츠가 아직 마르지는 않았지만 날씨가 포근해서 그냥 걸치고 다시 말에 올라 길을 떠났다. 북동쪽을 뒤돌아보니 몇 킬로미터 너머에도 사람은 그림자도 보이지 않았다.

그날 저녁 그들은 텍사스 주 펌프필 동쪽을 스쳐 가는 서던퍼시픽 철도를 건너, 그곳에서 오른쪽으로 1킬로미터쯤 떨어진 곳에서 잠잘 준비를 했다. 말을 빗질해 준 다음 고삐를 묶고 모닥불을 지피니 벌써 땅거미가 내려앉았다. 존 그래디는 모닥불 옆에 안장을 세워 놓고 초원으로 걸어가 가만히 귀를 기울였다. 펌프필의 물탱크가 자줏빛 하늘을 뒤로 하고 서 있었다. 초승달이 그 곁에 나란히 걸렸다. 100미터쯤 떨어진 곳에서 말이 풀 뜯는 소리가 들려왔다. 그 외에는 푸르스름한 목초지에 온통 침묵만이 가득했다.

다음 날 오전 그들은 90번 고속도로를 건너 소들이 여기저기 풀을 뜯는 방목지를 지났다. 남쪽 멀리서 멕시코의 산들이 구름의 모호한 빛 속으로 유령 산처럼 들어갔다 나오기를 되풀이했다. 두 시간 후 그들은 강에 이르러 나지막한 절벽가에 앉아 모자를 벗어 들고 강물을 바라보았다. 진흙탕 물이 철썩거리며 와르르르 아래로 흘러갔다. 저 아래에 버드나무와 갈대 사이로 모래가 잔뜩 쌓여 있고, 건너편 절벽에는 무수히 반복된 홍수 때문에 생긴 울퉁불퉁한 구멍과 얼룩덜룩한 무늬가 가득했다. 절벽 위에는 이쪽 편과 마찬가지로 사막이 펼쳐졌다. 그들은 고개를 돌려 서로를 마주 보고는 모자를 썼다.

강을 거슬러 올라가던 그들은 강과 개울이 만나는 곳에서 개울을 따라가다 자갈톱을 지나며 근처 지형과 개울물을 유심히 살폈다. 롤린스가 담배를 말더니 안장 머리에 다리 하나를 척 걸치고 불을 붙였다.

대체 누굴 그렇게 조심하는 거야?

누굴 조심 안 해도 되는데?

저쪽에 사람이 숨을 만한 데는 전혀 보이지 않는걸.

저쪽에 있는 사람들도 같은 말을 하고 있을지 누가 알아.

롤린스는 담배를 피웠다. 아무 대꾸도 없었다.

저기 여울로 건너가면 되겠어. 존 그래디가 말했다.

지금 바로 건너자.

존 그래디가 몸을 숙여 개울물에 침을 뱉었다. 네가 원한다면 못할 것 없지. 난 단지 네가 저쪽에 무사히 가고 싶어 할 줄 알았지.

일단 가야 무사하든 말든 할 것 아냐.

기꺼이 함께 가지. 그는 고개를 돌려 롤린스를 응시했다.

롤린스가 고개를 끄덕였다. 뭐, 너 좋을 대로 해.

그들은 다시 길을 되돌아가 자갈톱에 이르러서는 안장을 벗긴 말을 개울가 풀숲에 매었다. 그들은 버드나무 그늘에 앉아 비엔나소시지와 크래커를 먹고 개울물에 탄 쿨에이드를 마셨다.

멕시코에도 비엔나소시지가 있을까? 롤린스가 말했다.

존 그래디는 오후 늦게 개울을 따라 거닐다 손에 모자를 들고 초원 위에 서서 풀이 북동쪽으로 기우뚱대는 것을 바라보았다. 1.5킬로미터쯤 떨어진 곳에서 누군가가 말을 타고 초원을 지나고 있었다. 그는 유심히 살폈다.

그는 야영지로 돌아가 롤린스를 깨웠다.

왜 그래?

누가 오고 있어. 아무래도 그 사고뭉치 같아.

롤린스가 모자를 똑바로 하고 강둑에 올라 주위를 살폈다.

그 애 맞아? 존 그래디가 외쳤다.

롤린스가 고개를 끄덕였다. 그러곤 몸을 숙여 침을 뱉었다.

말을 보아하니 그 자식이 분명해.

그 녀석도 널 봤니?

모르겠는걸.

이쪽으로 오는군.

날 봤나 봐.

저 녀석을 쫓아 버려야겠어.

롤린스는 다시 존 그래디를 뒤돌아보았다. 저 자식이 아무래도 영 꺼림칙해.

나도 그래.

어리긴 하지만 어수룩한 놈은 결코 아니야.

녀석이 지금 어쩌고 있어? 존 그래디가 물었다.

계속 이리로 오고 있어.

그럼 어서 내려와. 우릴 못 봤나 봐.

멈추는걸. 롤린스가 말했다.

어쩌고 있는데?

다시 오기 시작했어.

그들은 그 남자 아이가 정말 올까 하고 기다렸다. 곧 말들이 고개를 들어 개울 아래를 빤히 바라보았다. 누군가가 개울로 들어서자 첨벙첨벙 소리에 이어 자갈이 달각대고 금속이 쨍그렁댔다.

롤린스가 소총을 꺼내 들고 개울을 따라 강 쪽으로 올라갔다. 남자 아이가 자갈톱 앞 여울에서 커다란 갈색 말 위에 앉아 맞은편 기슭을 살펴보고 있었다. 그러다 고개를 돌려 그들을 발견하자 엄지손가락으로 모자를 뒤로 젖혔다.

안 건넜을 줄 알았어요. 저쪽 메스키트 풀숲에 사슴 두 마리가 풀을 뜯고 있더라고요.

롤린스는 소총을 앞으로 세워 들고 자갈톱에 웅크리고 앉아 팔에 턱을 괴었다. 네 녀석을 어떻게 요리해 줄까?

아이는 그를 바라보다가 존 그래디에게로 고개를 돌렸다. 멕시코에서 날 잡으려고 뒤쫓는 사람은 없어요.

그거야 네가 무슨 짓을 하느냐에 달렸지. 롤린스가 말했다.

아무 짓도 안 할 거예요.

이름이 뭐니? 존 그래디가 물었다.

지미 블레빈스.

웃기고 있네. 지미 블레빈스는 라디오에 나오는 사람이야. 롤린스가 말했다.

이름만 같지 다른 사람이에요.

누가 널 뒤쫓고 있지?

그런 사람 없어요.

네가 어떻게 알아?

없으니까 없죠.

롤린스는 존 그래디를 보았다가 다시 남자 아이를 쳐다보았다. 먹을 것은 있어?

아니요.

돈은?

없어요.

저런 머저리가 있나.

아이는 어깨를 으쓱했다. 말이 물속에서 한 발자국을 떼더니 다시 멈췄다.

롤린스는 고개를 절레절레 흔들고 침을 뱉고서 건너편을 보았다. 똑바로 대답해.

누가 안 한다나.

대체 우리가 뭐 하러 널 데려가겠냐?

아이는 아무 말도 안 했다. 그저 모래를 잔뜩 머금고서 콸콸 흘러가는 강물과 저녁 햇살이 모래톱에 드리운 가느다란 버들가지 그림자를 바라볼 뿐이었다. 아이는 남쪽의 푸른 산맥을 쳐다보며 멜빵바지의 어깨 끈을 끌어 올리고는 엄지손가락을 가슴 앞자락에 끼운 채 고개를 돌려 그들을 바라보았다.

난 미국인이니까요.

롤린스는 얼굴을 돌리고는 고개를 저었다.

하얀 초승달이 머리 위에 높이 떠올랐을 때 그들은 수척한 흰 몸뚱이를 그대로 드러낸 채 말을 타고 강을 건넜다. 부츠는 뒤집어 청바지에 집어넣었고, 면도용품과 탄약 가방과 셔츠와 재킷을 바지에 쑤셔 넣은 다음 허리를 벨트로 봉하고서 바짓가랑이를 목에 둘러 느슨하게 묶고는 달랑 모자만 쓴 채 말을 자갈톱으로 이끌었다. 그리고 뱃대끈[28]을 느슨하게 풀고 말에

28) 말에 안장을 얹을 때 말의 배에 걸쳐서 졸라매는 줄.

올라 맨발꿈치로 말 옆구리를 걷어차 강으로 들어갔다.

강 가운데쯤에서 말이 콧김을 내뿜으며 목을 쭉 내밀고 헤엄을 치니 말 꼬리가 물 위에 둥둥 떠올랐다. 말이 물살에 밀려 400미터 아래로 떠내려가자 벌거벗은 기수들은 몸을 바짝 숙인 채 계속해서 말을 격려했다. 한 손으로 소총을 높이 쳐든 롤린스와 다른 두 사람은 약탈자 무리인 양 타국의 강기슭으로 줄지어 향했다.

그들은 강을 건너 버드나무 사이로 올라간 다음 일렬종대로 웅덩이를 지나 상류 쪽으로 올라가다가 기다란 자갈밭에 이르러서야 모자를 벗고 그들이 떠나온 조국을 뒤돌아보았다. 그 누구도 입을 열지 않았다. 그러다 별안간 웃음을 터트리더니 모자를 흔들며 전속력으로 자갈밭 끝까지 달렸다가 되돌아 달려와 말의 어깨를 툭툭 두드려 댔다.

죽이는군. 세상에, 우리가 해냈어! 롤린스가 말했다.

그들은 달빛 아래에서 김을 모락모락 내뿜는 말 위에 앉아 서로를 마주 보았다. 그러곤 조용히 말에서 내려 목에서 바지를 풀고 옷을 걸친 다음, 버드나무 그루터기와 자갈 단구(段丘) 너머로 말을 끌고 가다 벌판이 나오자 말에 올라 코아우일라[29]의 메마른 관목지를 향해 남쪽으로 달렸다.

메스키트 풀밭 가장자리에서 밤을 보낸 그들은 아침이 밝아 오자 물과 옥수수 가루로 만든 옥수수 빵과 베이컨과 콩을 먹으며 낯선 고장을 바라보았다.

---

29) 멕시코 북부에 있는 주.

마지막으로 밥을 먹은 게 언제냐? 롤린스가 물었다.

요전 날에요. 블레빈스가 말했다.

요전 날이라.

네.

롤린스는 그를 유심히 살폈다. 성이 블리벳은 아니지?

블레빈스라니까요.

너 블리벳이 뭔지 알아?

뭔데 그래요?

블리벳[30)]은 2킬로그램짜리 주머니에 든 4킬로그램의 똥 무더기야.

블레빈스가 먹던 것을 멈추었다. 그리고 서쪽으로 고개를 돌려 소들이 새벽을 깨고 나와 아침 햇살을 받으며 초원 위에 서 있는 광경을 바라보았다. 이윽고 그는 다시 음식을 씹기 시작했다.

난 형들 이름도 몰라요.

네가 안 물어봤잖아.

집에서 배운 대로 따랐을 뿐이에요.

롤린스는 그를 차갑게 노려보다가 고개를 돌렸다.

난 존 그래디 콜이야. 이쪽은 레이시 롤린스고.

아이는 고개를 끄덕였다. 그리고 계속 음식을 씹었다.

우린 샌앤젤로에서 왔어. 존 그래디가 말했다.

---

30) blivet, 2차 세계대전 당시 미국 육군에서 사용한 은어로, 황당하거나 통제 불가능한 상황이나 인물 등을 뜻한다.

거긴 한 번도 안 가 봤어요.

그들은 아이가 어디 출신인지 말하기를 기다렸지만 그는 아무 말도 없었다.

롤린스는 푸석푸석한 옥수수 빵 뭉치로 접시를 싹싹 닦아 먹었다. 있잖아, 저 말을 다른 말과 바꿔서 우리가 총에 맞아 죽을 위험을 줄이는 게 어떨까.

블레빈스가 존 그래디를 바라보더니 다시 소들 쪽으로 고개를 돌렸다. 안 돼요.

넌 우리가 너 때문에 고생하든 말든 안중에도 없지? 안 그래?

제 일은 제가 알아서 해요.

퍽도 잘하겠다. 그래도 총은 갖고 있겠지?

아이는 한동안 대답하지 않더니 입을 열었다. 네, 있어요.

롤린스가 고개를 들었다. 그리고 다시 옥수수 빵으로 접시를 닦았다. 무슨 총인데?

32구경 20그레인 콜트요.

웃기고 있네. 권총에 무슨 소총 탄약실이라도 달렸냐? 롤린스가 말했다.

아이는 식사를 끝내고서 풀 뭉치로 접시를 닦았다.

어디 한번 보자. 롤린스가 말했다.

블레빈스는 접시를 내려놓았다. 그러곤 롤린스를 바라보더니 존 그래디에게로 고개를 돌렸다. 그는 멜빵바지 가슴받이에서 권총을 꺼내어 휙 돌려 손잡이가 위로 가게 하여 롤린스에게 건넸다.

롤린스는 아이를 바라보다 권총을 내려다보았다. 그는 접시를 풀밭에 내려놓고 총을 잡고 똑바로 쥐었다. 닳아서 매끈해진 체크무늬 구타페르카[31] 손잡이가 달린 낡아 빠진 콜트 비슬리였다. 우중충한 회색빛이었다. 그는 총을 돌려 총신 위에 새겨진 숫자를 읽었다. 32-20. 아이를 쳐다보고는 엄지손가락으로 잠금쇠를 열고 반(半)안전장치를 누른 다음 탄창을 젖혀 배출장치로 총알 하나를 손바닥에 떨구었다. 그런 다음 총알을 다시 탄창에 끼우고 잠금쇠를 닫고 반안전장치를 바로 했다.

어디서 이런 총을 구했지?

총 구할 데야 뻔하죠.

쏜 적도 있어?

그럼요.

쏘기는 잘 쏴?

아이는 총을 달라며 손을 뻗었다. 롤린스는 손바닥으로 총의 무게를 어림하고는 총을 돌려 아이에게 건넸다.

아무거나 던져 봐요. 맞춰 보일 테니.

웃기고 있네.

아이는 어깨를 으쓱하고는 멜빵바지 가슴 앞자락에 총을 도로 집어넣었다.

뭐가 좋겠냐? 롤린스가 말했다.

형 마음대로 골라요.

뭐든 맞출 수 있나 보지.

---

31) 열대 지방의 페르카 나무에서 추출되는 고무 성질의 물질.

그럼요.

웃기고 있네.

블레빈스가 자리에서 일어났다. 그리고 접시를 바지 자락에 문질러 닦고서 롤린스를 바라보았다. 형 지갑을 던져 봐요. 내가 구멍을 뚫어 드릴죠.

롤린스가 일어나 바지 뒷주머니에서 지갑을 꺼냈다. 아이는 접시를 풀밭에 내려놓고 다시 권총을 꺼냈다. 존 그래디는 접시에 숟가락을 올린 채 땅에 내려놓았다. 그들 셋은 결투라도 하는 양 비스듬한 아침 햇살을 받으며 초원으로 걸어갔다.

아이가 태양을 등지고 서서 허리춤에 권총을 끼웠다. 롤린스가 몸을 돌려 존 그래디에게 히죽 웃어 보였다. 그의 엄지손가락과 집게손가락 사이에는 지갑이 쥐여 있었다.

준비됐나, 애니 오클리[32]?

어서 던지기나 해요.

롤린스는 팔을 아래에서 위로 휘둘러 지갑을 던졌다. 지갑이 빙글빙글 돌며 푸른 하늘로 치솟아 작은 점이 되었다. 그들은 지갑을 바라보며 총알이 나가기를 기다렸다. 그때 총이 발사되었다. 지갑이 별안간 옆으로 튕겨 나가 확 펼쳐지더니 부상당한 새처럼 몸부림치며 떨어졌다. 총소리는 이내 한없는 침묵 속으로 녹아들었다. 롤린스가 걸어가 지갑을 집어 뒷주머니에 넣고 다시 돌아왔다.

---

32) 서부 영화에 나오는 명사수로, 카드에 총을 쏘아 구멍을 뚫는 것으로 유명하다.

이만 가자.

나도 좀 보자. 존 그래디가 말했다.

이만 가자니까. 어서 강에서 멀리 벗어나야 해.

그들은 말을 붙잡아 안장을 얹었다. 아이가 발로 불을 껐고 그들은 말에 올라 길을 떠났다. 상류의 관목림 가장자리를 뱅 두르는 널찍한 자갈밭에서 그들은 서로 멀찍이 떨어져 나란히 말을 몰았다. 말 한마디 없이 낯선 경치만을 바라보며 달렸다. 메스키트 꼭대기에서 매 한 마리가 내려와 베가(기름진 초원) 위를 낮게 날다 다시 솟아올라 동쪽으로 1킬로미터쯤 떨어진 나무에 가 앉았다. 그들이 지나가자 매는 왔던 곳으로 되돌아갔다.

페이커스 강에서도 셔츠 안에 총을 감추고 있었지? 롤린스가 말했다.

아이는 커다란 챙 아래로 그를 바라보았다. 그래요.

그들은 계속 말을 몰았다. 롤린스가 몸을 숙여 침을 뱉었다. 그 총으로 날 쏠 셈이었군.

아이도 침을 뱉었다. 난 그저 총에 맞고 싶지 않았을 뿐이에요.

그들은 노팔 선인장과 그리스우드 관목으로 덮인 야트막한 구릉지를 지났다. 말이 지나간 흔적이 남아 있는 오솔길이 나와 길을 따라 남쪽으로 가니 정오 무렵에 레포르마라는 마을이 나왔다.

그들은 짐수레 바퀴로 다져진 길을 일렬로 나아갔다. 마을은 진흙 벽돌로 지은 여섯 채의 나지막한 집이 다 쓰러져 가는 중이었다. 덤불로 지붕을 이고 덤불과 진흙으로 벽을 쌓은 하칼(토벽 초가집) 몇 채와 장대로 만든 우리가 있었다. 우리 안에서 머리만 커다란 것이 볼품없이 생긴 말 다섯 마리가 그들의 말을 진지한 표정으로 바라보았다.

그들은 진흙으로 만든 자그마한 티엔다(가게) 앞에 말을 매고 안으로 들어갔다. 가게 중앙에서 여자 아이가 철판 난로 옆에 있는 등받이가 곧은 의자에 앉아 문에서 들어오는 햇빛에 의지해 만화책을 읽고 있었다. 여자 아이는 그들을 쳐다보고 만화책을 들여다보더니 다시 고개를 들어 그들을 바라보았다. 그리고 일어나 녹색 커튼이 쳐진 뒷문을 힐끗 보고는 만화책을 의자에 내려놓고 잘 다져진 흙바닥을 지나 카운터 뒤로 걸어갔다. 카운터 위에는 흙단지, 혹은 오야(흙으로 만든 독)가 세 개 놓여 있었다. 두 개는 텅 비어 있었지만 나머지 하나는 돼지기름 깡통 뚜껑이 덮여 있었다. 뚜껑 가장자리에 난 V자 구멍에는 에나멜을 입힌 양철 국자의 손잡이가 끼워져 있었다. 카운터 뒤쪽 서너 개의 선반에 통조림과 옷과 실과 사탕이 진열되어 있었다. 맞은편 벽에는 손으로 만든 소나무 도시락이 하나 놓여 있었다. 그 위쪽 진흙 벽에 박힌 작대기에는 달력이 걸려 있었다. 난로와 의자를 빼고 가게 안에 있는 것이라고는 그것들이 전부였다.

롤린스가 모자를 벗어 팔목으로 이마를 훔치고 다시 모자를 썼다. 그리고 존 그래디를 바라보았다. 여기 마실 것도 팔까?

티에네 알고 케 토마르?(음료수도 파니?)

시.(네) 여자 아이는 단지 쪽으로 가서 뚜껑을 열었다. 세 사람은 카운터 앞에 서서 단지를 바라보았다.

저게 뭐야? 롤린스가 말했다.

시드론.(과일 주스.)

존 그래디가 여자 아이를 바라보았다. 하블라 잉글레스?(영어 할 줄 아니?)

오, 노.(아, 아니요.)

저게 뭐래? 롤린스가 물었다.

과일 주스래.

그는 단지 안을 들여다보았다. 한번 먹어 보자. 여기 석 잔 줘.

만데?(네?)

석 잔. 트레스.(셋.) 롤린스는 손가락 세 개를 펴 보였다.

롤린스가 지갑을 꺼냈다. 여자 아이는 뒤쪽 선반에서 커다란 컵 세 개를 꺼내 카운터에 놓고는 국자로 단지 바닥을 긁어 멀건 갈색 음료를 컵에 부었다. 롤린스는 카운터에 1달러를 올려놓았다. 지폐 양 끝에 구멍이 뚫려 있었다. 그들이 컵을 드는데 존 그래디가 돈을 보고서 고개를 끄덕였다.

명중했군.

그래.

롤린스는 컵을 들었고 다른 둘도 마시기 시작했다. 그는 곰곰이 생각에 잠겼다.

뭔지 전혀 모르겠는걸. 하지만 카우보이에게 어울리는 맛이야. 한 잔씩 더 하자.

그들이 컵을 내려놓자 여자 아이가 다시 주스를 따랐다. 얼마 더 내야 하지? 롤린스가 물었다.

여자 아이는 존 그래디를 바라보았다.

쿠안토?(얼마니?) 그가 말했다.

파라 토도?(모두 합쳐서요?)

시.(그래.)

우노 시쿠엔타.(1페소 50센타보예요.)

얼마래? 롤린스가 물었다.

대략 한 컵에 3센트야.

롤린스는 카운터에 올려놨던 1달러를 쑥 밀었다. 아빠한테 잘 쓰라고 하렴.

여자 아이는 카운터 아래에서 시가 한 상자를 꺼내고 멕시코 동전을 늘어놓고는 그들을 바라보았다. 롤린스는 빈 컵을 내려놓고 손짓을 하고는 추가한 석 잔 값을 뺀 나머지 동전들을 챙겼다. 그들은 컵을 들고 밖으로 나왔다.

그들은 가게 앞에 있는, 장대와 덤불로 지은 정자 그늘에 앉아 주스를 마시며 자그마한 교차로가 내뿜는 정오의 황량한 고요를 마주했다. 흙집들. 먼지를 뒤집어쓴 용설란과 저 멀리 불모의 자갈 언덕. 가게 앞 도랑으로 푸르스름한 수챗물이 흐르고 염소 한 마리가 바큇자국이 파인 길 위에서 말들을 쳐다보며 서 있었다.

여긴 전기가 안 들어오나 봐. 롤린스가 말했다.

그는 주스를 마셨다. 그리고 길 아래를 바라보았다.

이 동네 사람들은 차라곤 구경도 못했을걸.

아예 차가 다닐 만한 길조차 없겠는걸. 존 그래디가 말했다.

롤린스가 고개를 끄덕였다. 그는 컵을 햇빛에 비춰 보며 빙글빙글 흔들었다. 선인장 주스일까?

글쎄. 약간 술 맛이 나. 안 그래?

그런 것 같아.

저 녀석은 그만 마시게 해야겠어.

난 위스키도 마셔 봤는걸요. 이게 무슨 술이라고. 블레빈스가 말했다.

롤린스는 고개를 절레절레 흔들었다. 멕시코에서 마시는 선인장 주스라. 지금쯤 집에서는 어쩌고 있을까?

우리가 떠났다고 말하고 있겠지.

롤린스는 다리를 쭉 뻗어 발목을 꼬은 뒤 모자를 무릎에 올려놓고 낯선 땅을 바라보며 고개를 끄덕였다. 우리가 해냈어!

그들은 말에게 물을 먹이고 숨 쉬기 편하게 뱃대끈을 늦추었다. 그런 다음 먼지가 풀풀 날리는, 길이라고 부르기조차 힘든 그 길을 따라 일렬로 남쪽으로 향했다. 길에는 소, 페커리, 사슴, 코요테가 지나간 흔적이 남아 있었다. 그들은 오후 늦게 오두막 몇 채가 모여 있는 곳에 이르렀지만 멈추지 않고 계속 나아갔다. 물살에 깊이 파인 길가 도랑에 가뭄으로 죽은 소의 시체가 시커멓고 딱딱한 가죽 사이로 앙상한 뼈를 드러내고 있었다.

이 나라가 마음에 들어? 존 그래디가 물었다.

롤린스는 몸을 숙여 침만 뱉을 뿐 아무 대꾸도 안 했다.

저녁에 자그마한 목장에 이르자 그들은 울타리에 말을 매었다. 농가 뒤편에 건물 여러 채가 흩어져 있고 장대 우리에 말 두 마리가 갇혀 있었다. 흰 옷을 입은 여자 아이 둘이 마당에 서 있었다. 아이들은 그들을 보더니 몸을 돌려 집 안으로 뛰어 들어갔다. 남자가 집에서 나왔다.

부에나스 타르데스.(안녕하신가.) 남자가 말했다.

그는 울타리 출입문까지 나와 어디에서 말에게 물을 먹일지 몸짓으로 알려 주었다. 파살레. 파살레.(어서들 오게. 어서들.)

그들은 페인트칠을 한 자그마한 소나무 식탁에서 기름 불빛에 의지해 저녁을 먹었다. 흙벽은 옛날 달력이나 잡지에서 오려 낸 그림으로 장식되어 있었다. 한쪽 벽에는 테두리 안에 성모님이 그려진 양철 레타블로[33]가 걸려 있었다. 그 아래에 거무스름해진 양초 동강이 든 자그마한 녹색 유리잔을 판자가 못 두 개에 의지해 받치고 있었다. 미국인들은 식탁 한쪽에 나란히 앉았고, 두 여자 아이는 반대편에 앉아 숨죽이며 그들을 바라보았다. 안주인은 고개를 숙인 채 식사를 했고 바깥주인은 농담을 하며 음식을 건넸다. 그들은 콩과 토르티야[34]에 질그릇에서 국자로 퍼낸 염소 고기 칠리 소스를 먹었다. 그들이 에나멜을 입힌 양철 컵으로 커피를 마시는데, 바깥주인이 그릇을 밀며 열심히 손짓했다. 데벤 코메르.(이것 좀 먹어 보게.)

그는 50킬로미터 북쪽에 있는 미국이라는 나라에 대해 궁금해했다. 어릴 적에 아쿠냐에서 강을 건너 미국에 가 본 적도 있었다. 형제들 몇몇은 미국에서 일하고 있었다. 또한 삼촌이 텍사스 주 유발데에서 살고 있지만 아무래도 돌아가셨을

---

33) 조그만 주석 판에 성모마리아 등을 그려 넣은 종교적 그림.

34) 멕시코 지방의 둥글넓적한 옥수수 빵.

거라고 했다.

롤린스가 식사를 마치고 안주인에게 감사를 표하자 존 그래디가 통역해 주었다. 안주인은 품위 있게 미소 지으며 고개를 끄덕였다. 롤린스가 여자 아이들에게 손가락이 사라졌다가 다시 나타나는 마술을 보여 주는데 블레빈스가 칼과 포크를 접시에 내려놓고 소매로 입을 닦다가 뒤로 몸을 젖혔다. 의자에는 등받이가 없었는지라 그는 흠칫하더니 순식간에 바닥으로 쿵 나뒹굴며 식탁을 걷어찼다. 접시가 덜그럭거리다 롤린스와 존 그래디에게로 떨어질 뻔하였다. 여자 아이들이 벌떡 일어나 재미있다는 듯 박수 치며 새된 소리로 떠들었다. 롤린스는 균형을 잃지 않으려고 식탁을 움켜쥐고는 그가 바닥에 뻗어 있는 꼴을 바라보았다. 이런 젠장. 아주머니, 죄송해요. 블레빈스가 말했다.

블레빈스가 일어나려고 버둥댔지만 바깥주인만이 그를 도와주려고 손을 내밀었다.

에스타 비엔?(괜찮니?)

걱정 마세요. 머저리는 무슨 짓을 해도 안 다치거든요. 롤린스가 말했다.

안주인이 손을 뻗어 컵을 바로 하고 아이들을 조용히 시켰다. 안주인은 그 점잖지 못한 광경에 차마 대놓고 웃지는 못했지만 눈에서 어찌나 초롱초롱 빛이 났던지 블레빈스까지 다 눈치챌 정도였다. 그는 간신히 몸을 일으켜 의자에 앉았다.

이제 그만 가요. 블레빈스가 속삭였다.

아직 다 안 먹었어. 롤린스가 말했다.

블레빈스는 불안스레 주위를 둘러보았다. 얼른 가요.

그는 고개를 푹 숙인 채 씩씩거리는 목소리로 나직이 속삭였다.

아니 왜? 롤린스가 말했다.

날 비웃잖아요.

롤린스는 여자 아이들을 바라보았다. 아이들은 다시 자리에 앉아 아까처럼 눈을 동그랗게 뜨고 진지한 표정을 짓고 있었다. 너도 참, 아이들이 좀 웃은 것 갖고 뭘 그래?

형 같으면 누가 비웃으면 좋겠어요?

주인 부부가 그들을 염려스러운 표정으로 바라보았다.

그러게 누가 넘어지래. 롤린스가 말했다.

저 먼저 일어날게요. 블레빈스는 식탁에 앉은 사람들을 불편하게 둘러봤다.

그는 의자에서 일어나 모자를 쓰고 밖으로 나갔다. 바깥주인이 염려스러운 표정으로 존 그래디에게 몸을 숙여 나직이 이유를 물었다. 여자 아이들은 접시만 바라보며 가만히 앉아 있었다.

그 녀석, 가 버릴까? 롤린스가 말했다.

존 그래디는 어깨를 으쓱했다. 글쎄.

바깥주인은 그들 중 하나가 일어나 그를 뒤쫓아 가기를 기다리는 눈치였지만 두 사람 모두 자리에서 일어나지 않았다. 그들이 계속 커피를 마시자 안주인이 일어나 접시를 치웠다.

존 그래디가 나가 보니 블레빈스는 명상을 하는 사람처럼 땅바닥에 앉아 있었다.

뭐 하니?

아무것도요.

안으로 들어오지 그래.

괜찮아요.

여기서 자고 가도 좋대.

그렇게 해요.

넌 어쩔 거니?

난 괜찮아요.

존 그래디는 그를 유심히 살폈다. 그럼 너 좋을 대로 해.

블레빈스가 아무 대답도 안 하자 존 그래디는 그를 내버려 둔 채 되돌아갔다.

그들이 묵을 안쪽 방에서는 건초 혹은 밀짚 냄새가 맴돌았다. 창문이 없는 작은 방으로, 바닥에 짚으로 엮은 돗자리 두 장 위에 서라피[35]가 여러 장 깔려 있었다. 그들이 램프를 건네받으며 감사를 표하자 집주인은 나지막한 문으로 고개를 숙이고 나가며 잘 자라고 인사했다. 블레빈스에 대해서는 묻지 않았다.

존 그래디가 바닥에 램프를 놓았다. 그들은 돗자리에 앉아 부츠를 벗었다.

있잖아. 롤린스가 말했다.

응, 말해.

이 근처에 일할 만한 데가 있대?

---

35) 멕시코 지방에서 남자가 어깨에 걸치는 기하학적 무늬의 모포.

시에라델카르멘 쪽에 커다란 목장이 몇 개 있대. 300킬로미터쯤 더 가면 된다더군.

그게 얼마나 먼 건데?[36]

160마일에서 170마일.

우리가 데스페라도라고 생각하는 것 같지?

글쎄. 그렇다면 잘됐지.

그럼.

거기가 무슨 캔디 동산[37]이라도 되는 양 말하던걸. 호수가 빛나고 강물이 흐르고 초원에서는 말이 달리고. 여태 본 것만 갖고는 도저히 상상이 안 돼. 안 그래?

우리가 얼른 떠나게 하려고 뻥을 친 걸 거야.

그럴지도 모르지. 존 그래디는 모자를 벗고 바닥에 누워 서라피를 덮었다.

그 녀석은 어쩌려고 저러나. 마당에서 잘 건가? 롤린스가 말했다.

그런가 봐.

아침이면 가 버리고 없을 수도 있겠어.

어쩌면.

존 그래디는 눈을 감았다. 기름 다 닳기 전에 그만 램프 꺼. 까닥했다간 이 집이 암흑천지에 빠지겠어.

---

36) 미국에서는 야드파운드법을 사용하고, 멕시코에서는 미터법을 사용한다.

37) 1890년대 부랑자들이 즐겨 부르다 20세기 들어 널리 퍼진 노래 "Big Rock Candy Mountain" 속에 나오는 낙원.

끈다, 꺼.

존 그래디는 가만히 귀 기울였다. 사방이 고요했다. 혼자서 뭐 해?

그는 눈을 뜨고 롤린스를 바라보았다. 서라피 위에 롤린스의 지갑이 펼쳐져 있었다.

뭐 해?

내 운전면허증 꼴 좀 봐.

여기서는 필요도 없는데, 뭘.

당구장 카드도 엉망이 됐어. 세상에 이것도.

그만 눈이나 붙여.

이것 좀 봐. 베티 양미간에 구멍이 뻥 뚫렸어.

그 애 사진이 왜 네 지갑에 있어? 그 앨 좋아하는 줄은 미처 몰랐는걸.

그 애가 줬어. 학생 때 사진이야.

다음 날 아침 그들은 어제의 그 식탁에서 달걀과 콩과 토르티야로 푸짐한 식사를 했다. 아무도 밖에 나가 블레빈스를 찾지 않았으며 그에 대해 묻지도 않았다. 안주인이 보자기로 싼 도시락을 건네주었고 그들은 감사히 받고는 바깥주인과 악수를 나눈 후 시원한 아침 공기 속으로 걸어 나왔다. 블레빈스의 말은 우리에 없었다.

그 녀석이 이렇게 쉽게 떨어져 나갈까? 롤린스가 말했다.

존 그래디는 미심쩍다는 듯이 고개를 저었다.

그들은 말에 안장을 얹은 후 바깥주인에게 식대를 지불하려고 했지만 그는 이맛살을 찌푸리며 손을 저었다. 바깥주인은 다시 악수를 청하며 그들이 무사히 여행하기를 빌었다. 그들은 말에 올라 바큇자국이 파인 길을 따라 남쪽으로 향했다. 개 한 마리가 쫓아오다 멈추고는 가만히 그들을 지켜보았다.

상쾌한 아침 공기 속에 나무 타는 냄새가 맴돌았다. 첫 번째 언덕을 오르자 롤린스가 넌더리 난다는 듯 침을 뱉었다. 저기 좀 봐.

길에 비스듬히 선 커다란 갈색 말 위에 블레빈스가 앉아 있었다.

그들은 속도를 늦추었다. 대체 왜 우리한테 들러붙는 걸까? 롤린스가 말했다.

아직 어린애잖아.

젠장.

그들이 다가오자 블레빈스가 싱글거렸다. 그는 씹는담배를 씹다가 침을 뱉고 소매 안자락으로 입가를 훔쳤다.

뭐가 좋아서 싱글벙글이냐?

잘 잤어요?

담배는 어디서 났어? 롤린스가 물었다.

집주인이 주던걸요.

집주인이 줬다고?

그럼요. 형들은 어디 다른 데 있다 왔나 보죠?

그들은 양쪽에서 그를 지나쳐 앞장서 갔다.

먹을 것 없어요?

아주머니가 도시락을 싸 줬어. 롤린스가 말했다.

뭐가 들었는데요?

몰라. 안 열어 봤어.

그럼 한번 봐요.

지금이 점심때냐?

친구, 그냥 먹을 걸 좀 달라고 부탁하시지.

친구는 무슨 얼어 죽을 친구. 천사라 해도 너한테 아침 7시에 점심을 주지는 않을걸. 롤린스가 말했다.

젠장. 블레빈스가 투덜댔다.

그들은 정오가 되어서도 멈추지 않고 계속 길을 갔다. 길가에는 텅 빈 황야만이 펼쳐져 있었다. 규칙적으로 타각대는 말발굽 소리와 뒤쪽에서 주기적으로 담배 즙을 뱉는 블레빈스의 퉤퉤 소리 외에는 고요뿐이었다. 롤린스는 안장 위에 무릎 하나를 세워 몸을 기댄 채 생각에 잠긴 듯 담배를 피우며 주변을 살폈다.

저기 저것 미루나무 아닐까?

내가 보기에도 그런데. 존 그레디가 말했다.

그들은 시에나가(늪) 기슭 미루나무 아래에 앉아 점심을 먹었다. 말은 늪가 풀밭에서 조용히 물을 먹었다. 그들은 도시락을 쌌던 네모난 무명천을 나무 그늘 아래에 펼쳐 소풍이라도 나온 듯 팔베개를 하고 누워 다리를 꼬고는 케사디야[38], 타코[39], 비스코초[40] 등을 손 가는 대로 골라 느긋하게 먹으

---

38) 토르티야를 반으로 접어 치즈 등을 넣고 구운 후 부채꼴 모양으로 3~4등분한 멕시코 음식.

39) 튀긴 토르티야에 저민 고기 등을 넣은 멕시코식 샌드위치.

40) 멕시코의 비스킷 또는 단단한 롤빵.

며 말들을 바라보았다.

옛날 같으면 코만치가 여기 숨어 있다가 형들을 습격했을 텐데. 블레빈스가 말했다.

지루하게 기다리지 말고 시간 때우게 카드나 체커[41]라도 갖고 있었길 빌어 줘야겠군. 이 근방에 한 1년은 사람 그림자 하나 얼씬 안 했을걸. 롤린스가 말했다.

옛날에는 꽤나 북적댔을걸요.

롤린스가 불모의 대지를 향해 악의 어린 시선을 던졌다. 네깟 놈이 그때 일을 어지간히도 잘 알겠군.

더 먹을 사람? 존 그래디가 말했다.

난 목까지 꽉 찼어요.

존 그래디는 보자기를 접은 뒤 옷을 훌러덩 벗고서 말이 서 있는 풀밭을 지나 늪에 들어가 앉았다. 물이 허리까지 찼다. 그는 팔을 쫙 펴고 뒤로 누워 물속으로 들어갔다. 말들이 그를 지켜보았다. 그는 벌떡 일어나 앉아 머리를 쓸어 넘기고 눈을 문질러 닦았다. 그러고는 물속에 가만히 앉아 있었다.

그날 밤 그들은 길가 마른 웅덩이에 잠잘 준비를 하고 불을 피운 후 모랫바닥에 앉아 모닥불을 빤히 바라보았다.

블레빈스, 너 카우보이냐? 롤린스가 물었다.

카우보이 좋죠.

누군들 싫다 할까.

최고라고 우기는 건 아니에요. 그래도 말은 탈 줄 알죠.

---

41) 체스와 유사한 서양 장기.

그래?

저 형도 말을 탈 줄 알고요. 그는 모닥불 너머로 존 그래디를 향해 고갯짓했다.

무슨 근거로?

척 보면 딱이죠.

그럼 존이 이제 막 승마를 배웠고, 여자 애들이나 타는 말만 탄다고 하면 어쩔래?

거짓말 말라고 하죠.

그럼 존이 내가 본 최고의 기수라고 한다면?

블레빈스는 모닥불에 침을 뱉었다.

이번에도 안 믿을래?

아니요, 믿어요. 형이 지금까지 어떤 사람들을 봤느냐에 따라 다르겠지만.

부거 레드[42]를 본 적이 있지. 롤린스가 말했다.

정말요?

그럼.

존 형이 부거보다 한 수 위라는 거예요?

그렇고말고.

막상막하일 것 같아요.

이 무식쟁이 허풍선이야. 부거 레드가 언제 적에 골로 갔는데.

저 녀석이 뭐라 지껄이든 신경 쓰지 마. 존 그래디가 말했다.

롤린스는 발을 바꿔 꼬고 존 그래디를 보며 고개를 주억거

---

42) 말을 잘 다루기로 유명한 텍사스의 카우보이.

렀다.

이 애는 뻥을 빼고 나면 남는 게 없어.

순 거짓말쟁이로군.

너도 들었지? 롤린스가 말했다.

블레빈스는 모닥불을 향해 몸을 굽혀 침을 뱉었다. 누가 최고라고 딱 잘라 말할 수는 없는 법이에요.

당연히 못 하겠지. 너처럼 무식한 녀석이 어떻게 알겠니? 존 그래디가 말했다.

말을 잘 타는 사람들이 얼마나 많은데요.

그 말은 맞아. 말을 잘 타는 사람들이 많기는 하지. 하지만 최고는 단 한 명뿐이라고. 그리고 바로 그 최고가 지금 네 앞에 앉아 있다 이 말이야. 롤린스가 말했다.

그쯤 해 둬. 존 그래디가 말했다.

내가 어쨌다고 그래? 어이 꼬마, 내가 널 괴롭히기라도 했냐?

아니요.

존한테 내가 안 괴롭혔다고 말해.

그러죠.

그만하면 됐어. 존 그래디가 말했다.

며칠 동안 산을 넘던 그들은 어느 메마른 산길에서 바위 사이에 말을 멈추고 남쪽을 내려다보았다. 바람이 훑고 지나가는 대지 위로 마지막 그림자들이 달음질치고, 서녘으로 가라앉는 태양이 비탈진 구름 사이로 선홍빛을 드리우는 가운데 저 멀리 하늘 끝 창백한 산맥이 푸르스름해지다 못해 끝내 사라져 갔다.

낙원이 어디쯤 있을 것 같아? 롤린스가 말했다.

존 그래디는 모자를 벗어 바람을 쐤다. 직접 가 보기 전까지는 뭐가 있을지 알 수 없는 법이지.

낙원이야 널려 있을걸.

존 그래디는 고개를 끄덕였다. 그 때문에 여기까지 왔잖아.

물론이지, 친구.

그들은 점점 차가워지는 푸른 망령의 세계를 지나 북쪽 비탈을 내려갔다. 바위투성이 계곡에는 물푸레나무와 감나무와 고무나무가 자랐다. 매 한 마리가 저 아래 짙어지는 안개 속에서 빙빙 맴돌다 아래로 모습을 감추자 그들은 말의 옆구리를 차며 이판암투성이 산길을 조심스레 내려갔다. 막 어둠이 내릴 때 그들은 평평한 자갈 언덕에서 잠잘 준비를 하였다. 그날 밤 남서쪽을 향해 세 번 길게 우짖는 소리가 이번 여정에서 처음으로 들렸다.

들었어? 롤린스가 말했다.

응.

늑대일까?

그런 것 같아.

존 그래디는 담요에 등을 대고 누워 산자락에 걸린 초승달을 바라보았다. 푸른 새벽빛 속에서 플레이아데스 성단이 세상 위에 깔린 어둠을 향해 떠오르며 다른 별들을 모조리 밀쳐 내는 듯했고, 오리온과 카펠라의 커다란 다이아몬드와 카시오페이아의 표식이 인(燐)의 어둠 속으로 바다의 그물처럼 떠올랐다. 그는 잠든 이들의 숨결에 귀 기울이며 누워 자신 밖의 야성과 자신 안의 야성에 대해 오래도록 생각했다.

밤공기는 싸늘했다. 아침 햇살이 들기 전 어두운 새벽녘에 눈을 떠 보니, 얇은 옷만 입은 블레빈스가 벌써 일어나 모닥불을 피우고 그 앞에 웅크리고 앉아 있었다. 존 그래디는 침낭 밖으로 기어 나가 부츠를 신고 재킷을 걸친 다음, 마치 어둠 속에서 새로이 생겨났다는 듯 낯선 고장을 유심히 바라보았다.

그들은 마지막 남은 커피를 마시고 핫소스를 슬쩍 바른 차가운 토르티야를 먹었다. 핫소스는 반도 채 남지 않았다.

얼마나 더 가야 할까? 롤린스가 말했다.

곧 도착하겠지.

저 녀석은 걱정스러운 표정인데.

남은 베이컨이 얼마 없거든.

그거야 너도 마찬가지잖아.

그들은 저 아래에서 태양이 떠오르는 것을 바라보았다. 풀을 뜯던 말들도 고개를 들고 솟아오르는 해를 바라보았다. 커피를 다 마신 롤린스는 컵을 흔들어 털고 셔츠 주머니에서 담배를 꺼냈다.

태양이 떠오르지 않는 날도 있을까?

그럼, 최후의 심판일이 있잖아.

진짜 그날이 올까?

하느님 마음이지.

심판일이라……. 그걸 전부 믿니?

글쎄, 믿는 편이야. 너는?

롤린스는 담배를 입에 물고 불을 붙인 뒤 성냥을 휙 던졌다. 글쎄, 믿는 것도 같고 아닌 것도 같고.

형이 불신자인 건 일찌감치 알아봤어요. 블레빈스가 말했다.

네가 뭘 안다고 그래? 쓸데없이 나불거려서 사고나 치지 마.

존 그래디는 안장 머리를 잡고 안장을 들어 올리고는 담요를 어깨에 걸치고 뒤돌아보며 말했다. 그만 가자.

그들은 오전 중에 산맥을 빠져나와 사이드오츠그라마 풀과 바스킷그라스와 레추기야(야생 상추)가 드문드문 나 있는 드넓은 초원을 나아갔다. 그러다 처음으로 말을 탄 사람들을 발견하자 그들은 1.5킬로미터쯤 떨어진 곳에서 말을 멈추고 상대방을 지켜보았다. 세 남자가 텅 빈 짐 바구니를 두 개씩 매단 짐말들을 끌고 갔다.

뭐 하는 사람들일까? 롤린스가 말했다.

이렇게 서 있으면 안 돼요. 우리가 봤듯이 저 사람들도 우리를 봤을 거예요.

그래서 어쨌다고?

만약 저 사람들이 멈춰 서면 형은 뭐라고 생각하겠어요?

이 녀석 말이 옳아. 계속 가자. 존 그래디가 말했다.

그들은 치노그라스 풀을 거두러 산으로 가는 사카테로(풀베기꾼)들이었다. 미국인들이 말을 타고 가는 광경에 내심 놀랐는지는 모르겠지만 겉으로는 아무 내색도 하지 않았다. 그저 아내와 장성한 두 딸과 함께 산에서 사는 자신들의 형제를 보았느냐고 물었지만, 미국인들은 그들을 보지 못했다. 검은 눈의 멕시코인들은 말 위에서 그들을 찬찬히 뜯어보았다. 멕시코인들 자신은 반쯤 넝마처럼 보이는 조잡한 옷에 기름과 땀으로 얼룩진 모자를 쓰고 소 생가죽을 덧댄 부츠를 신고 있었다. 그들은 해진 구멍 사이로 나무 틀이 들여다보이는 사각형 안장에 앉아 옥수수 껍질로 담배를 말고서, 빈 탄약통에 부싯돌과 부시와 솜털을 넣어 만든 에스클라라호(불쏘시개)로 불을 붙였다. 그들 중 한 명은 미끄러지지 않게 잠금쇠를 젖혀 둔 낡은 콜트 권총을 허리에 차고 있었다. 그들에게서 담배 냄새, 짐승 기름 냄새, 땀 냄새가 풍겼고, 이곳 땅만큼이나 낯선 황량함이 배어났다.

손 데 테하스?(텍사스에서 왔나?)

시.(네.) 존 그래디가 말했다.

그들은 고개를 끄덕였다.

존 그래디는 담배를 피우며 그들을 살폈다. 비록 외모는 초라했지만 말은 제대로 타고 있었다. 그는 생각을 읽기라도 하려는 듯 그들의 검은 눈을 가만히 들여다보았지만 아무것도 읽을 수 없었다. 그들은 그 고장 날씨 같은 것들에 대해 이야기하며 산은 여전히 춥다고 했다. 아무도 말에서 내리지 않았다. 그들은 마치 골칫거리라는 듯 땅을 둘러보았다. 어떻게 할지 결정을 못 내린 모양이었다. 뒤따라오던 자그마한 노새는 멈추자마자 선 채로 잠이 들었다.

우두머리인 듯 보이는 사람이 담배를 다 피우고서 꽁초를 내던졌다. 부에노. 바모노스.(좋아. 그만 출발하지.)

그는 미국인들에게 고개를 끄덕였다. 부에나 수에르테.(행운을 비네.) 그는 말에 박차를 가해 그곳을 떠났다. 뒤따르던 노새들은 미국인의 말을 쳐다보며 파리도 없는데 꼬리를 휘둘렀다.

오후에 그들은 남서쪽에서 흘러오는 맑은 시내에서 말에게 물을 먹였다. 그러곤 시냇가를 거닐다 물을 마시고 물통을 가득 채운 후 마개를 닫았다. 3킬로미터쯤 떨어진 풀밭에 영양들이 고개를 쳐들고 서 있었다.

그들은 다시 길을 떠났다. 계곡의 평탄한 곳에는 풀이 무성했고, 삼색 얼룩 고양이 같은 색이거나 점박이인 소들이 갈매나무 사이로 쉼 없이 움직이거나 동쪽으로 뻗은 야트막한 비탈에 가만히 서서 그들을 바라보았다. 그날 밤 그들은 언덕에서 야영하며 블레빈스가 권총으로 잡은 산토끼를 요리했다. 블레빈스는 주머니칼로 내장을 긁어낸 토끼를 껍질째 모래땅에 묻고서 그 위에 불을 지폈다. 인디언 방식이라고 했다.

산토끼를 먹어 본 적은 있어? 롤린스가 물었다.

블레빈스는 고개를 저었다. 아직은요.

정말 먹고 싶다면 장작을 더 준비하는 게 좋을걸.

이 정도면 충분히 익을 거예요.

먹어 본 중에 가장 괴상한 음식이 뭐야?

가장 괴상한 음식이라면 굴이에요.

거시기 굴[43], 아니면 진짜 굴?

진짜 굴요.

---

43) mountain oyster, 식용으로 요리해 먹는 양이나 돼지 또는 송아지의 고환.

요리한 거?

생거요. 그냥 껍질에 굴 살이 얹혀 있었어요. 핫소스를 뿌려 먹었죠.

그런 걸 먹었다고?

네.

맛이 어떻던?

형이 상상하는 그대로죠, 뭐.

그들은 가만히 모닥불을 바라보았다.

고향이 어디냐? 롤린스가 물었다.

블레빈스는 롤린스를 쳐다보더니 다시 모닥불로 고개를 돌렸다. 유발데 카운티요. 사비널 강 바로 위예요.

왜 고향을 떠났지?

형은 왜 떠났어요?

난 열일곱 살이야. 내가 어딜 가든 내 마음이지.

나도 마찬가지예요.

존 그래디는 안장에 기대 다리를 꼬고서 담배를 피웠다. 전에도 가출한 적 있지? 안 그래?

네.

붙잡혔니?

네. 오클라호마에 있는 아드모어의 볼링장에서 볼링 핀 놓는 일을 했는데, 불도그가 내 다리를 물었지 뭐예요. 스테이크를 구워도 될 만큼 살점을 물어뜯는 바람에 상처가 감염이 된 거예요. 주인아저씨는 광견병에라도 걸린 줄 알고는 날 병원에 데려갔죠. 그 덕에 들켜서 유발데 카운티로 돌려보내졌어요.

오클라호마 아드모어에서 뭘 하고 있었는데?

볼링장에서 볼링 핀 놓는 일요.

어쩌다 거기까지 흘러들었지?

유발데 시내에서 공연이 있다고 했거든요. 그걸 보려고 열심히 돈을 모았는데, 글쎄 공연을 안 하지 뭐예요. 단장이 텍사스 주 타일러에서 음란죄로 감옥에 갇혀 버렸죠. 내가 거기까지 간 데는 스트립쇼가 한몫했죠. 포스터를 보니 2주 후 오클라호마 주 아드모어에서 공연한다고 되어 있더라고요. 그래서 거기로 갔죠.

스트립쇼를 보겠다고 오클라호마 주까지 갔다는 말이야?

그것 때문에 돈까지 모았는데 당연히 봐야죠.

그래, 아드모어에서 쇼는 봤니?

아니요. 거기서도 공연을 안 했어요.

블레빈스가 한쪽 바지 자락을 끌어올려 모닥불에 다리를 비추었다.

그 우라질 개가 바로 여길 물었어요. 차라리 악어한테 물리는 게 낫지.

그럼 멕시코는 왜 왔는데? 롤린스가 물었다.

형들과 마찬가지 이유죠.

마찬가지 이유라니?

붙잡히면 아작이 날 테니까요.

우린 쫓기는 몸이 아냐.

블레빈스는 바지를 바로 하고는 막대기로 모닥불을 쑤셨

다. 그놈의 개자식한테 날 채찍질하지는 못할 거라고 말했거든요. 그래서 그 말을 실천한 거죠.

네 아버지 말이냐?

아버진 전쟁에 나가서 다시는 돌아오지 못했어요.

그럼 의붓아버지?

네.

롤린스는 몸을 숙여 모닥불에 침을 뱉었다. 설마 쏘지는 않았겠지?

쏘고 싶은 마음이야 굴뚝같았죠. 그 새끼도 그걸 알았고요.

근데 대체 볼링장에 왜 불도그가 있었대?

볼링장에서 물린 게 아니라 볼링장에서 일했을 뿐이에요.

그럼 뭐 하다가 개한테 물린 거야?

아무것도요. 아무것도 안 했어요.

롤린스는 몸을 숙여 모닥불에 침을 뱉었다. 어디에서 물렸는데?

거 참 궁금한 것도 더럽게 많네. 저녁 만찬에다 침 좀 뱉지 마요.

뭐가 어쩌고 어째?

저녁 만찬에다 침 좀 뱉지 말라고요.

롤린스는 존 그래디를 바라보았다. 존 그래디는 웃음을 터트리곤 블레빈스를 쳐다보았다. 저녁 만찬? 저녁 만찬은 무슨 얼어 죽을 저녁 만찬?

블레빈스는 고개를 끄덕였다. 먹기 싫으면 안 먹으면 그만이지.

셋이서 불 꺼진 모닥불 자리를 파내 보니 연기가 풀풀 나는 토끼 몸뚱이가 꼭 무덤에서 꺼낸 바싹 마른 인형 같았다. 블레빈스는 토끼를 납작한 바위에 얹어 껍질을 벗기고 살을 발라 접시에 담았다. 그들은 토끼 고기를 핫소스에 푹 담가 마지막 남은 토르티야에 싸 먹었다. 그렇게 고기를 씹으며 그들은 서로 마주 보았다.

음, 그리 나쁘지는 않군. 롤린스가 말했다.

그렇네요. 솔직히 형들은 안 먹을 줄 알았어요.

존 그래디는 씹던 것을 멈추고 두 사람을 바라보았다. 그러고는 다시 씹기 시작했다. 너희 둘은 어째 나보다 더 오래 떠돌아다닌 몰골이야. 우리 셋이 같이 여행한 것 맞아?

다음 날 오솔길을 따라 남쪽으로 가던 그들은 북쪽 국경선을 향해 가는 누더기 차림의 이민자 행렬과 마주쳤다. 풍상에 찌든 갈색 피부의 사람들 뒤로 서너 마리의 당나귀들이 칸델리아[44], 모피, 염소 가죽, 손으로 꼰 레추기야 끈, 소톨 따위를 싣고서 비틀거리며 일렬로 나아갔다. 발효주인 소톨은 나무로 테두리를 감싼 드럼이나 깡통에 담겨 있었다. 행렬에는 칸델리아 왁스로 방수 처리된 캔버스 천이나 소뿔 마개를 끼운 돼지가죽 물병을 지고 가는 이가 있는가 하면, 여자들과 아이들을 데리고 가는 이도 있었다. 이민자들이 카바예로(기수)가 지나갈 수 있게 당나귀를 덤불 쪽으로 몰아내 길을 내어 주었다. 인사를 건네자 그들은 미소 지으며 고개를 숙이고는 카바

44) 왁스의 원료가 되는 식물.

예로들이 완전히 지나갈 때까지 고개를 들려고 하지 않았다.

그들은 이민자들에게서 물을 사려고 했지만 적당한 금액의 동전이 없었다. 반 센타보어치면 물통을 가득 채울 수 있기에 롤린스가 50센타보를 내밀었지만 멕시코인은 단호히 거부했다. 그래서 물통 하나 가득 소톨을 사서 나눠 마시며 길을 가다 보니 이내 얼큰하게 취하여 저녁을 맞았다. 롤린스는 소톨을 한 모금 마신 후 달랑거리는 물통 뚜껑을 휙 돌려 닫고 블레빈스에게로 던졌다. 그리고 물통이 다시 롤린스에게로 날아왔다. 블레빈스의 말이 안장이 텅 빈 채 터벅터벅 따라왔다. 롤린스는 멍한 눈으로 뒤돌아보았다가 말을 멈추고 앞서 가던 존 그래디를 불렀다.

존 그래디가 뒤돌아보았다.

어디 갔지?

낸들 알아? 저기 어디쯤 나자빠져 있겠지.

그들은 왔던 길을 되짚어 다시 돌아갔다. 롤린스는 주인 없는 말의 고삐를 쥐었다. 블레빈스는 길 한가운데에 앉아 있었다. 머리에는 여전히 모자를 쓰고 있었다. 어이, 나 취했나 봐요.

그들은 말 위에서 그를 내려다보았다.

그래 가지고 말을 탈 수 있겠냐? 롤린스가 말했다.

당연한 걸 왜 입 아프게 묻고 그러시나? 당연히 타지. 떨어질 때도 타고 있었는걸.

그가 휘청거리며 일어나 뚫어져라 앞을 바라보았다. 그러다 그들 사이를 비틀비틀 조심스레 걸었다. 그는 순간 기우뚱하더니 털썩 쓰러져 롤린스의 무릎에 부딪쳤다. 날 버리고 간 줄 알았어요.

한 번만 더 이러면 무조건 버리고 갈 줄 알아.

블레빈스가 비틀대며 말에 오르는 동안 존 그래디는 고삐를 잡아 주었다. 고삐 이리 줘요. 이래 봬도 명색이 카우보이란 말이야. 블레빈스가 말했다.

존 그래디는 절레절레 고개를 저었다. 블레빈스가 고삐를 놓치더니 그걸 줍겠답시고 손을 뻗다가 그만 말에서 굴러떨어질 뻔하였다. 그는 간신히 균형을 잡고 고삐를 쥐더니 말을 사납게 몰아 댔다. 나는야 내로라하는 조련사라고.

블레빈스는 말을 몰며 발꿈치로 말 허리를 꽉 조였지만 이내 뒤로 벌러덩 굴러떨어졌다. 롤린스는 넌더리 난다는 듯 침을 뱉었다. 저 망할 자식은 내버려 두고 그냥 가자.

어서 말에 타. 땅바닥에 엉덩짝 그만 비비고. 존 그래디가 말했다.

초저녁이 되자 북쪽 하늘이 온통 까맣게 물들고, 메마른 대지가 저 너머까지도 중성의 잿빛으로 돌변하였다. 그들은 언덕 위에서 뒤를 돌아보았다. 폭풍이 치솟으며 몰고 온 차가운 바람에 얼굴에 맺힌 땀이 싸늘해졌다. 그들은 흐리멍덩한 눈을 안장으로 떨구었다가 서로를 바라보았다. 멀리서 칠흑 같은 소나기구름을 가르며 떨어지는 침묵의 빛은 꼭 주물 공장의 연기 사이로 번쩍이는 용접 불꽃 같았다. 번개는 무쇠빛 검은 세상의 갈라진 금을 때우기라도 하려는 듯 내리쳤다.

이쪽으로 오고 있어. 롤린스가 말했다.

이런 날씨에 밖에서 잘 수는 없어요. 블레빈스가 말했다.

롤린스가 웃으며 고개를 저었다. 이 애 좀 보게.

그럼 어디서 자려고? 존 그래디가 말했다.

나도 몰라요. 하지만 잘 곳을 찾을 거예요.

왜 밖에서 못 자?

번개가 치잖아요.

번개?

네.

아직도 술에서 덜 깼나 보군. 롤린스가 말했다.

번개가 무서워? 존 그래디가 물었다.

번개에 맞으면 어떡해요?

롤린스는 존 그래디의 안장 머리에 매달린 물통을 고갯짓으로 가리켰다. 이제 저걸 못 마시게 해. 얘가 맛이 가려나 봐.

집안 내력이란 말이에요. 할아버지도 웨스트버지니아에서 갱도 승강기에 타고 있다가 돌아가셨어요. 꼭대기도 아닌 지하 50미터에 번개가 내리쳐서 말이에요. 승강기가 어찌나 뜨거웠는지 할아버지랑 다른 광부 둘을 꺼내려고 물을 퍼부어야 했죠. 세 사람 다 완전히 베이컨이 되었대요. 그리고 1904년에는 큰아버지가 뱃슨 필드의 유정탑(油井塔)에서 날아가 버렸어요. 나무 탑에 케이블 장치가 달려 있었는데, 번개가 큰아버지를 내리친 거예요. 큰아버지는 그때 열아홉 살도 채 안 되었죠. 외가 쪽 친척 할아버지는 말을 타다 죽었는데, 말은 멀쩡하더래요. 번개가 할아버지만 죽인 거죠. 혁대 버클이 완전히 녹아서 혁대를 잘라 겨우 몸에서 떼어 냈대요. 나보다 네 살 위인 사촌은 자기 집 외양간에서 나오다가 번개에 맞아 반신불수가 됐어요. 땜질한 이가 완전히 녹는 바람에 턱이 딱 붙어 버렸죠.

내가 말했잖아. 맛이 갔다고. 롤린스가 말했다.

그들은 블레빈스가 왜 그러는지 몰랐다. 그는 그저 바들바들 떨면서 자기 입을 가리키며 중얼거렸다.

저런 엉터리 거짓말은 내 생전 듣도 보도 못했어. 롤린스가 말했다.

블레빈스에게는 아무 소리도 들리지 않았다. 굵은 땀방울이 이마에 송글송글 맺혔다. 다른 사촌 하나는 번개를 맞아 머리에 불이 붙었어요. 주머니에 있던 동전이 까맣게 타 버리고, 땅에 쓰러지자 풀에도 불이 번졌죠. 나도 두 번이나 번개에 맞아 이쪽 귀가 먹었어요. 두 번이나 불에 타 죽을 뻔한 거죠. 몸에 있는 금속은 어서 치워요. 무슨 일이 일어날지 모르잖아요. 바지 단추도요. 부츠에 박힌 못도 어서 빼 버려요.

대관절 어쩔 셈이야?

블레빈스는 정신없이 북쪽을 바라보았다. 폭풍에서 벗어나야 해요. 살길은 그것뿐이에요.

롤린스는 존 그래디를 바라보고는 몸을 숙여 침을 뱉었다. 맛이 가도 단단히 갔군.

폭풍을 벗어날 수는 없어. 대체 왜 그러는 거야? 존 그래디가 말했다.

그래야 산다니까요.

그 말이 떨어지기가 무섭게 첫 번째 천둥이 마른 잔가지 부러지듯 나직이 울렸다. 블레빈스는 모자를 벗어 소맷자락으로 이마를 닦고는 고삐를 꼭 쥐더니 절망적인 표정으로 한 번 뒤돌아본 후 모자로 말 궁둥이를 힘껏 내리쳤다.

그들은 블레빈스가 달려가는 모습을 바라보았다. 그는 모자를 쓰려다가 떨어트렸다. 모자는 길에서 대굴대굴 굴렀다. 팔꿈치를 들썩이며 벌판을 달려가면서 점점 작아지는 그의 꼴이 우스꽝스러웠다.

저 녀석이 어찌 되든 내 책임은 아니야. 롤린스가 말했다. 그는 존 그래디의 안장 머리에 손을 뻗어 물통을 꺼내 들고는 말을 몰았다. 저기 어디쯤 뻗어 있겠지. 말은 어디로 갈까?

그는 술을 마시며 중얼대다 소리 높여 외쳤다. 말이 어디로 갈지 알 만해.

존 그래디가 뒤를 따랐다. 말발굽 아래로 먼지가 자욱이 일더니 뱅글뱅글 돌며 길 아래로 사라져 갔다.

그대로 쭉 달려서 멕시코 밖으로 나가 버릴걸. 바로 그거야. 지옥에서 금요일을 맞겠지. 빌어먹을 말 같으니. 롤린스가 말했다.

그들은 말을 달렸다. 바람에 빗방울이 실려 왔다. 롤린스가 길에 나뒹굴고 있던 블레빈스의 모자를 집으려고 했지만 말이 그만 모자를 밟고 말았다. 존 그래디가 등자에서 발 하나를 빼내고 몸을 숙여 모자를 주웠다. 뒤쪽에서 꼭 유령 이민자들처럼 터덕터덕 비가 내렸다.

블레빈스의 말은 안장을 그대로 얹은 채 길가 버드나무에 묶여 있었다. 롤린스는 빗속에서 말을 멈추고 존 그래디를 바라보았다. 존 그래디는 버드나무를 지나, 빗방울로 군데군데 파인 진흙 위에 드문드문 난 맨발 자국을 따라 개울 아래로 내려갔다. 블레빈스는 개울이 굽이쳐 부채꼴 모양으로 달려가는 곳에서 죽은 미루나무 뿌리 아래 웅크리고 있었다. 때에 전 헐렁한 속옷 하나만 빼고는 완전히 벌거벗은 채였다.

대체 뭐 하는 거야?

블레빈스는 여윈 하얀 어깨를 양손으로 감싸고 있었다. 그냥 앉아 있어요.

존 그래디가 벌판을 바라보니 마지막 햇살이 남쪽 언덕을 향해 물러나고 있었다. 그는 몸을 굽혀 블레빈스의 발치에 모자를 툭 던졌다.

옷은 어딨니?

다 벗어 버렸어요.

나도 그건 알아. 벗어서 어디에 두었냐니깐?

저 위에요. 셔츠에도 쇠 단추가 달려 있지 뭐예요.

비가 계속 오면 개울물이 이쪽으로 기차처럼 달려올걸. 무슨 말인지 알겠니?

형은 번개에 안 맞아 봐서 몰라요. 번개가 얼마나 무서운지 상상도 못 한다고요.

여기 앉아 있으면 물에 빠져 죽을 거야.

괜찮아요. 물에 빠진 적은 없거든요.

그럼 계속 이러고 있을 거니?

네, 그게 바로 내가 원하는 거예요.

존 그래디는 양손을 무릎에 얹었다. 정 그렇다면 내가 더 이상 무슨 말을 하겠니.

천둥이 북쪽 하늘에서 우르릉댔다. 땅이 들썩들썩거렸다.

팔로 머리를 감싸 쥐는 블레빈스를 뒤로 하고 존 그래디는 개울에서 도로 올라왔다. 빗방울이 총알처럼 모래땅을 파고들었다. 그는 블레빈스를 뒤돌아보았다. 블레빈스는 여전히 그대로 앉아 있었다. 그런 풍경 속에서 그는 불가해한 존재인 듯 보였다.

그 녀석은? 롤린스가 물었다.

저기 앉아 있어. 비옷을 입지 그래.

처음 봤을 때부터 맛이 간 것 같더라니. 얼굴에 나 미치광이요 하고 씌어 있더라니깐.

비가 억수같이 쏟아졌다. 블레빈스의 말은 유령처럼 비를 맞으며 서 있었다. 그들은 길에서 벗어나 개울을 거슬러 올라가다 나무들을 지나쳐 툭 튀어나온 바위 아래로 피신했다. 무릎 아래는 여전히 빗속에 내놓은 채 앉아 말은 그대로 세워두고 고삐만 쥐고 있었다. 말이 발을 들었다 놨다 하며 머리를 젓는데, 번개가 내리치고 바람이 아카시아와 팔로베르데 덤불을 갈기갈기 쥐어뜯고 비가 땅을 퍽퍽 갈겨 댔다. 어디선가 말 달리는 소리가 나더니 이내 빗소리만이 사방을 가득 메웠다.

무슨 소린지 안 봐도 뻔하군. 롤린스가 말했다.

동감이야.

이것 좀 마실래?

아니. 그것 때문에 속이 안 좋아.

롤린스는 머리를 끄덕이고는 술을 마셨다. 나도 그래.

저녁이 되자 폭풍이 가라앉았고 비도 내리는 둥 마는 둥 했다. 그들은 젖은 안장을 벗겨 내고 말이 달아나지 못하게 다리를 밧줄로 헐렁하게 묶고는 서로 각기 다른 방향으로 걸어갔다. 그들은 다리를 벌리고 서서 몸을 굽히고 무릎을 움켜쥔 채 토하기 시작했다. 말이 풀을 뜯다가 머리를 번쩍 들었다. 생전 처음 듣는 소리였던 것이다. 임시로 생겨난 조잡한 생물이 토사물 위로 떨어지며 울부짖는 양, 구역질 소리는 잿빛 땅거미 사이로 메아리쳤다. 그 생물의 심장에는 불완전하고 기형적인 어떤 것이 도사리고 있었다. 그것의 점잔 빼는 두 눈 깊이에는 가을철 저수지에 자리한 메두사처럼 거짓 웃음이 감돌았다.

아침에 그들은 말을 찾아 안장을 씌우고 축축해진 침낭을 말에 동여매고는 길 쪽으로 끌고 갔다.

어쩔 셈이야? 롤린스가 말했다.

그 녀석을 찾아 봐야지.

우리끼리 그냥 가자.

존 그래디가 말에 올라 롤린스를 내려다보았다. 말도 없는데 여기다 내버려 둘 수는 없어.

롤린스는 고개를 끄덕였다. 그래, 그건 그렇지.

존 그래디가 개울을 따라 내려가는데 블레빈스가 어제의 몰골 그대로 걸어오고 있었다. 그는 말을 멈추었다. 블레빈스는 부츠 한 짝을 들고서 맨발로 천천히 걸어왔다. 그러곤 존 그래디를 쳐다보았다.

옷은 어딨니?

떠내려갔어요.

네 말은 달아났어.

알아요. 거기 갔다 왔어요.

이제 어떡할래?

모르겠어요.

술의 악령이 네가 마음에 안 들었던 모양이군.

뚱땡이 아줌마가 내 머리를 타고 짓누르는 것만 같아요.

존 그래디는 새로운 태양 아래 반짝거리는 아침 사막을 둘러보았다. 그러곤 블레빈스를 바라보았다.

롤린스가 너라면 넌더리가 난다더군. 너도 알고 있겠지.

경멸하던 자에게 도움을 빌어야만 하는 날도 오는 법이죠.

그딴 말은 어디서 들었니?

몰라요. 그냥 입에서 나오는 대로 말했어요.

존 그래디는 고개를 절레절레 저었다. 그러곤 안장주머니에서 셔츠를 꺼내 블레빈스에게 던졌다.

쪄 죽기 전에 이걸 걸쳐. 내가 네 옷을 찾아 볼게.

고마워요.

그는 개울로 내려갔다가 다시 올라왔다. 블레빈스는 셔츠 바람으로 모래 위에 앉아 있었다.

어젯밤에 물이 얼마나 불었지?

엄청요.

부츠 한 짝은 어디서 찾았니?

나무에서요.

그는 개울을 내려가다 자갈밭에서 주변을 살폈다. 부츠라고는 그림자도 보이지 않았다. 돌아와 보니 블레빈스는 아까 모습 그대로 앉아 있었다.

다른 한 짝은 떠내려간 모양이야.

그럴 줄 알았어요.

존 그래디가 손을 내밀었다. 가자.

그는 속옷 차림의 블레빈스를 끌어올려 자기 뒤쪽에 앉혔다. 롤린스가 네 꼴을 보면 한바탕 난리를 칠걸.

막상 롤린스는 블레빈스의 꼬락서니에 기가 찼는지 아예 아무 말도 하지 않았다.

옷이 떠내려갔어. 존 그래디가 말했다.

롤린스는 말 머리를 돌려 천천히 나아갔다. 그들은 뒤를 따랐다. 아무도 입을 열지 않았다. 잠시 후 뭔가가 떨어지는 소리에 존 그래디가 뒤돌아보니 길바닥에 블레빈스의 부츠가 나동그라져 있었다. 힐끗 보니 블레빈스가 모자 챙 밑에서 앞만 바라보고 있기에 그는 멈추지 않고 계속 나아갔다. 말은 영리하게도 그림자가 드리워진 쪽으로 걸었고, 고사리 숲에서는 김이 모락모락 피어났다. 잠시 후 그들은, 바람에 날려 촐라 선인장 가시에 산 채로 박혀 버린 작은 새들을 지나쳤다. 회색의 이름 모를 새들은 날개를 헛되이 퍼덕이거나 축 늘어진 채 선인장 둘레에 죽 박혀 있었다. 개중 살아 있는 것들은 말이 지나가자 버둥대며 고개를 들어 울부짖었지만 말을 탄 이들은 계속 제 갈 길을 갈 뿐이었다. 해가 하늘 높이 떠오를 무렵 아카시아와 팔로베르데 덤불의 불타는 초록과 길가 풀섶의 푸르름과 오코티요 관목의 불꽃이 대지에 새로운 색을 입혔다. 마치 빗물이 전기였던 양 전기 회로를 온 땅에 깔아 놓은 듯했다.

정오에 그들은 동서로 길게 뻗은 나지막한 돌투성이 메사의 아랫자락에 이르렀다. 울퉁불퉁한 그곳에 멕시코인들이 천막을 치고 왁스를 만들고 있었다. 근처 좁다란 시내에는 맑은 물이 흘렀고, 땅을 파고 돌로 에워싸 만든 화덕에는 커다란 솥이 괴여 있었다. 솥은 아연 철판 물탱크 아래쪽을 잘라 만든 것으로, 동쪽으로 130킬로미터 떨어진 사라고사에서 이곳 사막까지 말의 힘을 빌리고 나무 굴림대를 받쳐 가며 가져와, 삼발이를 만들어 화덕 구멍에 올려놓았던 것이다. 관목과 풀들이 납작 눌린 흔적이 여전히 황무지 위로 굽이쳐 있었다. 그들이 도착했을 때, 왁스의 원료인 칸델리야를 메사에서 막 싣고 내려온 당나귀들은 선 채 쉬고 있었고, 멕시코인들은 점심을 먹고 있었다. 파자마 같은 옷차림을 한 십여 명의 사람들이 버드나무 그늘에서 넝마 위에 웅크리고 앉아 점토 접시를 들고 양철 숟가락으로 음식을 먹고 있었다. 멕시코인들은 그들을 쳐다보긴 했지만 숟가락질을 멈추지는 않았다.

부에노스 디아스.(안녕하세요.) 존 그래디가 말했다. 멕시코인들은 일제히 짧게 웅얼거리며 대꾸했다. 그가 말에서 내리자 멕시코인들은 그를 쳐다보았다가 고개를 돌려 서로 마주보더니 다시 식사를 계속했다.

티에넨 알고 케 코메르?(먹을 것 좀 있습니까?)

멕시코인 한두 명이 숟가락으로 모닥불을 가리켰다. 블레빈스가 말에서 내리자 그들은 다시 서로를 마주 보았다.

미국인들은 안장주머니에서 접시 등의 식사 도구를 꺼냈다. 존 그래디는 거무스름해진 요리 도구 가방에서 자그마한 양철 주전자와 나무 손잡이가 달린 낡은 주방용 포크를 꺼내 블레빈스에게 건넸다. 그들은 모닥불로 걸어가 그릇에 콩과 칠리를 가득 담고 불 위에 놓인 철판에서 검게 탄 옥수수 토르티야를 두 장씩 챙겨 멕시코인들과 약간 떨어진 버드나무 아래에 자리 잡았다. 블레빈스는 맨다리를 쭉 뻗었다가 하얀 피부가 적나라하게 드러나자 부끄러운 듯 무릎을 셔츠 아래로 감추었다. 그들은 먹기 시작했다. 멕시코인들은 식사를 마친 후 기대 앉아 담배를 피우거나 조용히 트림을 했다.

저 사람들한테 내 말을 봤는지 좀 물어봐 줄래요? 블레빈스가 말했다.

존 그래디는 생각에 잠겨 음식을 씹었다. 글쎄, 말이 여기로 왔다면 지금쯤 그게 우리 말인 줄 알았을걸.

숨기고 안 줄 것 같아요?

롤린스가 말했다. 무슨 수로 말을 찾겠냐? 마을에 도착하면 총을 옷이랑 버스표로 바꿔. 버스가 있을지 모르겠군. 저 친구는 널 태우고 온 멕시코를 싸돌아다닐지 모르겠지만, 난 어림도 없어.

총도 없는걸요. 안장에 넣어 두었어요.

제기랄.

블레빈스는 음식을 마저 먹었다. 그러다 고개를 들었다. 대체 내가 형한테 무슨 짓을 했다고 그러는 거예요?

아무 짓도 안 했고, 앞으로도 못 할 거야. 알겠냐?

레이시, 그만해 둬. 저 애 말을 찾아 준다고 해서 우리가 손해 볼 것도 없잖아.

난 그저 사실을 말하고 있을 뿐이야.

걔도 알고 있어.

하는 짓으로 봐서는 그런 것 같지도 않은데.

존 그래디는 남은 토르티야 조각으로 음식을 긁어 먹은 뒤 접시를 땅에 내려놓고 담배를 말았다.

배고파 뒈지겠어. 우리가 음식을 한 번 더 담아 오면 저들이 싫어할까? 롤린스가 말했다.

상관 안 할걸요. 어서 더 먹어요. 블레빈스가 말했다.

누가 너한테 물었냐?

존 그래디는 주머니에서 성냥을 찾다가 일어나 멕시코인들에게 가서 웅크리고 앉아 불을 빌렸다. 멕시코인 두 명이 헝겊으로 에스클라라호를 만들자 다른 한 명이 불을 지펴 주었다. 존 그래디는 몸을 숙여 담배에 불을 붙인 후 고개를 꾸벅였다. 그가 당나귀에 실린 칸델리야와 솥에 대해 묻자 그들은 왁스에 대해 말해 주었다. 멕시코인 하나가 일어나 자그마한 회색 조각을 들고 와 그에게 건넸다. 꼭 빨랫비누 같았다. 그는 그것을 손톱으로 긁고 코에 대고 킁킁거렸다. 그러곤 위로 치켜들어 살펴보았다.

케 발레?(이건 얼마나 합니까?)

그들은 어깨를 으쓱했다.

에스 무초 트라바호.(만들려면 힘들겠어요.)

바스탄테.(보통 힘든 게 아니지.)

앞면에 자수가 놓인 지저분한 가죽 조끼를 입은 여윈 사내가 의심스럽다는 듯 눈을 가늘게 뜨고 존 그래디를 살폈다.

존 그래디가 왁스를 되돌려 주자 그 사내가 쉬잇 하며 고개를 돌렸다.

존 그래디도 뒤를 돌아보았다.

에스 수 에르마노, 엘 루비오?(저 금발 아이는 동생인가?)

블레빈스를 의미했다. 존 그래디는 고개를 저었다. 노.(아니요.)

키엔 에스?(그럼 누군가?)

존 그래디는 공터 너머를 바라보았다. 블레빈스는 요리사한테 돼지기름을 얻어 햇볕에 벌겋게 탄 다리에 문지르고 있었다.

운 무차초, 노 마스.(그냥 아는 아이입니다.)

알군 파렌테스코?(친척인가?)

노.(아니요.)

운 아미고.(그럼 친구로군.)

존 그래디는 부츠 뒤축에 대고 담뱃재를 털었다. 나다.(별 사이 아니에요.)

침묵이 감돌았다. 조끼 입은 사내는 존 그래디를 자세히 살피다가 공터 너머로 블레빈스를 바라보았다. 그러곤 저 애를 안 팔겠느냐고 물었다.

존 그래디는 잠시 아무런 대답도 안 했다. 아마도 사내는 그가 팔까 말까 재는 중이라고 생각했으리라. 그들은 기다렸다. 그가 고개를 들었다. 노.(아니요.)

케 발레?(얼마에 팔겠나?) 사내가 말했다.

존 그래디는 담배를 부츠 뒤축에 비벼 끄고 일어났다.

그라시아스 포르 수 오스피탈리다드.(식사 고맙습니다.)

사내는 아이와 왁스를 맞바꾸자고 제의했다. 나머지 멕시코인들이 고개를 돌려 사내의 말을 유심히 들었다. 그러곤 다시 존 그래디에게로 고개를 돌렸다.

존 그래디는 그들을 찬찬히 살폈다. 나쁜 사람들 같지는 않았지만 마음을 놓을 수는 없었다. 그는 몸을 돌려 공터를 가로질러 자신의 말에게로 걸어갔다. 블레빈스와 롤린스가 자리에서 일어났다.

뭐래요? 블레빈스가 물었다.

아무것도 아니야.

말을 봤는지 물어봤어요?

아니.

왜요?

여기에 없어.

그렇게 말하던가요?

아니. 접시 챙겨. 출발하자고.

롤린스는 공터 건너편에 앉아 있는 멕시코인들을 바라보더니 늘어진 고삐를 쥐고 훌쩍 안장에 올랐다.

무슨 일이야?

존 그래디는 말에 올라 말 머리를 돌렸다. 그는 멕시코인들을 뒤돌아보고는 블레빈스를 바라보았다. 블레빈스는 접시를 든 채 서 있었다.

왜 저 사람이 날 쳐다보는 거죠?

접시는 가방에 넣고 어서 올라타.

아직 안 닦았는걸요.

어서 내 말대로 해.

멕시코인들 몇몇이 자리에서 일어났다. 블레빈스가 가방에 접시를 쑤셔 넣자 존 그래디는 손을 뻗어 그를 말 위로 덥석 끌어올렸다.

존 그래디는 고삐를 당겨 남쪽으로 향했다. 롤린스가 뒤돌아보고서 속도를 늦추자 그는 곁으로 다가갔다. 두 사람은 나란히 말을 몰며 바퀴 자국이 파인 좁은 길을 따라갔다. 아무도 입을 열지 않았다. 야영지에서 2킬로미터는 멀어졌을 쯤, 조끼 입은 사내가 뭐라고 말했느냐고 블레빈스가 물었지만 존 그래디는 아무 말도 하지 않았다. 블레빈스가 계속 물어 대자 롤린스가 그를 돌아보았다.

널 사고 싶어 했어. 널 사려고 했다고.

존 그래디는 블레빈스를 돌아보지 않았다.

그들은 침묵 속에서 말을 몰았다.

뭐 하러 말했어? 굳이 그럴 필요야 없잖아. 존 그래디가 말했다.

그날 밤 그들은 시에라델라엥칸타다 아래 나지막한 언덕에서 잠잘 준비를 마치고 모닥불 둘레에 조용히 앉아 있었다. 불빛에 창백하게 빛나는 블레빈스의 여윈 다리에는 돼지기름 탓에 먼지와 검불이 잔뜩 묻어 있었다. 헐렁하고 지저분한 팬티를 걸친 그의 몰골은 학대받는 불쌍한 노예나 다름없었다. 존 그래디가 침낭에서 깔개용 담요를 빼내어 건네자 그는 그것으로 몸을 감싸고 눕더니 바로 잠이 들었다. 롤린스는 절레절레 고개를 젓고는 침을 뱉었다.

청승이 따로 없군. 내가 한 말 생각해 봤어?

그래, 생각해 봤어.

롤린스는 새빨갛게 타오르는 모닥불 한가운데를 한참 동안 노려보았다.

할 말이 있어.

말해.

우리는 문제에 휘말리고 말 거야.

존 그래디는 두 팔로 무릎을 감싸 안고 느긋이 담배를 피웠다.

저 녀석은 큰일을 내고 말 놈이야. 분명해. 롤린스가 말했다.

다음 날 정오 그들은 산봉우리가 잘려 나간 나지막한 산의 아랫자락을 지나다가 엥칸타다의 인디언 마을에 이르렀다. 그들 눈에 제일 먼저 띈 것은 바로 블레빈스의 권총이었다. 그것은 닷지 자동차의 열린 후드 덮개 아래 몸을 숙이고 있는 어느 남자의 뒷주머니에 꽂혀 있었다. 존 그래디가 가장 먼저 총을 발견하고는 당장에 알아차렸다.

저기 내 총이 있어. 블레빈스가 소리쳤다.

존 그래디가 몸을 돌려 그의 멱살을 움켜쥐었다. 안 그랬다면 그는 당장 말에서 뛰어내렸을 것이다.

기다려, 이 멍청아.

기다리긴 뭘 기다려요.

무슨 짓을 하려고?

롤린스가 그들 곁으로 다가가 나직이 말했다. 어서 출발해. 이런 젠장.

아이들 몇몇이 문가에서 그들을 빤히 바라보았고, 블레빈스는 계속 뒤를 돌아보았다.

롤린스가 말했다. 주인 없는 말이 왔다 해서 저 사람들이 주인을 찾아 주겠답시고 딕 트레이시[45]라도 부를 것 같아?

어떡할 생각이야?

나도 몰라요. 일단 여길 벗어나요. 어쩜 너무 늦었는지도 모르겠어요. 적당한 곳에서 망을 보고 있다가 저 녀석을 잡아서 해치워요.

정말 그럴 거야?

그러긴 뭘 그래. 저 자식이 뭔데 우리더러 이래라저래라야? 내가 도와줄 거라고는 꿈도 꾸지 마. 롤린스가 말했다.

롤린스는 그들을 지나쳐 앞장섰다. 그들은 길처럼 보이는 도랑 쪽으로 방향을 틀었다. 이 녀석아, 그만 뒤돌아봐. 존 그래디가 말했다.

두 사람은 블레빈스를 미루나무 그늘에 내려놓고 물통을 주고는 여기 숨어 있으라고 말한 뒤 천천히 마을로 되돌아갔다. 온 마을에 뻗어 있는 도랑 중 하나를 골라 따라가다 보니 버려진 흙집에 창틀도 안 달린 창문 밖으로 블레빈스의 말이 고개를 비쭉 내밀고 있었다.

멈추지 말고 계속 가. 롤린스가 말했다.

존 그래디는 고개를 끄덕였다.

미루나무로 돌아오니 블레빈스는 사라지고 없었다. 롤린스는 메마른 흙투성이 풍경을 둘러보았다. 그리고 주머니에서

---

45) 만화 「딕 트레이시」의 주인공으로, 악당을 물리치는 정의로운 수사관.

담배를 꺼냈다.

이봐, 이 말은 꼭 해야겠어.

존 그래디가 몸을 숙여 침을 뱉었다. 그래, 해.

내가 멍청한 짓을 할 때는 늘 그 전에 내린 어떤 결정 때문이었어. 결정 자체가 잘못되었던 건 아니야. 그냥 결정을 내렸는데 그런 일이 벌어진 거야. 무슨 말인지 알겠어?

그래. 그런데 무슨 뜻으로 하는 말이야?

무슨 뜻인가 하면, 이게 우리의 마지막 기회라는 거야. 바로 지금 이 순간이 말이야. 지금을 놓치면 다시는 기회가 없어. 장담해.

그 녀석을 버리고 가자는 거야?

그렇지.

그 녀석이 아니라 너였더라면?

내가 아니잖아.

그래도 너였더라면?

롤린스는 담배를 말아 입에 물고 주머니에서 성냥을 확 끄집어내 엄지손톱에 대고 불을 붙였다.

나는 너를 버리지 않고, 너도 나를 버리지 않아. 그런 일은 있을 수도 없지.

그 녀석이 어떤 곤경에 처할지는 알고 있어?

그래. 스스로 자초한 거잖아.

그들은 가만히 앉아 있었다. 롤린스는 담배를 피웠다. 존 그래디는 안장 머리에 두 손을 올려놓고 묵묵히 바라보다가 잠시 후 고개를 들었다.

그럴 순 없어.

알겠어.

무슨 뜻이야?

알겠다는 뜻이지. 네가 그럴 수 없다면 그럴 수 없는 거지. 네 말 다 알아들었어.

그래, 그럴 수는 없어.

그들은 안장을 벗기고 말의 고삐를 묶은 후 미루나무 아래 가랑잎 더미에 누웠다가 이내 잠이 들었다. 깨어나 보니 주위가 어둑했다. 블레빈스가 웅크리고 앉아 두 사람을 내려다보고 있었다.

내가 악당이 아니라서 천만다행인 줄 알아요. 형들을 홀라당 벗겨서 다 가지고 튈 수도 있었다고요.

롤린스가 얼굴에 모자를 얹은 채 고개를 돌려 그를 쳐다보더니 다시 고개를 바로 했다. 존 그래디가 일어나 앉았다.

찾았어요? 블레빈스가 물었다.

네 말이 여기 있더구나.

봤어요?

그래.

안장은요?

안장은 안 보이던데.

내 걸 모두 되찾기 전에는 절대 못 떠나요.

어디 좋을 대로 하셔. 뭐라 지껄이는지 어디 들어나 보자. 롤린스가 말했다.

뭐라는 거예요?

신경 쓰지 마.

자기가 잃어버렸으면 절대 안 저럴 텐데. 되찾으려고 온갖 야단법석을 떨었을 거면서.

괜히 신경 긁지 말고 그냥 내버려 둬.

롤린스가 말했다. 어이, 바보 멍청이. 존만 아니었으면 난 여기 있지도 않았어. 아예 개울가에서 널 데려오지도 않았을 거야. 아니, 그 말 취소하지. 페이커스에서부터 안 데려왔을 테니.

말을 되찾게 도와줄게. 도움받기 싫으면 관두든가. 존 그래디가 말했다.

블레빈스는 땅을 뚫어지게 내려다보았다.

저 녀석은 제정신이 아니야. 얼굴에 씌어 있어. 말을 훔치다 총에 맞아 뒈지든지 말든지는 관심도 없어. 아니, 죽고 싶어 환장했어. 롤린스가 말했다.

훔치는 게 아니에요. 그건 내 말이라고요.

그게 무슨 소용이냐? 저 친구한테나 말해. 난 손가락 하나 까닥 안 할 테니.

누가 뭐랬나.

존 그래디는 그를 자세히 뜯어보았다. 네가 말을 몰 수 있을 만큼 정신을 차리면 우리가 말을 되찾아 줄게.

네, 좋아요.

믿어도 되지?

믿기는 뭘 믿어. 롤린스가 말했다.

블레빈스가 말했다. 네.

존 그래디는 롤린스를 바라보았다. 롤린스는 모자로 얼굴을 가린 채 누워 있었다. 존 그래디는 다시 블레빈스를 바라보았다. 그래, 그렇게 하자.

그는 침낭을 가져와 블레빈스에게 깔개용 담요를 건넸다.

잘 거예요?

그래.

밥은 먹었어요?

그래, 먹었지. 너는 안 먹었니? 우린 커다란 스테이크를 한 조각씩 먹고, 세 번째 조각은 둘이서 나눠 먹었지.

젠장.

그들은 달이 기울 때까지 잠을 잔 후 어두컴컴할 때 일어나 담배를 피웠다. 존 그래디가 별을 바라보았다.

어이, 몇 시쯤 됐을까? 롤린스가 말했다.

고향에서는 상현달이 저 위치면 자정인데.

롤린스는 담배를 피웠다. 젠장. 다시 잠이나 자야겠다.

그렇게 해. 내가 나중에 깨울게.

알았어.

블레빈스도 다시 잠이 들었다. 존 그래디는 울타리처럼 늘어선 거무스름한 산 뒤에서부터 동쪽으로 펼쳐진 하늘을 바라보며 앉아 있었다. 마을은 온통 어둠뿐이었다. 개조차 짖지 않았다. 그는 침낭에서 자고 있는 롤린스를 바라보았다. 그는 자신의 선택이 옳았고 다른 도리가 없었음을 확신했다. 북두칠성이 하늘 북쪽 가장자리에서 회전하는 가운데 기나긴 밤이 지나가고 있었다.

그는 일출을 한 시간쯤 남겨 두고 두 사람을 깨웠다.

준비됐어? 롤린스가 말했다.

준비됐고말고.

그들은 말에 안장을 얹었고, 존 그래디가 블레빈스에게 밧줄을 건넸다. 이걸로 임시 고삐를 만들어.

알았어요.

셔츠 아래에 잘 숨겨 놔. 눈에 안 띄게 말이야. 롤린스가 말했다.

누가 본다고요.

까불지 마. 저쪽에서 불빛이 보였어.

가자. 존 그래디가 말했다.

어제 말이 있던 곳 근방은 온통 컴컴했다. 그들은 천천히 나아갔다. 쓰레기 더미에서 잠자던 개가 벌떡 일어나 짖어 댔지만 롤린스가 무얼 던지는 시늉을 하자 살금살금 도망쳤다. 어제 봐 두었던 집에 이르자 존 그래디가 말에서 내려 창가로 다가가 집 안을 살피고 돌아왔다.

여기 없어.

쥐 죽은 듯 조용하군. 롤린스는 몸을 숙여 침을 뱉었다. 젠장.

여기가 맞아요? 블레빈스가 물었다.

그래, 분명 여기였어.

블레빈스는 말에서 내려 맨발로 조심스레 다가가 안을 들여다보았다. 그러다 창문을 넘어 집 안으로 들어갔다.

뭐 하는 거야? 롤린스가 말했다.

낸들 알아.

그들은 기다렸다. 그는 돌아오지 않았다.

저기 누가 온다.

개들이 짖기 시작했다. 존 그래디는 말에 올라 왔던 길을 되짚어가다 어두운 곳에 몸을 숨겼다. 롤린스도 뒤를 따랐다. 마을 전체에서 개들이 짖어 댔다. 불이 하나 켜졌다.

이젠 어쩔 수 없군. 롤린스가 말했다.

존 그래디는 그를 바라보았다. 롤린스는 허벅지 위에 소총을 세워 들고 있었다. 저 너머 건물에서 개들이 컹컹대는 소리 사이로 고함이 울려 퍼졌다.

롤린스가 말했다. 저 새끼 때문에 우리가 지금 어떤 곤경에 처했는지 알아? 알기는 아느냐고?

존 그래디는 몸을 숙여 말에게 속삭이고 어깻죽지를 쓰다듬었다. 말은 초조하게 발을 굴렀지만 제법 침착해 보였다. 그는 불이 켜진 집을 살펴보았다. 어둠 속에서 말 한 마리가 나직이 히잉거렸다.

망할 놈의 미친 새끼. 망할 놈의 미친 새끼. 롤린스가 말했다.

그때 요란한 소리가 터져 나왔다. 롤린스는 고삐를 잡아당기며 총신으로 말의 궁둥이를 내리쳤다. 말이 몸을 웅크려 뒷굽으로 땅을 파헤치는 그 순간, 쓰러져 가는 오코티요 울타리 뒤에서 속옷 차림의 블레빈스가 커다란 갈색 말을 타고 나타났다. 이어서 개들이 우르르 쏟아져 나오더니 바짝 뒤를 따르며 요란하게 짖어 댔다.

블레빈스는 말갈기를 꽉 쥐고서 미끄러지듯 지나치며 롤린스의 머리에서 모자를 낚아챘다. 개들이 온 거리에서 사납게 짖어 대자 롤린스의 말이 멈칫 몸을 뒤틀며 머리를 흔들어 댔다. 갈색 말이 거리를 완전히 한 바퀴 돌 무렵 어둠 속에서 탕, 탕, 탕 하고 세 번의 총성이 울렸다. 존 그래디는 발꿈치로 말을 때리고 바짝 몸을 숙였다. 그와 롤린스는 요란스레 거리를 내달렸다. 블레빈스는 창백한 두 다리로 말 허리를 꽉 조이고는 셔츠 자락을 펄럭이며 두 사람을 지나쳐서 쏜살같이 달려갔다.

그들이 언덕 봉우리에 이르는 동안 다시 세 발의 총성이 울렸다. 그들은 남쪽으로 뻗은 큰길에 접어들어 떠들썩하게 마을을 가로질렀다. 몇몇 좁다란 창문에는 벌써 램프 불이 켜져 있었다. 그들은 나지막한 구릉지를 전속력으로 달려갔다. 첫 햇살이 동쪽 땅을 세상에 내보이고 있었다. 마을 남쪽으로 1.5킬로미터를 달린 후에야 두 사람은 블레빈스를 따라잡을 수 있었다. 그는 말 머리를 돌려 그들 두 사람과 길 뒤편을 살폈다.

있잖아요, 내 말 좀 들어 봐요.

두 사람은 거친 숨을 몰아쉬는 말을 진정시키려 애썼다. 이 망할 자식. 롤린스가 말했다.

블레빈스는 대꾸하지 않았다. 그는 말에서 내려 땅에 귀를 대고 누웠다. 그러다 일어나 다시 말에 올랐다.

형, 사람들이 쫓아와.

말을 타고?

응. 여기서 나랑 헤어져. 저들은 날 쫓고 있으니까 난 이 길로 계속 달릴게. 길에서 먼지가 이는 걸 보고 날 쫓아올 거야. 그사이 형들은 길에서 벗어나서 달아나. 우리는 나중에 길에서 만나면 돼.

그들이 뭐라고 말하기도 전에 그는 고삐를 획 잡아당겨 내달렸다.

저 애 말이 옳아. 어서 길에서 벗어나자. 존 그래디가 말했다.

그러자.

그들은 어둠에 묻힌 낮은 지대를 골라 덤불 사이를 지나며 빛을 받지 않게 몸을 말에 바짝 붙였다.

이러다가는 말이 뱀한테 물리겠어. 롤린스가 말했다.

곧 해가 뜰 거야.

그러면 총에 맞아 죽겠지.

잠시 후 길에서 말 달리는 소리가 들렸다. 이어서 더 많은 말들이 지나갔다. 그리고 고요가 사방을 덮었다.

롤린스가 말했다. 이제 움직이자. 곧 햇빛이 들 거야.

그래, 그러자.

저 사람들이 나중에 되돌아오다가 우리가 길을 벗어난 걸 알아차릴까?

아까 지나갈 때 우리 흔적은 다 지워졌을걸.

그 애가 붙잡히면?

존 그래디는 대답하지 않았다.

우리가 어디로 갔는지 당장 입을 열겠지.

안 그럴 거야.

안 그러기는. 교차로만 지키고 있으면 금방 녀석을 잡을 텐데.

우리가 빨리 가면 되지.

네 말은 어떤지 몰라도 내 말은 완전히 지쳤다고.

그럼 어쩔 건데?

젠장, 선택의 여지가 없잖아. 날이 밝으면 뭐가 보이겠지. 가다가 먹을 걸 구할 수 있을지도 모르고. 롤린스가 말했다.

그래.

그들은 천천히 산등성이를 올랐다. 땅은 온통 회색일 뿐, 아무것도 움직이지 않았다. 그들은 말에서 내려 산등성이를 따라 걸어갔다. 덤불숲에서 자그마한 새들이 지저귀었다.

마지막으로 밥을 먹은 게 언제였더라? 롤린스가 말했다.

배가 고픈 줄도 모르겠어.

나도야. 총에 맞아 뒈지려고 뛰어드는 마당에 어디 밥 생각이 나겠어? 안 그래?

가만.

왜?

가만히 있어.

그들은 귀를 기울였다.

아무 소리도 안 들리는데.

누군가가 말을 타고 지나가.

길에서?

모르겠어.

보여?

아니.

어서 여길 뜨자.

존 그래디는 침을 뱉고 귀를 기울였다. 그들은 다시 길을 떠났다.

해가 뜰 무렵 그들은 자갈밭에 말을 남겨 두고 산꼭대기까지 기어올라 오코티요 관목 사이에 앉아 북동쪽을 살폈다. 사슴 몇 마리가 맞은편 산등성이에서 풀을 뜯고 있었다. 그 외에는 아무것도 없었다.

길이 보여? 롤린스가 물었다.

아니.

그들은 그대로 앉아 있었다. 롤린스가 소총을 무릎에 기대 세우고 주머니에서 담배를 꺼냈다. 담배나 한 대 피워야겠다.

기다란 햇살이 동쪽에서 달려 나오더니 붉은 태양이 수평선 위에서 핏빛으로 부풀어 올랐다.

저기 봐. 존 그래디가 말했다.

어디?

저기.

3킬로미터쯤 떨어진 언덕에서 사람들이 봉우리를 오르고 있었다. 한 명, 두 명. 또 한 명. 그들은 다시 시야에서 사라졌다.

어디로 가는 걸까?

글쎄. 하지만 좋은 생각이 있어.

롤린스가 담배를 손에 들었다. 우린 이 망할 땅에서 죽고 말 거야.

아니, 그렇지 않아.

우릴 추적할까?

글쎄. 그야 모르지.

까짓것. 말이 지쳐서 궁지에 몰리면 총알 맛을 보여 주면 돼.

존 그래디가 그를 바라보다가 아까 추적자들이 지나간 곳으로 시선을 돌렸다. 텍사스로 돌아가긴 싫어.

총은 어딨어?

안장주머니에.

롤린스가 담배에 불을 붙였다. 그 망할 새끼가 한 번만 더 내 눈에 띄면 당장 죽여 버릴 거야. 안 그러면 차라리 내가 뒈져 버리지.

가자. 여기 전체를 수색할걸. 멍청히 서 있느니 재빨리 달아나는 게 상책이야. 존 그래디가 말했다.

그들은 태양을 등지고 서쪽으로 달렸다. 말과 사람의 그림자가 나무처럼 기다랗게 뻗어 갔다. 그들은 검은 자갈투성이인 나직한 화산암 구릉지를 넘으며 계속해서 뒤를 살폈다. 그들이 가려고 했던 남쪽 지역에서 다시 추적자가 보였다. 그리고 또다시.

저 자식들 말이 지치지 않는 한 우리를 더 바짝 쫓아올 텐데. 롤린스가 말했다.

그렇겠지.

정오가 되기 전 그들은 화산이 빚어낸 나지막한 봉우리에 올라 말 머리를 돌려 주위를 살폈다.

어떤 것 같아? 롤린스가 물었다.

저들도 우리가 그 말을 가지고 있지 않다는 걸 알아. 그건 확실해. 그러니 아마 이런 곳까지 말을 몰고 들어오기는 싫을 거야.

나도 같은 생각이야.

그들은 오래도록 가만히 지켜보았다. 움직이는 것은 아무것도 없었다.

추적을 포기했나 봐.

그런 것 같아.

어서 출발하자.

저녁이 다가오자 말이 비틀거렸다. 그들은 모자에 물을 부어 말에게 먹이고 물통에 남은 물을 모두 마신 후 다시 말에 올랐다. 추적자는 더 이상 보이지 않았다. 저녁이 다 될 무렵 그들은 깊이 파인 마른 도랑에 이르렀다. 도랑 맞은편에 양치기 움막이 있고, 도랑 바닥에는 하얀 조약돌이 깔려 있었다. 자기 조상들이 그러했듯 방어에 유리한 지역을 고른 양치기들은 맞은편 도랑가를 나아가는 말 탄 이들을 진지한 눈길로 바라보고 있었다.

어떻게 할까? 존 그래디가 말했다.

그냥 계속 가자. 이 동네 사람이라면 진저리가 나.

그게 좋겠어.

그들은 1.5킬로미터를 더 가서 도랑으로 내려가 물을 찾았다. 물은 흔적도 없었다. 그들은 말에서 내려 고삐를 끌고 갔다. 깊어 가는 어둠 속에서 말과 사람이 휘청이며 걷는 와중에도 롤린스는 소총을 들고서 모래에 난 새나 멧돼지의 무의미한 흔적을 쫓았다.

밤이 오자 그들은 말을 몇 미터 밖에 매어 두고 담요를 깔고 앉았다. 불을 피우거나 대화를 나누지도 않고 가만히 앉아 있었다. 잠시 후 롤린스가 말했다. 양치기한테 물을 얻어 올 걸 그랬어.

아침에 물을 찾을 수 있을 거야.

지금이 아침이면 좋겠어.

존 그래디는 아무 말도 하지 않았다.

젠장, 주니어가 오줌을 누고 밤새 신음하고 보챌 텐데. 얼마나 힘들지 상상이 가.

보나 마나 우리가 미쳤다고 생각하겠지.

그럼 미쳤지, 안 미쳤냐?

그 애는 잡혔을까?

글쎄.

잠이나 자자.

그들은 담요 위에 누웠다. 말들이 어둠 속에서 초조하게 발을 굴렀다.

그 녀석에 대해 할 말이 있어. 롤린스가 말했다.

누구?

블레빈스.

무슨 말인데?

그 새끼는 말을 뺏기고는 절대 못 살 놈이야.

아침이 되자 그들은 말을 매어 둔 채 도랑 위로 올라가 떠오르는 태양을 바라본 뒤 물이 있는지 주변을 둘러보았다. 그러다 태양이 완전히 솟아오르자 그들은 도랑에서 추운 밤을 지낸 뒤라 태양을 등지고 자리에 앉았다. 북쪽에서 가느다란 연기가 바람 한 점 없는 대기 속으로 곧게 치솟았다.

양치기 움막일까? 롤린스가 말했다.

그러면 좋을 텐데.

저기로 말을 타고 가서 물이랑 음식 좀 달라고 해 볼까?

아니.

나도 반대야.

그들은 주변을 살폈다.

롤린스가 소총을 들고서 어딘가로 걸어갔다. 잠시 후 그는 모자에 노팔 선인장 열매를 담아 와 평평한 바위 위에 쏟아 붓고 칼로 껍질을 벗겼다.

먹을래?

존 그래디는 바위 앞에 웅크리고 앉아 칼을 꺼냈다. 노팔 열매에는 여전히 밤의 찬 기운이 어려 있었다. 그들은 손을 핏빛으로 물들이며 노팔 열매를 까먹고서 작고 단단한 씨를 뱉고 손에 박힌 가시를 뽑았다. 롤린스가 황야를 가리켰다. 저쪽엔 별일 없겠지?

존 그래디가 고개를 끄덕였다. 지금 가장 큰 문제는 그들을 마주치더라도 알아볼 수가 없다는 거야. 말이라도 자세히 살펴볼 수 있었더라면 좋았을 텐데.

롤린스는 침을 뱉었다. 그건 그쪽도 마찬가지야. 저들도 우리를 몰라.

알아볼걸.

그래, 그렇겠지.

물론 블레빈스랑 같이 있어도 전혀 문제 될 건 없어. 녀석은 말을 붉게 칠하고 허풍을 떨고 다닐 테니깐.

농담 마.

롤린스는 칼날을 바지에 문질러 닦고서 접었다. 점점 후회가 돼.

신기한 건 그 애 말이 사실이었다는 거야. 정말 자기 말이었어.

다른 사람 말일걸.

그 멕시코 놈들 말이 아닌 건 확실하잖아.

그래. 그걸 증명할 방법이 없을 뿐이지.

롤린스는 칼을 주머니에 넣고는 모자에서 노팔 가시를 뽑았다. 잘생긴 말은 예쁜 여자나 마찬가지지. 쓸데없이 문제만 일으키거든. 남자에게 정말 필요한 건 제대로 된 것 하나면 돼.

어디서 그런 말을 들었어?

나도 몰라.

존 그래디는 칼을 접었다. 앞으로 갈 길이 아득하군.

그러게 말이야.

그 녀석이 어디로 갔는지는 하느님만이 아실 거야.

롤린스는 고개를 끄덕였다. 네 말대로 될걸.

무슨 말?

언젠가 또 만날 거라는 말.

그들은 하루 종일 드넓은 벌판을 지나 남쪽으로 향했다. 정오가 되어서야 어도비 벽돌로 된 저수조 바닥에서 개흙 찌꺼기에 고인 물을 찾아낼 수 있었다. 저녁에 나지막한 언덕 사이를 지나는데 노간주나무 뒤에서 뿔 달린 수사슴이 튀어나왔다. 롤린스가 부츠 총집에서 재빨리 총을 꺼내 공이치기를 당겨 발사했다. 고삐가 풀린 말은 몸을 웅크려 옆으로 번쩍 뛰어오르고서 부들부들 떨었다. 롤린스가 말에서 내려 수사슴을 보았던 곳으로 달려가 보니 자그마한 사슴이 피 웅덩이 속에 쓰러져 죽어 있었다. 존 그래디가 말에 탄 채 롤린스의 말을 끌고 다가왔다. 두개골 아랫부분을 관통당한 사슴은 두 눈이 흐릿했다. 롤린스는 빈 탄피를 빼내어 새 총알을 재우고 엄지손가락으로 공이를 내린 후 고개를 들었다.

명중이야. 존 그래디가 말했다.

어쩌다 운이 좋았을 뿐이야. 그냥 총을 꺼내 아무렇게나 쐈는걸.

그래도 명중이잖아.

허리칼 좀 빌려줘. 배가 터지도록 고기를 먹지 않으면 내가 내가 아니라 되놈이지.

그들은 내장을 꺼낸 사슴을 노간주나무에 매달아 식히는 사이에 비탈을 뒤져 장작거리를 찾았다. 모닥불을 피운 다음에는 팔로베르데 가지를 다듬어 Y 자 모양이 되게 땅에 꽂았다. 롤린스가 사슴 껍질을 벗겨 고기를 가늘고 길게 잘라 팔로베르데 가지에 걸쳐 연기를 쏘였다. 불이 사그라들자 그는 초록색 나뭇가지 두 개에 고기를 뒤집어 꽂고서 벌건 모닥불 위에 놓은 바위에 얹었다. 그들은 고기가 갈색으로 변하는 것을 지켜보며 기름이 모닥불에 떨어져 치익대며 솟구치는 연기 냄새를 맡았다.

존 그래디는 말이 멀리 가지 못하게 다리를 느슨하게 묶어서 풀어 놓고 안장과 담요를 챙겨 들고 왔다.

자, 받아.

뭔데?

소금.

빵이 있으면 좋을 텐데.

신선한 옥수수와 감자와 사과 파이는?

지금 놀리냐?

아직 안 익었어?

응, 기다려. 그렇게 서 있는다고 해서 고기가 빨리 익지는 않아.

그들은 사슴 허리 고기를 한 조각씩 먹은 후 팔로베르데 가지에 걸친 고기 조각을 뒤집고는 바닥에 드러누워 담배를 말았다.

블레어 씨네에서 일하던 바케로(카우보이)들이 한 살짜리 암소 고기를 써는데, 어찌나 얇게 저미는지 고기가 다 투명하더라니깐. 길기는 또 어찌나 긴지. 고기를 불가 나뭇가지에 늘어놓은 것이 꼭 무슨 빨랫감처럼 보였어. 밤에 보면 뭔지 절대 모를걸. 꼭 배 속을 환히 들여다보는 것 같은 기분이야. 바케로들이 밤새 고기를 뒤집고 불이 안 꺼지게 살피는데, 너도 그 광경을 봤어야 했어. 밤중에 자다 깨서 봤더니 바람 부는 초원 같은가 하면 또 뜨겁게 타오르는 화덕 같기도 한 것 있지. 피처럼 시뻘겠어.

저 고기는 개잎갈나무 맛이 날걸. 존 그래디가 말했다.

당연하지.

코요테가 남쪽 산등성이에서 요란하게 울부짖었다. 롤린스는 몸을 숙여 모닥불에 담뱃재를 털고 다시 등을 기댔다.

죽음에 대해 생각해 본 적 있어?

그래, 가끔. 너는?

나도 가끔. 천국이 있을까?

응. 왜, 없을 것 같아?

모르겠어. 있겠지. 지옥은 안 믿는데 천국은 믿는 게 가능할까?

마음 내키는 대로 믿는 거지.

롤린스는 고개를 끄덕였다. 넌 앞으로 있을지도 모를 온갖 일에 대해 미리 생각하지. 그러다가는 한도 끝도 없어.

신앙 생활이라도 하자는 거야?

아니. 그냥 진심으로 신에 귀의했다면 삶이 달라지지 않았을까 하는 생각이 가끔씩 들어.

지금 나를 떠나고 싶다는 거야?

절대 아니야.

존 그래디는 고개를 끄덕였다.

코요테가 사슴 내장을 노리고 이리로 올까? 롤린스가 말했다.

그럴 수도 있겠군.

코요테 본 적 있어?

아니. 너는?

줄리어스 램지가 그레이프 개천에서 개들을 데리고 사냥해서 죽인 것을 본 적 있어. 글쎄, 놈이 나무에 기어오르더니 개들한테 나뭇가지를 휘둘렀대.

그게 정말이라고 믿어?

응. 진짜 그랬을 것 같아.

존 그래디는 고개를 끄덕였다. 그럴 수도 있겠지.

코요테가 구슬프게 울부짖다 멈추더니 다시 울부짖었다.

신이 정말 사람들을 굽어살필까? 롤린스가 말했다.

응. 그러시지 않을까?

그래, 그럴 거야. 그런 법이지. 아칸소 같은 촌구석에 사는 인간이 깨어나 재채기를 하는데, 그것이 멎기도 전에 전쟁이 터지거나 세상이 끝장나거나 아수라장이 될지도 모르는 일이지. 앞으로 무슨 일이 닥칠지 누가 알겠어. 하느님께서 노하셨다고 할 수밖에. 그렇지 않고서야 어떻게 세상의 종말이 오겠어.

존 그래디는 고개를 끄덕였다.

멕시코 놈들이 그 녀석을 못 잡았겠지?

블레빈스 말이야?

그래.

모르겠어. 그 애가 총에 맞으면 네가 기뻐할 줄 알았는데.

그 녀석이 그런 일을 당하기를 바라는 건 아니야.

동감이야.

이름이 정말 지미 블레빈스일까?

누가 알겠어.

밤에 잠이 깬 그들은 코요테들이 사슴 시체에 모여들어 고양이처럼 으르렁대며 싸우는 것을 들으며 가만히 누워 있었다.

시끄러워 미치겠군.

롤린스는 일어나 모닥불에서 장작 하나를 빼내어 고함을 지르며 코요테 쪽으로 던졌다. 짐승들은 즉각 잠잠해졌다. 그는 모닥불에 땔감을 더 넣고 나뭇가지에 걸린 고기를 뒤집었다. 그리고 다시 담요에 눕는데 짐승들이 또 으르렁대기 시작했다.

그들은 다음 날 하루 종일 구릉지를 넘어 서쪽으로 향했다. 훈제하여 반쯤 말린 사슴 고기를 잘라 먹은 탓에 기름과 검댕투성이가 된 손을 말 등에 문질러 닦고 물병을 주거니 받거니 하며 앞으로 나아가던 그들은 주변 경치에 감탄했다. 폭풍이 부는 남쪽 수평선에는 뭉게구름의 기다란 검은 덩굴 같은 끄트머리에서 빗줄기가 늘어지고 있었다. 그들이 그날 밤 초원에 우뚝 솟은 바위에서 야영하는 동안, 한결같은 어둠이 깔린 수평선을 따라 번개가 번쩍이며 저 멀리 산맥을 조롱하였다. 다음 날 아침 그들은 평야를 가로지르다 바하다에 이르자 말에게 물을 먹이고 자신들은 바위에서 떨어지는 빗물을 받아 마셨다. 산을 오를수록 추위가 더해 가는 가운데 해 질 무렵 코르디예라(대산맥) 봉우리에 이르러 아래를 내려다보니 말로만 듣던 광경이 눈앞에 펼쳐졌다. 짙은 보라색 안개 아래 푸른 대지가 펼쳐지고, 서쪽 하늘에서는 길게 줄지은 물새들이 해 지기 전에 서두르는 듯 뭉게구름 아래 드리운 새빨간 복도 같은 하늘을 달려 북쪽으로 향하는 모습이 마치 불타는 바닷속을 달리는 열대어 같았고, 해안가 초원에는 바케로들이 황금 먼지 사이로 소 떼를 몰고 가는 중이었다.

그들은 남쪽 비탈로 내려가 툭 튀어나온 바위 아래서 마른 흙 위에 담요를 깔아 잠잘 준비를 하였다. 롤린스는 죽은 나무를 말에 줄로 매어 야영지로 끌고 와 커다란 모닥불을 피워 추위를 막았다. 모닥불이 호수에 반사되기라도 한 듯, 물도 없는 어둠 속 초원에서 불빛이 어른거렸다. 10킬로미터 밖에서 바케로들이 지핀 모닥불이었다. 빗물에 모닥불이 치익대고 어둠 속에서 말들이 붉은 눈을 껌뻑이는 검은 밤이 끝나고 차가운 회색빛 아침이 왔지만 해는 한참 후에야 떠올랐다.

정오에 그들은 생전 처음 보는 풀을 밟으며 초원을 가로질렀다. 소 떼가 초원 위에 개울처럼 아로새겨 놓은 길을 따라가다 보니 저 멀리 서쪽으로 움직이는 소들이 보였다. 한 시간을 더 간 끝에 따라잡을 수 있었다.

바케로들은 그들이 말에 앉아 있는 품새를 척 보고는 그들을 카바예로라고 부르며 담배를 건네고 그곳 고장에 대해 이야기해 주었다. 바케로들은 시내와 개울을 건너고 거대한 미루나무 사이로 영양과 흰꼬리사슴을 내쫓으며 서쪽으로 소 떼를 몰다가 오후 늦게 울타리에 마주치자 남쪽으로 방향을 틀었다. 최근에 내린 비 탓에 타이어와 말발굽 자국이 그대로 남은 울타리 건너편 길로 한 소녀가 말을 몰고 오자 그들은 대화를 뚝 멈추었다. 소녀는 푸른색 능직 승마 재킷과 승마 바지에 영국식 승마 부츠를 신고서 말채찍을 휘두르며 승마용 검은색 아라비아말을 몰았다. 말의 배가 축축하고 가죽 안장의 가장자리와 승마 부츠가 거무스름해진 것으로 보아 강이나 시에나가를 지나온 것이 분명했다. 챙이 넓은 납작한 검은색 펠트 모자 아래로 등까지 드리운 검은 머리가 나부꼈다. 소녀가 말을 몰다 멈추고서 웃으며 채찍을 모자챙에 갖다 대자 바케로들은 모두 한 명씩 차례로 모자에 손을 대며 인사를 건넸다. 심지어 달려오는 그녀를 못 본 척했던 이들까지 인사를 했다. 말은 따가닥따가닥 길 아래로 사라졌다.

롤린스는 바케로들의 카포랄(현장 주임)을 쳐다보았지만 그는 앞장서 대열을 이끌 뿐이었다. 롤린스는 뒤로 와 존 그래디 옆에서 말을 몰았다.

그 여자 애 봤니?

존 그래디는 대꾸하지 않았다. 그저 소녀가 사라진 길 쪽을 바라보고 있었다. 볼거리라고는 전혀 없는데도 그는 그곳에서 시선을 떼지 않았다.

한 시간 후 그들은 바케로들과 함께 엷어지는 햇살을 받으며 소들을 우리에 몰아넣었다. 헤렌테(감독관)는 말 위에 앉아 이쑤시개로 이를 쑤시며 가타부타 말 없이 지켜보았다. 일이 끝나자 카포랄과 바케로 한 명이 그들을 감독관에게 데려가 이름도 모르면서 소개시켜 주었다. 그들은 다 같이 헤렌테의 집으로 말을 몰고 가 알전구만 달랑 매달려 빛을 비추는 철제 식탁에 둘러앉았다. 헤렌테가 목장 일을 얼마나 잘 알고 있는지 꼬치꼬치 캐묻자 카포랄이 그들의 편을 들어 주었고, 바케로도 고개를 끄덕이며 그들 말이 맞다고 거들었다. 정작 당사자들은 그런 생각을 해 본 적도 없는데도, 카포랄은 그들에게 구에로스(투사) 자질이 있다고 나서서 증언하면서 모든 이들이 그것을 알고 있다는 듯 손을 휘두르며 의심을 지우려 했다. 헤렌테는 의자에 기대 앉아 그들을 유심히 살폈다. 그러다 마침내 그들에게 이름을 묻고 철자를 알려 달라 하여 장부에 받아썼다. 그들은 일어나 악수를 나눈 후 달빛이 빛나고 소들이 음매 우는 초저녁 어둠 속으로 걸어 나왔다. 네모난 창에서 흘러나온 따스한 노란 불빛에 낯선 세계가 모습을 드러냈다.

그들은 말에서 안장을 벗겨 우리에 넣은 뒤 카포랄을 따라 합숙소로 향했다. 양철로 지붕을 인 기다란 어도비 벽돌 건물에는 바닥이 콘크리트로 된 방이 두 개 있었다. 방 하나에는 나무나 금속으로 된 침대 열두 개가 놓여 있었다. 그리고 얇은 철판으로 된 자그마한 난로 하나가 있었다. 다른 방에는 장작을 때는 요리용 화덕과 기다란 식탁과 긴 의자가 놓여 있었다. 나무로 만든 낡은 찬장은 컵과 양철 그릇을 두는 곳이었다. 활석 싱크대에는 아연을 입힌 식기대가 달려 있었다. 그들이 들어왔을 때 바케로들은 벌써 식탁에 앉아 밥을 먹고 있었다. 그들이 식기대에서 컵과 접시를 챙겨 화덕에서 콩과 토르티야와 걸쭉한 새끼 염소 수프를 담아 식탁에 다가가자 바케로들은 고개를 끄덕이며 앉으라고 커다랗게 손짓을 했다. 그 와중에도 다른 손으로는 식사를 계속하고 있었다.

그들은 식사를 마친 후 식탁에 앉아 담배를 피우고 커피를 마셨다. 바케로들은 미국에 대해 질문을 퍼부었는데, 모두 말과 소에 관해서일 뿐 그들의 신상에 대해서는 아무것도 묻지 않았다. 바케로 중에는 미국에 가 본 적이 있는 친구나 친척이 있는 이도 있었지만, 대다수에게 그 북쪽 나라는 그저 소문 속에만 존재하는 장소일 뿐이었다. 불가해한 그 어떤 것인 듯이. 어느 바케로가 식탁에 등유 램프를 가져와 불을 켜자 이내 발전기가 멈추더니 천장에 매달린 전구에서 빛이 사라져 오렌지 빛 가느다란 철사만 남았다가 그것마저도 깜빡이며 꺼져 버렸다. 바케로들은 존 그래디의 대답을 유심히 듣고는 진지하게 고개를 끄덕이며, 다른 의견이 있는 사람인 양 비치지 않게 조심스럽게 행동했다. 자신의 일에 숙련된 사람이

으레 그렇듯 그들 역시 직접 경험하지 않고 하는 말은 아무리 사소한 것이라 하더라도 경멸하기 때문이었다.

그들은 물에 세제를 풀어 놓은 아연 도금 물통에 접시를 담가 놓고 램프를 들고 합숙소 안쪽 침실로 가서 녹슨 스프링이 삐걱대는 침대에 시트를 깔고 담요를 펼친 후 옷을 벗고 램프를 껐다. 바케로들이 잠든 후에도 두 사람은 피곤에 지친 채 기나긴 시간을 어둠 속에서 깨어 있었다. 말과 가죽과 남자 냄새가 밴 방에서 바케로들이 깊이 잠든 채 쉬이쉬이 숨을 쉬고, 저 멀리 우리에서는 새로 온 소들이 잠들지 못하고 음매음매거렸다.

저 아저씨들 괜찮아 보이지? 롤린스가 속삭였다.

그래, 좋은 사람들 같아.

그 낡은 안장들 봤니?

응.

우리가 도망자라고 생각할까?

그럼 도망자지, 아니냐?

롤린스는 대꾸하지 않았다. 잠시 후 그가 말했다. 소들이 우는 소리를 들으니 기분 좋다.

정말 그래.

로차 씨에 대해서는 뭐라 하던?

별 말 안 하던걸.

아까 그 애는 로차 씨의 딸일까?

그런 것 같아.

여긴 정말 시골 같지?

그래. 그만 자자.

있잖아?

응.

옛날 카우보이는 이렇게 지냈겠지?

그랬겠지.

여기에 얼마나 머물고 싶어?

한 100년. 그만 자자.

2부

아시엔다 데 누에스트라 세뇨라 데 라 푸리시마 코셉시온(동정녀 성모마리아의 목장)은 코아우일라 주 쿠아트로시에나가스 볼손(분지) 외곽 지역에 자리한 1만 1000헥타르에 이르는 목장이었다. 목장 서쪽에는 해발 3킬로미터에 달하는 안테오호 산맥이 우뚝 솟아 있고, 남쪽과 동쪽에는 자연적으로 생성된 샘과 시내와 늪과 라구나(연못) 덕분에 물이 풍부한 널따란 분지가 펼쳐져 있었다. 연못과 시내에는 다른 곳에서는 볼 수 없는 물고기가 헤엄쳤고, 땅 위에는 어디나 새와 도마뱀과 사막에서 살아남은 생물들이 눈에 띄었다.

라 푸리시마는 1824년 식민지 정부가 그 지역 목장마다 불하한 6스퀘어리그[46]를 팔지 않고 그대로 보존한 몇 안 되는

---

46) 영국의 독특한 단위로, 6스퀘어리그는 약 1만 헥타르다.

목장 중 하나였다. 목장주인 돈 엑토르 로차 비야레알은 목장에서 실제로 기거하는 보기 드문 아센다도(목장주)였다. 그 땅은 170년째 그의 가문에 속해 있었다. 그는 마흔일곱 살로, 신세계의 가문들을 모두 뒤져 보아도 그 나이까지 살아남은 최초의 남자 상속인이었다.

그는 목장에서 1000마리의 소를 길렀다. 그의 아내는 멕시코시티에 있는 그의 소유로 된 집에서 살고 있었다. 그는 전용 비행기로 두 곳을 오갔다. 그는 말을 사랑했다. 그날 아침 그는 네 명의 친구와 모소(짐꾼)들과 함께 헤렌테의 집으로 말을 몰고 왔다. 뒤따르는 두 마리의 짐말에는 나무 바구니가 실려 있었는데, 하나는 텅 비어 있고 다른 하나에는 점심거리가 담겨 있었다. 여윈 은빛 그레이하운드들이 흘러내리는 수은처럼 말 다리 사이로 조용히 내달렸다. 말들은 개에 전혀 신경 쓰지 않았다. 아센다도가 큰 소리로 외치자 헤렌테가 셔츠 차림으로 집 밖으로 나왔다. 헤렌테는 간단히 인사를 건네는 그들에게 고개를 꾸벅 숙였고, 아센다도는 친구들에게 그를 소개하고는 다시 길을 떠났다. 그들이 합숙소를 지나쳐 정문으로 나가 시골길에 들어설 무렵 바케로 몇몇이 우리에서 말을 골라 안장을 씌우고 일 나갈 채비를 하고 있었다. 존 그래디와 롤린스는 커피를 마시며 문가에 서 있었다.

저기 가는군. 롤린스가 말했다.

존 그래디는 고개를 끄덕이고는 남은 커피를 마당에 쏟아부었다.

어디들 가는 걸까? 롤린스가 말했다.

코요테 사냥이라도 가나 보지.

총이 없는걸.

밧줄이 있잖아.

롤린스는 친구를 바라보았다. 지금 농담하냐?

아니.

구경하면 재밌을 텐데.

그러게. 자, 일이나 시작할까?

그들은 축사에서 낙인을 찍고 귀에 인식표를 달고 거세를 하고 뿔을 자르고 백신을 접종하며 이틀을 보냈다. 사흘째 되는 날 바케로들이 메사에서 세 살 난 야생 망아지들을 잡아와 우리에 가두자 롤린스와 존 그래디는 저녁에 망아지들을 보러 나갔다. 망아지들은 우리 한구석에 우르르 몰려 있었다. 흰 점이 박힌 말, 황갈색 말, 밤색 말, 그리고 페인트[47]도 몇 마리 있었고, 색깔뿐만 아니라 크기나 형태도 제각각이었다. 존 그래디는 우리 문을 열고 친구와 함께 안으로 들어가서 다시 문을 닫았다. 겁에 질린 짐승들은 서로를 밟고 올라서거나 우리를 따라 양쪽으로 달리거나 우리를 부수려고 들었다.

무슨 말들이 이렇게 겁이 많아. 롤린스가 말했다.

우리가 누군지 모르잖아.

우리가 누군지 모른다고?

그래. 걸어 다니는 사람은 생전 처음 봤을걸.

롤린스가 몸을 숙여 침을 뱉었다.

---

47) 검은색과 흰색 혹은 갈색과 흰색으로 얼룩덜룩한 말.

마음에 드는 놈 있어?

저기 저 말.

어느 말?

진한 밤색 말 말이야. 바로 저쪽에.

어디?

잘 봐 봐.

저 말은 400킬로그램도 안 나가겠는걸.

400킬로그램은 될 거야. 저 궁둥이랑 뒷다리 좀 봐. 좋은 소몰이 말이 되겠어. 저기 흰 점박이 말 좀 봐.

발굽이 손톱만 한 녀석 말이야?

좀 작긴 하네. 그럼, 저놈은? 다른 흰 점박이 말이야. 오른쪽에서 세 번째 것.

커다란 하얀 얼룩이 있는 놈?

그래.

웃기게 생겼는걸.

아니야. 색깔이 독특할 뿐이야.

그래도 괜찮다는 거야? 다리가 하얗잖아.

좋은 말이야. 머리 좀 봐. 턱은 또 어떻고. 자랄수록 꼬리도 길어지겠지.

그렇겠지. 롤린스는 미심쩍다는 듯 고개를 저었다. 전에는 말이라면 깐깐하기가 뭐 같더니만. 얼마나 오랜만에 말을 봤으면 저럴까.

존 그래디는 고개를 끄덕였다. 맞아. 그래도 말이 어떻게 생겨야 한다는 걸 까먹을 정도는 아니야.

망아지들이 우리 한구석에 다시 모여 눈알을 굴리거나 서로의 목에 머리를 비볐다.

한 가지는 확실하군. 롤린스가 말했다.

뭐가?

이 놈들을 길들일 만한 멕시코인은 없을걸.

존 그래디는 고개를 끄덕였다.

두 사람은 망아지들을 자세히 살폈다.

모두 몇 마리지? 존 그래디가 말했다.

롤린스가 우리를 둘러보았다. 열다섯. 아니, 열여섯.

내가 셀 때는 열여섯이었는데.

그럼 열여섯이 맞겠군.

우리 둘이서 나흘 만에 모두 길들일 수 있을까?

길들이다의 기준이 무엇이냐에 달렸지.

어느 정도 얌전해지면 되겠지. 여섯 마리쯤은 승마용 말로 만들고. 뒤로 돌고, 멈추고, 안장을 채울 때 가만히 있는 정도.

롤린스는 주머니에서 담배를 꺼내고 모자를 뒤로 젖혔다.

대체 무슨 생각이야?

망아지들을 길들이자고.

왜 하필 나흘이야?

왜, 안 될 것 같아?

바케로들이 어련히 알아서 하겠냐. 나흘 만에 길이 들 정도면 나흘 뒤에는 다시 야생마로 돌아갈걸.

여기로 몰고 내려온 방식으로 봐서는 바케로들은 말에 대해 잘 몰라.

롤린스는 종이를 컵 모양으로 접어 담배를 담고 살짝 두드렸다. 그래서 우리가 직접 말을 길들이자는 말이야?

그래.

망할 놈의 고리 재갈[48]에 말이 고생하는 꼴은 보기 싫다 그거군.

그래.

롤린스가 고개를 끄덕였다. 사이드라잉[49]으로 할 거야?

응.

밧줄이 충분할까?

글쎄.

네 녀석은 정신이 나가도 보통 나간 게 아니야. 그것만은 확실해.

그래도 마음 편하게 잘 수 있잖아.

롤린스는 담배를 입에 물고 성냥을 찾아 이곳저곳을 뒤졌다. 아직 나한테 안 한 말 있지?

아르만도 아저씨가 그러던데, 저 산에 사는 말이 모두 여기 목장주 소유래.

몇 마리나 되는데?

400마리 정도.

롤린스는 친구를 바라보았다. 그러곤 성냥을 켜 담배에 불

---

48) 멕시코에서 말을 길들일 때 쓰는 재갈로, 잘못 사용할 경우 말의 턱이 부러질 수 있다.

49) 발길질을 하거나 껑충 뛰지 못하게 말의 다리와 머리를 줄로 묶어서 길들이는 방법.

을 붙이고 획 내던졌다. 웬 말이 그렇게 많대?

전쟁 전부터 일부러 번식시켰대.

무슨 종이야?

메디아 상그레스.

그게 뭔데?

쿼터 호스[50]야.

그래?

저기 저 흰 점박이는 완전 부실덩어리네. 다리만 좀 더 부실하면 완벽하겠어. 존 그래디가 말했다.

어디 혈통일까?

저 망아지들 모두 같은 혈통이야. 호세 치키토의 후손이지.

리틀 조 말이야?

그래.

바로 그 리틀 조?

그래, 그 리틀 조.

롤린스는 담배를 피우며 생각에 잠겼다.

존 그래디가 말했다. 호세 치키토나 리틀 조나 멕시코에 팔려 온 같은 말이야. 이름만 스페인식으로 달라진 거지. 산에 사는 말들은 세란의 트레벌러론다[51]라는 덩치 큰 예구아다(종마)의 후손이야.

그리고 또?

---

50) 원래 단거리 경주마였으나 소몰이 말로 널리 쓰인다.

51) 19세기의 유명한 종마.

그것뿐이야.

헤렌테한테 가서 한번 말해 보자.

그들은 모자를 손에 들고서 부엌에 서 있었다. 헤렌테는 식탁에 앉아 두 사람을 자세히 뜯어보았다.

아만사도레스.(말 조련사라.) 헤렌테가 말했다.

시.(네.)

암보스.(둘 다.)

시, 암보스.(네, 우리 둘 다 말 조련사입니다.)

그는 등받이에 등을 기대어 금속을 입힌 식탁을 손가락으로 두드렸다.

아이 디에시세이스 카바요스 엔 엘 포트레로. 포데모스 아만사를로스 엔 쿠아트로 디아스.(우리에 있는 말 열여섯 마리를 모두 길들이겠습니다. 나흘이면 됩니다.) 존 그래디가 말했다.

그들은 합숙소로 돌아가 씻으며 저녁 먹을 준비를 했다.

뭐래? 롤린스가 물었다.

헛소리 말라고 그러던데. 아주 점잖게 말이야.

그럼 완전히 물 건너간 거야?

그렇지는 않을 거야. 망아지들을 저대로 내버려 둘 수는 없잖아.

그들은 일요일 아침 동틀 무렵 망아지 우리로 갔다. 전날 밤에 빨아서 아직 덜 마른 축축한 옷을 걸치고 용설란 밧줄 12미터를 어깨에 짊어진 채 식은 콩을 한 숟가락 넣은 차가운 토르티야를 커피도 없이 씹으면서, 아직 별도 지지 않은 포트레로(망아지용 목초지)로 향했다. 두 사람은 보살레아, 즉 금속 재갈이 달린 조련용 고삐, 그리고 안장에 깔 담요를 챙겼다. 존 그래디는 깔고 자던 깨끗한 삼베 자루 두 장과 등자 끈을 미리 줄여 놓은 햄리 안장도 들고 갔다.

그들은 망아지를 바라보며 서 있었다. 회색 아침에 회색 형상으로 보이는 망아지들은 이리저리 움직이거나 우두커니 서 있었다. 우리 입구에 용설란 밧줄과 털로 짠 낡은 고삐용 밧줄 등 온갖 종류의 밧줄과 족쇄와 면포와 땋아 늘인 생가죽 채찍과 손으로 꼰 새끼줄이 한 무더기 쌓여 있었다. 두 사람이 저녁 내내 합숙소에서 만든 조련용 고삐 열여섯 개는 우리 기둥에 걸려 있었다.

망아지들은 모두 메사에서 데려온 거지?

응.

암말들은 어떻게 할 생각일까?

목장에서 쓰겠지.

말을 왜 그렇게 모질게 다루는지 알겠군. 암말이랑 씨름하느라 얼마나 힘들었으면. 롤린스가 말했다.

그는 고개를 절레절레 젓더니 남은 토르티야를 마저 입에 쑤셔 넣고는 손을 바지 자락에 문질러 닦았다. 그러곤 철사를 벗겨 우리 문을 열었다.

존 그래디는 친구를 따라 우리로 들어가 안장을 땅에 내려놓고 다시 나가 밧줄과 고삐를 챙겨 들어와 웅크리고 앉아 정리했다. 롤린스는 선 채 올가미를 만들었다.

아무 말부터 해도 상관없지?

물론이지, 친구.

삼베 자루로 저 녀석들을 진정시키려고?

응.

아버지께선 늘 말씀하셨지. 말을 길들이는 건 말을 타기 위해서라고. 따라서 말을 길들일 때는 안장을 얹고 올라탄 다음 꿋꿋하게 앉아 있기만 하면 된다고.

존 그래디가 싱긋 웃었다. 네 아버지가 내로라하는 조련사라도 되는 모양이지?

말을 잘 다룬다고 말씀한 적은 없지만, 직접 말을 길들이는 걸 한두 번 본 적은 있지.

몇 번은 더 봐야 할 것 같은데.

두 번씩 해야겠지?

뭐 하러?

한 번에 믿는 사람은 없지만, 두 번째까지 의심하는 사람도 없지.

존 그래디가 씩 웃었다. 모두들 한 번에 믿게 만들겠어. 두고 봐.

이봐, 내가 미리 말해 두는데, 걔들은 순 이교도들이야.

블레어 씨가 그러던? 못된 망아지처럼 상종 못할 게 없다고.

못된 망아지처럼 상종 못할 게 없지. 롤린스가 말했다.

망아지들이 벌써 움직이기 시작했다. 존 그래디가 처음 길들일 녀석의 앞다리에 올가미를 걸자 망아지는 펄쩍펄쩍 뛰었다. 다른 망아지들도 우르르 달려가 한데 모이더니 미친 듯이 고개를 저어 댔다. 존 그래디는 망아지가 미처 반항도 하기 전에 목을 움켜쥐고 올라타 길고 야윈 주둥이를 옆으로 돌려 자신의 가슴팍으로 꽉 잡아당겼다. 깊은 우물 같은 콧구멍에서 뿜어져 나온 뜨거운 콧김이 다른 세계에서 온 뉴스인 양 그의 얼굴과 목을 덮쳤다. 전혀 말 냄새 같지가 않았다. 그것은 야생의 냄새였다. 그는 말 주둥이를 자기 가슴팍에 단단히 붙들어 매었다. 허벅지를 따라 말의 동맥이 쿵쿵거리는 것이 느껴지고, 두려움의 냄새가 진동했다. 그는 한 손으로 말의 눈을 가리고 다른 손으로 몸을 어루만지며 낮고 차분한 목소리로 앞으로 무엇을 할지 계속해서 속삭였다. 그렇게 말의 눈을 가리고 쓰다듬으며 공포를 몰아냈다.

롤린스가 목에 걸친 밧줄 하나를 빼내 올가미를 만들어 뒷다리 하나에 걸고서 앞다리 쪽으로 바싹 당겨 묶었다. 그런 다음 먼저 걸어 두었던 올가미를 풀어서 내던지고 조련용 고삐를 씌웠다. 두 사람은 고삐가 잘 들어맞도록 말의 귀와 주둥이 쪽을 바로잡았다. 존 그래디가 엄지손가락으로 말의 입안을 훑고, 롤린스가 재갈용 끈을 바로 하고는 남은 뒷다리에 두 번째 올가미를 걸었다. 그런 다음 두 올가미 밧줄을 고삐에 연결시켰다.

다 됐어? 존 그래디가 말했다.

응.

그는 붙잡고 있던 망아지의 주둥이를 풀고서 말에서 뛰어내렸다. 망아지는 똑바로 일어나려고 안간힘을 쓰다가 뒷다리 하나를 뒤로 뻗는 바람에 기우뚱하더니 반쯤 원을 그리며 털썩 쓰러졌다. 망아지는 다시 일어나서 뛰려다가 또다시 쓰러졌다. 세 번째 일어나서는 발길질만 했는데, 이 때문에 머리가 조금씩 휙휙 당겨졌다. 망아지는 걷다가 멈추었다. 그러곤 다시 뒷다리를 쫙 뻗으려다 벌러덩 넘어졌다.

망아지는 그대로 드러누운 채 곰곰이 생각하는 듯하다가 일어서더니 몇 분간 가만히 있었다. 그러다 세 번 껑충껑충 뛰고는 두 사람을 노려보는 것이었다. 롤린스가 내던졌던 밧줄을 주워 들고 다시 올가미를 만들었다. 나머지 망아지들은 우리 한쪽에 모여 그 광경을 유심히 지켜보았다.

아예 지랄발광을 하는군.

가장 미친놈을 골라 봐. 이번 주 일요일까지 완전히 길들여 놓을 테니. 존 그래디가 말했다.

어느 정도까지?

네가 만족할 정도까지.

웃기지 마.

망아지 세 마리가 밧줄에 묶여 숨을 헐떡이며 눈을 부릅뜨고 있을 즈음에 바케로 몇몇이 우리 입구에서 느긋이 커피를 마시며 구경을 했다. 아침이 반쯤 지날 무렵 두 사람은 여덟 마리를 묶어 놓았다. 나머지 여덟 마리가 사슴보다 더 겁에 질려 흙먼지 속을 우왕좌왕 내달리며 흩어졌다 모이기를 거듭하는 사이 더위는 점점 더해졌다. 망아지들의 변덕스러운 군중 심리는, 스멀스멀 기어오르는 페스트처럼 속수무책으로 홀로 맞아야 하는 마비라는 상태를 서서히 받아들이는 것이 분명했다. 합숙소에 있던 바케로들이 모조리 나와 그 광경을 지켜보았다. 정오 무렵 메스테뇨(작은 야생마) 열여섯 마리가 모두 앞뒤 발이 묶이고 고삐를 쓴 채 각기 다른 쪽을 바라보며 포트레로 안에 서 있었다. 그들은 서로 전혀 접촉할 수 없었다. 망아지들은 신의 목소리가 깃들기라도 한 듯 머릿속에서 떠나지 않는 조련사의 목소리를 어찌해야 할지 몰라 그저 아이가 장난으로 묶어 놓은 짐승 같은 몰골로 마냥 기다렸다.

두 사람이 점심을 먹으러 합숙소로 가자 바케로들이 왠지 그들에게 절절매는 것 같았다. 하지만 그것이 그들의 탁월한 능력을 존경해서인지, 아니면 정신 이상을 의심해서인지 알 수는 없었다. 그 누구도 말에 대해 묻거나 그들의 방법에 의혹을 달지 않았다. 오후에 두 사람이 우리로 돌아가니 남자, 여자, 어른, 아이 할 것 없이 이십여 명의 사람들이 모여 망아지들을 구경하며 그들이 돌아오기를 기다리고 있었다.

대체 어디서 온 사람들이지? 롤린스가 말했다.

글쎄.

서커스라도 왔다 하면 온 마을에 소문이 쫙 퍼지기 마련이지, 안 그래?

그들은 고개 숙여 인사하며 사람들을 헤쳐 나아가 우리 안으로 들어가서 문을 잠갔다.

골랐니? 존 그래디가 말했다.

그럼. 저기 대가리가 양동이처럼 생긴 저놈이야말로 미치광이임에 틀림없어.

흰 점박이 검은 말 말이야?

그래.

말 감별사 나셨군.

미치광이 감별사겠지.

존 그래디가 그 망아지에게로 걸어가 3.5미터짜리 밧줄을 고삐에 연결하는 모습을 롤린스는 가만히 지켜보았다. 존 그래디는 망아지를 끌고 포트레로 밖으로 나가 조련용 우리로 들어갔다. 롤린스는 말이 안 가려고 버팅기거나 앞발을 번쩍 치켜들 줄 알았지만 말은 의외로 순순히 쫓아갔다. 그는 삼베 자루와 말 다리를 묶을 밧줄을 챙겨 뒤따라갔다. 그리고 존 그래디가 말에게 속삭이는 동안 말의 앞발을 묶고 고삐를 쥔 다음 친구에게 삼베 자루를 건넸다. 존 그래디가 끊임없이 속삭이며 말의 몸통과 머리와 얼굴과 다리에 삼베 자루를 문지르고 안아 주는 15분 내내 롤린스는 말 고삐를 단단히 붙잡고 있었다. 존 그래디가 안장을 골랐다.

그렇게 중얼대면 말한테 무슨 도움이라도 돼? 롤린스가 물었다.

나도 몰라. 내가 말은 아니잖아.

존 그래디는 말 등에 안장 담요를 고르게 펴고 말을 쓰다듬으며 계속해서 속삭이다 뱃대끈을 위로 얹고 등자를 건 안장을 말에게 씌우고서 위치를 바로잡았다. 말은 미동도 하지 않았다. 그는 말의 배 쪽으로 손을 뻗어 뱃대끈을 조였다. 말이 귀를 뒤로 눕히자 그는 속삭이며 다시 뱃대끈을 조이더니 말에게 기대서서 이것은 위험한 짓도, 미친 짓도 아니라고 설명하는 듯 계속 말을 했다. 롤린스가 우리 입구를 쳐다보았다. 구경꾼들이 쉰 명 정도 되었다. 소풍이라도 나온 양 아예 바닥에 자리를 잡고 앉은 사람도 있었다. 어떤 남자들은 아기를 안고 있었다. 존 그래디는 안장 머리에서 등자를 빼내 아래로 늘어뜨렸다. 그리고 다시 한번 뱃대끈을 꽉 조이고 죔쇠를 채웠다. 됐어.

꽉 잡고 있어. 롤린스가 말했다.

존 그래디가 고삐를 쥐고 있는 동안 롤린스는 조련용 고삐에 묶인 밧줄을 풀고는 무릎을 꿇고 말의 앞발을 묶고 있던 밧줄에 연결시켰다. 두 사람은 말 머리에서 조련용 고삐를 벗겨 냈다. 존 그래디는 보살레아(입마개)를 들어 올려 주둥이에 살짝 씌우고서 재갈과 굴레의 위치를 바로잡았다. 그리고 고삐를 모아 쥐고 말 머리 뒤로 두른 다음 고개를 끄덕였다. 롤린스가 무릎을 꿇고서 말 다리에 묶인 밧줄을 모두 풀고 사이드라잉 올가미를 헐렁하게 늦추어 말의 뒷발굽 아래로 떨어트린 다음 뒤로 물러났다.

존 그래디가 등자에 한 발을 걸치고 말의 어깨에 몸을 바싹 붙인 채 속삭이다가 훌쩍 안장에 걸터앉았다.

말은 미동도 하지 않았다. 그러다 뒷발을 쑥 뻗어 휘젓다 멈추더니 몸을 옆으로 휙 틀고 콧김을 내뿜으며 발길질을 해 댔다. 존 그래디가 발꿈치로 말의 옆구리를 슬쩍 치자 말은 앞으로 나아갔다. 그는 고삐를 잡아당겨 걷는 방향을 바꾸었다. 롤린스가 넌더리 난다는 듯 침을 뱉었다. 존 그래디는 다시 말 머리를 돌려 아까 자리로 되돌아왔다.

뭐 저딴 야생마가 다 있어? 저 사람들이 겨우 이런 걸 보겠답시고 입장료를 낸 줄 알아? 롤린스가 말했다.

해 질 무렵 존 그래디는 열여섯 마리 중 열한 마리에 올라

탔다. 망아지들 모두가 온순했던 것은 아니었다. 누군가가 포트레로 바깥에 모닥불을 피웠다. 100명 정도가 모여 있었는데, 개중에는 남쪽으로 10킬로미터 떨어진 라베가나 그보다 더 멀리서 온 사람도 있었다. 남은 망아지 다섯 마리는 존 그래디가 차례로 올라타자 모닥불 빛에 붉게 빛나는 눈을 번뜩이며 이리저리 춤을 추고 몸을 틀었다. 일이 모두 끝나자 망아지들은 우리 안에 가만히 서 있거나, 걷는다 해도 땅에 늘어진 고삐를 밟아 코가 획 당겨지지 않도록 매우 조심스레 걸었다. 그런 모습에서 우아함과 품위가 느껴질 정도였다. 아침에만 해도 단지 안에서 소용돌이치는 구슬인 양 미친 듯이 빙빙 돌던 야생마의 모습은 온데간데없이 사라지고 없었다. 망아지들은 자신들 중 누군가를, 혹은 무엇인가를 잃어버렸다는 듯이 어둠 속에서 나지막한 울음을 주고받았다.

그들이 합숙소로 돌아갈 때에도 모닥불은 여전히 타올랐고, 누군가가 기타와 하모니카를 연주하고 있었다. 두 사람이 군중을 헤치고 나아가는데 알지도 못하는 사람들이 세 차례나 메스칼주(酒)[52]를 권했다.

그들은 텅 빈 부엌에 들어가 화덕에서 음식을 담아 탁자에 앉았다. 롤린스는 존 그래디를 가만히 바라보았다. 그는 멍하니 음식을 먹으며 쓰러질 듯 휘청거렸다.

어이 친구, 안 피곤해?

응. 피곤은 이미 다섯 시간 전에 넘어섰어. 존 그래디가 말

---

52) 멕시코의 화주.

했다.

롤린스는 씨익 웃었다. 커피는 그만 마셔. 그러다 잠 못 잘라.

다음 날 이른 아침에 두 사람이 나와 보니 연기가 모락모락 피어오르는 모닥불 주위에 네댓 명이 누워서 자고 있었다. 담요를 덮은 이도 있고, 덮지 않은 이도 있었다. 두 사람이 우리 문으로 들어서자 망아지들이 일제히 그들을 바라보았다.

누가 누군지 알겠어? 롤린스가 물었다.

그럼. 다 기억해. 특히 저기 있는 네 친구는 더더욱 기억하지.

그래, 나도 저 망할 녀석을 알아보겠어.

존 그래디가 삼베 자루를 들고 다가가니 망아지가 몸을 휙 돌려 달아났다. 구석으로 몰고 가 고삐를 이리저리 잡아당기자 망아지는 부들부들 떨며 걸음을 멈추었다. 그는 망아지에게 다가가 속삭이며 삼베 자루로 망아지의 몸을 쓰다듬었다. 롤린스는 담요와 안장과 보살레아를 가지러 갔다.

그날 밤 10시 무렵 그는 열여섯 마리를 모두 번갈아 탔고, 롤린스가 그 말들을 한 번씩 더 탔다. 화요일에도 똑같이 반복했다. 수요일 새벽 존 그래디는 해가 뜨기도 전에 첫 번째 말에 안장을 씌워 우리 입구로 향했다.

문 열어.

내 말에 안장 좀 얹고. 그래야 저 말이 달아나도 쫓아가지.

그럴 시간 없어.

저 자식이 널 선인장에다 내던진 후에는 시간이 날걸?

안장에 착 달라붙어 있을 테니 염려 마.

그럼 저 잘난 녀석들 중 하나를 골라 안장을 얹을까?

그거 좋겠군.

그는 롤린스가 탈 말의 고삐를 쥐고 우리 밖으로 말을 몰고 나가 롤린스가 문을 닫고 말에 오르기를 기다렸다. 망아지들은 초조한 듯 발을 이리저리 굴렀다.

장님이 장님을 이끄는 꼴이군. 안 그래?

롤린스는 고개를 끄덕였다. 티본 워츠 할아버지 말이 생각나. 할아버지가 자기 아버지 밑에서 일할 때, 입 냄새가 지독하다며 동료들이 야단법석을 떨더래. 그래서 할아버지는 나는 너희들 냄새에 아예 숨도 못 쉴 지경이라고 대꾸했대.

존 그래디는 싱긋 웃으며 말의 옆구리를 때려 달렸고, 그들은 길로 들어섰다.

오후도 중반에 접어들 무렵 그는 말을 번갈아 타는 것을 모두 마쳤다. 롤린스가 우리에서 말을 돌보는 사이 존 그래디는 롤린스의 흰 점박이 검은 말을 몰고 목장 밖으로 나갔다. 3킬로미터쯤 달려 라구나를 따라 사초(莎草)와 버드나무와 야생 자두나무가 자라는 곳에 이르렀는데, 바로 그때 그녀가 검은 말을 타고서 그를 지나쳐 갔다.

뒤에서 말발굽 소리가 들려 그가 뒤를 돌아보려는 순간 상대방이 속도를 늦추었다. 그는 아라비아말이 바로 옆에 다다랐을 때에야 그녀를 바라보았다. 아라비아말은 고개를 옆으로 돌려 한쪽 눈으로 메스테뇨를 바라보았는데, 그 눈길에는 조심성이 아니라 혐오가 슬며시 배어 나왔다. 그녀는 1.5미터쯤 지나쳐 달려가다 선이 고운 얼굴을 문득 돌려 그를 가만히 바라보았다. 그녀의 눈은 푸른색이었다. 검은색 모자의 널찍한 챙이 약간 아래로 내려오며 기다란 검은 머리카락이 조금 위로 올라갔다. 그녀가 고개를 끄덕였거나 그의 말을 잘 보기 위해 얼굴을 아래로 숙인 듯싶었다. 그녀가 다시 속도를 높여 말을 모는데, 어깨를 쫙 펴고 타는 품새가 여간한 실력이 아니었다. 메스테뇨가 우뚝 서서 앞발로 땅을 파는 동안 그의 눈길은 그녀의 뒷모습을 쫓아갔다. 그는 뭔가 말을 꺼내려고 했지만, 심장이 한 번 고동칠 사이에 그 푸른 눈이 세상을 완전히 달라지게 했다. 그녀는 연못가 버드나무를 지나 완전히 사라졌다. 작은 새들이 하늘로 치솟아 가녀리게 노래 부르며 그의 머리 위로 날아갔다.

그날 저녁 롤린스가 올라탄 흰 점박이 검은 말에게 존 그래디가 뒤로 걷는 법을 가르치는 광경을 안토니오와 헤렌테가 우리로 와서 바라보았다. 헤렌테는 구경하면서 이쑤시개로 이를 쑤셨다. 안토니오는 안장을 얹은 말 두 마리를 앞뒤로 몰다 갑자기 멈추어 보았다. 그는 말에서 내려 고개를 끄덕였고, 두 사람은 옆 우리의 말들을 둘러본 후 자리를 떴다. 롤린스와 존 그래디는 서로 시선을 교환했다. 그들은 안장을 벗기고 말을 다른 망아지들이 있는 옆 우리로 데려다 놓은 후 안장 등의 마구를 짊어지고 합숙소로 돌아가 씻고서 저녁 먹을 준비를 했다. 바케로들은 식탁에 앉아 있었다. 두 사람은 접시를 챙겨 화덕에서 음식을 담고 커피를 따른 후 식탁으로 걸어가 다리를 휙 들어 올려 긴 의자 위를 넘어서는 그 의자에 앉았다. 식탁 중앙에 놓인 토르티야 접시에 수건이 덮여 있었다. 존 그래디가 접시를 가리키며 좀 건네 달라고 말하자 식탁 양쪽에서 손이 뻗어 나오더니 접시를 잡고 마치 의식을 치르는 것처럼 그릇을 전달하는 것이었다.

사흘 후 그들은 산에 올랐다. 카포랄은, 요리를 하고 말을 지킬 모소 한 명과 그들 또래의 바케로 세 명을 붙여 주었다. 모소는 다리가 불편한 루이스라는 노인으로, 토레온과 산페드로에서 전투를 치렀고 나중에는 사카테카스에서 싸움을 했다고 했다. 바케로들은 그 고장 출신으로, 그중 둘은 바로 그 아시엔다(목장)에서 태어났다. 몬테레이[53]까지나마 가 본 사람은 셋 중 하나밖에 없었다. 그들은 말 세 마리 사이사이에 음식과 요리용 천막을 실은 짐말을 배치하여 일렬로 끌고서 산으로 향했다. 그리고 소나무와 마드로뇨 관목과 도랑을 누비며 숨어 있는 야생마들을 메사 너머 돌 골짜기로 몰아넣었다. 암말들은 10년 전 골짜기에 세워 둔 울타리에 갇혀 울부짖으며 떼 지어 빙빙 돌거나 힘겹게 돌 비탈을 기어오르거나 서로를 물고 걷어찼다. 하지만 존 그래디는 그들이 악몽 속의 환상일 뿐이라는 듯 밧줄 하나만 들고서 땀과 먼지와 온갖 소동 속을 걸어 다녔다. 날이 어두워지고 그들이 땅이 봉긋 솟은 곳에서 잠잘 준비를 마치자 바람에 갈기갈기 찢긴 모닥불이 어둠을 톱질해 댔다. 루이스가 그 고장의 일화나 그곳에서 살다 간 사람들이 어떻게 죽었는지를 이야기해 주었다. 그는 평생 말을 사랑했으며, 전투 중 사망한 그의 아버지와 두 형제도 자신처럼 기병대였는데 그들 모두 그 어떤 이보

53) 멕시코 북부 누에보레온 주의 중심 도시.

다도 빅토리아노 우에르타[54]를 가장 경멸했으며, 그 어떤 사악한 행동보다도 우에르타의 짓거리를 가장 혐오하였다고 했다. 그가 우에르타를 유다에 비유하며 자신은 또 다른 예수 그리스도라고 칭하자 바케로 한 명은 고개를 돌렸고, 나머지 둘은 십자가를 그었다. 그는 전쟁이 그곳을 망쳐 버렸고, 이를 치유하기 위해서는 뱀에 물렸을 때는 뱀 살을 먹어야 한다는 쿠란데로(민간 의사)의 처방처럼 다시 전쟁을 일으키는 길밖에 없다고 믿었다. 그는 멕시코의 여러 사막에서 벌였던 전투 이야기와 타고 있던 말이 죽었던 이야기를 들려준 뒤 사람들 생각과는 달리 말의 영혼은 인간의 영혼을 그대로 드러내며, 말 역시 전쟁을 사랑한다고 했다. 말이 인간과 생활하며 배우는 것이라고들 하지만, 애초에 영혼을 이해할 마음이 없다면 이는 불가능하다는 것이 그의 주장이었다. 말을 타고 전장에 나가 보지 않은 이는 말을 진정으로 이해할 수 없다는 자기 아버지의 말이 틀렸기를 바라야겠지만, 사실 맞는 말이라는 것이었다.

급기야 그는 말의 영혼을 본 적이 있는데 끔찍하더라는 이야기를 꺼냈다. 말은 특정한 조건에서 죽을 때에만 영혼이 나타나는데, 모든 말은 하나의 영혼을 공유하기에 말 한 마리가 별도의 영혼을 갖게 되면 대단히 무시무시해진다는 것이었다. 또한 그렇게 떨어져 나온 영혼을 이해하게 되면 모든 말을 이해할 수 있게 된다고도 하였다.

---

54) 20세기 초 멕시코 대통령을 지낸 독재자.

그들은 모닥불 깊은 곳에서 붉게 갈라지며 빛을 발하는 장작을 바라보며 담배를 피웠다.

이 데 로스 옴브레스?(사람의 영혼은요?) 존 그래디가 물었다.

노인은 뭔가를 말하려는 듯 입술을 움찔했다. 마침내 대답하기를, 말과는 달리 사람은 결코 영혼을 공유하지 않으며, 타인을 완전히 이해한다는 것은 환상에 불과하다고 했다. 롤린스가 서툰 스페인어로 말도 천국에 가느냐고 묻자 그는 고개를 저으며 말은 천국 같은 것이 필요 없다고 했다. 마지막으로 존 그래디가 지상에서 말이 모두 사라진다면 말의 공동 영혼도 새로 영혼을 나눠 줄 말이 없으므로 사라지지 않겠느냐고 묻자, 노인은 신이 그런 것을 허락할 리도 없는데 말이 사라지는 일 따위를 묻는 것은 어리석다고 대답했다.

그들은 산에 있던 암말들을 골짜기와 도랑으로 몰아 축축한 볼손의 초지에 세워진 우리에 가두었다. 4월이 끝날 때까지 3주 동안 여든 마리가 넘는 암말들을 우리에 가두고 길을 들였는데, 그중 몇 마리는 벌써 사람이 타고 다닐 만큼 길이 들었다. 그 무렵 소몰이가 시작되어 소 떼가 매일 목초지를 향해 가고 있었다. 바케로 여럿이서 말 두세 마리를 번갈아 타야 했지만, 새로 길들인 말은 계속 우리에 머물러 있었다. 5월의 두 번째 아침에 붉은 세스나 비행기 한 대가 남쪽에서 날아와 목장을 한 바퀴 돌고 사선으로 내려앉더니 숲 너머에 미끄러지듯 착륙하였다.

한 시간 후 존 그래디는 모자를 손에 들고 목장주의 저택 부엌에 서 있었다. 여자는 싱크대에서 설거지를 하고 있고, 사내는 식탁에 앉아 신문을 읽고 있었다. 여자가 앞치마에 손을 닦고 부엌을 나갔다가 잠시 후 돌아왔다.

운 라티토.(잠시만 기다려요.) 그녀가 말했다.

존 그래디는 고개를 끄덕였다. 그라시아스.(감사합니다.)

사내가 일어서서 신문을 접더니 정육점용 나무 도마와 뼈 다듬는 칼과 기름숫돌을 가져와 신문 위에 놓았다. 그 순간 돈 엑토르가 부엌에 들어와 존 그래디를 바라보았다.

그는 회색 머리에 몸은 말랐지만 키가 크고 어깨가 떡 벌어졌고, 노르테뇨(북부인) 같은 태도에 피부색이 밝았다. 그가 부엌으로 들어와 자신을 소개하자 존 그래디는 모자를 왼손으로 옮겨 들고 악수를 나누었다.

마리아, 카페 포르 파보르.(마리아, 커피 부탁해.) 아센다도가 말했다.

그가 손바닥을 위로 향하여 부엌 문을 가리키기에 존 그래디는 부엌을 가로질러 복도로 들어섰다. 집 안은 시원하고 조용했으며 왁스와 꽃 냄새가 배어났다. 복도 왼쪽에 기다란 시계가 서 있었다. 시계의 여닫이문 뒤에서 황동 시계추가 쓰윽 쓰윽 공기를 갈랐다. 그가 뒤돌아보자 아센다도가 웃으며 손을 식당 문으로 뻗었다. 파살레.(들어가게.)

그들은 기다란 호두나무 식탁에 앉았다. 푸른 다마스크 벽지로 감싸인 식당 벽에는 사람과 말의 초상화가 걸려 있었다. 한쪽 벽을 차지한 호두나무 찬장에 뷔페용 가열식 그릇과 마개로 막은 유리병이 늘어서 있고, 바깥쪽 창턱에서 고양이 네 마리가 볕을 쬐고 있었다. 돈 엑토르가 몸을 돌려 찬장에서 도자기 재떨이를 꺼내 앞에 놓더니 셔츠 주머니에서 작은 주석 갑을 꺼내 존 그래디에게 영국제 담배를 권했다. 존 그래디는 한 개비를 집어 들었다.

그라시아스.(고맙습니다.)

아센다도는 존 그래디와 자신 사이에 담뱃갑을 내려놓고 주머니에서 은 라이터를 꺼내 존 그래디의 담배에 불을 붙인 후 자신의 담배에도 불을 붙였다.

그라시아스.(고맙습니다.)

아센다도는 가느다란 연기를 느긋하게 뱉으며 미소 지었다.

부에노.(좋았어.) 영어로 말해도 괜찮네.

코모 레 콘벵가.(원하시는 대로 하겠습니다.)

아르만도는 자네가 말을 이해한다더군.

말과 오래 함께 지냈죠.

아센다도는 생각에 잠겨 담배를 피웠다. 존 그래디가 뭔가 더 말하기를 기다리는 듯싶었다. 부엌에서 신문을 읽고 있었던 사내가 커피 잔과 크림과 설탕 병과 비스코초(케이크)가 담긴 은 쟁반을 들고 들어왔다. 그는 쟁반을 식탁에 내려놓고 가만히 서 있다가 아센다도가 고맙다고 말하자 식당에서 나갔다.

돈 엑토르가 직접 잔에 커피를 붓고는 쟁반을 향해 고갯짓했다.

마음껏 넣어서 들게.

감사합니다. 저는 그냥 블랙으로 마시겠습니다.

텍사스에서 왔다지.

네, 그렇습니다.

아센다도는 다시 고개를 끄덕이고 커피를 마셨다. 그는 식탁 의자를 비스듬히 놓고 앉아 다리를 꼬았다. 그리고 초콜릿색 송아지 가죽 부츠를 까닥까닥하다 존 그래디를 향해 미소 지었다.

여기엔 왜 왔나?

존 그래디는 그를 바라보다가 식탁으로 시선을 돌렸다. 볕을 쬐는 고양이의 그림자가 무리에서 일탈한 듯 일렬로 비스듬히 늘어서 있었다. 그는 다시 아센다도를 바라보았다.

그냥 이곳에 와 보고 싶었습니다.

몇 살인지 물어도 되겠나?

열여섯 살입니다.

아센다도의 눈썹이 치켜 올라갔다. 열여섯이라.

네, 그렇습니다.

아센다도는 다시 웃음 지었다. 내가 열여섯 살일 때는 사람들한테 열여덟이라고 말하고 다녔지.

존 그래디는 커피를 마셨다.

자네 친구도 열여섯 살인가?

열일곱 살입니다.

그런데도 자네가 대장이로군.

우리 사이에 대장 같은 건 없습니다. 우린 그냥 친구입니다.

물론이지.

그는 쟁반을 슬쩍 밀었다. 어서 들게.

감사합니다만, 아침을 조금 전에 먹었습니다.

아센다도가 손을 뻗어 도자기 재떨이에 담뱃재를 털고 다시 자세를 바로 했다.

암말들은 어떤 것 같은가?

괜찮은 녀석들이 몇 마리 눈에 띄더군요.

그렇군. 쓰리바스라는 말을 아나?

서러브레드종[55]이죠.

그 말을 알고 있나?

브라질 그랑프리[56]에서 뛴다는 얘기를 들었습니다. 켄터키 태생인데, 애리조나 주 더글러스 출신인 베일이라는 사람이 주인이라더군요.

맞네. 그 말은 켄터키 주 패리스의 몬터레이 목장에서 태어났지. 아비는 다르지만 같은 어미에서 태어난 수말을 한 마리 샀지.

그랬군요. 지금 어디에 있습니까?

오는 길이네.

네?

오는 길이라고. 멕시코시티에서 말일세. 아센다도는 웃으며 말을 이었다. 사육장에 맡겨 뒀거든.

경주마를 기를 생각이십니까?

아니. 소몰이 말을 기를 생각이야.

여기 목장에서 쓰시려고요?

그래.

---

55) 영국산 암말에 아랍계의 수말을 교배시켜 만들어 낸 뛰어난 경주마종.
56) 브라질에서 열리는 유명한 경마.

그 종마를 암말과 교배시킬 생각이시군요.

그렇다네. 자네 생각은 어떤가?

글쎄요. 번식업자나 경험이 풍부한 사람들을 몇 만나 보기는 했지만, 다들 생각이 좁더군요. 서러브레드종 중에 괜찮은 소몰이 말이 많았죠.

그랬지. 암말이 얼마나 중요하다고 보나?

수말만큼요. 그냥 제 생각입니다.

번식업자들은 대개 수말을 더 중시하지.

네, 그렇지요.

아센다도가 미소 지었다. 사실 나도 자네와 생각이 같네.

존 그래디는 몸을 굽혀 담뱃재를 털었다. 꼭 제 의견에 동의하실 필요는 없습니다.

물론이지. 자네야말로 꼭 내 의견에 동의할 필요는 없다네.

알고 있습니다.

메사에 남아 있는 말에 대해 말해 보게.

많지는 않겠지만 괜찮은 암말이 몇 마리는 있을 겁니다. 그 나머지는 솔직히 별 볼 일 없지요. 심지어 어떤 말들은 반편이 소몰이 말이라도 될까 싶더군요. 말이 아니라고는 할 수 없지만 조랑말이나 치와와나 바르바리 말에 가깝죠. 덩치가 작으니 몸무게도 얼마 안 되고, 엉덩이나 다리도 소몰이를 하기에는 영 부실하고. 하지만 밧줄로…….

그는 말을 뚝 멈추었다. 그러곤 무릎에 올려놓은 모자의 주름을 손가락으로 쓰다듬다 고개를 들었다. 이미 다 잘 알고 계시겠지요.

아센다도가 주전자를 들어 양쪽 컵에 커피를 더 따랐다.

크리올로가 뭔지 알고 있나?

네. 아르헨티나에서 새로 만든 품종입니다.

샘 존스는 알고 있나?

말을 의미하시는 거라면, 네, 알고 있습니다.

크로퍼드 사이크스는?

빌리 앤슨의 말 중 하나죠. 그 말에 대해서라면 귀가 따갑게 들었습니다.

내 부친이 앤슨에게서 말을 샀지.

빌리 앤슨과 제 외할아버지는 친구 사이였죠. 두 분이 사흘 간격으로 태어났거든요. 빌리 할아버지는 리치필드의 열 집안 일곱 번째 아들이고, 그 부인은 연극 배우였죠.

자네는 크리스토벌 출신인가?

샌앤젤로 출신입니다. 샌앤젤로 근방이라고 해야 정확하겠지만요.

아센다도가 그를 유심히 바라보았다.

월리스의, 미국의 말이라는 책을 아나?

네. 그 책이라면 아주 열심히 읽었습니다.

아센다도가 의자에 등을 기대었다. 고양이 한 마리가 일어나 기지개를 쭉 폈다.

텍사스에서 여기까지 말을 타고 왔다고 들었네.

네, 그렇습니다.

자네 친구와 함께 왔다고.

네, 그렇습니다.

단둘이서 온 건가?

존 그래디는 식탁을 내려다보았다. 날씬한 종이 고양이가 고양이 형상들을 비스듬히 밟고 지나갔다. 그는 다시 고개를 들었다.

네. 친구와 단둘이서 왔습니다.

아센다도는 고개를 끄덕이더니 담배를 비벼 끄고 의자를 뒤로 밀며 일어났다. 이리 오게. 보여 줄 말이 있네.

그들은 마주 보고 있는 침대에 앉아 팔꿈치를 허벅지에 올려놓고서 깍지 낀 손을 들여다보았다. 잠시 후 롤린스가 말했다. 고개를 들지 않은 채였다.

절호의 기회야. 거절할 까닭이 없어.

네가 싫다면 하지 않겠어. 나도 계속 여기서 지낼 거야.

어디 다른 곳으로 가는 것도 아니잖아.

우린 함께 해야 해. 말을 기르든 뭘 하든.

롤린스는 고개를 끄덕였다. 존 그래디는 친구를 가만히 바라보았다.

네가 원한다면 로차 씨한테 가서 못 한다고 말하겠어.

뭐 하러 그래. 너한테는 절호의 기회잖아.

롤린스는 아침을 먹은 후 일하러 우리로 갔다. 정오에 돌아오니 존 그래디의 이불이 침대 머리에 개어져 있고, 마구는 사라지고 없었다. 롤린스는 합숙소 뒤로 가 씻으며 점심 먹을 준비를 하였다.

마구간은 1×4 목재로 짜서 흰색을 칠한 영국식으로 둥그런 지붕 꼭대기에 풍향계가 달려 있었다. 그의 방은 마구간 끄트머리에 있었는데, 바로 옆방은 안장을 넣어 두는 곳이었다. 반대편 끝 쪽에 방이 하나 더 있어, 돈 엑토르의 아버지 때부터 일해 온 늙은 마부가 살고 있었다. 존 그래디가 말을 끌고 마구간으로 들어서자 늙은 마부가 나와 말을 바라보았다. 마부는 말발굽을 살핀 후에야 존 그래디에게로 시선을 돌렸다. 그러고는 몸을 돌려 방으로 들어가 문을 닫았다.

오후에 존 그래디가 마구간 바로 바깥 우리에서 새 암말 하나를 훈련시키는데 늙은 마부가 나와 그가 하는 품새를 유심히 바라보았다. 존 그래디가 안녕하세요 하고 인사를 건네자 늙은 마부는 고개를 끄덕이며 안녕한가 하고 대꾸했다. 마부는 암말을 바라보고는 말이 통통하다고 평했다. 그가 레촌초(통통하다)라고 말했지만 존 그래디는 모르는 단어였다. 무슨 뜻이냐고 묻자 늙은 마부는 팔로 커다란 통 모양을 만들어 보였다. 존 그래디는 임신했다는 뜻인 줄 알고는 아니라고 말했다. 늙은 마부는 어깨를 으쓱하고는 안으로 들어갔다.

존 그래디가 암말을 끌고 마구간으로 들어가니 늙은 마부가 검은 아라비아말에 뱃대끈을 매고 있었다. 소녀는 등을 돌린 채 서 있었다. 칸막이 문에 암말의 그림자가 검게 드리워지자 소녀가 몸을 돌려 그를 바라보았다.

부에나스 타르데스.(안녕하세요.) 그가 말했다.

부에나스 타르데스.(안녕하세요.) 그녀는 손가락을 뱃대끈 안에 집어넣어 제대로 매였는지 확인했다. 그는 문가에 우뚝

서 있었다. 그녀가 몸을 일으켜 고삐를 말 머리 뒤로 넘기고 등자에 발을 걸어 안장에 올라타 말 머리를 돌려 마구간 밖으로 나아갔다.

그날 밤 그가 방에 누워 있는데 저택에서 음악 소리가 들렸다. 잠 속으로 빠져들면서 그의 생각은 말과 광활한 대지와 다시 말로 이어졌다. 한 번도 두 발로 선 사람을 본 적이 없는, 그에 대해 아무것도 모르는, 그가 영원히 그 영혼에 머무르고자 하는 메사의 야생마들.

일주일 후 그들은 모소와 바케로 두 명과 함께 다시 산에 올랐다. 바케로들이 메사 가장자리에서 담요를 덮고 잠든 뒤에 그와 롤린스는 모닥불 옆에 앉아 커피를 마셨다. 롤린스가 가루담배를 꺼내자 존 그래디가 궐련을 꺼내 담뱃갑을 흔들어 보였다. 롤린스는 가루담배를 도로 집어넣었다.

궐련은 어디서 났어?

라베가에서.

롤린스는 고개를 끄덕였다. 그러곤 모닥불에서 장작을 집어 담배에 불을 붙였다. 존 그래디도 몸을 숙여 담배에 불을 붙였다.

멕시코시티에서 학교에 다닌다고?

그래.

몇 살이래?

열일곱.

롤린스는 고개를 끄덕였다. 어떤 학교에 다니는데?

글쎄. 사립학교 같은 데가 아닐까.

거들먹대는 인간이나 다니는 데겠지.

그래. 거들먹대는 인간이나 다니는 데겠지.

롤린스는 담배를 피웠다. 하긴 딱 어울리는군.

아니야, 그렇지 않아.

롤린스는 땅에 놓아 둔 안장에 기대어 다리를 모닥불 쪽으로 비스듬히 꼬았다. 오른쪽 부츠의 헐거워진 밑창 가장자리를 따라 U 자 모양 못이 박혀 있었다. 그는 담배를 바라보았다.

전에도 말했지만, 그때나 지금이나 내 말은 들을 생각도 않는군.

그래. 나도 알고 있어.

밤마다 침대에 누워 질질 짜는 것이 즐거운 모양이야.

존 그래디는 대답하지 않았다.

그 여자 애가 사귀는 남자들은 자동차는 물론이고 자가용 비행기까지 몰고 다닐걸.

그렇겠지.

그렇게 말하니 매우 기쁘군.

그래 봤자 아무 소용 없어.

롤린스는 담배를 피웠다. 그들은 한참 동안 가만히 앉아 있었다. 마침내 롤린스는 담배꽁초를 모닥불에 던졌다. 그만 자야겠어.

그래. 그러는 게 좋겠어.

그들은 침낭을 폈다. 존 그래디는 부츠를 벗어 옆에 놓고 담요 위에 누웠다. 장작이 숯으로 변하는 동안 그는 제자리에 박힌 별과 어두운 창공의 현을 따라 흐르는 뜨거운 띠를 바라보다 양손을 옆으로 뻗고 땅을 눌러 차갑게 타오르는 검은 하늘의 죽은 중심을 세상으로 돌렸다. 그의 손 아래에서 세상 모든 것이 팽팽하게 긴장하여 바들바들 떨며, 살아 있는 양 벌컥벌컥 움직였다.

이름이 뭐야? 어둠 속에서 롤린스가 물었다.

알레한드라. 알레한드라야.

일요일 오후 그들은 새로 길들인 말을 타고 라베가 시내로 향했다. 목장에 있던 에스킬라도르(양털 깎는 사람)가 양털 깎는 가위로 그들의 머리를 잘라 준 덕분에 옷깃 위로 새하얀 목덜미가 흉터처럼 드러났다. 그들은 모자를 비딱하게 쓰고 말을 몰며 그 고장에, 혹은 그곳에 있는 것이라면 뭐든지 상관없이 도전하려는 듯 양편을 훑었다. 그러다 50센트 내기를 걸고 길을 질주하여 존 그래디가 승리했다. 서로 말을 바꿔 타고 다시 달렸는데도 존 그래디가 재차 승리를 거두었다. 그들은 말을 전속력으로 몰다가 속도를 다소 늦추었다. 말은 땀에 범벅이 될 만큼 달아오른 몸을 웅크려 따가닥따가닥 거리를 내달렸다. 캄페시노(농부)들이 무명천으로 덮은 채소 바구니를 들고서 맨발로 걷다가 길가에 몸을 바짝 붙이거나 수풀이나 선인장 사이로 몸을 피하고는, 말을 모는 젊은이와 입에 거품을 물고 재갈을 신경질적으로 씹어 대는 말을 휘둥그레진 눈으로 바라보았다. 젊은이들은 낯선 언어로 소리치며 침묵의 분노 사이를 달려갔다. 하지만 분노는 젊은이들이 차지한 공간에 전혀 끼어들지 못하는 듯싶었다. 그들이 사라진 거리는 변함없이 예전으로 돌아갔다. 먼지, 햇빛, 새들의 지저귐.

티엔다 선반에는 최고급 셔츠가 접혀 있었다. 셔츠를 탈탈 터니 먼지가 앉았던 탓인지 아니면 햇빛을 쬐었던 탓인지, 혹은 둘 다 이유인지, 바랜 자국이 사각형 모양으로 나 있었다. 그들은 셔츠 더미에서 롤린스에게 맞을 만한 소매가 긴 옷을 골랐다. 가게 여주인은 그의 쭉 뻗은 팔에 소매를 대고 재봉사처럼 입에 물고 있던 핀을 꽂아 접을 자리를 표시하면서 망설이는 듯 고개를 저었다. 그들은 뻣뻣한 새 청바지를 가게 뒤 침실에서 입어 보았다. 침실에는 침대가 세 개 놓여 있었고, 바닥은 녹색 페인트칠이 거의 벗겨진 차가운 콘크리트였다. 그들은 침대에 앉아 돈을 세었다.

15페소라면 바지가 얼마인 거야?

2페소가 25센트라는 것만 기억하면 돼.

너나 기억해. 그래서 얼마야?

1달러 87센트.

세상에, 돈이 넘쳐 나는군. 닷새 후면 봉급도 받잖아.

그들이 양말과 속옷을 골라 모조리 카운터에 올려놓자 여주인이 계산을 하였다. 여주인은 새 옷을 두 개의 꾸러미로 나눠 싸서 끈으로 묶었다.

얼마 남았어? 존 그래디가 물었다.

4달러 좀 넘게.

부츠를 사자.

난 뭐든 넉넉히 가져 본 적이 없어.

이제부터 달라지게 해 주겠어.

정말로?

그럼.

오늘 저녁에 쓸 돈은 있어야지.

아직 몇 달러 남았잖아. 마음껏 써.

음료수라도 사 먹고 싶으면 어쩌려고?

겨우 4센트인데, 뭘. 마음껏 써.

롤린스는 확신이 안 선다는 듯 부츠를 만지작거렸다. 그러다 발을 들어 신고 있던 부츠의 밑창에 대 보았다.

어지간히도 작군그래.

이걸 신어 봐.

검은색 말이야?

그래. 한번 신어나 봐.

롤린스는 새 부츠를 신고 매장을 이리저리 걸어 보았다. 여주인은 아주 좋은 신발이라는 듯 고개를 끄덕였다.

어때? 존 그래디가 물었다.

좋아. 이놈의 발굽에 익숙해지려면 시간이 제법 걸리겠는걸.

춤춰 봐.

뭐라고?

춤춰 보라고.

롤린스는 여주인과 존 그래디를 번갈아 바라보았다. 젠장, 춤추는 얼간이라도 보고 싶은가 보지.

몇 스텝만 밟아 봐.

롤린스는 스톰프춤[57]을 재빠르게 아홉 스텝 추고는 낡은

57) 리듬에 맞춰 발을 쿵쿵 구르는 춤.

나무 바닥에서 풀풀 올라오는 먼지 사이로 씨익 웃어 보였다.

케 구아포.(대단해요.) 여주인이 말했다.

존 그래디가 싱긋 웃으며 주머니에서 돈을 꺼냈다.

장갑 사는 걸 깜박했군. 롤린스가 말했다.

장갑?

그래, 장갑. 일하다 보면 손이 돌연변이처럼 변하고 말걸.

말 되네.

달아오른 낡은 밧줄이 내 손을 싹 먹어 치웠어.

존 그래디는 자신의 손을 들여다보았다. 그러곤 장갑이 어디에 있는지 묻고는 두 켤레를 골랐다.

여주인이 물건을 포장하는 동안 그들은 카운터 앞에 서 있었다. 롤린스는 부츠를 내려다보았다.

마부 영감이 마구간에 괜찮은 비단 마닐라 밧줄을 갖다 놓았어. 기회가 생기면 재빨리 하나 빼내서 널 줄게. 존 그래디가 말했다.

롤린스가 말했다. 검은 부츠라. 죽이지 않아? 난 늘 악당이 되고 싶었지.

밤 날씨가 쌀쌀했지만 문은 활짝 열려 있었다. 표 파는 사내는 문 안쪽 나무 단상에 의자를 놓고 앉아 자비라도 베푸는 양 동전을 받고 표를 주거나, 밖에 나갔다 들어오며 표를 내보이는 이들에게 지나가라고 손짓을 했다. 낡은 어도비 벽돌 건물 외벽에는 버팀대가 늘어서 있었는데, 그중 일부는 설계도와 상관없이 받쳐 놓은 것이었다. 창문 하나 없는 벽은 비딱하게 기울어져 여기저기 금이 갔다. 홀을 사방으로 쭉 가로지른 전선에 줄줄이 달린 전구를 감싸고 있는 색색깔 종이 봉투는 붓으로 칠한 자국이 전깃불 빛에 훤히 드러났다. 빨강, 초록, 파랑이 말없이 한 덩어리가 되었다. 바닥은 비질한 것 같기는 했으나 씨앗이나 지푸라기가 여기저기 흩어져 있고, 홀 끝에 시트 천으로 임시 휘장을 치고 곡물 더미를 쌓아 만든 무대 위에서는 소규모 관현악단이 연주를 했다. 무대 끄트머리에는 과일 깡통에 든 전구들이 색칠한 주름 종이 사이사이에 놓여 있었는데, 덕분에 주름 종이는 밤새도록 검게 그을렸다. 깡통 입구에 렌즈처럼 덮은 얇은 셀로판 종이가 시트 천으로 된 휘장에 그림자 인형극을 펼치는 사이 익살스러운 악마와, 염소와 매가 합쳐진 동물 모양의 연기가 드문드문 드리워진 어둠 사이로 타다닥타다닥 원을 그리며 올라갔다.

존 그래디와 롤린스와 같은 목장에서 온 로베르토라는 젊은이는 마차와 자동차들이 늘어선 입구 근처 어두운 곳에서 0.5리터들이 약병에 든 메스칼주를 나눠 마셨다. 로베르토가 병을 빛에 비춰 보았다.

아 라스 치카스.(여자 애들한테 가 볼까.)

그는 한 모금 마시고 병을 건넸다. 그들은 술을 마시고 종이 봉투에 담아 온 소금을 팔목에 뿌려 핥아 먹었다. 로베르토가 병을 마개로 막고 주차된 어느 트럭의 바퀴 뒤에 숨겼다. 그들은 껌을 나눠 씹었다.

리토스?(준비됐지?) 그가 말했다.

리토스.(됐고말고.)

붉은 입술의 그녀는 푸른 드레스를 입고서 산파블로에서 온 키가 큰 청년과 춤을 추고 있었다. 그와 롤린스와 로베르토는 벽을 따라 늘어선 젊은이들 틈에 끼어, 춤추는 사람들과 맞은편 벽 쪽에 서 있는 여자 애들을 바라보았다. 존 그래디는 춤추는 이들 사이를 뚫고 걸어갔다. 공기 중에서 밀짚과 땀과 짙은 향수 냄새가 풍겼다. 휘장 아래에서 아코디언 연주자가 격정적으로 악기를 켜며 발을 쿵쿵 구르다가 뒤로 물러서자 트럼펫 연주자가 앞으로 나섰다. 그녀는 함께 춤추는 청년의 어깨 너머로 그를 흘긋 보았다. 이윽고 푸른색 리본으로 묶은 검은 머리 아래로 도자기처럼 새하얀 목덜미가 드러났다. 그녀는 다시 한 바퀴 돌고는 미소를 지었다.

그는 처음으로 그녀에게 손을 뻗었다. 그녀의 손은 자그마했고 허리는 가냘펐다. 그녀는 당돌한 눈빛으로 미소 짓더니 그의 어깨에 얼굴을 기댔다. 그들은 조명 아래서 빙글빙글 돌았다. 기다란 트럼펫 소리가 춤추는 이들을 갈라 놓았다 다시 합쳐 놓으며 길을 인도했다. 높이 걸린 종이 등 주변을 나방이 맴돌고, 염소와 매가 합쳐진 동물의 형상이 전선 아래로 너울거리다 원을 그리며 다시 위쪽 어둠 속으로 사라져 갔다.

그녀가 학교에서 배운 영어로 말하자 그는 마음속으로 단어들을 되풀이해 보며 그 의미를 다시 되짚어 혹시나 자신이 그녀에게서 듣고 싶어 하는 것을 담고 있지는 않을까 궁리했다. 그녀는 그가 와서 기쁘다고 말했다.

올 거라고 했잖아.

그랬지.

그들은 빙글빙글 돌았고, 트럼펫이 높다랗게 울렸다.

오지 않을 거라고 생각했니?

그녀는 고개를 들어 웃으며 그를 바라보았다. 두 눈이 밝게 빛났다. 알 콘트라리오.(그 반대야.) 네가 올 줄 알고 있었어.

악단이 휴식 시간을 갖자 그들은 매점으로 갔다. 그는 원뿔형 종이컵에 든 레모네이드 두 잔을 샀다. 그들은 밖으로 나와 밤공기 속을 걸으면서 길가에 쌍쌍이 앉은 이들을 지나칠 때마다 인사를 건넸다. 시원한 공기에서 흙과 향수와 말 냄새가 묻어났다. 그녀는 그의 팔짱을 끼고서 웃으며 그를 너무나도 드물고 소중한 존재인 모하도 레베르소(반항아)라고 불렀다. 그는 자신의 삶에 대해 이야기했다. 외할아버지가 돌아가신 일, 목장이 팔린 일. 그들은 나지막한 콘크리트 저수조에 앉았다. 그녀는 구두를 무릎에 올려놓고 맨발로 흙을 더듬다 발가락으로 검은 물에 무늬를 새겼다. 그녀는 학교에 다니느라 3년간 그곳을 떠나 있었다. 그녀의 어머니가 멕시코시티에 살고 있어 일요일마다 점심을 먹으러 그곳에 갔다. 때로는 어머니와 시내에서 식사를 한 후 연극이나 발레를 보러 갔다. 그녀의 어머니는 아시엔다에서 사는 것이 고독하다고 말했지만 도시에서 살고 있는 지금도 친구가 별로 없었다.

내가 늘 여기에 오고 싶어 해서 엄마는 화를 내. 내가 엄마보다 아빠를 더 좋아한다며 말이야.

사실이야?

그녀는 고개를 끄덕였다. 하지만 그래서 여기 오는 건 아니야. 아무튼 엄마는 내가 생각이 바뀔 거래.

여기 오는 것에 대해서?

모든 것에 대해서.

그녀가 그를 바라보며 미소 지었다. 그만 들어갈까?

그는 빛을 향해 고개를 돌렸다. 음악이 흘러나오고 있었다.

그녀가 일어나 그의 어깨에 한 손을 짚고서 구두를 신었다.

내 친구들을 소개시켜 줄게. 루시아가 좋겠어. 정말 예쁘거든. 기대해.

너만큼 예쁘진 않을 거야.

어머, 말할 때는 잘 생각해 보고 해야지. 게다가 그건 사실이 아니야. 루시아가 훨씬 예뻐.

그는 셔츠에 그녀의 향수 냄새를 묻힌 채 홀로 말을 타고 돌아왔다. 말들은 여전히 마구간 구석에 묶여 있었지만 롤린스와 로베르토는 아무 데도 보이지 않았다. 그가 자기 말의 고삐를 풀자 나머지 말 두 마리도 가고 싶다며 고개를 들어 나직이 히잉거렸다. 차들이 마당에서 시동을 걸고, 사람들이 떼 지어 도로를 따라 걸었다. 그는 이제 막 길이 들기 시작한 말을 빛이 닿지 않는 곳으로 끌고 가다가 도로에 들어선 후에야 올라탔다. 1.5킬로미터쯤 갔을 때 젊은이들이 가득 탄 차가 휭 하고 다가오기에 말을 길가에 바싹 붙였지만 말은 번쩍이는 전조등 불빛 속에서 미끄러지듯 달리며 춤을 추었다. 젊은이들은 소리치며 빈 맥주 캔을 던졌다. 말은 앞발을 번쩍 들고 발길질을 해 댔다. 그는 두 다리에 힘을 꽉 주고 아무 일도 아니라는 듯 태연히 말에게 속삭였다. 잠시 후 말은 다시 길을 갔다. 차가 남기고 간 먼지 부스러기가 가느다란 선으로 이어져, 땅에서 풀려나온 거대한 괴물마냥 별빛 아래에서 느릿느릿 꿈틀댔다. 그는 말이 제 스스로 잘 이겨 냈다고 생각하고는 말에게 그렇게 말해 주었다.

아센다도는 렉싱턴 봄 경매에서 말을 보지도 않고 중개인을 통해 샀다. 그는 아르만도의 동생인 안토니오를 보내 말을 데리고 오게 했다. 안토니오는 자체 제작한 트레일러가 달린 1941년식 인터내셔널 트럭을 몰고 목장을 떠났다가 두 달 후 돌아왔다. 그는 영어와 스페인어로 쓰고 돈 엑토르가 서명한 위임장과, 휴스턴과 멤피스의 은행에서 현금화할 수 있는 일람불 환어음과 거액의 달러와 페소를 넣고서 끈으로 봉한 갈색 은행 봉투를 받아 갔었다. 그는 영어를 전혀 못 했고, 글을 읽거나 쓸 줄도 몰랐다. 그가 돌아왔을 때 봉투에는 스페인어 위임장은 사라지고 없고 영어 위임장만 남아 있었는데, 접힌 선을 따라 세 조각으로 찢어지고 구겨져 커피와 피처럼 보이는 얼룩이 묻어 있었다. 오가는 길에 그는 켄터키에서 한 번 감옥에 갇혔고 테네시에서 또 한 번 감옥에 갇혔으며, 텍사스에서는 세 번이나 감옥에 갇혔다. 그는 마당에 이르자 뻣뻣한 걸음새로 걸어와 부엌 문을 노크했다. 마리아가 문을 열어 주었다. 그녀가 아센다도에게 알리러 간 사이 그는 모자를 들고 서 있었다. 아센다도가 부엌으로 들어와 엄숙하게 그와 악수를 나누고 건강은 어떤지 물었다. 그는 아주 좋다고 답하며 조각 난 영어 위임장과, 식당, 주유소, 식료품점, 감옥에서 받은 한 다발의 영수증과, 주머니에 있던 동전까지 박박 긁어 남은 돈을 모두 건네고 트럭 열쇠를 돌려주고는 마지막으로 푸른색 끈으로 묶은 기다란 마닐라 봉투를 내밀었는데, 그 안에는 피아드라스네그라스에 있는 멕시코 아두아나(세관)에서 받은 팍투라(영수증)와 말 관련 서류가 들어 있었다.

돈 엑토르는 돈과 영수증과 서류를 식기대에 쌓아 놓고 열쇠를 주머니에 넣었다. 그리고 트럭이 잘 굴러갔는지 물었다.

시, 에스 우나 트로카 무이 푸에르테.(네. 정말 튼튼한 트럭입니다.)

부에노. 이 엘 카바요?(좋았어. 말은?)

에스타 운 포코 칸사도 데 수 비아헤, 페로 에스 무이 보니토.(여기까지 오느라 좀 지치긴 했지만, 아주 잘생긴 말입니다.)

말은 정말 잘생겼다. 짙은 밤색 털에 키가 1.5미터에 달했고 몸무게는 650킬로그램 정도였다. 그 품종치고는 뼈대가 매우 튼튼하고 근육이 잘 발달되어 있었다. 5월 셋째 주에 말을 트럭에 태워 멕시코 연방구[58]에서 목장으로 데려오자 존 그래디와 아센다도가 말을 보러 마구간으로 향했다. 존 그래디는 칸막이 문을 덜컥 열고 안으로 들어가더니 말에 기대어 쓰다듬으며 스페인어로 나직이 속삭였다. 아센다도는 아무 참견도 하지 않았다. 존 그래디는 말 주위를 돌며 계속해서 속삭였다. 그는 말의 앞발을 들어 말발굽을 살폈다.

타 보셨나요?

물론 타 봤지.

---

58) 멕시코시티.

저도 한번 타 보고 싶군요. 콘 수 페르미소.(허락하신다면요.)

아센다도는 고개를 끄덕였다. 그러게.

그는 칸막이에서 나와 문을 닫고는 아센다도와 함께 종마를 바라보았다.

레 구스타?(마음에 드는가?)

존 그래디는 고개를 끄덕였다. 정말 좋은 말이에요.

다음 며칠 동안 아센다도는 길이 든 암말들이 모여 있는 우리로 종종 찾아왔다. 존 그래디는 그와 함께 말들 사이를 거닐며 말의 특징을 설명했다. 아센다도는 가만히 생각에 잠겨 몇 걸음 떨어져 말을 살펴보다가 고개를 끄덕이고는 다시 생각에 잠겼다. 그는 시선을 땅으로 내렸다가 새로운 장점을 찾아 다시 시선을 올리며, 말이 스스로를 내보이기만 한다면 기꺼이 보겠다는 듯한 새로운 눈길로 암말을 바라보았다. 아센다도가 말의 자세나 형태를 아무리 살펴도 젊은 번식업자의 자신감을 정당화할 만한 면을 찾지 못할 때 존 그래디는 그의 판단을 유보시키려 했다. 라 우니카 코사(유일한 것)이며 소에게 관심을 보이기만 한다면 웬만한 결함은 다 용서가 된다는 것이었다. 길이 든 암말들에게 가능성이 보이는 데다, 시에나가 목초지를 지나 산으로 몰고 가면서 습지의 싱싱한 풀을 뜯고 있는 소와 송아지들 사이를 거닐게 했더니 암말들이 커다란 관심을 보였고, 목초지를 떠나면서 심지어 뒤돌아보기도 하였다는 것이 그 이유였다. 그는 소에 대한 그러한 감각이 유전될 것이라고 주장했다. 아센다도는 그다지 확신이 들지 않았다. 하지만 두 사람은 입 밖으로 꺼내지는 않았지만 두 가지에 대해서 전적으로 동의했다. 신께서 말을 지상에 만드신 것은 소를 몰기 위해서라는 점과, 남자가 가져야 할 가장 좋은 재산은 바로 소라는 점이었다.

그들은 종마를 암말 우리에서 떨어진 헤렌테의 마구간에 넣어 두었다. 번식기에 이르자 존 그래디와 안토니오가 교배 일을 맡았다. 그들은 3주 동안 거의 매일 흘레를 붙였고, 때로는 하루에 두 번도 하였다. 안토니오는 커다란 경외심과 사랑으로 종마를 대하며 그것을 카바요 파드레(말들의 아버지)라고 불렀다. 그 역시 존 그래디처럼 말에게 속삭이며 때로는 약속을 하기도 했지만 결코 거짓말은 하지 않았다. 말은 그가 다가오는 소리만 들리면 짚 깔린 바닥에서 앞발을 번쩍 들고 발을 구르며 나갈 준비를 하였다. 그는 말 앞에 서서 나직이 속삭이며 암말의 모습을 설명해 주었다. 그는 결코 이틀 연달아 같은 시간에 교배를 시키지 않았으며, 존 그래디와 짜고서 종마가 말을 잘 듣게 하려면 꾸준히 타 줄 필요가 있다고 아센다도에게 말하였다. 그것은 존 그래디가 종마를 타고 싶어 했기 때문이었다. 아니, 종마를 타는 모습을 보이고 싶었다는 것이 정확할 것이었다. 그는 자신이 종마를 타는 모습을 그녀에게 보이고 싶었다.

그가 해가 뜨기도 전에 부엌에서 커피를 마신 후 과수원의 자그마한 비둘기들만이 깨어 있는 차갑고 신선한 새벽녘에 종마에 안장을 얹어 마구간을 나와 비스듬히 달리면 말은 신이 나서 목을 쭉 펴고 쿵쿵 발을 내디뎠다. 그들이 시에나가 길과 습지 가장자리를 따라 달리는 동안, 물안개가 피어오르는 습지를 박차고 날아오른 오리나 거위나 비오리를 높이 이끌며 떠오른 해는 볼손 바닥에서는 보이지 않는 새들에게 금빛 햇살을 내리쬐었다.

라구나 위쪽 기슭까지 달리면 종마는 부르르 몸을 떨며 발을 멈추었다. 그는 말이 아직 완전히 머리에 새기지 못한 법칙을 성서 구절을 읊듯 스페인어로 끊임없이 되풀이해 말했다.

소이 코만단테 데 라스 예구아스, 요 이 요 솔로. 신 라 카리다드 데 에스타스 마노스 노 텡가스 나다. 니 코미다 니 아구아 니 이호스. 소이 요 케 트라이고 라스 예구아스 데 라스 몬타냐스, 라스 예구아스 호베네스, 라스 예구아스 살바헤스 이 아르디엔테스.(나, 오직 나만이 암말들의 대장이다. 내 손이 자비를 베풀지 않는 한 너는 아무것도 얻을 수 없다. 음식도, 물도, 새끼도. 젊고 열정적인 야생의 암말들을 산에서 데려온 이가 바로 나다.)

그의 무릎 사이에 있는 말의 둥그런 갈비뼈 안에서 검은 심장이 누군가의 의지를 내뿜었다. 피가 고동쳤고 둘둘 말린 거대한 푸른 내장이 누군가의 의지로 실룩거렸으며, 튼튼한 대퇴골과 무릎뼈와 정강이뼈와 아마 밧줄 같은 힘줄이 살갗에 들러붙은 누군가의 의지와 음절 하나하나에 굽힘과 뻗음을 반복했다. 발굽이 아침 안개에 붙잡혀 있을 때 좌우로 가로젓는 머리에는 이빨이 더없는 갈망으로 줄을 잇고, 뜨거운 둥근 눈에 세상이 불타올랐다.

이른 아침 마리아가 니켈을 입힌 스토브에 장작을 넣거나 대리석 조리대에서 밀가루를 반죽하는 부엌에서 그가 아침을 먹을 때면 집 안 어딘가에서 그녀의 노랫소리가 들렸다. 때로는 금방 복도를 지나간 듯 히아신스의 엷은 향기가 맴돌았다. 카를로스가 도살을 하는 아침이면 그는 정자의 타일 바닥에 제각기 제자리에 앉아 있는 수많은 고양이들 사이를 지나다 한 마리를 안아 들고 쓰다듬으며 파티오(안뜰) 문가에 서서 그녀가 라임 열매 따는 것을 바라보았다. 그가 내려놓으면 고양이는 얼른 제자리로 돌아갔다. 그는 부엌에 들어가 모자를 벗었다. 그녀는 가끔씩 아침에 승마를 했고, 그런 날이면 그녀가 복도 건너 식당에 홀로 있는 것을 알 수 있었다. 카를로스가 커피와 과일이 담긴 쟁반을 그녀에게 가져갔던 것이다. 한번은 북쪽의 나지막한 구릉지를 달리다가 3킬로미터 떨어진 시에나가 길을 달리는 그녀를 보았으며, 늪지 위 초원을 달리는 모습도 보았다. 또 한번은 그가 얕은 호수에서 골풀을 헤치며 말을 이끌고 가서 보니, 날개가 붉은 검은 새가 빙빙 맴돌며 울부짖는 아래에서 그녀가 치마를 무릎 위로 걷어 올리고 하얀 수련을 꺾어 모으고 있었다. 검은 말은 호숫가에 애완견처럼 얌전히 서 있었다.

두 사람은 라베가에서 함께 춤을 춘 이후로 다시는 대화를 나누지 않았다. 그녀는 아버지와 함께 멕시코시티로 갔지만 돌아올 때는 아센다도 혼자였다. 존 그래디는 그 누구에게도 그녀에 대해 물을 수 없었다. 안토니오가 코 비트는 기구로 꽉 붙들어 맨 암말이 다리를 벌리고 고개를 숙인 채 가쁜 숨을 몰아쉬며 부들부들 떨고 있는 동안, 그는 안장도 없이 맨발로 종마에 올라타 말과 함께 위아래로 들썩들썩 요동쳤다. 땀방울이 뚝뚝 떨어질 정도로 땀범벅이 된 종마의 허리를 맨발로 꽉 조이며 마구간을 나온 그는 미친 듯이 흥분하여 시에나가 길을 쿵쾅쿵쾅 달려가는 종마를 겨우 조련용 임시 고삐 하나로 다루며 말의 목에 바짝 몸을 숙여 음란한 말들을 나직이 속삭였다. 땀으로 덮인 축축한 피부 아래에서 정맥이 벌떡거렸고, 암말의 암내가 슬슬 풍겨 왔다. 그러던 어느 날 저녁, 검은 아라비아말을 타고 시에나가 길을 달려 돌아오는 그녀와 돌연히 마주쳤다.

그가 고삐를 당겨 멈추자 종마는 부들부들 떨며 거품을 문 주둥이를 이리저리 휘두르고 발을 굴렀다. 그녀가 말을 멈추었다. 그는 모자를 벗어 소맷자락으로 이마를 닦고는 모자를 흔들어 그녀에게 오라고 손짓한 뒤 다시 머리에 썼다. 그리고 말을 길가 사초 사이로 몰고 들어가 뒤를 돌아 그녀가 다가오는 모습을 바라보았다. 그녀가 다가와 바로 앞을 지나치자 그는 모자 챙에 집게손가락을 갖다 대며 고개를 꾸벅했다. 그냥 지나쳐 가리라 생각했지만 뜻밖에도 그녀가 말을 멈추었다. 그러고는 얼굴을 똑바로 그에게로 향했다. 물이 빚어 낸 빛 타래가 아라비아말의 검은 피부 위로 반짝거렸다. 그는 그녀의 시선을 받으며 땀 흘리는 종마 위에 노상강도처럼 앉아 있었다. 그녀는 그가 뭔가 말을 꺼내기를 기다렸다. 나중에 그는 자신이 뭐라고 말했는지 도통 생각나지 않았다. 그저 그가 의도했던 것과는 달리 그녀가 미소 지었다는 것만이 또렷할 뿐이었다. 그녀는 고개를 돌려 늦은 오후의 태양이 반짝이는 호수를 바라보다 다시 그와 종마를 쳐다보았다.

한번 타 보고 싶어. 그녀가 말했다.

뭐라고?

한번 타 보고 싶다고.

검은 모자를 쓴 그녀는 담담하게 말했다.

그는 호숫가 사초들이 바람결에 기우는 것을 바라보았다. 마치 도움이라도 구하려는 듯. 그는 그녀에게로 고개를 돌렸다.

언제?

언제라니?

언제 타고 싶어?

지금. 지금 당장 저 말을 타 보고 싶어.

그는 마치 그곳에 말이 있어 놀랐다는 듯이 말을 내려다보았다.

안장이 없는걸.

알고 있어.

그는 발꿈치에 힘을 주어 말 허리를 조이면서 고삐를 잡아당겨 말이 위험해 보이게 하려고 했지만 종마는 끄떡도 하지 않았다.

파트론(목장주)께서 싫어하실걸. 네 아버지 말이야.

그녀는 안됐다는 듯이 미소 지었지만 동정심은 전혀 엿보이지 않았다. 그녀는 검은 아라비아말에서 내려 고삐를 말 머리로 넘기고 그를 바라보았다. 고삐가 그녀의 등 뒤에서 대롱거렸다.

내려. 그녀가 말했다.

정말 탈 거야?

그래. 어서 내려.

그는 미끄러지듯 말에서 내렸다. 바지 자락에서 축축한 열기가 배어났다.

네 말은 어쩌고?

네가 마구간으로 몰고 가 줘.

저택에서 나를 볼지도 몰라.

아르만도 아저씨네 집 쪽으로 가면 돼.

이러다가는 내가 곤란해질 거야.

이미 곤란해졌어.

그녀가 몸을 돌려 안장 머리에 고삐를 얹더니 그에게 다가와 종마 고삐를 뺏어 들고 그의 어깨에 손을 짚었다. 그의 심장이 방망이질 쳤다. 그는 몸을 굽히고 손을 깍지 끼어 등자를 만들었다. 그녀가 손 등자에 발을 얹자 그는 그녀를 번쩍 들어 올려 말에 올라타도록 거들었다. 그녀는 그를 내려다보고는 발꿈치로 박차를 가해 호수를 빙 두르는 길을 달려갔다. 그녀의 모습이 이내 시야에서 사라졌다.

그는 아라비아말을 몰고 천천히 돌아갔다. 태양은 오래도록 가라앉고 있었다. 그는 그녀가 먼저 와 있다가 말을 다시 바꾸어 탈 줄 알았지만 헛된 기대였다. 그는 붉은 석양 속으로 검은 아라비아말을 이끌고 아르만도의 집을 지나 저택 뒤쪽 마구간으로 향했다. 재갈과 고삐를 벗기고 뱃대끈을 늦추기만 하고 안장을 그대로 둔 채 말을 가로대에 매었다. 저택에 불이 켜져 있지 않아 아무도 없나 보다고 생각했다. 그런데 진입로를 따라 돌아가는데 저택 부엌에서 번쩍 하고 불이 켜졌다. 그는 걸음을 빨리했다. 문이 열리는 소리가 들렸지만 그는 돌아보지 않았다. 누구인지는 몰라도 그 사람 역시 그에게 말을 걸거나 소리쳐 부르지 않았다.

그녀가 멕시코시티로 돌아가기 전에 마지막으로 본 그녀의 모습은 북쪽 하늘에 층층이 쌓인 먹구름 아래 품위 있게 상체를 펴고서 말을 타고 산에서 내려오는 모습이었다. 앞으로 비스듬히 기운 모자의 끈이 턱 아래에 단단히 묶여 있고 검은 머릿결이 어깨 위로 이리저리 흩날리는데 뒤에서 번개가 검은 구름을 뚫고 조용히 내리쳤다. 빗방울이 바람에 날려 후두둑 떨어지는데도 태연히 말을 몰며 갈대가 무성한 희끄무레한 호수와 목초지를 지나는 그녀를 빗줄기가 야생의 여름 풍경 속에 완전히 감싸 안았다. 진짜 말, 진짜 사람, 진짜 땅, 진짜 하늘인데도 그것은 여전히 하나의 꿈이었다.

두에냐(여주인) 알폰사는 알레한드라의 고모할머니이자 대모로, 아시엔다를 구세계와 과거, 그리고 전통과 연결시키는 일에 일생을 바쳤다. 가죽 장정을 입힌 해묵은 책만이 아니라 서재의 책이나 피아노도 그녀의 것이었다. 응접실 한쪽을 차지한 낡은 입체 환등기와 돈 엑토르 방의 이탈리아제 옷장에 걸려 있는 그리너 총 세트는 그녀의 오빠 것이었다. 사진 속에서 조끼와 넥타이 차림에 파나마 모자를 쓴 그는 하얀 여름옷을 걸친 아내와 여동생과 함께 유럽 수도의 대성당들 앞에서 포즈를 취하고 있었다. 검은 콧수염. 짙은 스페인계 눈. 귀족적인 자세. 반지르르한 낡은 도자기처럼 금이 쩍쩍 간 응접실의 녹청빛 유화들 중 가장 고전적인 작품은 그녀의 증조부가 사들인 것으로, 1797년 스페인의 톨레도에서 제작된 그림이었다. 가장 최신품을 꼽으라면 1892년 로사리오에서 킨세아네라(열다섯 번째 생일 파티)를 맞아 입었던 드레스를 칭칭 두르고 있는 두에냐 알폰사 자신의 초상화였다.

존 그래디는 그녀를 본 적이 없었다. 어쩌면 복도를 걸어가는 모습을 얼핏 봤을지 모르겠다. 그는 알레한드라가 멕시코시티로 돌아가고 일주일이 지난 후 저녁에 체스를 두러 저택으로 오라는 초대를 받고서야 그녀가 자신의 존재를 알고 있음을 깨달았다. 그가 새 셔츠와 청바지를 차려입고 부엌에 들어서니 마리아가 저녁 식사 때 나온 접시를 여태 설거지하고 있었다. 그녀는 손에 모자를 들고 서 있는 그를 고개를 돌리고 유심히 살폈다. 부에소. 테 에스페라.(왔구나. 마님이 기다리고 계셔.)

그는 감사의 말을 건네고 부엌을 나와 복도를 지나 식당으로 들어갔다. 두에냐 알폰사가 식탁에 앉아 있다 자리에서 일어나 고개를 약간 끄덕였다. 어서 오게. 여기 앉게. 나는 알폰사라고 한다네.

회색 머리를 하나로 단정히 묶고서 진회색 스커트에 하얀 주름 블라우스를 걸친 것이 꼭 학교 선생님 같았는데, 사실 그녀는 예전에 교사 일을 한 적이 있었다. 그녀의 영어 발음은 영국식이었다. 그녀가 손을 내밀자 그는 악수를 하려는 줄 알고 손을 뻗으려다 바로 직전에 그저 앞의 의자를 가리킨 것뿐이라는 사실을 깨달았다.

처음 뵙겠습니다. 저는 존 그래디 콜입니다.

여기 앉게나. 이렇게 만나서 반갑네.

감사합니다.

그는 의자에 앉아 모자를 옆 의자에 내려놓고 체스 판을 바라보았다. 그녀는 양 엄지손가락으로 체스 판 가장자리를 눌러 그에게로 약간 밀었다. 체스 판은 체르케스산 호두나무와 새눈단풍나무로 짠 것으로, 가장자리에 진주가 박혀 있었다. 체스 말은 검은색과 상아색 뿔을 깎아 만든 것이었다.

우리 조카는 체스를 안 두려고 하지. 내가 늘 대승을 거두거든. 대승이 맞는 표현인가?

네. 맞습니다.

두에냐 알폰사도 그처럼 왼손잡이인지 왼손으로 말을 움직였다. 그는 체스를 한참 둔 후에야 그 이유가 새끼손가락과 약손가락이 없어서라는 사실을 깨달았다. 마침내 그가 여왕을 쓰러트리자 그녀는 패배를 인정하며 미소로 칭찬을 대신한 다음 서둘러 체스 판을 향해 손짓했다. 두 번째 판에서 그가 나이트와 비숍을 가져간 직후 그녀가 둔 두 번의 수에 그는 잠시 멈칫했다. 그는 체스 판을 찬찬히 살폈다. 그때 문득 그가 일부러 져 줄지 아닐지 떠보는 것일 수도 있다는 생각이 들었다. 사실 져 줄까 하는 마음이 안 든 것은 아니었고, 또한 그가 그런 생각을 하기도 전에 그녀가 미리 그 점을 고려했다는 것 역시 분명했다. 그는 의자 등받이에 등을 기대고서 체스 판을 바라보았다. 그녀는 그를 바라보았다. 그는 몸을 앞으로 숙여 비숍을 움직였다. 그리고 네 번째 수로 그녀를 꼼짝 못하게 만들었다.

이런, 내가 어리석었군. 여왕의 나이트를 봤어야 했는데. 실수했어. 아주 잘 두는데그래.

감사합니다. 마님이야말로 아주 잘 두시는걸요.

그녀는 블라우스 소매를 당겨 작은 은시계를 들여다보았다. 존 그래디는 가만히 앉아 있었다. 자야 할 시간에서 벌써 두 시간이 지나 있었다.

한 판 더 둘까?

네, 좋습니다.

두에냐 알폰사는 처음 보는 방식으로 말을 움직이기 시작했다. 결국 그는 여왕을 잃고서 패배를 인정했다. 그녀는 미소 지으며 그를 바라보았다. 카를로스가 차를 가지고 들어와 식탁에 놓았다. 그녀는 체스 판을 옆으로 밀치고 쟁반을 끌어당겨 찻잔을 바로 했다. 크래커와 갖가지 치즈를 담은 접시와 케이크 접시 옆에 갈색 시럽이 담긴 작은 그릇에 은 찻숟가락이 꽂혀 있었다.

우유를 넣어 마시는가?

아닙니다.

그녀는 고개를 끄덕이고 찻잔에 차를 따랐다.

이기려면 그 수를 두는 수밖에 없었어.

처음 보는 수더군요.

그랬을 거네. 폴록이라는 아일랜드 챔피언이 개발한 수지. 왕의 첫발이라고 부른다네. 혹시나 자네가 알고 있지 않을까 걱정했지.

언제 한 번 더 보고 싶군요.

그래, 물론이지.

그녀가 쟁반을 가운데로 밀었다. 자, 들게.

저는 사양하겠습니다. 이렇게 늦은 시간에 차를 마셨다가는 악몽을 꾸거든요.

그녀는 미소 짓고는 쟁반에서 작은 리넨 냅킨을 집어 쫙 펼쳤다.

나는 늘 악몽을 꾸지. 밤에 무엇을 먹든 말이야.

그러시군요.

아주 오래전부터 그랬지. 어릴 적에 꾸었던 꿈을 여태 꾸고 있다네. 현실도 아닌 것이 그처럼 오래 지속되다니 기묘해.

꿈에 무슨 특별한 의미가 있다고 생각하십니까?

그녀는 놀란 눈으로 그를 바라보았다. 당연하지. 자네는 그렇게 생각지 않나?

글쎄요, 잘 모르겠습니다. 머릿속에서 일어나는 일이니까요.

그녀는 다시 웃음 지었다. 난 자네처럼 냉소적이지는 않다네. 체스는 어디에서 배웠나?

아버지께서 가르쳐 주셨습니다.

아주 잘 두시나 보군.

아버지보다 더 잘 두는 사람은 본 적이 없습니다.

그럼 자네도 아버지를 이기지 못했다는 말인가?

가끔 이기긴 했죠. 전쟁터에 나갔다가 돌아오신 후부터는 제가 이기기도 했지만, 아버지가 건성으로 두셨거든요. 지금은 아예 안 두시죠.

정말 안됐군.

네. 정말 안되셨어요.

그녀는 다시 차를 따랐다.

총 때문에 손가락을 잃었지. 비둘기를 쏘는데 총이 폭발해 버렸어. 그때가 열일곱 살이었으니 지금 알레한드라만 했지. 사람들이 내 손을 보고 궁금해하는 것도 당연해. 그런데 자네 뺨에 난 상처는 말을 타다 생긴 것 같군.

네, 제 탓이었어요.

그녀는 그를 유심히 뜯어보았지만, 그 눈길에서 다정함이 묻어났다. 그녀가 미소 지었다. 흉터에는 신기한 힘이 있지. 과거가 진짜 있었던 일이라는 것을 일깨워 주거든. 흉터를 얻게 된 사연은 결코 잊을 수 없지. 안 그런가?

물론이죠.

알레한드라는 멕시코시티에서 어머니랑 2주 정도 더 있을 거야. 그러곤 여기 와서 여름을 지낼 거고.

그는 꿀꺽 침을 삼켰다.

내가 겉모습이야 어떻든 속마음까지 그렇게 구식인 건 아니라네. 우리는 아주 좁은 세계에서 살고 있지. 폐쇄적인 세계라고 할 수 있어. 알레한드라와 나는 의견이 아주 다를 때가 많다네. 아니, 아주 정도가 아니라 극도로 다르다고 해야 정확하겠지. 그 애를 보면 그 나이 때의 내가 생각나. 때로는 나 자신의 과거와 씨름하고 있는 것은 아닌가 싶을 정도지. 어릴 적 난 참 불행해했어. 지금 돌이켜 보면 내가 사소한 일을 가지고 불행해했구나 싶다네. 한데 알레한드라와 내가 하나 생각이 같은 것이 있다면…….

그녀가 말을 멈추고는 찻잔과 받침 접시를 한쪽으로 치웠다. 반지르르한 나무 식탁 위 찻잔이 있던 자리에 동그란 김이 생겨났다가 가장자리에서부터 서서히 사라져 갔다. 그녀가 고개를 들었다.

나한테는 조언을 해 줄 만한 사람이 없었다네. 하긴 누가 조언을 한다 해도 내가 듣지도 않았을 테지만. 난 남자들의 세계에서 자랐네. 그래서 그 세계에서 잘 살 수 있으리라 착각했지. 그래도 그때 반항적으로 살았던 덕분에 다른 사람의 반항심을 아주 잘 알아볼 수 있게 되었네. 하지만 전통을 무너트려야겠다는 생각은 전혀 없었어. 설령 있었다 해도 날 무너트리려는 전통에만 한정되어 있었지. 우리를 구속하는 힘의 존재는 시대에 따라 이름이 달라진다네. 전통과 권위는 이제 결점으로 전락했지. 하지만 내 생각은 변함없어. 조금도 말일세.

내가 알레한드라의 마음을 잘 이해하는 것도 당연하지. 사실 그 애 처지는 나보다 더 심각해. 하지만 그 애가 불행해지도록 내버려 두지는 않을 걸세. 사람들 입에 오르내리는 일은 절대 없게 할 걸세. 그것이 어떤 것인지는 내가 잘 알아. 그 애는 남들이 뭐라 하든 당당하게 고개를 들고 무시할 수 있다고 생각하지. 이상적인 세계에서야 게으름뱅이들의 수다가 아무런 영향도 미치지 못하겠지. 하지만 현실 세계에서는 달라. 그것도 아주 심각한 영향을 미치지. 소문 때문에 피를 흘리는 일까지 일어난다네. 심지어 죽기도 하지. 친척들이 그렇게 되는 것을 난 두 눈으로 직접 보았어. 알레한드라는 구닥다리 전통이라고 무시하지만…….

그녀는 물러가라는 뜻인 동시에 이야기가 끝났음을 의미하는 듯 불완전한 손을 저었다. 그러다 문득 멈추고 그를 바라보았다.

자네가 그 애보다 어리다고 해서 캄포(시골)에서 단둘이 말을 타고 돌아다녀도 괜찮은 것은 아닐세. 그 이야기를 듣고서 알레한드라에게 한마디 할까 하다가 안 하기로 했네.

그녀는 의자에 등을 기대었다. 복도에서 똑딱거리는 시계 소리가 들렸다. 부엌에서는 아무 기척이 없었다. 그녀가 그를 가만히 바라보았다.

제가 어떻게 했으면 좋겠습니까?

젊은 처자의 평판을 고려해 주면 고맙겠네.

해를 끼칠 생각은 전혀 없었습니다.

그녀는 미소 지었다. 자네 말을 믿네. 하지만 명심해야 할 것이 있어. 여긴 미국과는 달라. 여자는 평판 하나에 죽고 살지.

알겠습니다.

용서라는 건 있을 수 없어.

네?

용서라는 건 있을 수 없네. 여자에겐 말이야. 남자야 명예를 잃어도 다시 찾을 수 있어. 하지만 여자는 그렇지 않지.

그들은 가만히 앉아 있었다. 그녀는 그를 지긋이 바라보았다. 그는 의자에 놓아둔 모자를 네 손가락으로 두드리다 고개를 들었다.

하지만 그건 옳지 않아요.

옳지 않다고?

그녀는 깜박 잊었던 것이 새삼 생각났다는 듯 손을 저었다. 아니, 이건 옳고 그르고의 문제가 아니야. 명심하게나. 이건 누가 말해야 하는가의 문제야. 이 경우에는 내가 말해야 하는 거지.

복도에서 시계가 똑딱거렸다. 그녀는 그를 가만히 바라보았다. 그는 모자를 집어 들었다.

그 일 때문에 굳이 절 부르실 것까지는 없었을 텐데요.

맞네. 그래서 여태 자네를 안 불렀던 거야.

그들은 메사에서 폭풍이 북쪽으로 달려가는 모습을 바라보았다. 해가 지자 빛이 곤란을 겪었다. 발 아래 메마른 평원에 펼쳐진 검은 비취 모양의 라구니야스(늪지대)는 마치 또 다른 하늘을 꿰뚫고 있는 귀걸이 같았다. 서쪽에서 층층이 띠를 두른 색깔들은 망치로 두들겨 맞은 구름 아래에서 피를 흘렸다. 순식간에 보랏빛이 온 땅을 감싸 안았다.

그들은 천둥소리에 진동하는 땅바닥에 책상다리를 하고 앉아 낡은 울타리 기둥으로 불을 지폈다. 반쯤 어둠이 내린 산에서 새들이 내려와 메사 가장자리를 가로지르며, 불타는 맨드레이크[59]처럼 번개가 늘어서는 머나먼 북쪽 땅으로 날아갔다.

그리고 또 뭐라던? 롤린스가 물었다.

그걸로 끝이야.

---

59) 우산처럼 생긴 암녹색 잎이 거의 30센티미터에 이르고 꽃은 컵처럼 생긴 식물.

로차 씨 대신 말한 걸까?

누굴 대신한 게 아니라 그냥 자기 생각을 말한 것 같아.

네가 그 여자 애한테 마음이 있었다고 생각하나 보지.

마음이 있었던 게 아니라 지금도 있어.

혹시 목장에 마음이 있는 거야?

존 그래디는 가만히 모닥불을 바라보았다. 모르겠어. 그런 생각은 아예 해 보지도 않았어.

그랬겠지.

그는 롤린스에게로 고개를 돌렸다가 다시 불을 바라보았다.

언제 돌아온대?

일주일쯤 후에.

무슨 근거로 그 애가 너한테 관심이 있다고 생각하는지 모르겠어.

존 그래디는 고개를 끄덕였다. 그냥 알아. 그 애한테 말해 볼 거야.

첫 번째 빗방울이 와 닿자 모닥불이 치이익댔다. 그가 롤린스를 바라보았다.

여기 온 거 후회해?

아직까지는 아니야.

그는 고개를 끄덕였다. 롤린스가 자리에서 일어났다.

빗속에서 물고기라도 낚아? 아니면 그냥 비를 맞는 게 좋은 거야?

꼭 얻고 말 거야.

누가 뭐래.

그들은 비옷을 덮어썼다. 그러곤 어두운 밤에게 말을 걸듯 대화를 나누었다.

로차 씨가 널 좋아하는 건 사실이야. 하지만 그렇다고 해서 자기 딸이랑 사귀게 내버려 두지는 않을걸.

나도 알고 있어.

도저히 가망이 없어.

아니야, 있어.

이러다 여기서 쫓겨나게 될 거야.

그들은 모닥불을 바라보았다. 울타리 기둥에 딸려 온 철망이 불에 녹아 어그러지며 똬리를 틀더니 장작의 붉은 열기에 맞춰 꿈틀꿈틀거렸다. 비를 맞으며 어둠을 뚫고 모닥불 가까이로 다가온 말들의 두 눈이 어둠 속에서 붉게 타올랐다.

그래서 뭐라고 대답했는데? 롤린스가 물었다.

하라는 대로 하겠다고 했지.

어떻게 하라던?

그걸 잘 모르겠어.

그들은 가만히 불을 바라보았다.

그럼 네가 그냥 약속한 거야?

그것도 잘 모르겠어. 약속을 한 것인지, 안 한 것인지.

약속을 했으면 한 거고, 안 했으면 안 한 거지.

곰곰이 생각해 보았는데, 잘 모르겠어.

닷새가 지난 후 마구간 방에서 자고 있는데 노크 소리가 들렸다. 그는 일어나 앉았다. 누군가가 문밖에 서 있었다. 판자

틈새로 불빛이 새어 들어왔다.

모멘토.(잠시만요.)

그는 일어나 어둠 속에서 바지를 입고 문을 열었다. 그녀가 손전등을 아래로 향해 들고 서 있었다.

누구세요? 그가 나직이 물었다.

나야.

그녀가 진실을 증명이라도 하려는 듯 손전등을 위로 향했다. 그는 무슨 말을 해야 할지 아무 생각도 할 수 없었다.

지금 몇 시지?

나도 몰라. 11시쯤 됐을걸.

그는 좁은 복도로 고개를 내밀어 늙은 마부의 방문을 살폈다.

이러다 에스테반 할아버지가 깨겠어.

그럼 내가 안으로 들어가면 되지.

그가 뒤로 물러서자 옷자락 바스락대는 소리와 풍성한 머릿결과 향수 냄새와 함께 그녀가 안으로 들어왔다. 그는 문을 닫고 서둘러 나무 빗장을 걸고는 뒤를 돌아 그녀를 바라보았다.

불은 안 켜는 게 좋겠어.

그래. 어차피 발전기도 나갔는걸. 고모할머니가 너한테 뭐라고 했니?

뭐라고 했는지 고모할머니가 말해 주셨을 텐데.

물론 그랬지. 고모할머니가 뭐라고 하셨어?

여기 앉을래?

그녀는 한쪽 발을 몸 밑에 깔고 침대에 비스듬히 앉았다.

환한 손전등을 침대에 놓고 담요를 씌우자 온 방이 은은한 빛으로 가득 찼다.

널 다시는 만나지 말래. 캄포에서 말이야.

네가 내 말을 마구간에 들여놓는 걸 봤다고 아르만도 아저씨가 말했대.

알고 있어.

이건 말도 안 돼. 그녀가 말했다.

은은한 빛 속에서 그녀의 모습은 기묘하면서도 연극적이었다. 그녀는 뭔가를 쓸어 버리겠다는 듯 손으로 담요를 훑었다. 고개를 들자 아래에서 올라오는 빛 때문에 창백하고 엄숙해 보이는 얼굴 속에서 눈이 짙은 그림자에 가려 가끔씩 반짝거렸다. 그는 그녀의 목이 움직이는 것을 보았다. 그녀의 얼굴과 전체 모습에서 예전에는 보이지 않던 어떤 것이 느껴졌다. 그것은 바로 슬픔이었다.

난 네가 내 친구라고 생각했어. 그녀가 말했다.

내가 어떻게 했으면 좋겠니? 네가 하라는 대로 할게.

솟아오르는 먼지를 어둠이 내린 물기가 잠재우는 시에나가 길 위에서 두 사람은 안장도 없이 임시 고삐만 매고 나란히 말을 몰았다. 그들은 정문까지 말을 끌고 나온 후 말에 올라 서쪽 하늘에 걸린 달빛을 받으며 나란히 나아갔다. 개들이 양털 깎는 일꾼들의 오두막을 향해 짖자 우리에 갇혀 있던 그레이하운드들도 뒤따라 짖었다. 그는 정문을 닫고는 손을 깍지 끼어 그녀가 안장 없는 검은 아라비아말에 오르도록 받쳐 준 다음 문에 묶어 두었던 종마의 고삐를 풀고 정문 틀에 한 발을 얹어 한 번에 훌쩍 말에 올라탔다. 그들은 철사에 걸려 있는 하얀 리넨 같은 달빛 아래에서 개들이 짖는 소리를 들으며 말 머리를 나란히 하고 앞으로 나아갔다.

그들은 그렇게 가끔씩 새벽이 될 때까지 함께 말을 탔다. 그는 종마를 마구간에 넣어 두고 저택 부엌에 아침을 먹으러 가서 한 시간 후 마구간으로 돌아와 안토니오와 함께 헤렌테의 집을 지나 암말 우리로 걸어갔다.

그들은 목장에서 두 시간 거리인 서쪽 메사에서 밤새 말을 달렸다. 때때로 그가 피운 모닥불을 쪼이며 저 아래 검은 웅덩이에서 아시엔다 정문의 가스등이 반짝거리는 것을 바라보았다. 가스등 불빛이 세상이 아래로 꺼지고 지구의 중심이 위로 뒤집히는 듯 요동치는 것처럼 보이기도 했다. 그들은 수백 개의 별들이 지구로 떨어지는 것을 보았고, 그녀의 집안과 멕시코에 대해 이야기했다. 목장으로 돌아가는 길에 말을 몰고 호수로 들어가 가슴께에 와 닿은 호수 물을 말이 마실 때는 호수 속 별들이 찰랑거렸다. 산에 비라도 내리면 공기는 묵직하게 가라앉았고 밤은 더욱 따스해졌다. 한번은 그녀를 두고 그 혼자서 사초와 버드나무 사이를 가르며 호숫가를 달리다가 말에서 훌쩍 뛰어내려 부츠와 옷을 벗고 달이 드리워진 호수 속으로 성큼성큼 들어갔다. 어둠 속에서 오리들이 꽥꽥 울어 댔다. 검고 따스한 물속으로 첨벙 들어가 팔을 뻗자 매끈매끈한 검은 물이 온몸을 감쌌다. 그는 잔잔한 검은 호수 너머로 그녀가 말 옆에 서 있는 기슭을 바라보았다. 바닥에 옷을 내려놓고 물속으로 걸어 들어오는 그녀의 모습은 마치 번데기에서 빠져나오는 나비처럼 새하얬다.

그녀는 잠시 멈추더니 뒤를 돌아보았다. 파르르 몸을 떨었지만 그것은 추위 때문이 아니라 거기 아무도 없기 때문이었다. 그녀에게 아무 말도 하지 마라. 아무 말도. 그가 손을 내밀자 그녀가 그 손을 잡았다. 그녀는 너무나도 창백하여 마치 불타고 있는 것 같았다. 거무스름해진 나무에서 타오르는 하얀 도깨비불처럼. 그것이 추위를 불살랐다. 마치 달이기라도 한 듯이 추위를 불살랐다. 그녀의 검은 머리가 차례로 흘러내리며 물 위로 물결쳤다. 그녀는 다른 쪽 팔을 그의 어깨에 두르고는 서쪽으로 기운 달을 바라보았다. 그녀에게 아무 말도 하지 마라. 아무 말도. 그러곤 그에게로 얼굴을 돌렸다. 시간과 육체를 훔치는 것이기에 더욱 달콤하였으며 믿음을 저버리는 것이기에 더욱 감미로웠다. 남쪽 기슭 수풀에서 외다리로 서 있던 두루미가 날개 아래에서 가느다란 부리를 빼내어 그들을 바라보았다. 메 키에레스?(날 원하니?)

그래. 그가 말했다. 그는 그녀의 이름을 불렀다. 그리고 말했다. 진심으로.

그는 깨끗이 씻고 머리를 빗고서 깨끗한 셔츠로 갈아입은 후 마구간에서 나왔다. 그와 롤린스는 합숙소 옆 정자 아래 나무 상자에 걸터앉아 담배를 피우며 저녁 식사 시간이 되기를 기다렸다. 합숙소에서 떠들썩한 웃음소리와 이야기 소리가 들리다가 뚝 그쳤다. 바케로 두 명이 문가에 나와 섰다. 롤린스가 고개를 돌려 북쪽 길을 바라보았다. 말을 탄 멕시코 순찰 대원 다섯 명이 일렬로 줄을 지어 다가오고 있었다. 말들은 아주 훌륭했고 카키색 군복 허리춤에 권총이, 안장 총집에는 소총이 꽂혀 있었다. 롤린스가 자리에서 일어났다. 다른 바케로들도 문가로 몰려와 순찰대를 바라보았다. 합숙소를 지나치면서 순찰대 지휘관으로 보이는 사람이 정자 아래와 문가에 서 있는 이들을 흘긋 바라보았다. 순찰대 다섯 명은 헤렌테의 집을 지나쳐 남쪽에 드리워진 석양 속으로 일렬로 말을 몰며 기와지붕 저택을 향해 점점 사라져 갔다.

그가 어둠을 뚫고 마구간으로 돌아오니 아까 보았던 말 다섯 마리가 저택 저쪽 피칸 나무에 묶여 있었다. 안장은 그대로였다. 아침에 보니 말들은 사라지고 없었다. 다음 날 밤 그녀가 그의 방으로 왔다. 밤이 아홉 번 지나는 동안 그녀는 매일 몇 시인지도 모를 시간에 그의 방문을 서둘러 닫아 걸고 엷은 빛 속에서 옷을 벗어 던진 뒤 시원한 맨몸을 좁은 침대 속 그의 곁에 눕혔다. 풍성한 검은 머리에서 부드러움과 향내가 쏟아졌다. 그녀는 아무것도 두려워하지 않았다. 상관없어, 상관없어라고만 말할 뿐. 그녀는 소리가 새어 나가지 않게 자기 입을 막은 그의 손바닥을 물어뜯어 피를 빨아 마셨다. 그녀가 그의 가슴에 기대어 잠든 동안에도 그는 전혀 잘 수가 없었다. 동쪽 하늘이 회색으로 열어지면 그녀는 일어나 부엌으로 가 일찍 일어난 척 시치미를 떼며 아침을 먹었다.

그리고 그녀는 다시 도시로 돌아갔다. 다음 날 저녁 그가 마구간에서 에스테반에게 인사를 건네자 늙은 마부는 대꾸를 하면서도 쳐다보지는 않았다. 그는 씻고서 저택 부엌으로

가 저녁을 먹었다. 식사를 마친 후 그는 식당에서 아센다도와 번식 일지를 기록했다. 아센다도는 그에게 질문을 하고 암말에 대해 기록한 후 등받이에 기대 앉아 시가를 피우며 연필로 식탁을 톡톡 두드렸다. 그러다 고개를 들고 말했다.

좋았어. 구즈만은 어떻게 되어 가나?

한참 있어야 2권을 읽을 것 같은데요.

아센다도는 씩 웃었다. 구즈만은 정말 대단하지. 불어를 못하나?

네.

프랑스 놈들은 말에 대해 아주 잘 알고 있지. 당구는 치나?

네?

당구를 칠 줄 아느냐고.

네. 포켓 당구는 좀 칩니다.

포켓 당구, 거 좋지. 한 판 할까?

그러죠.

좋았어.

아센다도가 장부를 덮고 의자를 뒤로 밀며 일어났다. 그는 아센다도를 따라 복도를 걸어가 응접실과 서재를 지나 방 끝쪽 패널 장식이 된 문으로 향했다. 아센다도가 문을 열자 낡은 나무와 곰팡이 냄새가 풍기는 어두컴컴한 방이 나타났다.

아센다도는 술 달린 줄을 잡아당겨 천장에 매달린 화려한 주석 샹들리에에 불을 켰다. 샹들리에 아래에는 고전적인 당구대가 사자가 새겨진 거무스름한 나무 다리에 의지해 서 있었다. 노란색 방수포로 덮인 당구대 위 6미터 길이의 천장에는 샹들리에가 마구의 봇줄[60] 길이 정도로 내려와 있었다. 방 한쪽에 나무를 조각하여 채색한 실물 크기의 그리스도상과 아주 낡은 나무 제단이 놓여 있었다. 아센다도가 몸을 돌렸다.

나도 자주 치지는 않는다네. 자네가 프로급이 아니어야 할 텐데.

염려 마십시오.

카를로스한테 당구대를 평평하게 만들라고 일러 두었네. 지난번에 보니 약간 기울어져 있더군. 제대로 됐는지 어디 한번 볼까. 저쪽을 잡게. 같이 살펴보세.

그들은 당구대 양쪽에 서서 방수포를 가운데로 접고 다시 한번 접은 다음 들어 올려 서로를 향해 걸어갔다. 아센다도가 방수포를 받아 들고 의자에 놓았다.

보다시피 이 방은 예배실일세. 설마 미신을 믿는 건 아니겠지?

아닙니다.

그다지 신성한 곳은 아니야. 신부가 와서 기도나 좀 읊조리지. 그런 일은 고모님이 잘 아시지. 하지만 당구대도 벌써 몇 년째 여기 놓여 있다네. 정말 예배실이라고 부르려면 예배실다워야 할 텐데, 신부가 와서 기도 좀 한다고 해서 예배실이라고 하는 건 말도 안 되지. 사실 개인적으로는 그런 것이 대체 무슨 소용일까 싶다네. 신성함이란 정말 신성한 것이야. 신부가 가진 힘은 흔히들 생각하는 것보다 훨씬 제한적이네. 그러

60) 말이나 소에 써레, 쟁기 따위를 매는 줄.

고 보니 여기서 미사를 본 지도 아주 오래되었군.

얼마나요?

아센다도가 한쪽 구석에 놓인 마호가니 걸이에서 큐를 고르다가 돌아섰다.

바로 여기서 내가 첫 영성체를 받았지. 아마 그게 여기서 열린 마지막 미사였을 거야. 그게 1917년이었지.

그는 다시 큐 쪽으로 돌아섰다. 다시는 신부가 여기서 미사를 못 하게 할 걸세. 예배실의 신성을 흩어 놓기 위해서야. 왜냐고? 나는 신을 느끼고 싶어. 내 집 전체에서 말이야.

그는 당구대에 공을 놓고서 존 그래디에게 큐볼을 넘겼다. 세월 때문에 노랗게 바랬을지언정 상아로 만든 것임에 틀림없었다. 그는 공을 쳐서 스트레이트풀 게임을 시작했다. 아센다도는 큐에 능숙하게 초크를 바르고 당구대 이쪽저쪽을 거닐며 게임 방법을 스페인어로 설명했고, 쉽게 승리를 거두었다. 그는 느긋하게 공의 배치와 타구법을 궁리하면서 혁명과 멕시코의 역사와 고모님과 프란시스코 마데로[61]에 대해 설명했다.

그는 파라스에서 태어났어. 여기와 같은 주라네. 한때 우리 집안은 매우 폐쇄적이었어. 고모님이 프란시스코의 동생과 약혼을 했던 것 같은데, 확실하지는 않아. 어쨌든 할아버님이 허락했을 리가 절대 없어. 그쪽 집안이 정치적으로 아주 급진적이었거든. 고모님은 어린애가 아니었어. 고모님 스스로 선택을

---

61) 디아스의 독재 정권에 반대하여 민주주의 혁명 운동을 전개하였고 1911년에 대통령에 취임하였으나 사회 개혁에 반대하는 세력에게 암살당하였다.

해야 했는데 그럴 수가 없었지. 정확한 사연은 모르겠지만 고모님은 아직도 할아버님을 용서하지 못하는 것 같아. 할아버님은 돌아가실 때까지도 그 일로 아주 슬퍼하셨지. 엘 쿠아트로.(4번 공.)

아센다도가 몸을 숙여 겨냥을 하다 4번 공을 반대편 쿠션에 맞혀 구멍에 넣고는 일어나 큐에 초크를 칠했다.

하긴 어차피 못 할 결혼이었어. 그 집안이 완전히 파멸해 버렸거든. 두 형제가 모두 암살당했지.

그는 공의 배치를 유심히 살폈다.

고모님도 마데로처럼 유럽에서 공부했고 같은 사상을 배웠네. 그걸…….

예전에 두에냐 알폰사가 존 그래디 앞에서 했던 손짓을 아센다도가 반복했다.

지금까지도 고수하고 계시지. 카토르세.(14번 공.)

그는 몸을 숙여 공을 치고 일어나 큐에 초크를 칠했다. 그리고 고개를 절레절레 저었다. 여긴 여기고 거긴 거긴데 말이야. 멕시코는 결코 유럽이 아니야. 그렇긴 해도 간단한 문제는 아니지. 마데로의 할아버지가 나의 파드리노(대부)셨지. 대부 말일세. 성함이 돈 에바리스토셨지. 이런저런 이유로 할아버님은 계속 대부님과 친하게 지냈어. 그거야 그렇게 어려운 일도 아니었지. 아주 멋진 분이셨거든. 친절하신 데다 디아스 정권을 충직하게 지지하셨지. 당신 아들이야 어쨌든 말일세. 프란시스코의 책이 나왔을 때는 당신 아들이 썼을 리가 없다고 고집하시더군. 하긴 그 책에는 끔찍한 내용이 전혀 없었어. 그러니 아마 어느 젊고 부유한 아센다도가 쓴 것일 거야. 시에테.(7번 공.)

아센다도는 몸을 숙여 7번 공을 쳐서 구멍에 넣고 당구대 맞은편으로 걸어갔다.

그들은 프랑스에서 공부했지. 프란시스코나 구스타보 같은 당시 젊은 세대들 말일세. 그들은 모두 민주주의 사상을 머리에 가득 넣어 왔지. 어찌나 사상으로 가득 찼는지 서로 동의하는 법이 없었어. 왜 그랬을 것 같나? 부모님이 그런 사상이나 배우라고 자식을 유럽으로 보냈을까? 그들은 유럽에서 민주주의 사상을 받아들였지. 그리고 돌아와서 여행 가방을 풀어 헤쳤지만 그 내용물은 저마다 제각각이었어.

그는 심각한 표정으로 고개를 저었다. 마치 공이 영 잘못 놓이기라도 한 듯이.

실제 있었던 일에 대해서는 다들 동의했지. 사람 이름, 건물 이름, 어떤 일이 있었던 날짜. 하지만 생각은……. 우리 세대는 그들보다 훨씬 신중하다네. 우리들은 사람이 이성만으로 품성을 개선할 수 있다고는 믿지 않아. 그건 아주 프랑스적인 생각이지.

그는 초크를 칠하고 자리를 옮겼다. 그리고 몸을 숙여 공을 치고 일어나 공의 위치가 어떻게 달라졌는지 살폈다.

온화한 기사(騎士)를 조심하게. 이성보다 더한 괴물은 없거든.

그는 존 그래디에게 웃어 보이고는 다시 당구대를 내려다보았다.

물론 이것은 스페인적인 생각이지. 자네도 알 걸세. 돈키호

테답지 않은가. 하지만 세르반테스조차도 멕시코와 같은 나라는 상상도 못했을 걸세. 고모님은 내가 이기적이어서 알레한드라를 보내지 않는다고 말씀하시지. 아마 맞는 말일 거야. 디에스.(10번 공.)

어디로 말씀입니까?

아센다도가 몸을 숙여 공을 쳤다. 그리고 일어나 존 그래디를 바라보았다. 프랑스 말일세. 프랑스로 보내라고 하시거든.

그는 다시 큐에 초크를 칠하고 공의 배치를 살폈다.

내가 뭐 하러 사서 고생을 하겠나? 안 그래? 어차피 그 애는 알아서 갈 걸세. 내가 누군가? 난 그냥 아버지야. 아버지는 아무것도 아니지.

그는 공을 쳤지만 실수하고 말았다. 그는 당구대에서 물러났다.

봤지? 그건 당구에 방해만 돼. 그놈의 사상 말일세. 프랑스가 내 집에 쳐들어와 당구 게임을 망쳐 놓다니. 프랑스만큼 사악한 것은 세상에 없어.

존 그래디는 어두컴컴한 침대에 앉아 베개를 두 팔로 껴안고 얼굴을 파묻고서 그녀의 체취를 맡으며 그녀의 모습과 목소리를 떠올리려고 애썼다. 그는 그녀가 한 말을 중얼거리듯 속삭였다. 내가 어떻게 했으면 좋겠니? 네가 하라는 대로 할게. 그 역시 일찍이 그녀에게 같은 말을 했더랬다. 그녀는 그의 맨가슴에 기대어 눈물을 흘렸다. 그는 그녀를 안고 있었지만 아무런 말도, 아무런 행동도 할 수 없었다. 그리고 아침에 그녀는 떠났다.

그 주 일요일에 그는 안토니오의 초대를 받아 그의 형네 집에서 저녁을 먹은 후 부엌 옆 정자 그늘에 앉아 담배를 말아 피우며 말에 대해 토론했다. 그러다 말할 거리가 더 이상 없자 이번에는 다른 것들에 대해 토론했다. 존 그래디는 아센다도와 당구를 친 일을 이야기했다. 깔개를 캔버스 천으로 갈아 끼운 낡은 메노파 교회 의자에 앉아 모자를 무릎에 올려놓고 손을 모아 쥔 안토니오는 타 들어가는 담배를 바라보며 고개를 끄덕이면서 적당히 심각하게 그의 이야기를 들었다. 존 그래디는 나무 너머로 붉은 흙 기와와 하얀 벽으로 감싸인 저택을 바라보았다.

디가메. 쿠알 에스 로 페오르. 케 소이 포브레 오 케 소이 아메리카노.(말씀 좀 해 주세요. 내가 가난뱅이인 것과 미국인인 것 중에 어느 쪽이 더 나쁜 거죠?) 존 그래디가 말했다.

바케로는 고개를 저었다. 우나 야베 데 오로 아브레 쿠알키에르 푸에르타.(좋은 열쇠는 어느 문이든 여는 법이지.)

그는 젊은이를 바라보았다. 이윽고 담뱃재를 털고는, 그의 생각을 듣고 싶을 테고 어쩌면 조언을 바라는지도 모르겠지만 아무도 조언을 해 줄 수가 없다고 말했다.

티에네스 라손.(맞는 말이에요.) 존 그래디는 바케로를 바라보며, 그녀가 돌아오면 정말 심각하게 대화를 나누어 볼 생각이라고 말했다. 그녀의 진심을 알아볼 것이라고.

바케로가 그를 바라보다가 저택으로 고개를 돌렸다. 당황한 표정을 짓던 그는 그녀가 여기 있다고 말했다. 그녀가 지금 여기에 있다고.

코모?(네?)

시. 에야 에스타 아키. 데스데 아예르.(그래, 여기 있어. 어제 왔지.)

그는 새벽이 올 때까지 한숨도 자지 않고 밤새 마구간의 침묵에 귀 기울였다. 말들이 잠을 자며 뒤척이는 소리. 숨 쉬는 소리. 날이 밝자 그는 합숙소로 걸어가 아침을 먹었다. 롤린스는 부엌문에 서서 그를 유심히 바라보았다.

열 나게 말을 타다 땀에 흠뻑 젖은 몰골이로군.

그들은 식탁에 앉아 음식을 먹었다. 식사가 끝나자 롤린스는 등받이에 기대며 셔츠 주머니에서 담배를 찾았다.

할 말 있으면 어서 해. 당장 일하러 나가 봐야 해.

그냥 널 보러 왔어.

무슨 일로?

꼭 일이 있어야 널 보니?

아니, 그런 건 아니지. 롤린스는 성냥을 식탁 아래에 그어 담배에 불을 붙이고는 흔들어 꺼서 접시에 던졌다.

네가 무슨 짓을 하고 있는지는 알겠지.

존 그래디는 커피를 쭉 들이켜고는 컵을 은빛 식기 옆 접시 위에 놓았다. 그러곤 의자에 놓아둔 모자를 집어 머리에 쓰고 일어나 접시를 식기대로 가져갔다.

내가 거기에서 일해도 좋다고 했잖아.

네가 거기에서 일하는 거야 좋지.

존 그래디는 고개를 끄덕였다. 그래.

롤린스는 그가 식기대로 갔다가 문으로 가는 모습을 가만히 바라보았다. 돌아서서 무슨 말을 하리라 기대했지만 그는 그대로 나가 버렸다.

그는 하루 종일 암말을 돌보며 지내다 저녁 무렵 비행기가 이륙하는 소리를 들었다. 그는 마구간에서 나와 밖을 살폈다. 나무들 위로 떠오른 비행기가 가라앉는 태양을 향해 날아가다 한쪽으로 기웃하더니 남서쪽으로 방향을 틀었다. 비행기에 누가 타고 있는지 알 수는 없었지만 그는 비행기가 사라질 때까지 가만히 지켜보았다.

이틀 후 그와 롤린스는 다시 산에 올랐다. 그들은 깊은 골짜기부터 야생의 마나다(무리)를 골리며 몰고 내려와 안테오호 산맥 남쪽 비탈의 옛 야영지에 이르렀다. 그들은 루이스 영감이 준비한 콩과 염소 고기를 넣은 토르티야를 먹고 블랙커피를 마셨다.

여기에 자주 와야 할까?

존 그래디는 고개를 저었다. 아니. 그리 자주 오지는 않을 거야.

롤린스는 커피를 마시며 모닥불을 바라보았다. 느닷없이 그레이하운드 세 마리가 총총거리며 차례로 다가오더니 모닥불을 맴돌았다. 갈비뼈가 드러날 만큼 앙상하고 창백한 개들의 눈이 모닥불 빛에 이글거렸다. 롤린스가 커피를 쏟으며 엉거주춤 일어났다.

웬 것들이야.

존 그래디가 일어나 어둠 속을 응시했다. 개들은 왔을 때와 마찬가지로 갑자기 사라졌다.

그들은 가만히 기다렸다. 아무런 기척도 없었다.

웬 것들일까. 롤린스가 말했다.

그는 모닥불에서 조금 걸어 나와 귀를 기울이다가 존 그래디를 돌아보았다.

고함이라도 지를까?

아니.

사람도 없이 개들끼리 온 것은 아닐 텐데.

그러게 말이야.

그 자식이 우릴 쫓아온 걸까?

마음만 먹는다면 충분히 우릴 찾아낼 수 있을 거야.

롤린스는 모닥불로 돌아왔다. 그는 커피를 새로 따른 뒤 귀를 기울이며 서 있었다.

한 무더기 이끌고 왔겠지.

존 그래디는 대답하지 않았다.

어떤 것 같아? 롤린스가 말했다.

그들은 아침에 말을 우리로 몰고 갔다. 아센다도와 그의 친구들이 와 있을 줄 알았지만 아무도 없었다. 며칠이 지났지만 아무도 나타나지 않았다. 사흘 후 그들은 어린 암말 열한 마리를 몰고 산에서 내려와 저물녘에 아시엔다에 도착하여 암말들을 목장 우리에 가두고 합숙소에 가서 저녁을 먹었다. 바케로 몇몇이 식당에서 커피를 마시거나 담배를 피우고 있다가 그들이 들어오자 한 명씩 한 명씩 차례로 일어나 나가 버렸다.

다음 날 회색빛 아침에 두 명의 사내가 권총을 뽑아 들고 방에 들어와 손전등으로 존 그래디의 눈을 비추며 일어나라고 명령했다.

그는 몸을 일으켜서 침대 아래로 다리를 내렸다. 손전등을 들고 있는 사내는 형태만 대충 보였지만 권총을 들고 있는 것이 분명했다. 군대용 콜트 자동 권총이었다. 마구간에 소총을 들고 서 있는 사내들이 보였다.

키엔 에스?(누구시죠?)

사내는 그의 발에 손전등을 비추더니 옷을 입고 부츠를 신으라고 명령했다. 그는 일어나 바지를 걸치고 부츠를 신은 뒤 손을 뻗어 셔츠를 집어 들었다.

바모노스.(나가.) 사내가 말했다.

그는 일어나 셔츠 단추를 잠갔다.

돈데 에스탄 수스 아르마스?(무기는 어디 있지?)

노 텡고 아르마스.(무기는 없습니다.)

그는 사내 뒤쪽에 서 있는 남자를 향해 말했다. 두 사내가 앞으로 다가와 그의 물건을 뒤졌다. 그들은 나무로 된 커피 상자를 와르르 쏟아붓고 옷과 면도용품을 걷어차고 침대 매트를 바닥에 뒤집어엎었다. 기름때가 끼어 시커메진 카키색 군복에서 땀과 연기 냄새가 풍겼다.

돈데 에스탄 수 카바요?(말은 어디 있지?)

엔 엘 세군도 푸에스토.(두 번째 칸막이에 있습니다.)

바모노스, 바모노스.(어서 나가.)

그들은 그를 끌고 안장실로 향했다. 그는 자신의 안장과 안장 담요를 들었다. 레드보는 신경질적으로 발을 구르며 마구간에 서 있었다. 그들은 에스테반의 쿠아르토(방)를 지나쳤지만 늙은 마부는 깨어난 기척이 전혀 없었다. 그들은 그가 말에 안장을 얹는 동안 손전등을 비추어 주더니 그와 말을 끌고 마구간을 나왔다. 새벽 공기 속에 말들이 서 있었다. 호송병 하나가 롤린스의 소총을 들고 있었고, 롤린스는 수갑을 앞으로 찬 채 말 위에 엎드려 있었다. 고삐는 땅에 축 늘어진 채였다.

그들이 소총으로 그를 밀쳤다.

대체 무슨 일이야?

롤린스는 대답하지 않았다. 그저 침을 뱉더니 고개를 돌려 버렸다.

노 아블레. 바모노스.(입 다물어. 서둘러.) 지휘관이 말했다.

그가 말에 오르자 그들은 그의 손목에 수갑을 채운 뒤 고삐를 건넸다. 그리고 말에 올라 말 머리를 돌려 두 줄로 우리 문을 통과했다. 합숙소를 지나는데 불이 켜지더니 바케로들이 나와서 문가에 서거나 정자 둘레에 쭈그리고 앉아서 그들이 지나가는 것을 바라보았다. 지휘관과 부관 뒤에 미국인들이 따라가고, 군복에 군모를 쓰고 소총을 안장 머리에 꽂은 나머지 여섯 명이 그 뒤를 두 줄로 쫓아갔다. 그들은 시에나가 길을 지나 북쪽 산으로 향했다.

3부

그들은 온종일 언덕과 산을 넘고 말 방목지가 내다보이는 메사를 따라 북쪽으로 나아간 끝에 두 사람이 넉 달 전에 들렀던 고장에 들어섰다. 점심 무렵 그들은 어느 샘가의 검게 타다 남은 차가운 장작 둘레에 쭈그리고 앉아 신문지로 싼 차가운 콩과 토르티야를 먹었다. 그는 그 토르티야가 아시엔다의 부엌에서 만든 것일지도 모르겠다는 생각이 들었다. 신문이 몽클로바[62] 것이었다. 그는 수갑을 찬 채로 느릿느릿 음식을 먹으며 양철 컵에 담긴 물을 마셨다. 컵 손잡이에 박힌 못 틈새로 물이 줄줄줄 흘러내려 물을 가득 담으려야 담을 수가 없었다. 수갑 안쪽은 니켈 도금이 벗겨져 황동이 그대로 드러나 있었는데 벌써부터 손목이 창백해지더니 독을 품은 녹빛으로

62) 라 푸라시마 목장에서 가까운 큰 도시.

변해 갔다. 그는 점심을 먹으며 저만치 떨어져 앉은 롤린스를 바라보았지만 친구는 그와 눈을 마주치지도 않았다. 그들은 미루나무 아래 맨바닥에서 잠이 들었다가 이내 깨어나 물을 마시고 물병을 가득 채운 후 다시 길을 떠났다.

다시 돌아온 그 고장은 아래 지역보다 계절이 앞서 있어 아카시아가 꽃을 피우고, 산에 내린 비 덕분에 골짜기 가장자리에 풀들이 무성하게 자라 길게 드리워진 석양 아래에서 초록을 뽐내었다. 호송병들은 경치에 대해 몇 마디 할 뿐 거의 대화를 나누지 않았고, 하물며 미국인에게는 일절 말을 걸지 않았다. 그들은 기다랗게 뻗은 노을을 향해 말을 몰다 어둠 속으로 들어갔다. 호송병들은 일찌감치 소총을 총집에 꽂고서 반쯤 등을 굽히고 편안한 자세로 말을 몰았다. 그러다 10시 무렵 멈추어 서더니 야영 준비를 하고 모닥불을 피웠다. 죄수들이 수갑을 찬 채 검게 탄 나무와 녹슨 깡통이 흩어진 모래바닥에 앉아 있는 동안 호송병들은 낡은 화강암 무늬의 푸른색 에나멜 양철 커피 주전자와 솥을 꺼냈다. 그들은 커피를 마시고 하얀 섬유질이 많은 감자 같은 덩이줄기 식물과 고기 같은 것을 먹었는데 하나같이 끈적끈적하고 시큼했다.

두 사람은 안장에 걸린 등자에 사슬로 손이 묶인 채 담요 한 장을 같이 덮고서 밤을 보냈다. 해 뜨기 한 시간 전에 다시 길을 떠나자 몹시 기뻤을 정도였다.

그런 식으로 사흘을 여행했다. 사흘째 되는 날 오후에 여전히 두 사람의 기억 속에 남아 있는 엥칸타다의 그 마을에 이르렀다.

그들은 작은 알라메다(가로수 길)의 철제 벤치에 나란히 앉았다. 호송병 두 명이 소총을 들고 약간 떨어져 서 있었고, 제각각 나이가 달라 보이는 아이들 열둘이 흙투성이 길에 서서 그들을 바라보았다. 그중 두 명은 열두 살쯤 되어 보이는 여자 애들이었는데 죄수들과 눈이 마주치자 수줍게 고개를 돌리며 치마를 꼬아 쥐었다. 존 그래디가 여자 애들을 불러 담배를 구해 달라고 부탁했다.

호송병들이 그를 향해 눈을 부릅떴다. 그가 담배 피우는 시늉을 하자 여자 애들이 돌아서서 달아났다. 다른 아이들은 그대로 제자리에 서 있었다.

바람둥이답군. 롤린스가 말했다.

담배 피우기 싫어?

롤린스는 느릿느릿 몸을 굽혀 부츠 사이로 침을 뱉고 고개를 들었다. 잘도 구해 주겠다.

내기하자.

걸 거라도 있나 보지?

담배를 걸지.

무슨 수로?

여자 애들이 가져올 담배를 걸면 되잖아. 그 애들이 담배를 가져오면 내가 네 몫까지 다 가질 거야.

안 가져오면 나한테 뭘 줄 건데?

그러면 네가 내 몫의 담배를 가져.

롤린스는 알라메다 너머를 노려보았다.

나한테 두들겨 맞고 싶으면 맞고 싶다고 말만 해.

곤경에서 벗어나려면 힘을 합쳐 방법을 궁리해야 한다는 생각은 안 들어?

곤경으로 걸어 들어갔을 때처럼?

친구 때문에 곤경에 빠져 모든 것을 잃었다고 해서 시간을 되돌릴 수는 없잖아.

롤린스는 대꾸하지 않았다.

삐치지 좀 마. 불만이 있으면 말을 해.

알았어. 체포당했을 때 뭐라고 말했어?

아무 말도 안 했어. 말해 봤자 무슨 소용이 있겠어?

바로 그거야. 말해 봤자 아무 소용 없지.

무슨 뜻이야?

파트론을 깨워서 우리들에 대해 물어보라고 부탁도 안 했잖아.

그래서?

난 했어.

뭐라고 하던?

롤린스가 몸을 숙여 침을 뱉고는 입가를 훔쳤다.

벌써 깨어 있을 뿐만 아니라 아주 오래전부터 깨어 있었다고 하던걸. 그러곤 마구 웃어 댔지.

로차 씨가 우리를 팔아넘겼다는 말이야?

그럼 아니야?

글쎄. 만약 그랬다면 내가 거짓말을 했기 때문일 거야.

아니면 진실 때문이었거나.

존 그래디는 자신의 손을 내려다보았다. 내가 14K로 도금

한 개새끼라고 인정하면 속이 시원하겠냐?

누가 그렇대?

그들은 묵묵히 앉아 있었다. 잠시 후 존 그래디가 고개를 들었다.

시간을 되돌릴 수 있는 것도 아니고, 징징거려 봤자 대체 무슨 소용이 있겠어? 남 탓을 한다 해서 기분이 나아지는 것도 아니고.

누가 기분 좋아지려고 이러는 줄 알아. 논리적으로 생각하라는 거지. 내가 대체 몇 번이나 말했어?

네 말뜻 알아. 하지만 정작 너도 그리 논리적이지 않으면서 뭘 그래. 나는 여전히 너와 함께 강을 건넜던 바로 그 친구야. 과거의 나는 현재의 나이고, 내가 할 수 있는 거라곤 계속 가는 것뿐이야. 결코 여기서 죽을 일은 없다고 너한테 약속한 적도 없고, 너한테 그런 약속을 요구하지도 않았어. 상황이 괜찮을 때까지만 여행을 계속하겠다고 계약한 것도 아니잖아? 네가 계속 가든 그만두든 네 마음이야. 네가 무슨 짓을 하든 난 널 버리지 않아. 내가 말할 수 있는 건 이것뿐이야.

나도 결코 널 버리지 않아. 롤린스가 말했다.

그럼 됐어.

잠시 후 여자 애들이 돌아왔다. 둘 중 키가 큰 여자 애가 손을 내밀어서 보니 담배 두 개비가 들려 있었다.

존 그래디는 호송병을 살폈다. 그들이 몸짓으로 담배를 가리키며 고개를 끄덕이자 여자 아이들이 다가와 여러 개의 성냥과 함께 담배를 주었다.

무이 아마블레. 무차스 그라시아스.(참 착하구나. 정말 고마워.) 존 그래디가 말했다.

그들은 성냥 하나로 담배에 불을 붙인 뒤 남은 성냥을 존 그래디의 주머니에 넣었다. 고개를 드니 소녀들이 수줍게 웃고 있었다.

손 아메리카노스 우스테데스?(미국인이에요?)

시.(그래.)

손 라드로네스?(도둑인가요?)

시. 라드로네스 무이 파모소스. 반돌레로스.(그래. 아주 유명한 도둑이지. 우린 산적이란다.)

아이들이 흠칫 숨을 들이켰다. 케 프레시오소.(대단해요.) 하지만 그때 호송병이 고함을 치며 가라고 손짓했다.

그들은 고개를 푹 숙여 이마를 팔꿈치에 대고 담배를 피웠다. 존 그래디가 롤린스의 부츠를 바라보았다.

새 부츠는?

합숙소에.

그는 고개를 끄덕였다. 그들은 계속 담배를 피웠다. 잠시 후 다른 호송병들이 돌아와 뭐라고 소리치자 그들을 지키고 있던 호송병들이 오라고 손짓했다. 죄수들은 일어나 아이들에게 고개를 끄덕이고는 거리를 따라 걸어갔다.

그들은 마을 북쪽 끝까지 말을 타고 가다가 골 진 양철 지붕에 텅 빈 진흙 종탑이 세워진 어도비 벽돌 건물 앞에서 멈추었다. 오래전에 칠한 회반죽이 군데군데 벽돌 벽에 남아 있었다. 그들은 말에서 내려 한때 교실이었을 성싶은 커다란 방에 들어갔다. 앞쪽 벽에 가로대와 테두리 틀이 붙어 있는 것으로 보아 칠판 자리인 듯싶었다. 바닥에는 좁다란 소나무 판자가 깔려 있었는데 오랜 세월 모래에 긁혀 오돌토돌 상처가 나 있었다. 양쪽 벽에 난 창문에는 창틀 대신에 똑같은 무늬가 커다랗게 뚫린 네모난 양철이 덧대어져 있어 햇살이 사이사이로 비치는 것이 꼭 부서진 모자이크 같았다. 한구석의 회색 금속 의자에 카키색 경찰복을 입고 노란 실크 넥타이를 맨 건장한 남자가 앉아 있었다. 그는 무표정하게 죄수를 응시했다. 그가 건물 뒤쪽으로 힐긋 고갯짓하자 경찰이 벽에서 열쇠 뭉치를 꺼내어 죄수들을 끌고 나가 잡초가 무성한 먼지투성이 안마당을 지나 묵직한 쇠 장식이 있는 나무 문이 달린 자그마한 석조 건물로 들어갔다.

감방 문에는 눈높이쯤에 네모난 감시창이 뚫려 있었는데, 가느다란 철사로 된 격자무늬 철망이 쇠틀에 용접되어 있었다. 경찰 하나가 낡은 황동 자물쇠를 열고 문을 열어젖혔다. 그의 허리춤에는 또 다른 열쇠 뭉치가 매달려 있었다.

라스 에스포사스.(수갑.)

롤린스가 수갑 찬 손목을 내밀었다. 경찰이 수갑을 풀어 주자 롤린스와 존 그래디는 차례로 감방으로 들어갔다. 문이 끼익대고 삐걱대더니 뒤에서 쿵 하고 닫혔다.

격자무늬 철망으로 들어오는 빛 말고는 아무런 조명 장치도 없었다. 그들은 어둠에 눈이 익기를 기다리며 담요를 들고서 있었다. 감방 바닥은 콘크리트였고 공기에서 배설물 냄새가 풍겼다. 잠시 후 안쪽에서 누군가가 말했다.

쿠이다도 콘 엘 보테.(양동이 조심하게.)

양동이를 피해서 걸어. 존 그래디가 말했다.

어디 있는데?

나도 몰라. 잘 피하면 되겠지.

뭐가 보여야 피하든가 말든가 하지.

어둠 속에서 다른 목소리가 튀어나왔다. 형들이야?

존 그래디는 격자무늬 철망으로 들어오는 빛이 롤린스의 얼굴 한쪽을 사각형으로 토막내는 것을 바라보았다. 롤린스가 천천히 돌아섰다. 두 눈에 고통이 가득했다. 하느님 맙소사. 롤린스가 말했다.

블레빈스니? 존 그래디가 말했다.

그래, 나야.

그는 조심스럽게 안쪽으로 걸어갔다. 쭉 뻗은 다리 하나가 발 아래 똬리 튼 뱀처럼 얼른 뒤로 물러났다. 그는 웅크리고 앉아 블레빈스를 바라보았다. 블레빈스가 움직이자 이에서 반짝 하고 빛이 났다. 웃고 있는 것처럼.

총이 없으면 눈도 머나 보지? 블레빈스가 말했다.

여기 얼마나 있었지?

나도 몰라. 꽤 됐지.

롤린스도 안쪽으로 걸어와 블레빈스를 내려다보았다. 네가 그 녀석들한테 우릴 잡아들이라고 불었지?

절대 아니야.

존 그래디가 롤린스를 올려다보았다.

애초에 일행이 셋인 걸 알고 있었어.

그래. 블레빈스가 말했다.

제기랄. 말을 되찾았다면 우릴 뒤쫓지도 않았을 것 아냐. 저 녀석이 무슨 짓을 한 게 틀림없어.

그건 내 말이야.

블레빈스의 모습이 서서히 드러났다. 여위고 남루한 데다 지저분하기 짝이 없었다.

내 말이고, 내 안장이고, 내 총이야.

그들은 쭈그리고 앉았다. 아무도 말이 없었다.

무슨 짓을 한 거야? 존 그래디가 물었다.

못 할 짓을 한 건 아니야.

무슨 짓을 했냐니깐.

무슨 짓을 했는지는 너도 잘 알고 있잖아. 롤린스가 말했다.

여기로 되돌아온 거야?

그래. 다시 왔어.

저런 머저리가 있나. 대체 무슨 짓을 한 거야? 어서 털어놔.

특별히 털어놓을 것도 없어.

어련하시겠어. 롤린스가 말했다.

존 그래디는 고개를 돌렸다. 롤린스 너머로 쳐다보니 노인 하나가 그들을 살피며 벽에 조용히 기대 앉아 있었다.

데 케 크리멘 케다 아쿠사도 엘 호벤?(이 아이가 무슨 죄로 들어왔죠?)

노인이 눈을 껌벅였다. 아세시나토.(살인.)

엘 아 마타도 운 옴브레?(이 아이가 사람을 죽였다고요?)

노인은 다시 눈을 껌벅였다. 그리고 손가락 세 개를 들어 보였다.

뭐래? 롤린스가 물었다.

존 그래디는 대답하지 않았다.

뭐라고 했느냐니깐? 말 안 해도 뻔하다 뻔해.

저 애가 사람 셋을 죽였대.

거짓말이야. 블레빈스가 말했다.

롤린스가 콘크리트 바닥에 서서히 주저앉았다.

우린 죽었어. 이제 끝장이야. 이렇게 될 줄 알았어. 저 녀석을 처음 본 순간 이렇게 될 줄 알았다고.

지금 그런 말을 해 봤자 아무 소용 없어. 존 그래디가 말했다.

셋 중에 하나만 죽었단 말예요.

롤린스가 고개를 들어 블레빈스를 쳐다보더니 일어나 감방의 다른 쪽으로 걸어가 뚝 떨어져 앉았다.

쿠아다도 콘 엘 보테.(양동이 조심하게.) 노인이 말했다.

존 그래디는 블레빈스에게로 고개를 돌렸다.

나는 아무 짓도 안 했어.

무슨 일이 있었는지 차근차근 이야기해 봐.

블레빈스는 동쪽으로 130킬로미터 떨어진 팔라우라는 마을의 독일 이민자 집에서 두 달간 일하고 월급을 받은 후 온 길을 되짚어갔다. 바로 그 샘에 말을 묶어 놓고 그 지역 복장으로 갈아입고서 마을로 걸어 들어가 이틀 동안 티엔다 앞에 죽치고 앉아 기다린 끝에, 바로 그 콜트 비슬리의 닳아서 매끈해진 구타페르카 손잡이가 허리춤에 비어져 나온 사내가 지나가는 것을 보았다.

그래서 어쨌는데?

담배 있어?

없어. 그래서 어쨌느냐고?

담배 정말 없어?

그래서 어쨌느냐니깐?

씹는담배 맛 좀 봤으면 소원이 없겠군.

어쨌느냐니깐 웬 딴소리야?

그 자식 뒤를 쫓아가서 허리춤에서 총을 낚아챘지. 그뿐이야.

그러고 나서 그 사람을 쏘았군.

나한테 다가오잖아.

다가왔다고?

그래.

그래서 총을 쐈단 말이야?

달리 어떡하겠어?

달리 어떡하다니. 존 그래디가 말했다.

나도 그 자식을 쏘고 싶지 않았어. 그럴 마음은 눈곱만큼도 없었단 말이야.

쏜 다음엔 어떻게 했는데?

말을 매어 둔 샘에 도착할 즈음에 그 자식들이 쫓아왔어. 어떤 녀석이 엽총을 쏘아 대기에 그 녀석이 탄 말에 한 방 갈겼지.

그래서?

그만 총알이 다 떨어진 거야. 총에 장전된 총알을 다 써 버렸거든. 젠장, 그딴 실수를 하다니. 어떻게 총알을 챙길 생각을 못 했을까?

그 사람들 중 하나를 쏘았구나?

그래.

죽었어?

응.

그들은 어둠 속에 묵묵히 앉아 있었다.

무뇨스에서 총알을 샀어야 했는데. 그 탓에 여기 오게 된 거야. 총알 살 돈도 충분했는데.

존 그래디는 블레빈스를 바라보았다.

넌 지금 네가 어떤 상황인지 알기는 아니?

블레빈스는 대꾸하지 않았다.

널 어떻게 할 거래?

교도소에 보내지는 않을 거야.

왜?

교도소에 들어가면 다행이게. 롤린스가 말했다.

너무 어려서 목을 매달지는 못할 거야.

나이쯤 바꾸는 게 뭐가 그리 어렵다고.

멕시코엔 사형 제도가 없어. 저 친구 말에 너무 마음 쓰지 마. 존 그래디가 말했다.

그놈들이 우리를 쫓고 있다는 걸 알고 있었지? 롤린스가 말했다.

응. 하지만 내가 뭘 어쩌겠어? 전보라도 보내?

존 그래디는 롤린스가 뭐라고 대꾸할까 기다렸지만 아무 말도 없었다. 문 맞은편 벽에 진실 밖으로 쫓겨나 악취와 어둠으로 가득 채워진 네모난 돌차기 놀이터인 양 감시창 철망의 그림자가 비스듬히 드리워졌다. 그는 담요를 접어 그 위에 앉아 벽에 기댔다.

밖에는 나가게 해 줘? 운동은 할 수 있어?

나도 몰라.

모르다니?

걸을 수가 있어야 나가든지 말든지 하지.

걸을 수 없다는 말이야?

귀로 뭘 들었어?

어쩌다 그 꼴이 됐는지 뻔하다. 롤린스가 말했다.

그 새끼들이 내 발을 아작 냈어.

그들은 가만히 앉아 있었다. 아무도 말이 없었다. 이내 짙은 어둠이 깔렸다. 다른 쪽 벽에 있던 노인이 코를 골았다. 멀리 떨어진 마을에서 소리가 들려왔다. 개들. 엄마가 부르는 소리. 랜처로 음악[63]에 맞추어 고통스럽게까지 들리는 가성의 노랫소리가 날짜도 알 수 없는 그 밤에 싸구려 라디오에서 흘러나왔다.

그는 그날 밤 꿈속에서 봄비에 파랗고 노란 야생화와 초록 풀이 끝 간 데 없이 돋아난 고지대 평야를 달려가는 말들을 보았다. 말들과 함께 달리며 어린 암말을 뒤쫓는데 햇살이 적갈색 말과 밤색 말에 부딪혀 반짝반짝 빛나고, 어미와 함께 뛰노는 망아지들의 말발굽에 꽃가루가 아지랑이처럼 피어올라

---

63) 멕시코의 목장 지역에서 연주하는 특유의 음악.

햇살에 황금 가루처럼 두둥실 매달려, 메사를 달리는 그와 말들을 응원했다. 악기인 양 말발굽으로 땅을 쿵쿵 울려 대며 물 흐르듯 우르르 달리다 방향을 틀며 갈기와 꼬리를 포말처럼 나부끼는 말들만이 그 높디높은 세계를 가득 메웠다. 수말도, 암말도, 망아지도 두려움 없이 질주하며 빚어내는 울림은 세계 그 자체인지라 감히 형언할 수 없어 그저 찬미할 따름이었다.

아침에 경찰 둘이 감방 문을 열더니 롤린스의 손에 수갑을 채워 끌고 나갔다. 존 그래디가 일어나 어디로 데려가느냐고 물었지만 아무도 대꾸가 없었다. 롤린스는 뒤를 돌아보지도 않았다.

서장은 책상 뒤에 앉아 커피를 마시며 사흘 전 날짜의 몬테레이 신문을 읽고 있었다. 그러다 서장이 고개를 들었다. 파사포르테.(여권.)

여권은 없습니다. 롤린스가 말했다.

서장이 그를 쳐다보고는 짐짓 놀란 듯 눈썹을 치켜올렸다. 여권이 없다니. 그럼 신분증은 있나?

롤린스는 수갑을 찬 채 왼쪽 뒷주머니로 손을 뻗었다. 주머니에 손이 닿긴 했지만 지갑을 꺼낼 수는 없었다. 서장이 고개를 끄덕이자 경찰 하나가 앞으로 나와 지갑을 꺼내 서장에게 가져다주었다. 서장은 의자에 등을 기댔다. 키테 라스 에스포사스.(수갑을 풀어 줘.)

경찰이 열쇠를 앞으로 내밀고 롤린스의 손목을 잡아 수갑을 풀고는 뒤로 물러나 열쇠 뭉치를 허리춤에 찼다. 롤린스는 손목을 문질렀다. 서장은 땀에 전 검은 가죽 지갑을 이리저리 살폈다. 그리고 롤린스를 바라보더니 지갑을 펼쳐 당구장 카드와 베티 워드의 사진과 미국 지폐와 유일하게 구멍이 뚫려 있지 않은 멕시코 지폐를 차례로 꺼냈다. 그는 그것들을 책상 위에 펼쳐 놓고서 의자에 기대 앉아 팔짱을 끼고는 집게손가락으로 턱을 두드리다 다시 롤린스를 바라보았다. 밖에서 염소가 매애거렸다. 아이들 목소리도 들려왔다. 서장은 한 손가락으로 조그마하게 원을 그렸다. 뒤로 돌아.

롤린스는 뒤로 돌았다.

바지 벗어.

뭐라고요?

바지 벗어.

도대체 왜요?

서장이 다시 손짓을 한 것이 분명했다. 경찰이 앞으로 나오며 뒷주머니에서 가죽 채찍을 꺼내 들더니 롤린스의 뒤통수를 후려쳤다. 방이 온통 하얗게 빛나며 무릎이 휘청이는데 몸이 공중에 붕 뜨는 것 같았다.

그는 부서질 듯한 나무 바닥에 얼굴을 댄 채 누워 있었다. 언제 쓰러졌는지 기억도 나지 않았다. 바닥에서 먼지와 곡물 냄새가 배어났다. 그는 있는 힘을 다해 몸을 일으켰다. 그들은 마냥 기다리고 있었다. 달리 할 일이 전혀 없다는 듯이.

그는 일어나 서장을 바라보았다. 배에 고통이 느껴졌다.

협, 조, 해야지. 그러면 아무 문제 없어. 뒤로 돌아서 바지 벗어.

그는 뒤로 돌아 벨트를 풀고 바지를 무릎까지 내린 다음 라베가의 상점에서 산 싸구려 면 팬티를 내렸다.

셔츠 들어 올려.

그는 셔츠를 들어 올렸다.

뒤로 돌아.

그는 뒤로 돌았다.

옷 입어.

그는 셔츠 자락을 툭 놓고서 손을 뻗어 바지를 잡아당기고 단추를 채운 다음 벨트를 매었다.

서장은 그의 운전면허증을 손에 쥐고 앉아 있었다.

생일.

1932년 9월 26일.

주소.

미국 텍사스 주 니커보커 4번 도로.

키.

180센티미터.

몸무게.

72킬로그램.

서장은 운전면허증을 책상에 톡톡 두드리곤 롤린스를 바라보았다.

기억력이 아주 좋군. 이 사람은 어디 있지?

이 사람이라뇨?

서장이 운전면허증을 들어 올렸다. 이 사람 말이야. 롤린스.

롤린스는 꿀꺽 침을 삼켰다. 그러곤 경찰을 바라보았다가 서장에게로 고개를 돌렸다. 제가 롤린스입니다.

서장은 슬프다는 듯 미소 짓고는 고개를 저었다.

롤린스는 손을 축 늘어뜨린 채 서 있었다.

왜 제가 롤린스가 아니라는 겁니까?

여긴 왜 왔나? 서장이 물었다.

어디 말입니까?

여기. 멕시코 말이야.

일하러 왔습니다. 소모스 바케로스.(우리는 카우보이입니다.)

영어로 말하게. 소를 사러 왔나?

아닙니다.

아니라. 허가증이 없군. 안 그런가?

우린 그냥 일을 하러 왔습니다.

라 푸리시마 목장에?

어디든 상관없었습니다. 우연히 거기서 일자리를 얻었을 뿐입니다.

급여는 얼마나 받았나?

한 달에 200페소입니다.

텍사스에서 같은 일을 하면 얼마나 주지?

잘 모릅니다. 한 달에 100달러 정도요.

100달러 말인가?

네.

800페소로군.

네. 그쯤 될 겁니다.

서장은 다시 미소 지었다.

텍사스를 떠나야 했던 이유가 뭔가?

그냥 떠났습니다. 특별히 떠나야 할 이유는 없었습니다.

진짜 이름을 대게.

레이시 롤린스입니다.

롤린스는 소맷자락으로 이마를 닦고는 괜히 닦았다고 후회했다.

블레빈스는 자네 동생이군.

아닙니다. 우리는 그 아이랑 아무 상관 없습니다.

말은 몇 마리나 훔쳤나?

훔친 적 없습니다.

말에 마르카(낙인)가 없던걸.

미국에서 데려온 말입니다.

말을 살 때 받은 팍투라는 있는가?

아니요, 없습니다. 텍사스 주 샌앤젤로에서 여기까지 말을 타고 왔습니다. 증명서는 없지만 분명 우리 말입니다.

어디에서 국경을 건넜지?

텍사스 주 랭트리 근처에서요.

사람은 몇이나 죽였나?

결코 그런 적 없습니다. 평생 도둑질한 적도 없고요. 사실입니다.

총은 왜 들고 다녔나?

시합 때 쓰려고요.

시압이라니?

시합, 그러니깐 사냥할 때 말입니다. 카사도르.(사냥꾼.)

이제는 또 사냥꾼이라는군. 진짜 롤린스는 어디 있나?

롤린스는 왈칵 눈물이 쏟아질 것 같았다. 서장님 바로 앞에 있습니다.

살인마 블레빈스의 진짜 이름은 뭔가?

저도 모릅니다.

언제부터 알고 지냈지?

저는 그 아이에 대해 아무것도 모릅니다.

서장이 의자를 와락 밀치고 일어났다. 그리고 코트 자락을 당겨 주름을 편 다음 롤린스를 바라보았다. 정말 바보로군. 스스로 고생을 자초하다니.

그들은 롤린스를 다시 감방으로 돌려보냈다. 롤린스는 바닥에 주저앉아 가만히 있다 한쪽으로 엉금엉금 기어가 팔로 몸을 감싸고 누웠다. 갑작스러운 불빛에 눈살을 찌푸리며 앉아 있는 존 그래디를 향해 경찰이 손가락을 까딱거렸다. 그는 일어나서 롤린스를 바라보았다.

망할 자식들.

그들이 듣고 싶어 하는 대로 대답해. 이러나저러나 마찬가지야. 롤린스가 나직이 중얼거렸다.

바모노스.(나와.) 경찰이 말했다.

뭐라고 말했는데?

우린 말 도둑이고 살인자라고. 너도 그렇게 말해.

바로 그때 경찰이 다가와 그의 팔을 거머쥐고 문밖으로 밀치자 다른 경찰이 감방 문을 쾅 하고 닫고는 철컥 하고 자물쇠를 잠갔다.

그들이 사무실에 들어서니 서장은 아까처럼 앉아 있었다. 머리는 새로 깔끔하게 빗어 넘긴 후였다. 존 그래디는 책상 앞에 가 섰다. 사무실에는 서장이 앉아 있는 의자와 책상 외에 접이식 철제 의자 세 개가 맞은편 벽에 기대어 거북한 공허를 안고 있었다. 사람들이 일어나 떠나 버리기라도 한 양. 오기로 한 사람이 오지 않은 양. 몬테레이의 오래된 종자 회사 달력이 의자 위에 못 박혀 있고, 한구석에는 텅 빈 철제 새장이 바로크 스타일 램프 스탠드 같은 받침대 위에 놓여 있었다.

서장의 책상 위에는 유리 등피가 까맣게 그을린 기름 램프가 있었다. 그리고 재떨이 하나. 칼로 뾰족하게 깎은 연필 하나.

라스 에스포사스.(수갑.) 서장이 말했다.

경찰이 앞으로 나와 수갑을 풀었다. 서장은 창밖을 바라보고 있었다. 그는 연필로 아랫니를 톡톡 두드렸다. 그러다 고개를 돌려 연필을 책상에 두어 번 두드리다 내려놓았다. 마치 명령을 내리기 위해 부하를 소집한 사람 같았다.

네 친구가 다 자백했어.

그는 고개를 들었다.

지금 당장 털어놓는 게 좋을 거야. 그럼 고생할 일도 없고.

그 친구를 두들겨 팰 필요는 없었습니다. 우린 블레빈스에 대해 아무것도 모릅니다. 같이 길을 가자기에 같이 갔을 뿐입니다. 우리는 그 말에 대해 아무것도 모릅니다. 폭풍이 부는 날에 말이 달아났는데 여기서 발견한 겁니다. 그때부터 문제가 시작되었죠. 하지만 우리는 아무 상관 없는 일입니다. 우리는 로차 씨의 라 푸리시마 목장에서 석 달째 일하고 있었습니다. 당신들이 로차 씨에게 거짓말을 잔뜩 늘어놓았겠지요. 레이시 롤린스는 톰그린 카운티의 여느 젊은이와 마찬가지로 착한 사람입니다.

그는 스미스라는 이름의 범죄자야.

그의 이름은 스미스가 아니라 롤린스입니다. 그리고 범죄자도 아니고요. 저는 어릴 때부터 그를 알고 지냈습니다. 우리는 함께 자랐고, 같은 학교에 다녔습니다.

서장은 의자에 등을 기대었다. 그러곤 셔츠 주머니 단추를 풀고 담뱃갑 바닥을 밀어 올려 담뱃갑은 그대로 둔 채 담배만 주머니에서 쏙 빼낸 후 다시 단추를 채웠다. 셔츠는 몸에 꼭 맞는 군대식이었고, 담뱃갑 역시 주머니에 꼭 맞았다. 서장은 몸을 숙여 코트에서 라이터를 꺼내 담배에 불을 붙인 뒤 연필 옆에 내려놓고 한 손가락으로 재떨이를 당기고는 다시 등받이에 기대어 팔을 위로 뻗었다. 귀에서 몇 센티미터 떨어지지 않은 곳에서 담배가 타 들어가는 광경은 그에게 무척 생소한 것이었다. 마치 담배를 찬양하는 것 같았다.

몇 살이지?

열여섯입니다. 6주 후에는 열일곱 살이 됩니다.

살인자 블레빈스는 몇 살이지?

모릅니다. 그 아이에 대해서는 아무것도 모릅니다. 자기 말로는 열여섯이라고 하더군요. 하지만 열네 살 정도가 아닐까 싶습니다. 어쩌면 열세 살일지도 모르죠.

털이 전혀 없더군.

네?

털이 전혀 없다고.

저는 그 애에 대해 잘 모릅니다. 알고 싶지도 않고요.

서장의 낯빛이 어두워졌다. 그는 담배 연기를 훅 내뿜고는 손바닥을 위로 향하여 손을 책상에 올려놓으며 탁 하고 손가락을 튕겼다.

데메 수 비에테라.(지갑 꺼내.)

존 그래디는 뒷주머니에서 지갑을 꺼내 앞으로 걸어가 책상 위에 놓고 다시 제자리로 돌아갔다. 서장이 그를 쳐다보더니 손을 뻗어 지갑을 집어 다시 등받이에 기대고서 지갑을 열어 돈과 카드와 사진을 꺼냈다. 그렇게 모든 것을 책상 위에 늘어놓은 다음 고개를 들었다.

면허증은 어디 있나?

없습니다.

없애 버렸지?

애초에 없었습니다.

살인자 블레빈스는 아무런 증명 서류도 없더군.

그럴 겁니다.

왜 그렇지?

옷을 잃어버렸거든요.

옷을 잃어버려?

네.

왜 여기서 말을 훔쳤지?

그 아이의 말이었습니다.

서장은 담배를 피우며 의자에 기대 앉았다.

그 말은 그 녀석의 것이 아니야.

몽매한 판단이지요.

코모?(뭐라고?)

제가 아는 한 그 말은 블레빈스의 것입니다. 텍사스에서부터 그 말을 타고 멕시코로 왔습니다. 그 말을 타고 강을 건너는 것을 제 두 눈으로 똑똑히 보았습니다.

서장은 손가락으로 의자 손잡이를 톡톡 치며 말했다. 그딴 거짓말에 속을 줄 알아?

존 그래디는 대답하지 않았다.

거짓말만 늘어놓는군.

서장은 의자를 반쯤 돌려 창밖을 바라보았다.

순 거짓말뿐이야. 그는 고개를 돌려 어깨 너머로 죄수를 바라보았다.

사실대로 털어놓을 수 있는 기회는 여기가 마지막이야. 사흘 후 살티요로 이송되고 나면 그것으로 끝이지. 더 이상 기회는 없어. 진실은 다른 사람의 손으로 넘어가 버려. 두고 봐. 우리는 여기서 진실을 만들어 낼 수도 있고, 진실을 내다 버릴 수도 있어. 하지만 여기를 떠난 뒤에는 너무 늦지. 더 이상 진실을 찾을 수가 없게 돼. 자네는 다른 사람의 손으로 넘어가고. 그때는 누가 진실을 말할 수 있겠나? 자네는 뒤늦게야 자책하게 될걸. 두고 봐.

진실은 하나뿐입니다. 진실은 실제로 일어난 일이지 누군가의 입에서 나오는 것이 아닙니다.

이 고장이 마음에 드는가? 서장이 말했다.

괜찮은 곳 같습니다.

여긴 아주 조용하지.

네.

여기 사람들 역시 아주 조용해. 언제나들 그렇지.

서장은 몸을 숙여 담배를 재떨이에 비벼 껐다.

그런데 살인마 블레빈스가 와서 말을 훔치고 사람을 죽였어. 왜? 다른 사람한테 결코 해를 끼치지 않던 조용한 녀석이 왜 여기 와서 그 같은 짓을 했겠나?

그는 다시 등받이에 기대어 슬프다는 듯 고개를 저었다.

그럴 리가 없지. 서장이 한 손가락을 흔들어 보였다. 그럴 리가 없어.

그는 존 그래디를 빤히 바라보았다.

진실은 이거야. 그 녀석은 조용한 놈이 아니었어. 평생 말썽꾼으로 산 게 분명하지. 평생 말이야.

경찰들은 존 그래디를 감방으로 데려간 다음 블레빈스를 데리고 나갔다. 그는 걸을 수는 있었지만 다리를 절뚝거렸다. 자물쇠가 덜컥 하고 잠겨 드륵드륵 흔들리다 잠잠해지자 존 그래디가 롤린스를 향해 웅크리고 앉았다.

좀 어때?

괜찮아. 너는?

나도 괜찮아.

어떻게 하던?

아무 짓도 안 했어.

뭐라고 말했는데?

말도 안 되는 소리 말라고 했지.

샤워실에 끌려가지 않았니?

응.

그런데 그렇게 오래 있었어?

응.

옷걸이에 흰 코트가 걸려 있었어. 그 자식이 그걸 입고 끈으로 허리를 묶더군.

존 그래디는 고개를 끄덕였다. 그러다 노인을 바라보았다. 노인은 영어를 할 줄도 모르면서 그들을 바라보고 있었다.

블레빈스가 아파.

그래, 그런 것 같더군. 우리는 아마 살티요로 보내질 것 같아.

살티요에 뭐가 있는데?

나도 몰라.

롤린스가 벽에 기대어 앉아 눈을 감았다.

괜찮아? 존 그래디가 물었다.

그래, 괜찮아.

우리랑 거래를 하고 싶은가 봐.

그 서장 말이야?

그래. 그 서장인지 뭔지가 말이야.

어떤 거래를 하고 싶대?

입을 다물라든가 뭐 그런 거겠지.

우리가 무슨 선택권이라도 있다는 거야? 그런데 뭐에 대해 입을 다물라는 거야?

블레빈스.

블레빈스의 무엇에 대해?

존 그래디는 문으로 들어와 노인의 머리 위쪽으로 비스듬히 떨어지는 작고 네모난 빛을 바라보았다. 이윽고 그가 롤린스에게로 고개를 돌렸다.

죽일 생각인가 봐. 블레빈스 말이야.

롤린스는 한참 동안 아무 말 없이 가만히 앉아 있다가 벽 쪽을 쳐다보았다. 다시 존 그래디에게로 고개를 돌렸을 때 그의 두 눈은 축축이 젖어 있었다.

설마 그러겠어.

그럴 것 같아.

우라질. 지옥에 처박힐 놈들. 롤린스가 말했다.

경찰들 손에 이끌려 돌아온 블레빈스는 한구석에 앉아 아무 말도 하지 않았다. 존 그래디는 노인과 대화를 나누었다. 노인의 이름은 올란도였다. 자신이 무슨 죄로 갇혀 있는지도 모르고 있었다. 어떤 서류에 사인을 하기만 하면 풀려날 수 있는데, 글을 읽을 수 없고 그렇다고 누가 소리 내어 읽어 주지도 않는다는 것이었다. 여기에 얼마나 갇혀 있었는지도 몰랐다. 겨울에 들어왔다는 것만 알 뿐이었다. 그러다 경찰이 다시 오자 노인은 입을 다물었다.

그들은 문을 열더니 바닥에 양동이 두 개와 에나멜을 입힌 양철 접시 더미를 내려놓았다. 경찰 하나는 물통을, 다른 하나는 구석에 놓인 분뇨 통을 들고 나갔다. 습관적으로 가축을 돌보는 사람이 그러하듯 마지못해 일하는 것이 눈에 보였다. 경찰이 나가자 죄수들은 양동이 둘레에 쭈그리고 앉았다. 존 그래디가 접시를 나눠 주었다. 모두 다섯 개였다. 알 수 없는 누군가가 한 명 더 오기로 되어 있다는 듯. 숟가락이나 포크가 없어 그들은 토르티야를 숟가락 삼아 양동이에서 콩을 퍼 접시에 담았다.

존 그래디가 말했다. 블레빈스, 먹을래?

배 안 고파.

먹어 두는 게 좋을걸.

형들이나 많이 먹어.

존 그래디는 콩을 담은 접시에 토르티야를 접어 얹어 블레빈스에게 가져다주고 자리로 되돌아왔다. 블레빈스는 허벅지에 올려놓은 접시를 가만히 붙잡고 앉아 있었다.

잠시 후 블레빈스가 말했다. 나에 대해 뭐라고 했어?

롤린스는 음식을 씹다 존 그래디를 바라보았다. 존 그래디는 블레빈스를 바라보았다.

사실대로 말했지.

그랬군.

우리가 뭐라고 하면 뭐가 달라지냐? 롤린스가 말했다.

내가 빠져나가게 애써 볼 수는 있잖아.

롤린스는 존 그래디를 바라보았다.

나에 대해 좋게 말해 줄 수도 있었잖아.

좋게 말해 줄 수도 있었다라. 롤린스가 말했다.

돈 드는 것도 아니잖아.

주둥이 닥쳐. 입 다물고 조용히 있어. 안 그랬다가는 그 잘난 엉덩짝을 박살을 낼 줄 알아. 알겠어? 한마디라도 더 해 봐.

내버려 둬.

저 머저리 얼간이 자식. 그치들이 너에 대해 모를 것 같아? 네놈을 보기도 전부터도 다 알고 있었어. 네가 태어나기 전부터도 말이야. 지옥에나 가 버려, 이 개새끼야.

롤린스의 눈에 눈물이 글썽였다. 존 그래디가 그의 어깨에 손을 얹었다. 레이시, 그냥 흘려들어. 마음에 담아 둘 것 없어.

오후에 경찰이 와서 분뇨 통을 내려놓고 접시와 양동이를 들고 갔다.

말들은 어떻게 됐을까? 롤린스가 말했다.

존 그래디는 고개를 저었다.

말. 카바요스.(말.) 노인이 말했다.

시. 카바요스.(네, 말요.)

그들은 무더운 침묵 속에 앉아 마을에서 들려오는 소리에 귀를 기울였다. 말이 길을 따라 지나갔다. 존 그래디가 노인에게 학대당하지는 않았느냐고 묻자 노인은 손을 저으며 말했다. 그다지 괴롭히지는 않았다고. 오래 계속되지는 않았다고. 한 늙은 남자의 메마른 신음 소리. 노인은 말했다. 늙은이가 고통을 겪는 거야 놀랄 일도 아니라고.

사흘 후 그들은 감방에서 나와 이른 아침 햇살에 눈을 껌벅이며 안마당과 옛 학교 건물을 지나 거리로 나왔다. 1.5톤 트럭이 주차되어 있었다. 그들은 수염이 덥수룩한 지저분한 몰골로 담요를 들고 거리에 서서 기다렸다. 잠시 후 경찰이 트럭에 올라타라고 손짓했다. 감옥에서 경찰 한 명이 더 나와 표면이 벗겨진 예의 그 수갑을 그들 손에 채우더니 짐칸 안쪽에 있는 스페어 타이어에 연결된 사슬 똬리에 연결시켰다. 서장이 나와 양지 쪽에 서서 다리를 떨며 커피를 마셨다. 파이프 점토[64]로 닦은 가죽 혁대 왼쪽에 달린 총집에는 45구경 자동 권총이 손잡이가 앞으로 향하여 꽂혀 있었다. 서장이 경찰들에게 말을 건네자 경찰들이 손을 저었고, 트럭 앞에서 엔진을 살피던 사내가 고개를 들어 손짓하며 뭐라고 말하더니 다시 후드 뚜껑 아래로 몸을 굽혔다.

뭐라는 거지? 블레빈스가 말했다.

아무도 대꾸가 없었다. 트럭 짐칸 안쪽에는 보따리와 나무 상자가 쌓여 있었고 20리터들이 가스통도 몇 개 되었다. 마을 사람들이 꾸러미를 들고 와 종이쪽지 같은 걸 건네면 운전수는 아무 말 없이 셔츠 주머니에 종이를 구겨 넣었다.

저기 네 친구들이 서 있는걸. 롤린스가 말했다.

나도 봤어.

여자 아이들이 팔짱을 꼭 끼고서 눈물을 흘리며 서 있었다.

대체 왜 저러는 거야?

존 그래디는 고개를 저었다.

여자 아이들은 사람들이 트럭에 짐을 싣고 경찰들이 어깨에 소총을 메고 앉아 담배를 피우는 내내 서 있었다. 한 시간 뒤 후드 뚜껑이 쿵 닫히고, 죄수들을 묶은 사슬이 철렁 하고 밀려나며 마침내 트럭이 좁은 흙투성이 길을 달려 흙먼지와 매연을 일으키며 저 멀리로 사라져 갈 때까지도 여자 아이들

---

64) 담배 파이프 제조용 점토로, 가죽 제품을 닦는 데도 쓰인다.

은 그대로 서 있었다.

짐칸에는 죄수와 함께 호송병 세 명이 타고 있었는데 그 고장 젊은이들로, 몸에 맞지 않는 꾸깃꾸깃한 군복을 입고 있었다. 죄수와 눈을 마주치지 않는 것으로 보아 대화를 나누지 말라고 명령받은 것이 분명했다. 트럭이 흙먼지 이는 길을 달려가는 동안, 아는 사람이 집 앞에 나와 서 있으면 호송병들은 고개를 끄덕이거나 근엄하게 손을 들어 보였다. 서장은 운전사 옆자리에 앉아 있었다. 운전사가 트럭을 따라오는 개들을 치려는 듯 급하게 운전대를 돌리더니, 놀라서 얼른 트럭을 붙잡는 호송병들을 뒷유리로 바라보며 껄껄 웃어 댔다. 호송병들도 서로 주먹으로 슬쩍 치며 따라 웃다가 이내 소총을 바로 하고 근엄하게 고쳐 앉았다.

좁은 길을 달리던 트럭이 밝은 푸른색 집 앞에서 멈춰 섰다. 서장이 팔을 뻗어 경적을 울렸다. 잠시 후 문이 열리고 사내가 집 밖으로 나왔다. 차로[65]처럼 우아한 옷차림을 한 그가 트럭으로 다가오자 서장이 차에서 내렸다가 사내가 올라탄 다음 다시 차에 올랐다. 차 문이 닫히고 트럭이 출발했다.

트럭은 마지막 집과 마지막 우리를 지나 얕은 도랑을 건너갔다. 느릿느릿 흐르며 기름처럼 둔하게 빛나던 물은 타이어에서 물방울이 다 떨어지기도 전에 아무 일도 없었다는 듯 다시 태연히 흘러갔다. 힘겹게 도랑을 건너 상처투성이 돌이 깔린 도로로 올라온 트럭은 균형을 잡고서 쭉 뻗은 오전의 햇살을

---

65) 멕시코 전통 의상 차림의 카우보이.

받으며 사막을 달려가기 시작했다.

죄수들은 트럭 아래에서 피어오른 먼지가 길 위에 머물다 서서히 사막 속으로 사그라드는 것을 바라보았다. 그러다 짐칸에 실린 거칠거칠한 오크 나무 널빤지에 쿵쿵 부딪히자 접어서 깔고 앉은 담요가 흐트러지지 않도록 애를 썼다. 길이 갈라지는 곳에서 트럭은 쿠아트로시에나가스를 거쳐 남쪽으로 400킬로미터 떨어진 살티요로 향하는 길을 택했다.

블레빈스는 담요를 펼치고 드러누워 팔베개를 베었다. 그는 구름 한 점, 새 한 마리 없는 새파란 하늘의 사막을 바라보았다. 그가 입을 열자 덜커덕거리는 트럭 때문에 목소리까지 흔들렸다.

형, 우린 지금 그 옛날의 기나긴 여행을 하고 있는 거야.

그들은 그를 바라보다 서로를 마주 보았다. 그 생각에 동의하는지 안 하는지는 말이 없었다.

할아버지 말로는, 거기까지 가는 데 하루 종일 걸린대. 내가 물어보니깐 하루 종일이라고 답하더라고. 블레빈스가 말했다.

정오가 되기 전 트럭은 국경 도시 보퀴야스에서 뻗어 나온 큰 도로로 접어들어 남쪽으로 달려갔다. 산귀에르모, 산미구엘, 탄쿠에엘레베스를 차례로 지나갔다. 우묵하게 파인 뜨거운 도로를 달리는 동안 마주친 차는 겨우 몇 대뿐이었다. 모래 폭풍과 날아다니는 돌 때문에 짐칸에 탄 이들은 소매로 얼굴을 가려야 했다. 트럭은 오캄포에 멈추어 나무 상자와 편지들을 일부 내려놓고 다시 엘오소로 향했다. 얼마 안 가 정오가 좀 지나자 트럭이 길가 작은 식당 앞에 멈추었다. 호송병들이 차에서 내려 총을 든 채 식당으로 들어갔다. 죄수들은 사슬에 묶인 그대로 짐칸에 앉아 있었다. 메마른 흙바닥 마당에서 놀던 아이들이 놀이를 멈추고 죄수들을 구경했다. 여윈 흰 개 한 마리가 마치 차가 오기를 간절히 기다리고 있었던 양 다가와 트럭 뒤 타이어에 대고 한참이나 오줌을 갈기고 제자리로 돌아갔다.

호송병들이 웃으며 식당에서 나와 담배를 말았다. 호송병 하나가 오렌지 소다수 병 세 개를 들고 와 죄수들에게 건네고는 다 마시기를 기다려 병을 챙겨 돌아갔다. 서장이 문밖으로 나오자 호송병들이 다시 트럭 짐칸에 올라탔다. 소다수 병을 들고 갔던 호송병이 나오고, 뒤를 이어 차로 차림의 사내와 운전사가 나왔다. 서장은 모두들 차에 탄 후에야 현관 그늘에서 나와 자갈길을 걸어 트럭에 올라탔다. 이윽고 트럭이 출발했다.

트럭은 쿠아트로시에나가스에서 포장도로를 달리다 토레온을 향해 남쪽으로 길을 꺾었다. 호송병 하나가 일어나 동료의 어깨를 짚고서 표지판을 돌아보았다. 그러곤 자리에 앉아 죄수들을 힐끗 보더니 점점 더 빨리 뒤로 물러나는 경치만 가만히 응시했다. 한 시간 후 트럭은 포장도로를 벗어나 벌판을 가르는 흙길을 힘겹게 나아갔다. 주위에 그 고장에서 흔히 보이는 널따란 발디오(황무지)가 펼쳐져 있었다. 양초 빛 야생소들이 밤이 되면 고랑에서 나와 외계의 우두머리처럼 먹이를 뜯어 먹을 것이 분명했다. 여름철 소나기구름이 북쪽에서 점점 쌓여 가자 블레빈스가 지평선에서 철사처럼 가느다랗게 떨어지는 번개와 바람 부는 대로 떠다니는 먼지를 유심히 살폈다. 트럭이 햇빛에 새하얗게 마른 자갈투성이 강바닥을 지나 풀이 타이어 높이만큼 높다랗게 자란 초지로 기어오르니 타이어 밑에서 풀이 들끓는 듯한 소리를 뱉어 냈다. 트럭은 작은 흑단 나무 숲으로 들어가 매 한 쌍의 둥지를 지나 네모난 흙집과 양 우리의 잔해만이 남은 버려진 에스탄시아(목장) 마당에서 멈추었다.

트럭 짐칸에서는 아무도 움직이지 않았다. 서장이 차 문을 열고 밖으로 나왔다. 바모노스.(내려.)

호송병들이 총을 들고 차에서 내렸다. 블레빈스가 폐허가 된 집을 바라보았다.

여기가 어디야?

호송병 하나가 소총을 트럭에 기대 세우고 열쇠 뭉치를 뒤지더니 죄수들을 묶은 사슬을 풀어 트럭 짐칸에 던지고는 다시 소총을 들고 죄수들에게 내려오라고 손짓했다. 다른 호송병 하나는 서장의 명령에 따라 정찰을 나갔다. 사람들은 정찰병이 돌아오기를 기다리며 서 있었다. 차로는 트럭 앞에 기대어 무늬가 새겨진 가죽 벨트에 엄지손가락을 끼우고서 담배를 피웠다.

왜 여기서 선 거지? 블레빈스가 말했다.

글쎄. 존 그래디가 말했다.

운전사는 트럭에 그대로 앉아 있었다. 운전석에 몸을 푹 파묻고 모자로 얼굴을 가린 것이 잠을 자는 것 같았다.

물 좀 빼야겠는데. 롤린스가 말했다.

그들은 풀숲으로 들어갔다. 블레빈스가 절뚝거리며 뒤를

따랐다. 아무도 그들을 쳐다보지 않았다. 호송병이 돌아와 보고하자 서장이 호송병의 소총을 넘겨받아 차로에게 건넸다. 차로는 장난감 총인 양 손으로 총의 무게를 어림했다. 죄수들은 따로따로 트럭으로 돌아왔다. 차로는 약간 떨어져 앉은 블레빈스를 보더니 입에 물고 있던 담배를 바닥에 던져 발로 짓뭉갰다. 블레빈스가 일어나 존 그래디와 롤린스가 서 있는 트럭 뒤로 향했다.

저놈들이 뭘 하려는 거지? 블레빈스가 말했다.

소총을 넘겨준 호송병이 트럭 뒤로 다가왔다.

바모노스.(가자.)

롤린스가 트럭에 기대고 있다가 몸을 바로 세웠다.

솔로 엘 치코. 바모노스.(저 녀석만. 가자.)

롤린스는 존 그래디를 바라보았다.

뭣들 하려는 거지? 블레빈스가 말했다.

별일 없을 거야.

롤린스가 말하고는 존 그래디를 바라보았다. 존 그래디는 아무 말도 없었다. 호송병이 블레빈스의 팔을 움켜쥐었다. 바모노스.(가자.) 호송병이 반복했다.

잠시만요. 블레빈스가 말했다.

에스탄 에스페란도.(기다리고 있잖아.)

블레빈스가 팔을 비틀어 빼고는 땅바닥에 주저앉았다. 호송병의 얼굴이 어두워졌다. 호송병은 트럭 앞쪽에 서 있는 서장을 바라보았다. 블레빈스는 부츠 한 짝을 서둘러 벗어 그 안에 손을 집어넣더니 땀에 전 검은 깔창을 꺼내어 던지고 다시 손을 집어넣었다. 호송병이 몸을 굽혀 그의 여윈 팔을 거머쥐었다. 그리고 억지로 일으켜 세웠다. 블레빈스가 팔을 휘둘러 존 그래디에게 뭔가를 건넸다.

여기. 그가 나직이 말했다.

존 그래디는 그를 바라보았다. 내가 그걸로 뭘 하겠니?

받아 둬요.

블레빈스는 그의 손에 더럽고 구깃구깃한 페소 뭉치를 쑤셔 넣었다. 호송병이 블레빈스의 팔을 확 잡아 앞으로 밀쳤다. 부츠가 땅바닥에 떨어졌다.

기다려. 신발 좀 신자고.

하지만 호송병이 막무가내로 밀치자 그는 절뚝거리며 걷다가 겁에 질린 표정으로 말없이 뒤를 돌아보았다. 그는 서장과 차로와 함께 공터를 지나 숲으로 들어갔다. 서장은 그의 어깨에 팔을 둘렀다. 혹은 그의 등에 손을 얹었던 것도 같다. 마치 친절한 조언자인 양. 차로는 소총을 든 채 두 사람을 따라갔다. 부츠를 한 짝만 신고서 절뚝거리며 흑단 나무 사이로 사라지는 블레빈스의 모습은 오래전 어디인지도 모를 곳에서 비가 내린 다음 날 아침 개천을 따라 걸어오던 모습 그대로였다.

롤린스가 존 그래디를 바라보았다. 그는 입을 굳게 다물고 있었다. 그리고 눈은 사람들에게 둘러싸여 초라한 몰골로 절뚝절뚝 걸어가는 블레빈스의 자그마한 뒷모습을 쫓아가고 있었다. 그는 분노의 대상이 되기엔 너무도 부적절해 보였다. 대체 저 아이가 어떻게 그런 엄청난 모험을 했을까 싶을 정도였다.

아무 말도 마. 롤린스가 말했다.

알았어.

아무 말도 말라고.

존 그래디가 고개를 돌려 친구를 바라보았다. 그리고 호송병들과 그들이 서 있는 낯선 장소와 낯선 땅과 낯선 하늘을 바라보았다.

알았어. 아무 말도 안 할게.

잠시 후 운전사가 트럭에서 나와 건물들을 살폈다. 두 죄수와 구깃구깃한 옷차림의 세 호송병들은 그대로 서 있었다. 소총을 건네주었던 호송병이 타이어 옆에 쭈그리고 앉았다. 그들은 오래도록 기다렸다. 롤린스는 트럭에 두 손을 얹고 얼굴을 파묻고서 질끈 눈을 감았다. 그러다 번쩍 고개를 들고는 존 그래디를 바라보았다.

설마 저렇게 데려가서 총을 쏘지는 않을 거야. 말도 안 돼. 그냥 저렇게 데려가서 총을 쏘다니.

존 그래디는 친구를 바라보았다. 바로 그때 흑단 나무 숲에서 총성이 울렸다. 나직했다. 탕 하는 단조로운 소리. 이어서 두 번째 총성.

트럭으로 돌아오는 서장의 손에는 수갑이 들려 있었다. 바모노스.(가자.) 서장이 소리쳤다.

호송병들이 움직이기 시작했다. 뒷바퀴 옆에 서 있던 호송병이 짐칸에서 사슬을 집어 들었다. 운전사가 킨타(시골 집) 폐허에서 나왔다.

우린 살았어. 우린 살았다고. 롤린스가 속삭였다.

존 그래디는 아무 말도 하지 않았다. 그는 모자를 눌러 쓰려고 손을 들려다 모자를 쓰고 있지 않다는 사실을 깨달았다. 그는 몸을 돌려 트럭 짐칸에 올라타 사슬에 묶이기를 기다렸다. 블레빈스의 부츠는 여전히 풀밭에 나동그라져 있었다. 호송병 하나가 부츠를 주워 수풀 속에 내던졌다.

그들이 다시 도로에 들어섰을 때는 벌써 저녁이 되어 군데군데 어둠에 잠긴 얕은 습지대를 건너 해가 풀밭 아래로 길게 가라앉고 있었다. 작은 새들이 시원한 저녁 공기를 가르며 포르르 날아올라 초원에서 먹이를 찾아 붉게 너울거렸고, 매 한 마리가 붉은 태양을 등지고 실루엣만 드러낸 채 죽은 나무 위에 앉아 그들이 지나가기를 기다렸다.

밤 10시에 살티요에 다다르니 주민들이 여기저기서 파세오(산책)를 하고 있고 식당 역시 사람들로 꽉 차 있었다. 트럭이 대성당 맞은편 광장에 멈춰 서자 서장이 차에서 내려 길을 건넜다. 노인들이 노란 가로등 아래 벤치에 앉아 있고, 구두닦이들이 그들의 신발을 광내고 있었다. 잘 가꾸어진 화단에는 들어가지 말라는 자그마한 표지판이 보였다. 행상인들이 얼린 과일 주스를 팔고, 얼굴에 분을 바른 처녀들이 둘씩 손을 잡고 걸으며 모호한 검은 눈으로 어깨 너머를 응시했다. 존 그래디와 롤린스는 담요를 덮어 쓰고 앉아 있었다. 아무도 그 둘에게 신경 쓰지 않았다. 잠시 후 서장이 돌아와 트럭에 오르자 차는 다시 출발했다.

트럭이 거리를 지나 희미하게 불이 켜진 진입로와 작은 집과 티엔다 앞에 여러 번 멈출 때마다 짐칸에 있던 꾸러미가 줄어들고 새 꾸러미가 늘어났다. 카스텔라르에서 오래된 감옥의 거대한 문 앞에 차가 멈추었을 때는 이미 자정이 지난 뒤였다.

바닥이 돌로 된 방에 들어서자 소독약 냄새가 풍겼다. 간수가 수갑을 풀어 주고 방에서 나갔다. 그들은 벽에 웅크리고 기대 앉아 탁발승처럼 담요를 어깨에 둘렀다. 그들은 그렇게 오래도록 앉아 있었다. 다시 문이 열리고 서장이 들어와 그들을 내려다보았다. 방에는 단 하나의 전구가 천장에 매달려 지독히도 단조로운 빛을 발하고 있었다. 서장은 권총을 차고 있지 않았다. 그가 턱짓을 하자 문을 열어 주었던 간수가 다시 문을 닫고 나갔다.

서장은 팔짱을 끼고서 엄지손가락으로 턱을 받치고 그들을 바라보았다. 죄수들은 서장을 위에서 아래로 훑고는 고개를 돌렸다. 서장은 오래도록 그들을 바라보며 서 있었다. 세 사람 모두 무언가를 기다리는 것만 같았다. 잠시 정차한 기차에 타고 있는 승객처럼. 하지만 서장은 다른 공간에 존재했다. 자신이 선택한 상식적인 세상 밖 공간. 그 공간은 감히 바로잡을 수 없는 행동을 하는 이에게만 주어지는 특권으로, 모든 작은 세계를 담고 있지만 그들로서는 도저히 접근할 수 없었다. 선택이란 용어는 관직의 일부라, 일단 선택한 후에는 결코 그만둘 수가 없었다.

서장이 뚜벅뚜벅 걷다가 멈추어 섰다. 그들이 차로라고 불렀던 사람이 에스탄시아 폐허 근처 흑단 나무 숲에서 신경쇠약을 일으켰다고 그는 말했다. 살인마 블레빈스의 손에 동생을 잃었기 때문이었다. 서장에게 돈을 주고 어떤 청탁을 했는데 서장 역시 마음이 괴로웠다고 했다.

그가 나한테 왔어. 내가 간 것이 아니라. 나한테 와서 정의와 가문의 명예에 대해 말했지. 사람들이 정말 이런 것들을 원한다고 생각하나? 별로 그렇지는 않을걸.

심지어 나도 놀랐어. 정말 놀랐지. 범죄자라 해도 사형을 시키지는 않거든. 그래서 청탁을 한 거지. 내가 굳이 이 이야기를 하는 것도 너희 둘 역시 청탁을 넣어야 하기 때문이야.

존 그래디가 고개를 들었다.

여기 온 미국인이 너희가 처음은 아니야. 여기에 내 친구들이 몇몇 있지. 그들에게 청탁을 넣어. 실수하지 않길 빌어.

우린 돈이 없어요. 청탁 따위는 하지 않을 겁니다. 존 그래디가 말했다.

안됐지만 하게 될걸. 정말 뭘 모르는군.

우리 말은 어떻게 됐나요?

지금 말 따위가 중요한 게 아니야. 말이야 기다려야지. 진짜 주인이 곧 나타날 거야.

롤린스가 어두운 눈빛으로 존 그래디를 바라보았다. 아무 말도 하지 마.

말해도 좋아. 두 사람 다 똑똑히 알아 두는 게 좋을걸. 너희 둘은 여기 있을 수 없어. 여기 있다가는 죽고 말 거야. 그리고 몇 가지 문제가 일어나겠지. 서류가 사라지고, 사람이 실종되고. 여기 있다고 해서 찾으러 왔지만 못 찾는 경우가 종종 있지. 서류가 어디 갔는지는 아무도 몰라. 그런 식이지. 두고 봐. 세상에 곤경에 휘말리기 좋아하는 사람은 없어. 어떤 사람이 여기에 있다고 세상 어느 누가 단언할 수 있겠어? 찾아도 없으면 그것으로 끝이야. 미친놈은 신이 여기에 있다고 말하지. 하지만 신이 여기에 없다는 것은 정신이 제대로 박힌 사람이라면 누구나 알고 있어.

서장은 손가락으로 문을 톡톡 두드렸다.

그 아이를 죽일 필요는 없었어요. 존 그래디가 말했다.

코모?(뭐라고?)

그 애를 다시 데려올 수도 있었잖아요. 그 애를 트럭으로 데려올 수도 있었어요. 굳이 죽일 필요는 없었어요.

바깥에서 열쇠가 달가닥거리더니 문이 열렸다. 서장이 복도의 어둠에 묻혀 보이지 않는 이에게 손을 들어 올렸다.

모멘토.(잠깐만.)

서장이 돌아서서 두 사람을 응시했다.

이야기 하나 해 주지. 자네가 마음에 들어서 해 주는 거야. 나 역시 한때는 자네처럼 젊었지. 하지만 난 늘 나이 많은 사람들과 어울렸어. 모든 것에 대해 배우고 싶었거든. 그러던 어느 날 밤 그들과 같이 누에보레온 주 리나레스에서 산페드로 피에스타(축제)를 보내며 메스칼주를 마셨지. 메스칼주가 무엇인지는 아나? 그리고 여자가 하나 있었어. 남자들은 차례로 그 여자랑 즐기고 돌아왔지. 마지막이 내 차례였어. 그런데 여자한테 갔더니 내가 너무 어리다며 안 된다고 하더군.

남자라면 어떻게 하겠어? 난 돌아설 수 없었어. 내가 못 했다는 걸 모두가 알 테니깐. 하지만 진실은 간단한 법이지. 남자가 무엇인가를 할 수 없으면 돌아가야 해. 왜 돌아가느냐고? 마음이 바뀌어서? 진짜 남자는 결코 마음이 바뀌지 않아.

서장이 주먹을 들어 올렸다.

그들이 여자한테 날 거절하라고 시켰던 거야. 그래서 날 비웃을 셈이었지. 돈을 주었거나 했겠지. 하지만 나는 창녀 따위가 놀려 먹을 만한 사람이 아니야. 내가 돌아갔을 때 아무도 비웃지 못했지. 아무도. 이 세상에는 언제나 나만의 길이 있어. 그 어디에서도 그 누구도 비웃지 못하는 사람이 바로 나야. 내가 들어서자 그들은 웃음을 뚝 멈추었지.

돌계단을 올라 4층의 강철 문을 지나자 쇠창살이 둘러쳐진 좁은 통로가 나타났다. 간수가 문 위에 설치된 전구 불빛 아래에서 미소를 지었다. 저 너머 사막의 산들 위로 밤하늘이 펼쳐져 있었다. 아래쪽에 죄수 운동장이 보였다.

세 야마 라 페리케라.(여길 고지라고들 하지.) 간수가 말했다.

그들은 간수를 따라 좁은 통로로 들어갔다. 죽 늘어선 어두운 감방 안에 골똘히 생각에 잠긴 불길한 생명이 선잠을 자고 있었다. 운동장 맞은편 감방 통로 여기저기에 봉헌초가 산토(성자의 날)를 앞둔 기나긴 밤을 불태우며 희미한 빛으로 어른거렸다. 세 블록 떨어진 대성당 종탑에서 동양적인 깊은 장엄함이 울려 퍼졌다.

그들은 감옥의 꼭대기 층 구석방에 갇혔다. 쇠창살로 된 문이 철커덕 닫히고 빗장이 덜그럭 잠겼다. 두 사람은 간수가 통로를 지나 돌아가는 발걸음 소리에, 철문이 쾅 하고 닫히는 소리에, 그리고 침묵에 귀를 기울였다.

그들은 벽에 사슬로 고정된 철제 침대에서 잠을 잤다. 침대에는 너저분하고 구질구질한 얇은 매트가 깔려 있었다. 아침에 그들은 쇠사다리를 타고 운동장으로 내려가 죄수들 사이에 서서 아침 리스타(점호)를 하였다. 리스타는 층별로 이루어졌는데, 한 시간이 지나도록 그들의 이름은 불리지 않았다.

우린 여기 없는가 보네. 롤린스가 말했다.

약간의 포솔레[66]만으로 아침을 때운 그들은 운동장에서 스스로를 방어해야 했다. 감옥에서 첫날을 온전히 싸움에만 바쳤던 것이다. 마침내 밤이 되자 그들은 피투성이 몰골로 기진맥진해서 감방에 갇혔다. 롤린스는 코가 부러져 심하게 부어올랐다. 감옥은 벽으로 둘러싸인 작은 마을이나 다름없었고, 그 안에서는 라디오와 담요에서부터 성냥과 단추와 신발, 못에 이르기까지 모든 것이 쉼 없이 물물교환되었다. 이로 인해 유리한 지위와 자리를 차지하기 위한 싸움이 끊임없이 일어났다. 상업 사회에 존재하는 재정적 지위와 마찬가지로 이 모든 물물교환을 밑받침하고 있는 것은 부패와 폭력이었다. 그곳에서 모든 사람은 평등하게도 하나의 기준으로 평가받았다. 그것은 바로 언제든지 기꺼이 누군가를 죽일 준비가 되어 있느냐 하는 것이었다.

밤을 보내고 아침을 맞은 후 그들은 똑같은 하루를 되풀이했다. 그들은 서로를 격려하며 싸우고, 싸우고, 또 싸웠다. 정오가 되었을 때 롤린스는 음식을 씹을 수가 없었다. 우릴 죽일 거야.

존 그래디는 깡통에 콩과 물을 넣고 짓이겨 죽을 만들어

---

66) 닭이나 돼지 뼈와 옥수수를 넣어 걸쭉하게 끓인 수프의 일종.

롤린스에게 내밀었다.

내 말 잘 들어. 우릴 죽일 필요가 없다고 생각하게 만들어서는 안 돼. 내 말 알겠어? 난 저놈들이 날 죽이게 만들 거야. 난 절대 물러서지 않아. 우리를 죽이거나, 우리 존재를 받아들이거나 둘 중 하나야. 그 중간은 있을 수 없어.

여기 어디서도 무사할 수는 없어.

나도 알아. 알고 있어. 하지만 상관없어.

롤린스가 죽을 들이켜고는 깡통 너머로 존 그래디를 바라보았다. 너구리가 따로 없군.

존 그래디는 씨익 웃었다. 그러는 넌 어떻고?

보나마나 죽여주겠지.

너구리 비슷하기라도 하면 천만다행이게?

못 웃겠어. 턱이 부러졌나 봐.

부러지긴 뭐가 부러져.

우라질.

존 그래디가 미소 지었다. 우릴 쳐다보고 있는 저기 저 덩치 보이지?

그래, 보여.

여길 보고 있는 저놈 말이야.

그래, 봤어.

내가 뭘 할 것 같아?

그걸 무슨 수로 알겠냐.

일어나서 뚜벅뚜벅 걸어가지. 그리고 저 새끼 주둥이를 박살을 내 놓는 거야.

잘났어.

보기나 해.

뭐 하러 그래?

저놈이 여기까지 오는 수고는 덜어 줘야지.

사흘째 날이 저물 무렵 싸움은 거의 끝나 가는 것 같았다. 둘 다 반벌거숭이가 되었고, 존 그래디는 자갈을 가득 채운 양말로 기습 공격을 당해 아랫니 두 개가 나갔으며 왼쪽 눈이 퉁퉁 부어 아예 보이지가 않았다. 나흘째 되는 날은 일요일이었다. 그들은 블레빈스의 돈으로 옷과 비누를 사고 샤워를 한 후 토마토 수프 깡통 하나를 사서 롤린스의 헌 셔츠를 칭칭 말아 손잡이 삼아 양초에 데워서 태양이 감옥의 서쪽 벽 높은 곳에 걸릴 무렵 깡통을 주거니 받거니 하며 나눠 먹었다.

어쩌면 살 수 있을지도 모르겠어. 롤린스가 말했다.

아직 안심하지 마. 한 번에 하루만 생각하는 거야.

여기서 나가려면 돈이 얼마나 들까?

글쎄. 많이 들겠지.

그런 말은 나도 하겠다.

서장의 친구 쪽에서는 아무 연락이 없군. 내보내 주면 그 대가로 뭘 줄지 알고 싶은 모양이야.

그는 롤린스에게 깡통을 내밀었다.

네가 마저 먹어. 롤린스가 말했다.

너나 먹어. 겨우 한 입 가지고.

롤린스는 깡통을 받아 쭉 들이켜고는 물을 약간 붓고 흔들어 다시 마셨다. 그러곤 텅 빈 깡통을 들여다보았다.

우리가 정말 부자라고 생각한다면 이보다는 신경을 더 써 줄 텐데?

글쎄. 감옥 내부까지 좌지우지하는 건 아닌가 봐. 그저 들어오고 나가는 것만 그네들 손에 있겠지.

그렇다면…….

그때 위쪽 벽의 커다란 조명 기구에 불이 들어왔다. 운동장에 있던 죄수들이 우뚝 멈추더니 다시 움직이기 시작했다.

호각을 불겠군.

이제 몇 분이면 끝이야.

세상에 이런 곳이 있을 줄은 꿈에도 몰랐어.

세상에는 상상할 수 있는 별의별 곳이 다 있을걸.

롤린스는 고개를 끄덕였다. 이런 곳은 상상조차 못 해 봤어.

사막 어딘가에서 비가 내리고 있었다. 바람결에 젖은 크레오소트[67] 냄새가 실려 왔다. 감옥 담장 한편에 임시로 지은 것 같은 콘크리트 건물에서 불이 켜졌다. 그곳에는 세도가인 죄수가 추방당한 총독인 양 요리사와 경호원의 시중을 받으며 살고 있었다. 현관에 달린 방충문 뒤로 누군가가 왔다 갔다 했다. 지붕 위 빨랫줄에 걸린 죄수의 옷이 밤바람에 국기처럼 펄럭거렸다. 롤린스가 그 집을 향해 고개를 끄덕였다.

저 사람 직접 본 적 있어?

응. 한 번. 저녁에 시가를 피우면서 문가에 서 있더군.

여기 은어는 좀 익혔어?

---

67) 나무 타르로 만든 것으로, 진통제, 방부제, 살균제 등으로 쓰인다.

약간.

푸차가 뭐야?

담배꽁초.

테코라타는?

그것도 꽁초야.

담배꽁초에 대체 이름이 몇 개나 있는 거야?

글쎄. 파파소테가 뭔지 아니?

아니. 뭔데?

거물.

저기 사는 저 형씨 말이야?

그래.

그리고 우리는 두 마리 가바초[68]고.

볼리요[69]지.

펜데호고.

우리만 그렇게 불리는 건 아냐. 그냥 개새끼라는 뜻이거든. 존 그래디가 말했다.

네가 그렇다면 그렇겠지.

그들은 가만히 앉아 있었다.

무슨 생각 해?

롤린스가 말했다.

여기서 일어나려면 얼마나 힘들까 하는 생각.

---

68) 외국인을 경멸적으로 부르는 말.

69) 원뜻은 '막대 사탕'이지만 여기서는 경멸적인 의미로 사용.

롤린스가 고개를 끄덕였다. 그들은 강렬한 빛 아래에서 움직이고 있는 죄수들을 바라보았다.

망할 놈의 말 한 마리 때문에. 롤린스가 말했다.

존 그래디가 몸을 숙여 부츠 사이에 침을 뱉고는 다시 등을 기댔다. 말하고는 상관없는 일이야.

그날 밤 그들은 침묵과 감옥 어디에선가 코 고는 소리, 멀리서 개가 희미하게 짖어 대는 소리, 여전히 잠들지 못한 채 조용히 내쉬는 서로의 숨소리에 귀를 기울이며 성당 복사(服事)인 양 철제 침대에 누워 있었다.

내가 생각해도 우린 정말 대단한 카우보이야. 롤린스가 말했다.

그래. 그렇고말고.

그 자식들이 언제 어디서 우릴 죽일지 몰라.

그래. 알고 있어.

이틀 후 파파소테가 그들을 불렀다. 저녁에 빼빼한 키다리 사내가 운동장을 가로질러 그들이 앉아 있는 곳으로 다가와 같이 가자고 말하더니 돌아서서 성큼성큼 가 버렸다. 심지어 두 사람이 따라오는지 뒤돌아보지도 않았다.

어떻게 할래? 롤린스가 물었다.

존 그래디가 힘겹게 몸을 일으켜 한 손으로 엉덩이를 털었다.

한번 가 보자.

그 거물의 이름은 페레스였다. 방 하나짜리 집 중앙에는 접이식 양철 탁자와 네 개의 의자가 놓여 있었다. 자그마한 철제 침대가 한쪽 벽에 붙어 있고, 한구석을 차지한 찬장과 선반에 버너가 세 개 달린 가스 풍로와 그릇이 얹혀 있었다. 페레스는 자그마한 창문으로 운동장을 내다보며 서 있었다. 그가 돌아서서 짐짓 쾌활하게 두 손가락을 흔들자 그들을 데리고 왔던 사내가 뒤로 물러나 집 밖으로 나가 문을 닫았다.

난 에밀리오 페레스라고 하네. 자, 여기 앉게.

그들은 탁자 의자를 빼내어 앉았다. 바닥은 판자로 되어 있었지만 못이 쳐져 있지 않았다. 벽은 회반죽을 바르지 않아 휑했고, 나무껍질도 벗기지 않은 장대 위로 비스듬히 얹힌 양철 지붕은 가장자리에 쌓은 나무토막으로 고정되어 있었다. 두세 사람만 있으면 30분 안에 집을 해체하여 한 무더기로 쌓아 놓을 수 있을 것 같았다. 하지만 전기가 들어오고 가스 난로가 있었다. 카펫도. 벽에는 달력에서 오려 낸 그림이 붙어 있었다.

젊은이들, 싸움을 아주 좋아하는가 보더군.

롤린스가 대꾸하려는데 존 그래디가 먼저 대답했다. 네, 아주 좋아하죠.

페레스가 웃음 지었다. 마흔 살 정도로 보였고, 회색 머리와 콧수염이 깔끔하게 정돈되어 있었다. 그는 의자를 빼내더니 일부러 태연하게 의자 뒤로 돌아서 자리에 앉고는 팔꿈치를 탁자에 기대었다. 녹색 탁자에는 페인트 붓 흔적이 역력했고 양조장 로고 일부가 희미하게 엿보였다. 그가 손을 깍지 끼었다.

대단한 싸움들이었지. 여기 얼마나 있었나?

일주일 정도 됐습니다.

여기 얼마나 더 있을 계획인가?

애초에 여기 올 계획도 아니었습니다. 우리가 무엇을 계획하든 아무 소용 없을 것 같은데요. 롤린스가 말했다.

페레스는 웃음 지었다. 미국인들은 그리 오래 있지 않지. 때때로 몇 달 있기도 하지만 두세 달 후에는 가 버려. 미국인이 여기서 살기가 여간 녹록지 않아야지. 여길 그다지 좋아하지 않더군.

우릴 여기서 빼낼 수 있습니까?

페레스는 깍지를 풀고 어깨를 으쓱했다. 그래. 물론 할 수 있지.

그럼 왜 정작 본인은 나가지 않으시죠? 롤린스가 물었다.

그는 의자에 등을 기대고는 다시 웃음 지었다. 쫓겨나는 새처럼 갑자기 손을 뻗는 동작이 그의 억제된 분위기와 기묘하게 어울렸다. 그런 몸짓이 미국적인 것이라 그들이 이해할 수 있을 거라고 생각하는 듯했다.

내겐 정치적인 적이 있네. 다른 무슨 이유가 있겠나? 이 점만은 분명히 해야겠군. 여기 삶이 아주 풍요로운 건 아니야. 청탁을 하려면 돈이 들어. 돈이 아주 많이 드는 사업이지.

우리한테 그래 봐야 아무 소용 없습니다. 우린 빈털터리입니다. 존 그래디가 말했다.

페레스는 근엄한 표정으로 두 사람을 바라보았다.

돈도 없이 어떻게 여기서 나가려고 그러나?

저희도 그게 알고 싶습니다.

불가능해. 돈 없이는 아무것도 할 수 없어.

그럼 꼼짝없이 여기서 지내야겠군요.

페레스가 그들을 응시했다. 그리고 다시 몸을 숙여 깍지를 끼었다. 어떻게 설명해야 할지 궁리하는 듯했다.

이건 아주 심각한 일이네. 자네들은 이곳에서의 삶을 제대로 모르고 있어. 이 모든 싸움이 신발 끈이나 담배 같은 것 때문이라고 생각하겠지. 루차(싸움)를 아주 순진하게 본 거야. 자네도 순진이 뭔지는 알겠지? 진짜 원인은 늘 따로 있기 마련이야. 자네들은 여기서 독립적으로 살 수 없어. 여기 사정을 전혀 모르잖나. 스페인어도 모르고 말이야.

제 친구는 스페인어를 할 줄 압니다. 롤린스가 말했다.

페레스는 고개를 저었다. 아니, 몰라. 1년 정도 지나면 제대로 이해하게 될지도 모르지. 하지만 자네한테는 그럴 시간이 없어. 날 믿지 않겠다면 나도 자네들을 도울 수 없네. 알겠나? 나도 도울 수 없어.

존 그래디는 롤린스를 바라보았다. 됐지?

됐어.

두 사람은 의자를 밀치고 일어났다.

페레스가 고개를 들어 그들을 쳐다보았다. 자리에 앉게.

더 이상 할 말 없습니다.

그는 손가락으로 탁자를 탁탁 두드렸다. 정말 어리석군. 정말 어리석어.

존 그래디가 문손잡이를 잡고 우뚝 섰다. 그리고 뒤를 돌아 페레스를 바라보았다. 보기 흉하게 일그러진 얼굴에는 서양 자두처럼 푸르스름한 눈이 여전히 퉁퉁 부어 감겨 있다시피 했다.

왜 저 바깥에 대해 아무 말씀도 안 하시죠? 믿으라면서요.

그러면서 왜 우리가 모르는 걸 가르쳐 주지 않으시죠?

페레스는 일어나지 않았다. 그저 의자에 등을 기대고 두 사람을 바라보았다.

말할 수가 없네. 정말이야. 내 보호 아래에 있는 사람들에 대해서야 말할 수 있지. 하지만 그 나머지는?

그는 나가라는 듯 손등을 들어 흔들었다.

나머지는 그저 밖에 있을 뿐이야. 그들은 끝이 없는 가능성의 세계에서 살고 있지. 그들이 어떻게 될지는 신만이 아실 거네. 그러니 내가 무슨 수로 알 수 있겠나.

다음 날 아침 롤린스가 운동장을 지나다 칼을 든 사내에게 공격당했다. 사내는 처음 보는 사람으로, 숟가락을 갈아 만든 트루차[70]가 아니라 검은 뿔 손잡이에 니켈 버튼이 달린 이탈리아제 잭나이프를 들고 있었다. 사내는 허리께에서 칼을 쥐고 있다가 롤린스의 셔츠를 향해 세 번 휘둘렀다. 그때마다 롤린스는 유혈 사태를 중재라도 하려는 듯 등을 굽히고 팔을 쭉 뻗고서 뒤로 껑충껑충 물러섰다. 그렇게 세 번을 물러선 뒤 그는 몸을 돌려 달아났다. 한 손으로 배를 움켜쥐었지만 셔츠가 온통 끈적끈적 젖어 들었다.

존 그래디가 가 보니 롤린스는 양손으로 배를 움켜쥐고서 추운 듯이 몸을 앞뒤로 흔들며 벽에 기대 앉아 있었다. 존 그래디는 무릎을 꿇고 앉아 친구의 손을 치우려고 했다.

---

70) 스페인어로 '송어'라는 뜻이지만, 여기서는 멕시코 감옥의 은어로서 칼을 의미한다.

젠장, 좀 보자.

망할 놈의 새끼. 망할 놈의 새끼.

좀 보자니까.

롤린스가 등을 펴서 벽에 기댔다. 우라질.

존 그래디가 피에 흠뻑 젖은 셔츠를 걷어 올렸다.

그렇게 심하진 않아. 정말이야.

그는 양손을 컵 모양으로 모아 쥐고 피가 나는 곳을 찾아 롤린스의 배를 훑었다. 가장 아래쪽에 찔린 상처가 가장 깊어 근막까지 찢어졌지만 위는 무사했다. 롤린스가 상처를 내려다보았다. 안 심하기는 뭐가 안 심하냐. 망할 자식.

걸을 수 있겠어?

그래.

자, 가자.

우라질, 망할 놈의 새끼.

가자. 어서 치료받아야지.

그는 롤린스가 일어나도록 부축했다.

가자. 나만 믿어.

그들은 운동장을 가로질러 문으로 갔다. 간수가 비상문으로 얼굴을 내밀었다. 그는 존 그래디를 보고 롤린스를 보고는 문을 열었다. 존 그래디는 롤린스를 간수의 손에 넘겼다.

그들은 롤린스를 의자에 앉히고 소장에게 사람을 보냈다. 피가 석조 바닥으로 뚝뚝 떨어졌다. 그는 양손으로 배를 움켜쥐고 있었다. 잠시 후 누군가가 그에게 수건을 건넸다.

그 후 존 그래디는 되도록 감옥 안을 돌아다니는 것을 피했다. 자신을 바라보고 있는 익명의 사람들 사이에서 튀어나올 지도 모를 쿠치예로(칼잡이)를 찾아 사방을 살폈다. 하지만 아무 일도 일어나지 않았다. 그는 죄수 몇 명과 친구가 되었다. 아무 파벌에도 속하지 않지만 존중받고 있는 유카탄 출신의 사내. 시에라리온 출신인 구릿빛 피부의 인디언 사내. 몬테레이에서 경찰을 죽이고 시체를 불질렀다가 형이 그 경찰의 구두를 신고 다니는 바람에 붙잡힌 바우티스타 형제. 모두들 페레스가 가진 힘은 짐작만 할 뿐이라고 입을 모았다. 어떤 이는 페레스가 밤에 밖에 나갈 수도 있다고 했다. 시내에 아내와 가족이 살고 있거나 아니면 정부가 살고 있다는 것이었다.

그는 롤린스 소식을 들을 수 있을까 하여 간수들에게 말을 걸어 보았지만 모두들 전혀 모른다고만 했다. 그 사건 이후 사흘째 날 아침 그는 운동장을 가로질러 페레스의 집 문을 두드렸다. 운동장에서 들리던 단조로운 소리가 일제히 뚝 그쳤다. 그에게 쏟아지는 시선이 느껴졌다. 페레스의 키다리 시종이 문을 열더니 그를 힐끗 보고 그의 어깨 너머로 운동장을 훽 훑었다.

키시에라 아블라 콘 엘 세뇨르 페레스.(페레스 씨를 만나고 싶습니다.)

콘 레스펙토 데 케?(무슨 일로?)

콘 레스펙토 데 미 쿠아테.(친구 때문입니다.)

시종이 문을 닫았다. 존 그래디는 기다렸다. 잠시 후 다시 문이 열렸다. 파살레.(들어오시오.)

존 그래디는 방으로 들어갔다. 페레스의 시종이 문을 닫고서 문 앞에 버티고 섰다. 페레스는 탁자에 앉아 있었다.

자네 친구는 좀 어떤가?

제가 묻고 싶은 질문인데요.

페레스는 미소 지었다.

여기 앉게.

살아 있습니까?

일단 앉게.

그는 탁자로 걸어가 의자를 빼내어 앉았다.

커피 좀 들겠나?

고맙지만 됐습니다.

페레스가 의자에 등을 기댔다.

무슨 도움이 필요한지 말해 보게.

제 친구가 어떤지 알고 싶습니다.

가르쳐 주면 자네가 바로 나가 버릴 텐데.

왜 제가 여기 있었으면 합니까?

페레스는 다시 미소 지었다. 왜긴 왜겠나. 당연히 자네의 범죄 인생을 듣고 싶어서지.

존 그래디는 그를 유심히 살폈다.

세도가들이 다 그렇듯, 내 유일한 소망은 즐거움이라네.

메 토마 엘 펠로.(절 놀리시는군요.)

그래. 자네 나라 말로는 놀린다라고 하지, 아마.

네. 그럼 정말 세도가이신가요?

아니, 그건 농담이었네. 난 영어로 말하는 것을 좋아해. 시간이 잘 가지. 카스테야노(스페인어)는 어디서 배웠나?

집에서요.

텍사스에서 배웠군.

네.

하인들에게서 배운 모양이지.

하인 같은 건 없습니다. 그저 고용인일 뿐입니다.

전에도 감옥에 있었지?

아닙니다.

자넨 오베하 네그라[71]군? 검은 양 말일세.

저에 대해 아무것도 모르시잖습니까.

물론 모르지. 대체 무슨 근거로 비정상적인 방법으로 감옥에서 풀려날 수 있다고 믿는 건가?

우리한테 그래 봐야 아무 소용 없다고 말씀드렸잖습니까. 제가 어떤 신념을 갖고 사는지 전혀 모르시는군요.

난 미국을 잘 알지. 여러 번 가 봤거든. 자넨 유태인과 마찬가지야. 그들은 늘 부자 친척이 있지. 전에는 어느 감옥에 있었나?

감옥에 간 적 없습니다. 롤린스는 어디 있죠?

자네 친구가 사고를 당한 것이 내 탓이라고 생각하나 본데, 천만의 말씀이야.

제가 청탁을 하려고 여기 왔다고 생각하시나 본데, 전 그저 제 친구 일을 알고 싶을 뿐입니다.

---

71) '검은 양'을 의미하는 스페인어. 영어로 검은 양(black sheep)은 외톨이, 이방인 등을 의미한다.

페레스는 생각에 잠긴 듯 고개를 끄덕였다. 기본적인 것들을 염려해야 하는 이런 곳에 와서도 미국인들은 요상한 데에 생각이 사로잡혀 있지. 한때는 그것이 그네들 삶의 특권이라고 여겼는데 이제는 아니야. 그저 사고방식이 그런 거지.

그는 편하게 등을 기대고서 손가락으로 관자놀이를 두드렸다. 멍청해서가 아니야. 세계를 보는 눈이 불완전해서이지. 정말 요상한 방식이 아닐 수 없어. 보고 싶은 것만 보거든. 내 말 알겠나?

네.

좋았어. 날 얼마나 멍청하게 여기느냐를 보면 그 사람의 지능을 알 수 있지.

멍청하다고 여기지 않습니다. 그저 싫을 뿐입니다.

아, 아주 좋아. 아주 좋아.

존 그래디는 문 앞에 서 있는 페레스의 부하를 쳐다보았다. 그의 눈은 우리에 갇힌 듯 아무것도 보지 않았다.

저 녀석은 영어를 못 해. 그러니 마음껏 말하게.

마음껏 말했습니다.

그래.

이만 가겠습니다.

내가 원치 않는데도 자네가 갈 수 있다고 생각하나?

네.

페레스는 미소 지었다.

자네 쿠치예로인가?

존 그래디는 의자에 등을 기댔다.

감옥은 그 뭐더라, 살론 데 베예사 같은 곳이지.

미장원 말이군요.

그래, 미장원. 소문이 흘러넘치지. 모두가 모두의 과거를 알고 있어. 범죄란 늘 흥미롭기 마련이거든. 누구나 다 알고 있지.

우린 어떤 죄도 지은 적 없습니다.

아직까지는 그랬겠지.

무슨 뜻이죠?

페레스는 어깨를 으쓱했다. 그들은 여전히 심의 중이야. 자네 사건은 아직 결정되지 않았네. 판결이 났다고 생각했나?

아무것도 못 찾아낼 겁니다.

세상에, 기가 막히는군. 범죄자 없는 범죄가 있다고 생각하나? 이건 찾아내느냐, 못 찾아내느냐의 문제가 아니야. 선택의 문제이지. 가게에서 적당한 옷을 고르는 거나 마찬가지야.

별로 서두르는 것 같지는 않군요.

여기가 멕시코이긴 해도 자네를 언제까지고 붙잡아 둘 수는 없어. 자네가 어떻게든 해야 하는 것도 바로 그 때문이지. 일단 판결이 나고 나면 너무 늦어. 프레비아(예비 심리)를 연 후에는 일이 아주 어렵게 되지.

페레스가 셔츠 주머니에서 담배를 꺼내 탁자 너머로 권했다. 존 그래디는 꿈쩍도 하지 않았다.

피우게. 괜찮아. 성찬례 같은 것은 아니니 염려 마. 어떤 의무도 부가되지 않아.

존 그래디는 손을 뻗어 담배 한 개비를 집어 입에 물었다. 페레스가 주머니에서 라이터를 꺼내 뚜껑을 찰깍 열고 불을 켜 앞으로 내밀었다.

싸움은 어디서 배웠나?

존 그래디는 담배를 한 모금 깊이 빨고는 도로 의자에 기댔다.

뭐가 알고 싶으신 거죠?

세상이 알고 싶어 하는 것.

세상이야 내가 코호네(용기)가 있는지만 알면 그만이죠. 용감한지 말입니다.

페레스는 자신의 담배에 불을 붙인 후 라이터를 탁자 위 담뱃갑에 포개 얹었다. 그리고 담배 연기를 가느다랗게 내뿜었다.

그래야 네 가격을 정할 수 있으니까.

가격이 없는 사람도 있죠.

그래, 그렇지.

그런 사람들은 어떻게 되죠?

죽지.

죽는 것쯤은 두렵지 않아요.

그거 잘됐군. 죽을 때 도움이 될 거야. 하지만 살 때는 별 도움이 안 되지.

롤린스는 죽었나요?

아니, 안 죽었네.

존 그래디가 의자를 밀치며 일어났다.

페레스가 편안하게 미소 지었다. 거 보게. 내 말대로 하잖나.

그렇지 않습니다.

빨리 결정해야 해. 꾸물거릴 시간이 없어. 시간은 늘 생각보다 적은 법이지.

여기 온 이후로 남아도는 건 시간밖에 없습니다.

자네 처지를 곰곰이 따져 보게. 미국인들은 때때로 비실용적으로 생각하지. 세상에는 선한 것과 악한 것이 있다고 말이야. 그건 모두 미신일 뿐이야.

선한 것과 악한 것이 없다고 생각하십니까?

물론이지. 다 미신이야. 신을 믿지 않는 자들의 미신.

미국인들이 신을 믿지 않는다고 생각하시나요?

물론이지. 자네는 신을 믿나?

아니요.

미국인들이 자기 재산을 스스로 망가트리는 걸 종종 보지. 한번은 어떤 사내가 자기 차를 부수더군. 커다란 마르티요로 말일세. 자네 나라 말로는 뭐라고 하지?

망치라고 합니다.

차가 시동이 걸리지 않는다고 그랬지. 멕시코인이라면 어떻게 했을 것 같나?

글쎄요.

멕시코인은 절대 그런 짓을 하지 않아. 차가 선하거나 악하다고 생각하지 않거든. 설령 차에 없애야 할 악이 깃들어 있다 해도 그런 짓은 아무 소용이 없어. 멕시코인은 선과 악이 어디에 사는지 잘 알고 있다네. 미국인들은 자기들의 요상한 생각대로 멕시코인이 미신적이라고들 말하지. 하지만 과연 누가 미신적인 걸까? 물건에는 품질이 있을 뿐이야. 이 차는 녹색이군. 안에는 모터가 달려 있고. 하지만 타락할 수는 없어. 심지어 사람도 마찬가지야. 사람 안에 악한 면이 있을 수는 있네. 하지만 그건 그 사람의 악이 아니야. 어디서 악을 구하겠나? 대체 무슨 수로 그게 자기 것이라고 주장할 수 있겠나? 말도 안 되지. 멕시코에서 악은 실재하는 존재야. 제 발로 걸어 다니지. 언젠가는 자네한테도 찾아올 거야. 아니, 벌써 찾아왔는지도 모르지.

어쩌면요.

페레스는 미소 지었다. 가도 좋네. 내 말을 안 믿는군. 돈도 마찬가지지. 미국인들은 이게 항상 문제야. 그네들은 더러운 돈이 어쩌고저쩌고 떠들지. 하지만 돈에는 더럽고 깨끗하고가 없어. 멕시코인들은 결코 그런 생각을 하지 않아. 돈에 뭐 하러 특별한 지위를 부여하겠나? 돈이 좋은 것이라면 그건 무조건 좋은 것이야. 나쁜 돈은 없어. 멕시코인은 돈이 더러운지 깨끗한지 따위로 고민하지 않아. 그런 건 아주 비정상적인 생각이지.

존 그래디는 탁자 위 양철 재떨이에 담배를 비벼 껐다. 그 세계에서 담배는 돈이나 다름없었다. 집주인 앞에서 연기를 피우며 두 동강 난 담배는 거의 새것이었다. 이 말이 하고 싶군. 페레스가 말했다.

말씀하시죠.

지켜보고 있겠네.

그는 일어나 문 앞에 서 있는 페레스의 부하를 쳐다보았다. 페레스의 부하는 페레스를 쳐다보았다.

어떤 일이 일어날지 알고 싶은 줄 알았는데. 페레스가 말했다.

존 그래디가 뒤돌아섰다. 뭐가 바뀌기라도 하나요?

페레스는 미소 지었다. 자넨 날 너무 믿고 있군. 이 수용소에는 죄수가 300명이나 되네. 무슨 일이 일어날지는 아무도 몰라.

누군가가 쇼를 이끌고는 있잖습니까.

페레스는 어깨를 으쓱했다. 아마도. 하지만 이런 감옥과 같은 세계는 거짓 인상을 주지. 모든 것이 통제되고 있는 것만 같겠지. 하지만 통제될 수 있는 사람들이었으면 애시당초 여기 오지도 않았어. 자네도 직접 보게 될 걸세.

그렇군요.

이만 가 보게. 자네가 앞으로 어떻게 될지 아주 흥미진진하군.

페레스가 손을 슬쩍 흔들었다. 그의 부하가 비켜나 문을 열었다.

호벤.(이보게.) 페레스가 말했다.

존 그래디는 돌아섰다. 네.

함께 식사하는 사람들을 조심하게.

알겠습니다. 그러죠.

그는 다시 뒤돌아 운동장으로 나갔다.

블레빈스가 주었던 돈이 45페소 남아 있었다. 그는 그 돈으로 칼을 사려고 했지만 아무도 팔지 않았다. 칼이 없는 것인지 아니면 그에게만 팔지 않는 것인지 알 수 없었다. 그는 일부러 느릿느릿 걸으며 운동장을 가로질렀다. 바우티스타 형제가 남쪽 벽의 그늘 아래 앉아 있었다. 그는 가만히 서 있다가 그들이 자신을 보고 오라고 손짓한 후에야 다가갔다.

그는 그들 앞에 쭈그리고 앉았다.

키에로 콤프라르 우나 트루차.(칼을 사야겠어요.)

그들은 고개를 끄덕였다. 파우스티노 바우티스타가 말했다.

쿠안토 디네로 티에네스?(얼마나 있지?)

쿠아렌타 이 킨소 페소스.(45페소요.)

그들은 한참 동안 앉아 있었다. 인디언의 구릿빛 얼굴이 생각에 잠겼다. 깊이 묵상이라도 하는 듯. 이 일의 복잡성으로 인해 온갖 결과가 일어날 수 있다는 듯. 파우스티노가 마침내 입을 열었다. 부에노. 다멜로.(좋았어. 그 돈을 내게 줘.)

존 그래디는 두 사람을 바라보았다. 검은 눈동자에서 빛나는 빛을. 그 눈 속에 교활함이 있다 하더라도 그로서는 전혀 알아낼 길이 없었다. 그는 땅에 주저앉아 왼쪽 부츠를 벗어 손을 집어넣어 축축하게 젖은 자그마한 종이 뭉치를 꺼냈다. 두 형제는 그를 바라보고 있었다. 그는 다시 부츠를 신고는 집게손가락과 가운뎃손가락 사이에 돈을 끼운 채 가만히 있다가 능숙하게 파우스티노의 무릎 아래로 던졌다. 파우스티노는 움직이지 않았다.

부에노. 라 텐드레 에스타 타르데.(좋았어. 오후에 주겠네.)

그는 고개를 끄덕이고는 일어나 운동장을 가로질러 갔다.

디젤 연기 냄새가 감옥 안을 떠돌고, 정문 바깥에서 버스 지나가는 소리가 들렸다. 그는 오늘이 일요일이라는 것을 깨달았다. 그는 벽에 기대어 홀로 앉아 있었다. 어디선가 아이가 울고 있었다. 그는 시에라리온 출신 인디언이 운동장을 지나가는 것을 보고 말을 걸었다.

인디언이 다가왔다.

시엔타테.(여기 앉아요.)

인디언이 옆에 앉더니 셔츠 안에서 땀에 전 작은 종이 봉투를 꺼내 그에게 주었다. 안에는 푼체(싸구려 담배) 한 움큼과 옥수수 껍질 다발이 들어 있었다.

그라시아스.(고마워요.)

그는 옥수수 껍질을 접어 끈적거리는 조잡한 담배 가루를 조심스레 담고 둥글게 말아 침을 발랐다. 봉투를 다시 건네받은 인디언은 담배를 말고서 봉투를 셔츠 안에 도로 집어넣고는 1.5센티미터짜리 수도관 연결 장치로 만든 에스클라라호에 불을 붙여 손으로 가리고 입김으로 불을 키워 존 그래디에게 내밀고 자신의 담배에도 불을 붙였다.

존 그래디는 고맙다고 했다. 노 티에네스 비시탄테스?(면회 오는 사람은 없나요?)

인디언은 고개를 가로저었다. 그는 존 그래디에게 면회 오는 이가 없느냐고 되묻지 않았다. 존 그래디는 그가 무슨 할 말이 있다고 생각했다. 자기만 빼고 온 감옥 안의 사람들 사이에서 떠돌고 있는 소문들. 하지만 인디언은 전할 소문이 없는 것 같았다. 그들은 담배가 완전히 타 들어갈 때까지 벽에 기대 앉아 가만히 담배를 피웠다. 인디언은 담뱃재가 발 사이에 툭툭 떨어지도록 내버려 두더니 일어나 운동장을 가로질러 갔다.

그는 점심 식사 시간에 밥 먹으러 나가지 않았다. 그는 앉아서 운동장을 바라보며 분위기를 살폈다. 사람들이 운동장을 거닐며 자신을 쳐다보는 것 같았다. 그러다 도리어 자신을 쳐다보지 않으려고 애쓰는 것 같다는 생각이 들었다. 그는 사람이 생각 때문에 죽을 수도 있겠구나라고 혼잣말했다. 그러고는 사람이 혼잣말 때문에 죽을 수도 있겠구나라고 했다. 잠시 후 그는 벌떡 일어나 한 손을 들어 올렸다. 그는 잠이 들까 봐 공포에 떨었다.

그는 발밑에 드리워진 널찍한 벽 그림자를 바라보았다. 운동장의 반이 그림자에 잠겨 있는 것으로 보아 4시쯤 된 듯싶었다. 잠시 후 그는 일어나 바우티스타 형제가 앉아 있는 곳으로 향했다.

파우스티노가 고개를 들어 그를 보고는 이쪽으로 오라고 손짓했다. 이어 약간 왼쪽으로 걸으라고 하더니 바로 거기라고 했다.

존 그래디는 거의 아래를 내려다볼 뻔했지만 다행히도 그러지 않았다. 파우스티노가 고개를 끄덕였다. 시엔타테.(거기 앉아.)

그는 앉았다.

아이 운 코르돈.(끈이 있을 거야.)

그는 아래를 보았다. 작은 끈이 부츠 아래에 나와 있었다. 끈을 잡아당기니 자갈 틈새에서 칼이 딸려 나왔다. 그는 칼을 슬쩍 손 안에 감추어 허리춤에 집어넣었다. 그리고 일어나 걸어갔다.

생각보다 훨씬 좋은 칼이었다. 겉 손잡이가 떨어져 나간 멕시코제 잭나이프로, 도금한 버튼 밑 여기저기로 황동이 보였다. 그는 칼을 감싼 끈을 풀고서 셔츠에 닦은 다음 칼날을 접어 부츠 발목에 대고 두드리다 다시 칼날을 열었다. 그리고 손목 털에 물을 적셔 칼로 밀어 보았다. 다리를 다른 쪽 무릎에 받치고 부츠 굽에 칼날을 가는데 누군가가 다가오는 소리가 들렸다. 그는 칼을 접어 주머니에 넣고는 몸을 돌려 다른 쪽으로 걷다가 더럽기 짝이 없는 화장실로 향하던 두 죄수와 마주쳤다. 죄수들은 그를 향해 히죽히죽 웃어 보였다.

30분 후 저녁 식사 시간을 알리는 호각 소리가 운동장을 가로질렀다. 그는 모든 사람이 식당에 들어가기를 기다린 후에야 식판을 들고 줄 맨 뒤에 섰다. 일요일이라 많은 죄수들이 아내나 가족이 가져온 음식을 먹으러 갔기 때문에 식당의 반이 텅 비어 있었다. 그는 콩과 토르티야와 이름을 알 수 없는 스튜를 받아 들고는 자기 또래 소년이 홀로 앉아 담배를 피우고 있는 구석 식탁을 점찍었다.

그는 식탁 한쪽 모서리에 식판을 내려놓았다. 콘 페르미소?(여기 앉아도 될까?)

소년은 그를 바라보더니 코에서 가느다란 연기 두 줄기를 내뿜으며 고개를 끄덕이고는 물컵을 향해 손을 뻗었다. 오른쪽 손목에 똬리 튼 아나콘다와 푸른색 재규어가 싸우고 있었다. 왼쪽 엄지손가락에는 파추코 십자가[72]와 5를 나타내는 문

72) 중남미계 갱단에서 흔히 볼 수 있는 문신으로, 십자가 위에 세 개의 점이나 작은 선이 그려져 있다.

신이 새겨져 있었다. 그다지 놀랄 일은 아니었다. 하지만 자리에 앉는 순간 그는 왜 이 소년이 홀로 앉아 있었는지 문득 깨달았다. 일어나기엔 너무 늦었다. 그는 왼손으로 숟가락을 들어 먹기 시작했다. 금속 식판을 긁는 나직한 숟가락 소리를 잠재우며 식당 맞은편 문 빗장이 털컥 하고 잠겼다. 그는 식당 앞쪽으로 고개를 돌렸다. 급식대가 텅 비어 있었다. 간수 두 명도 사라지고 없었다. 그는 식사를 계속했다. 심장이 쿵쾅거리고 입이 바싹 말라서 음식이 무슨 맛인지조차 알 수 없었다. 그는 주머니에서 칼을 꺼내 허리춤에 끼웠다.

소년이 담배를 비벼 끄고 식판에 물컵을 얹었다. 감옥 담장 바로 옆 거리에서 개가 왈왈 짖어 댔다. 타말레[73] 장수가 소리 높여 타말레를 외쳤다. 존 그래디는 이런 소리가 들린다는 것은 그만큼 식당 안이 쥐 죽은 듯 고요하다는 뜻임을 깨달았다. 그는 허리춤에서 조용히 칼을 꺼내 혁대 버클 아래에서 칼날을 열었다. 소년이 일어나 긴 의자에서 발을 빼내고 식판을 집어 든 후 식탁을 따라 걷기 시작했다. 존 그래디는 왼손으로 숟가락을 쥔 채 식판을 꽉 움켜쥐었다. 소년이 그의 맞은편으로 걸어왔다. 그리고 지나쳐 갔다. 존 그래디는 눈을 내리깐 척하면서 소년이 걸어가는 것을 유심히 살폈다. 식탁 끝에 이르자 소년이 갑자기 몸을 돌려 식판을 그의 머리를 향해 내리쳤다. 존 그래디는 식판이 서서히 다가오는 것을 바라보았다. 식판 모서리가 바로 눈을 향해 달려오고 있었다. 숟가락이 꽂혀

73) 옥수수 가루, 다진 고기, 고추로 만드는 멕시코 요리.

있는 물컵이 서서히 기울어지며 뒤집혀 공기 중에 붕 떠 있는 듯했다. 기름이 번지르르한 소년의 검은 머리가 쐐기 모양의 얼굴로 와락 흘러내렸다. 존 그래디가 자신의 식판을 집어 휘두르자 소년의 식판 한쪽이 움푹 패였다. 그는 의자 뒤로 몸을 굴려 두 발을 딛고 벌떡 일어났다. 상대편의 식판이 식탁으로 떨어진 줄 알았지만 소년은 식판을 단단히 움켜쥔 채 의자를 따라 다가와 다시 그를 향해 휘둘렀다. 그는 식판을 피하다가 뒤로 넘어졌다. 식판과 식판이 쨍그렁쨍그렁 울렸다. 그때 그는 처음으로 식판 아래에서 칼을 보았다. 차가운 칼날이 그의 몸속 따스함을 갈구하고 있는 것 같았다. 그는 몸을 날려 콘크리트 바닥에 엎질러진 음식 사이로 떨어졌다. 그는 허리춤에서 칼을 꺼내고 식판을 백핸드로 휘둘러 쿠치예로의 이마를 갈겼다. 쿠치예로가 놀라는 것 같았다. 소년이 식판으로 존 그래디의 시선을 가로막았다. 존 그래디는 뒤로 물러났다. 뒤는 바로 벽이었다. 그는 옆으로 걸으며 식판을 꽉 쥐고서 식판을 쥐고 있는 쿠치예로의 손가락을 내리쳤다. 두 사람은 식탁을 사이에 두고 맞섰다. 쿠치예로가 뒤에 놓인 의자를 걷어찼다. 식당을 내리누른 침묵 사이로 쨍그렁쨍그렁 식판이 울렸다. 쿠치예로의 이마에서부터 왼쪽 눈 밑으로 피가 흘러내렸다. 쿠치예로가 다시 식판으로 공격하는 척했다. 공격자의 체취가 훅 풍겼다. 그는 공격하는 척하면서 존 그래디의 배를 향해 칼을 놀렸다. 존 그래디는 식판으로 배를 가린 채 검은 눈을 응시하며 벽을 따라 움직였다. 쿠치예로는 단 한 마디도 하지 않았다. 그의 움직임 하나하나는 정확했고 거기에서 어떤 증오도 느껴지지 않았다. 존 그래디는 소년이 그저 돈을 받고 자신을 공격할 뿐임을 알고 있었다. 그가 머리를 향해 쟁반을 휘두르자 쿠치예로가 고개를 숙여 피하더니 공격하는 척하며 앞으로 다가왔다. 존 그래디는 식판을 꽉 쥐고서 벽을 따라 움직였다. 입가를 혀로 핥자 피 맛이 느껴졌다. 얼굴이 칼에 베인 것은 분명했지만 상처가 어느 정도인지는 알 수 없었다. 그는 쿠치예로가 명예를 아는 자이기에 고용되었고 따라서 이 자리에서 죽으리라는 사실을 깨달았다. 그는 깊이가 느껴지는 검은 눈동자를 깊숙이 바라보았다. 전체 악의 역사가 냉담한 검은빛으로 타오르고 있었다. 그는 벽을 따라 움직이며 쿠치예로를 향해 쟁반을 휘둘렀다. 그의 팔뚝에 다시 상처가 났다. 그의 가슴에도 상처가 났다. 그는 기회를 잡아 쿠치예로를 향해 칼을 두 번 휘둘렀다. 쿠치예로는 회교 수도승처럼 우아한 몸짓으로 칼날을 피했다. 두 사람이 가까이 오자 식탁에 앉아 있던 죄수들이 전선에 앉아 있다 날아가는 새처럼 차례로 조용히 일어났다. 존 그래디가 다시 기회를 잡아 식판을 내려치자 쿠치예로가 주저앉았다. 순간 얼어붙은 듯 여윈 다리를 구부정하니 내밀고 손을 쭉 뻗은 모습이, 그 안에 살고 있던 여윈 구릿빛 난쟁이가 튀어나온 것만 같았다. 칼이 가슴을 스쳤다 다시 되돌아왔다. 쿠치예로는 그의 눈을 똑바로 보며 몸을 웅크린 채 믿기지 않을 만큼 재빨리 이리저리 움직일 듯 자세를 취하다 두 발로 우뚝 섰다. 죄수들은 죽음이 다가오는지를 보기 위해 두 사람을 지켜보고 있었다. 전에 죽음을 본 적이 있는 이들은 죽음이 어떤 빛깔로 오는지, 마침내 도달했을 때 어떤 모습인지를 잘 알고 있었다.

식판이 쨍그렁 하며 타일 바닥에 떨어졌다. 그는 자신이 식판을 떨어트렸다는 사실을 깨달았다. 가슴에 손을 대 보았다. 끈적끈적한 피가 흘러나오고 있었다. 그는 손을 바지 자락에 문질렀다. 쿠치예로가 자신의 움직임을 볼 수 없게 식판으로 그의 눈을 가렸다. 마치 그에게 무언가를 읽도록 간청하는 것 같았다. 하지만 식판에는 수만 번의 식사가 남긴 오목한 흔적 외에는 아무것도 없었다. 존 그래디는 뒤로 물러났다. 그리고 서서히 바닥에 주저앉았다. 팔이 힘없이 늘어지고 다리가 비스듬히 접히고 등이 벽에 부딪혔다. 쿠치예로가 식판 든 손을 낮추었다. 그리고 식판을 식탁에 슬며시 내려놓았다. 그는 몸을 숙여 존 그래디의 머리를 움켜쥐고 목을 뒤로 꺾어 칼을 들이댔다. 그 순간 존 그래디가 바닥에서 칼을 주워 쿠치예로의 심장에 깊숙이 찔러 넣었다. 그 상태로 손잡이를 획 돌리자 칼날이 몸 안에서 우두둑 부러졌다.

쿠치예로의 칼이 쨍그렁 바닥에 떨어졌다. 푸른 작업복의 왼쪽 주머니에 피어오른 붉은 꽃 위로 동맥의 시뻘건 피가 부채를 펼치듯 뿜어져 나왔다. 쿠치예로는 무릎을 꿇고 적의 품에 안겨 죽음으로 떨어졌다. 식당에 있던 죄수 중 몇몇은 벌써 일어나 자리를 뜨려 했다. 혼잡을 피하고자 하는 극장 관객들처럼. 존 그래디는 부러진 칼 손잡이를 던지고 축 늘어진 기름 바른 머리를 떠밀었다. 그는 옆으로 몸을 굴려 필사적으로 쿠치예로의 칼을 찾았다. 그러곤 시체를 밀쳐 내고 식탁을 붙잡아 힘겹게 일어났다. 피의 무게로 옷이 축 늘어졌다. 그는 식탁을 따라 뒷걸음치다 비틀거리며 문으로 가 빗장을 열고서 깊은 푸른빛 황혼을 향해 비틀비틀 걸어갔다.

식당 불빛이 운동장을 가로지르며 복도처럼 길게 늘어졌다. 죄수들이 문으로 몰려와 그를 바라봤고 불빛이 검은 어스름 속으로 불쑥불쑥 녹아들었다. 아무도 그를 따라 나오지 않았다. 그는 손으로 배를 움켜쥔 채 조심스레 앞으로 나아갔다. 벽 위쪽에 늘어선 커다란 조명 기구에 언제 빛이 들어올지 몰랐다. 그는 조심스레 걸어갔다. 피가 부츠에 뚝뚝 떨어졌다. 그는 손에 든 칼을 쳐다보고는 내던졌다. 첫 번째 호각이 울리면 벽을 따라 조명 기구에 빛이 들어올 것이었다. 머리가 몽롱해지더니 기묘하게도 고통이 느껴지지 않았다. 손이 피로 끈적거렸고 손가락 사이로 피가 뚝뚝 새어 나왔다. 불이 켜지고 호각이 울릴 것이었다.

첫 번째 강철 사다리까지 반 정도 이르렀을 때 키다리 사내가 쫓아와 그에게 말을 걸었다. 그는 몸을 돌려 등을 웅크렸다. 어둠 때문에 사내는 그에게 칼이 없다는 사실을 모를 것이었다. 그가 얼마나 피를 흘리며 서 있는지 역시 모를 것이었다.

벤 콘미고. 에스타 비엔.(함께 가지. 걱정 말게.) 사내가 말했다.

노 메 몰레스테.(상관하지 마.)

층층이 놓인 검은 감옥 벽이 깊은 청록빛 하늘을 향해 끝없이 쓰러졌다. 어디에선가 개가 짖어 댔다.

엘 파드로테 키에레 아유다를레.(페레스 씨께서 자네를 돕고 싶어 하시네.)

만데?(뭐라고?)

사내가 그 앞에 멈춰 섰다. 벤 콘미고.(함께 가지.)

사내는 바로 페레스의 부하였다. 그가 손을 뻗었다. 존 그래디는 뒤로 물러섰다. 부츠가 건조한 운동장 바닥에 축축한 핏자국을 남겼다. 불이 켜질 것이었다. 호각이 울릴 것이었다. 그는 돌아서서 발을 뗐지만 무릎이 말을 듣지 않았다. 그는 결국 쓰러졌고, 다시 일어났다. 마요르도모(집사)가 도우려고 팔을 뻗었지만 그는 뿌리치다가 다시 쓰러졌다. 세상이 빙글빙글 돌았다. 그는 무릎을 꿇은 채 일어나려고 땅에 손을 짚고서 힘껏 힘을 주었다. 두 손 사이로 피가 뚝뚝 떨어졌다. 비스듬하던 시커먼 담장이 하늘로 치솟아 올라갔다. 깊은 청록빛 하늘로. 그는 모로 누웠다. 페레스의 부하가 그를 향해 몸을 숙였다. 그러곤 그를 안아 올려 운동장을 가로질러 페레스의 집으로 들어갔다. 불이 켜지고 호각이 불리는 동시에 문이 걷어차여 쿵 하고 닫혔다.

그는 소독약 냄새가 풍기는 암흑천지의 돌방에서 깨어났다. 무엇이 있나 싶어 손을 뻗는데 온몸에 고통이 덮쳐 왔다. 어떤 존재가 웅크리고 앉아 그가 휘젓기를 조용히 기다리고 있는 것만 같았다. 그는 손을 도로 내려놓고 고개를 돌렸다. 어둠 속에서 가느다란 막대가 빛을 발했다. 귀를 기울였지만 아무 소리도 들리지 않았다. 그가 내쉬고 들이쉬는 모든 숨결이 면도날인 듯 고통스러웠다. 잠시 후 다시 손을 뻗자 차가운 벽이 손에 닿았다.

올라.(여보세요.) 그가 말했다. 목소리는 약하고 가느다랬다.

그는 뻣뻣하게 굳은 얼굴을 찡그렸다. 그리고 다시 힘을 끌어 모았다. 올라.(여보세요.) 방 안에 누군가가 있었다. 분명히 느껴졌다.

키엔 에스타?(거기 누구세요?) 하지만 아무런 대답이 없었다.

방 안에는 아까부터 누군가가 있었다. 방 안에는 아무도 없었다. 방 안에는 아까부터 누군가가 있었고 여전히 머물러 있지만 또한 아무도 없었다.

그는 붕 뜬 채 빛을 발하는 가느다란 막대를 바라보았다. 문 아래 틈새로 들어오는 빛이었다. 그는 귀를 기울였다. 그는 방이 자그마한 것 같아 숨을 멈추고 귀를 기울였다. 방이 작다면 어둠 속에서 숨 쉬는 소리가 들릴 것이기 때문이었다. 숨을 쉬기만 한다면 말이다. 하지만 아무 소리도 들리지 않았다. 자신이 죽은 것은 아닐까 하는 생각이 들자 절망 속에서 슬픔이 물밀듯이 밀려와 그는 아이처럼 울음을 터트렸다. 하지만 너무나 고통스러워 울음을 멈출 수밖에 없었다. 그는 즉시 숨을 들이쉬고 내쉬며 새로운 삶을 시작했다.

그는 일어나 문을 열리라 확신하며 오랜 시간 일어날 준비를 했다. 먼저 몸을 뒤집었다. 한 번에 힘껏 몸을 돌리자 어마어마한 고통에 정신이 먹먹해졌다. 그는 숨을 내쉬었다. 그리고 손을 아래로 뻗었다. 아무것도 만져지지 않았다. 그는 천천히 다리를 침대 가장자리로 늘어뜨리고서 있는 힘껏 일어났다. 발이 바닥에 닿았다. 그는 팔꿈치를 침대에 받치고 휴식을 취했다.

그렇게 문에 이르렀지만 문은 잠겨 있었다. 그는 발바닥으로 바닥의 차가운 감촉을 느끼며 서 있었다. 자신이 무엇인가로 칭칭 감겨 있었다. 다시 피가 나기 시작했다. 그것이 느껴졌다. 그는 차가운 금속 문에 얼굴을 기대고 서 있었다. 얼굴에 붕대가 감겨 있음이 느껴졌다. 그는 손으로 붕대를 더듬었다. 불현듯 갈증이 솟구쳤다. 그는 오랫동안 그렇게 서 있다가 다시 침대로 돌아갔다.

문이 열리자 눈부신 빛이 밀려왔다. 흰옷을 입은 여사제가 아니라 얼룩지고 주름진 카키색 옷을 걸친 데만다데로(심부름꾼)가 포솔레를 두 국자 정도 퍼 담아 넘쳐흐르는 그릇과 오렌지 소다수를 따른 컵이 담긴 철제 식판을 들고 있었다. 존 그래디 또래로 보였다. 그는 뒷걸음질로 방에 들어와 돌아서서 주위를 살폈지만 침대에만은 눈길을 주지 않았다. 방에는 침대와 바닥에 놓인 양동이 외에는 아무것도 없었다. 식판을 둘 만한 곳이 전혀 없었다.

그가 침대 쪽으로 걸어오다 우뚝 멈췄다. 그리고 거북한 듯 위협적인 표정이 되더니 식판을 움직여 보였다. 존 그래디는 조심스럽게 몸을 움직여 일어나 앉았다. 이마에 땀이 방울방울 맺혔다. 그는 꺼칠꺼칠한 면 가운을 입고 있었는데 아까 새어 나온 피는 이미 말라 있었다.

다메 엘 레프레스코. 나다 마스.(물 좀 주세요. 다른 건 필요 없습니다.)

나다 마스?(다른 건 필요 없다고?)

노.(네.)

그는 데만다데로가 건네는 오렌지 소다수 컵을 받아 들고 돌로 된 자그마한 방을 둘러보았다. 머리 위에는 달랑 전구 하나가 철망에 갇혀 있었다.

라 루스, 포르 파보르.(불 좀 켜 주세요.)

데만다데로가 고개를 끄덕이고 문가로 가더니 몸을 돌려 쾅 하고 문을 닫았다. 어둠 속에서 빗장이 철컥 채워졌다. 그리고 불이 켜졌다.

그는 복도를 걸어가는 발소리에 귀를 기울였다. 그리고 침묵에. 그는 컵을 들어 올려 소다수를 조금씩 마셨다. 미지근한 데다 톡 쏘는 맛은 없었지만 꿀맛이었다.

그는 사흘을 그렇게 누워 있었다. 잠자고 눈을 뜨고 다시 잠을 잤다. 누군가가 불을 껐는지 그는 어둠 속에서 눈을 떴다. 소리쳐 보았지만 아무런 대답이 없었다. 그는 고시에서 지냈던 아버지에 대해 생각했다. 아버지가 그곳에서 어떤 끔찍한 일을 겪었다는 것은 알고 있었지만 정확히 무슨 일인지는 알고 싶지 않다고 늘 생각했다. 하지만 지금 그는 그 일에 대해 간절히 알고 싶었다. 그는 아버지에 대해 모르는 것들을 생각하며 어둠 속에 누워 있다가 문득 깨달았다. 앞으로도 더 이상 알 수 없을 거라고. 그는 알레한드라에 대해서는 생각하지 않았다. 앞으로 어찌 될지, 얼마나 더 나빠질지 알 수 없기 때문이기도 했지만 그녀에 대한 생각은 아껴 두는 편이 낫다고 여겼기 때문이었다. 그래서 그는 말에 대해서 생각했다. 언제 어느 때이든 말이 생각의 대상으로서 부적절한 경우는 없었다. 누군가가 다시 불을 켰는지 전구가 계속해서 빛을 발했다. 잠이 든 그는 해골 모습을 한 죽음을 마주하고서 꿈에서

꼈다. 죽음의 검은 눈구멍에는 생각이라고는 엿볼 수 없는, 모두가 알고 있으나 차마 입 밖에 꺼내지 못하는 끔찍한 지혜만이 보이는 공허가 자리하고 있었다. 그는 눈을 뜨는 순간 그 방에 있던 사람이 죽은 이임을 깨달았다.

이어서 문이 열리고 푸른색 옷을 입고 가죽 가방을 든 사내가 들어왔다. 사내는 웃으며 건강은 좀 어떻느냐고 물었다.

메호르 케 눈카.(더 이상 좋을 수 없지요.)

사내는 다시 웃었다. 그리고 가방을 침대에 놓고서 수술용 가위를 꺼내더니 가방을 다시 침대 발치로 밀어 놓고 피가 묻은 시트를 잡아당겼다.

키엔 에스 우스테드?(누구시죠?) 존 그래디가 물었다.

사내는 놀란 표정이었다. 난 의사라네.

끝이 삽 모양인 가위가 피부에 닿자 차가움이 밀려왔다. 의사는 피로 얼룩진 허리의 붕대를 가위로 잘랐다. 붕대를 모두 치우고 의사와 환자는 기운 자국을 내려다보았다.

비엔, 비엔.(아주 좋아.) 의사가 말하고는 꿰맨 자리를 두 손가락으로 눌렀다. 부에노.(잘 아물었어.)

그는 꿰맨 자리를 소독제로 닦고서 거즈를 붙인 다음 환자가 일어나 앉도록 거들었다. 그러곤 가방에서 커다란 붕대 뭉치를 꺼내 존 그래디의 허리를 칭칭 감았다.

내 어깨에 손을 얹게.

네?

내 어깨에 손을 얹으라고. 염려 말고.

그가 의사의 어깨에 손을 얹자 의사는 붕대를 마저 감았다.

부에노. 부에노.(좋았어. 좋아.)

의사가 허리를 쭉 펴고 가방을 닫고는 환자를 바라보았다.

비누와 수건을 보내겠네. 깨끗하게 닦도록 하게.

알겠습니다.

아주 빨리 낫는군.

네?

아주 빨리 낫는다고. 의사는 고개를 끄덕이며 미소를 짓고는 돌아서서 나갔다. 빗장이 닫히는 소리가 나지는 않았지만 여기서 나간다 해도 달리 갈 곳이 없었다.

다음 방문객은 생전 처음 보는 사람이었다. 군복 같아 보이는 옷을 입고 있었다. 사내는 자신이 누구인지 말하지 않았다. 그를 데려온 간수는 문을 닫고서 그 앞에 서 있었다. 사내는 침대 앞에 서더니 부상당한 영웅이라도 만나듯이 모자를 벗었다. 그리고 셔츠 가슴주머니에서 빗을 꺼내 기름칠한 머리를 가르마를 따라 양쪽으로 빗고서 다시 모자를 썼다.

얼마나 지나야 걸을 수 있겠나?

제가 걸어서 어디로 가야 하는데요?

자네 집으로.

지금 당장 걸을 수 있습니다.

사내는 입술을 오므리고는 그를 꼼꼼히 살폈다.

어디 보지.

그는 이불을 걷고서 몸을 옆으로 굴려 바닥에 발을 내렸다. 그리고 걸어갔다 되돌아왔다. 걸음을 옮기자 닳아서 번들거리는 돌바닥에 축축한 흔적이 생겨났지만 그 세계의 이야기가 그러하듯 이내 사라졌다. 이마에 맺힌 땀이 파르르 떨렸다.

자네는 정말 운이 좋아.

별로 그런 것 같지는 않은데요.

운이 좋아. 사내가 되풀이해 말했다. 그리고 고개를 끄덕이고 방을 나갔다.

그는 잠이 들었다 깨어났다. 식사가 들어오는 것만으로 낮과 밤을 구분했다. 그는 거의 먹지 않았다. 마침내 그들은 구운 닭고기 반 마리와 쌀과 배 통조림을 가져왔다. 그는 한 입 한 입 천천히 음미하며, 바깥에서 일어났을, 혹은 일어나고 있을, 혹은 일어날 여러 시나리오를 생각했다가 또 아닐 거라고 결론지었다. 그는 여전히 캄포에 끌려가 총살당할지 모른다고 생각하고 있었다.

그는 걷는 연습을 계속했다. 소맷자락으로 식판의 아랫면을 닦아 광을 내어 방 한가운데 전구 아래 서서 비틀린 철판 위에 반사된 얼굴을 유심히 바라보았다. 얼굴은 마치 식판 속에 갇혀 무력하게 노여워만 하는 램프의 요정 지니 같았다. 그는 얼굴에 감은 붕대를 풀고 꿰맨 자국을 살피며 손으로 더듬었다.

그가 잠에서 깨어 눈을 뜨니 문이 열려 있고 데만다데로가 옷과 부츠를 들고 서 있었다. 데만다데로는 짐을 바닥에 툭 떨구었다. 수스 프렌다스.(네 옷이야.) 그러고는 문을 닫고 나갔다.

그는 환자복을 벗고서 비누와 헝겊으로 몸을 씻고 수건으로 닦은 후 옷을 입고 부츠를 신었다. 누군가가 부츠에 떨어진 피를 깨끗이 씻어 놓았지만 아직 덜 말라 축축했다. 다시 부츠를 벗으려고 했지만 벗을 힘이 없었다. 그래서 그 차림 그대로 침대에 누워 다음에 무슨 일이 일어날지 기다렸다.

간수 두 명이 왔다. 그들은 열린 문가에 서서 그가 다가오기를 기다렸다. 그는 일어나 걸어갔다.

그들은 복도와 작은 안뜰을 지나 건물의 다른 구역으로 들어갔다. 또 다른 복도를 지나 어느 문 앞에 이르자 간수들이 노크를 한 다음 문을 열었다. 간수 하나가 그에게 안으로 들어가라고 손짓했다.

책상에는 감방에 와서 그가 걸을 수 있는지 확인했던 코만단테(지휘관)가 앉아 있었다.

여기 앉게. 코만단테가 말했다.

그는 앉았다.

코만단테는 책상 서랍을 열어 봉투를 하나 꺼내 책상 너머로 건넸다.

받게.

존 그래디는 봉투를 받았다.

롤린스는 어디 있습니까?

뭐라고?

돈데 에스타 미 콤파드레.(제 친구는 어디에 있습니까.)

아, 자네 친구.

네.

밖에서 기다리고 있네.

우린 어디로 보내집니까?

나가네. 집으로 돌아가게.

언제요.

뭐라고?

쿠안도.(언제요.)

지금. 다시 볼 일은 없었으면 좋겠군.

코만단테가 손을 저었다. 존 그래디는 한 손으로 의자 등받이를 짚고 일어나 몸을 돌려 문 밖으로 나갔다. 그와 간수들이 복도를 따라 건물을 나와 초소가 있는 문에 이르자 롤린스가 전에 입던 것과 비슷한 옷차림으로 기다리고 있었다. 5분 후 그들은 쇠 장식이 붙은 거대한 나무 문 앞의 거리에 나와 있었다.

거리에 버스가 서 있기에 그들은 힘겹게 몸을 움직여 버스에 올라탔다. 안으로 들어가는데 빈 광주리와 바구니를 들고 의자에 앉아 있던 여인이 그들에게 뭐라고 나직이 중얼거렸다.

네가 죽은 줄 알았어. 롤린스가 말했다.

나도 네가 죽은 줄 알았어.

어떻게 된 거야?

나중에 말해 줄게. 일단 여기 앉자. 말은 그만 하고. 그냥 조용히 앉아 있자.

괜찮아?

그래. 괜찮아.

롤린스는 고개를 돌려 창밖을 바라보았다. 무엇을 보나 회색빛으로 정지되어 있었다. 거리에 빗방울이 떨어지기 시작했다. 빗방울은 종처럼 외로이 버스의 지붕을 두드렸다. 길 저 아래로 대성당의 둥근 지붕을 받치고 있는 아치형 버팀목과 높다란 종탑이 보였다.

난 평생 위험이 바로 코앞에 와 있다는 느낌이 들었어. 위험에 빠질 것 같은 게 아니라 그냥 위험이 항상 거기 있다는 느낌 말이야.

그냥 조용히 앉아 있기나 하자. 존 그래디가 말했다.

그들은 거리로 쏟아지는 빗방울을 바라보았다. 그 여인도 조용히 앉아 있었다. 밖이 점점 어두워져 햇살이 보이기는커녕 해가 하늘 어디에 있는지도 알 수 없었다. 버스에 여자 두 명이 올라타 자리에 앉자 운전사가 팔을 휘둘러 문을 닫고서 거울로 뒤쪽을 살핀 뒤 기어를 넣고 차를 출발시켰다. 여자들 몇몇이 손으로 유리창을 닦아 멕시코의 회색 비 속에 서 있는 감옥을 바라보았다. 오래전에, 옛 왕국 시절에 외부에서 온 적들이 사방을 에워쌌던 유적지라도 되는 양.

몇 블록 정도 달리자 버스는 중심가에 들어섰다. 그들이 조심스레 일어나 버스에서 내리니 플라사(광장)에는 이미 가스등에 불이 들어와 있었다. 그들은 여러 정문들을 지나 천천히 광장 북쪽으로 걸어가 비를 맞으며 주변을 둘러보았다. 고동색 밴드 유니폼을 입은 사내 넷이 악기를 든 채 벽에 붙어 서 있었다. 존 그래디는 롤린스를 바라보았다. 롤린스는 모자도 쓰지 않고 쪼그라든 옷을 입은 채 멍하니 있다가 걸음을 옮겼다.

우선 뭐라도 먹자.

돈이 없잖아.

내게 있어.

돈이 어디서 났어?

돈이 가득 든 봉투를 받았어.

그들은 식당으로 들어가 자리에 앉았다. 웨이터가 다가와 그들 앞에 메뉴판을 놓고 갔다. 롤린스가 창밖을 바라보았다.

스테이크 먹자. 존 그래디가 말했다.

좋아.

우선 먹고 호텔 방을 잡아서 깨끗이 씻고 푹 자는 거야.

좋아.

그가 스테이크와 감자튀김과 커피를 2인분씩 시키자 웨이터는 고개를 끄덕이고 메뉴판을 가져갔다. 존 그래디는 일어나 느릿느릿 카운터로 가서 담배 두 갑과 1센토스짜리 성냥을 샀다. 식탁에 앉아 있던 사람들이 걸어가는 그를 쳐다보았다.

롤린스는 담배에 불을 붙이고 고개를 들었다.

왜 우리가 안 죽은 거지?

그녀가 우리 몸값을 냈어.

세뇨라(마님)가 말이야?

그래, 그 고모할머니.

왜?

나도 몰라.

돈도 그 사람이 준 거야?

그래.

그 여자 애랑 관련 있지?

그런 것 같아.

롤린스는 담배를 피웠다. 그리고 창밖을 바라보았다. 밖에는 이미 땅거미가 깔려 있었다. 거리는 빗물로 축축했고 식당과 광장 가로등의 불빛이 검은 물웅덩이에서 피를 뚝뚝 흘리며 쓰러져 있었다.

달리 설명할 방법이 없잖아?

그래.

롤린스는 고개를 끄덕였다. 난 달아날 수도 있었어. 병동에서 말이야.

왜 안 그랬어?

나도 몰라. 안 달아났다니, 내가 바보 같지?

글쎄. 그래, 아마도.

너라면 어떡했을 거야?

너 혼자 남겨 두지는 않았겠지.

그래. 넌 그럴 놈이야.

그렇다고 그게 바보짓이 아니라는 뜻은 아니야.

롤린스는 웃음을 지을 듯하더니 그냥 고개를 돌려 버렸다.

웨이터가 커피를 가져왔다.

거기 다른 사람이 하나 더 있었어. 온몸을 칼로 찔렸더군. 아마 그리 나쁜 녀석은 아니었을 거야. 주머니에 몇 달러, 아니 몇 페소 찔러 넣고서 토요일에 나갔어. 정말 안됐더군.

왜?

죽었거든. 사람들이 그 녀석을 들고 나가는데, 그 꼴을 본인이 직접 봤다면 얼마나 기묘했을까 싶더라고. 내 일도 아닌데 내 기분이 그랬으니 본인이야 오죽하겠어. 사람이 계획을 세우고 죽는 건 아니잖아?

그렇지.

롤린스는 고개를 끄덕였다. 그 녀석들이 내 몸에 멕시코인

피를 넣었어.

그는 고개를 들었다. 존 그래디는 담배에 불을 붙이고 있었다. 그는 성냥을 흔들어 꺼 재떨이에 던지고 롤린스를 바라보았다.

그랬군.

그게 무슨 의미겠니? 롤린스가 말했다.

의미라니?

내가 일부는 멕시코인이라는 거잖아?

존 그래디는 의자에 등을 기대어 담배 연기를 공기 중에 내뿜었다. 일부는 멕시코인이라고?

그래.

피를 얼마나 넣었는데?

1리터 좀 넘게 넣었대.

좀이 얼마야?

나도 몰라.

1리터 정도면 튀기라고 해도 과언이 아닌데.

롤린스가 그를 쳐다보았다. 말도 안 돼.

물론 말도 안 되지. 피는 그냥 피일 뿐이야. 어디서 온 피든 상관없어.

웨이터가 스테이크를 가져왔다. 그들은 먹었다. 그는 롤린스를 살펴보았다. 롤린스가 고개를 들었다.

왜?

아니야.

그 망할 곳에서 나왔는데 표정이 왜 그 모양이야?

나도 너를 보고 같은 생각을 하고 있었어.

롤린스는 고개를 끄덕였다. 그래.

이제 어떡할래?

집에 가야지.

좋았어.

그는 식사를 계속했다.

너 거기로 돌아갈 거지? 롤린스가 물었다.

그래, 그럴 것 같아.

그 여자 애 때문에?

그래.

말은?

그녀와 말 때문이지.

롤린스는 고개를 끄덕였다. 그 애가 네가 돌아오기를 기다리고 있을 것 같아?

나도 몰라.

그 마님이라는 사람은 널 보면 분명 놀랄 거다.

안 그럴걸. 아주 영리한 사람이야.

로차 씨는 어쩌고?

해야 할 일을 하겠지.

롤린스는 뼈만 남은 접시에 포크와 칼을 가로질러 놓고서 담배를 꺼내 들었다.

가지 마.

이미 마음먹었어.

롤린스는 담배에 불을 붙이고 성냥을 흔들어 껐다. 그리고 고개를 들었다.

그 애가 할망구와 어떤 거래를 했는지 뻔해.

나도 알아. 하지만 그 애한테서 직접 들을 거야.

그럼 그 말을 듣고 나면 돌아올 거야?

그래, 돌아갈 거야.

좋았어.

말들도 꼭 되찾을 거야.

롤린스는 고개를 젓다가 외면해 버렸다.

같이 가자고는 안 하겠어. 존 그래디가 말했다.

나도 알아.

넌 괜찮을 거야.

당연하지.

롤린스는 담뱃재를 털고 손바닥으로 눈을 누르다가 창밖을 바라보았다. 밖에는 다시 비가 내리고 있었다. 거리에는 돌아다니는 차도, 사람도 전혀 보이지 않았다.

저쪽에서 꼬마 애가 신문을 팔고 있군. 아무도 없는데 셔츠 안에 신문을 넣고 서서 고함을 지르고 있어.

그는 손등으로 눈을 비볐다.

젠장.

왜 그래?

아무것도 아니야. 그냥 젠장맞아서 말이야.

뭐가?

블레빈스 생각이 계속 나잖아.

존 그래디는 아무 말도 하지 않았다. 롤린스는 고개를 돌려 그를 바라보았다. 눈이 축축이 젖어 있고 얼굴은 늙고 슬퍼 보였다.

그냥 그렇게 데려가서 그렇게 보내 버리다니, 도저히 믿기지가 않아.

그래.

그 애가 얼마나 무서웠을까 하는 생각이 계속 떠올라.

집에 돌아가면 괜찮아질 거야.

롤린스는 고개를 젓고는 다시 창밖을 바라보았다. 안 그럴 것 같아.

존 그래디는 담배를 피우며 친구를 유심히 바라보았다. 잠시 후 그가 말했다. 나는 블레빈스와 달라.

그래, 다르지. 하지만 그 애보다 얼마나 나은지는 모르겠어.

존 그래디는 담배를 비벼 껐다. 나가자.

그들은 파르마시아(잡화점)에서 칫솔과 비누를 사서 알다마 거리로 두 블록 내려가다 호텔로 들어가 방을 잡았다. 방 열쇠는 나무 손잡이로 된 열쇠고리에 달린 흔한 것이었다. 나무 손잡이에 써 있는 방 번호는 불에 달군 철사로 새긴 것이었다. 그들은 가랑비를 맞으며 타일이 깔린 안뜰을 지나 방을 찾아서 문을 열고 불을 켰다. 침대에서 웬 사내가 벌떡 일어나 그들을 바라보았다. 그들은 몸을 돌려 불을 끄고 문을 닫고는 프런트로 향했다. 호텔 직원이 다른 열쇠를 건넸다.

방은 밝은 녹색이었고 한구석에 설치된 샤워기에는 방수천 커튼이 고리 하나에 의지해 달려 있었다. 존 그래디가 샤워기를 틀자 잠시 후 수도관에서 뜨거운 물이 쏟아졌다. 그는 다시 샤워기를 잠갔다.

먼저 씻어.

너 먼저 해.

난 붕대를 풀어야 하잖아.

롤린스가 샤워를 하는 동안 그는 침대에 앉아 붕대를 풀었다. 롤린스가 물을 잠그고 커튼을 열고서 나달나달 해진 수건으로 몸을 닦았다.

우린 정말 기똥찬 놈들이야. 안 그래?

그래.

실밥은 어떻게 뽑을 거야?

의사를 찾아보면 되겠지 뭐.

꿰맬 때보다 풀 때 더 아픈 법이야.

그래.

알고 있었어?

물론이지.

롤린스는 허리에 수건을 두르고 맞은편 침대에 앉았다. 돈이 든 봉투는 탁자 위에 놓여 있었다.

얼마나 넣었던?

존 그래디는 고개를 들었다. 나도 몰라. 보기보다는 얼마 안 될걸. 네가 한번 세어 봐.

롤린스는 봉투를 집어 들고 침대에 앉아 지폐를 세었다.

970페소야.

존 그래디는 고개를 끄덕였다.

그럼 얼마가 되는 거야?

120달러쯤.

롤린스는 탁자 유리에 지폐 뭉치를 툭툭 치고서 다시 봉투에 집어넣었다.

둘로 나눠. 존 그래디가 말했다.

필요 없어.

필요 없긴 뭐가 없냐.

난 집에 갈 거야.

그래서 뭐가 어쨌다고. 반은 네 거야.

롤린스는 일어나 철제 침대 발판에 수건을 걸치고 이불을 젖혔다. 너야말로 한 푼이 아쉬운 신세이면서.

그가 샤워를 마치고 나오니 잠든 줄 알았던 롤린스가 여태 깨어 있었다. 존 그래디는 방을 가로질러 불을 끄고 되돌아와 조심스레 침대에 누웠다. 그는 어둠 속에서 거리의 소음과 안뜰에 떨어지는 빗소리에 귀 기울였다.

너 기도해 본 적 있어? 롤린스가 말했다.

그래. 가끔씩 해. 일종의 습관인 것 같아.

롤린스는 오랫동안 말이 없다가 다시 물었다. 네가 저지른 짓 중에 가장 나쁜 짓이 뭐야?

글쎄. 내가 정말 나쁜 짓을 했다면 그걸 뭐 하러 말하겠어. 그런 건 왜 물어?

그냥. 병원에 있을 때, 내가 여기 올 만한 이유가 있으니까 왔다는 생각이 들었거든. 그런 생각 안 들던?

가끔은.

그들은 어둠 속에서 귀 기울이며 가만히 누워 있었다. 누군가가 파티오를 가로질러 갔다. 문이 열리고 다시 닫혔다.

너는 나쁜 짓 한 것 없어. 존 그래디가 말했다.

한번은 라몬트랑 둘이서 트럭에 사료를 잔뜩 싣고 스털링시티에 가서 멕시코인들에게 팔아 돈을 챙겼어.

그게 무슨 가장 나쁜 짓이야.

그것만이 아니야.

계속 늘어놓을 셈이면 난 담배나 한 대 피워야겠다.

알았어, 입 다물게.

그들은 어둠 속에서 조용히 누워 있었다.

무슨 일이 있었는지 알고 있지? 존 그래디가 말했다.

식당에서 말이야?

그래.

응.

존 그래디는 탁자에 팔을 뻗어 담뱃갑을 집어 담배에 불을 붙이고 성냥을 껐다.

설마 내가 그런 짓을 할 줄은 상상도 못 했어.

선택의 여지가 없었잖아.

그래도 마찬가지야.

네가 안 그랬으면 그 녀석이 그랬을 거야.

존 그래디는 담배를 피우며 보이지 않는 연기를 어둠 속으로 내뿜었다. 좋게 말하려고 애쓸 것 없어. 그게 그거지, 뭐.

롤린스는 대꾸하지 않았다. 잠시 후 그가 입을 열었다. 칼은 어디서 구했어?

바우티스타 형제들한테서. 마지막 남은 45페소로 샀지.

블레빈스의 돈 말이군.

그래. 블레빈스의 돈.

롤린스가 옆으로 눕자 철제 침대에서 스프링이 요란스레 삐걱댔다. 그는 어둠 속에서 친구를 바라보았다. 붉게 빛나는 담뱃불 뒤로, 아무렇게나 수선한 빨간 연극용 가면 같은 얼굴과 뺨을 가로지르는 실밥이 나타났다 사라져 갔다.

칼을 살 때부터 어떻게 될지 알고 있었어.

넌 아무 잘못 없어.

담뱃불이 타오르다 빛을 잃었다. 나도 알아. 하지만 넌 안 겪어 봐서 몰라.

아침에 다시 비가 내렸다. 그들은 이쑤시개를 입에 물고 어제의 그 식당 앞에 서서 광장에 내리는 비를 바라보았다. 롤린스가 유리창에 자신의 코를 비추었다.

끔직한 게 뭔지 알아?

뭔데?

이런 꼬락서니로 가족들 앞에 나타나는 것.

존 그래디는 친구를 바라보다가 홱 고개를 돌렸다. 하긴 꼴이 오죽해야지.

그러는 너는 뭐 번쩍번쩍한 줄 아니?

존 그래디는 씨익 웃었다. 가자.

그들은 빅토리아 거리의 신사용품점에서 새 옷과 모자를 사서 갈아입고 나와 추적추적 내리는 비를 맞으며 버스 터미널로 걸어가 롤린스가 타고 갈 누에보라레도행 표를 한 장 끊었다. 빳빳한 새 옷 차림으로 그들은 모자를 옆 의자에 뒤집어 올려놓고 터미널 식당에 앉아 커피를 마시며 롤린스가 타고 갈 버스의 안내 방송이 나오기를 기다렸다.

이 차야. 존 그래디가 말했다.

그들은 일어나 모자를 쓰고 탑승구로 향했다.

롤린스가 말했다. 조만간 만날 수 있겠지.

몸조심해.

그래. 너도.

롤린스가 돌아서서 표를 건네니 운전사가 펀치로 구멍을 뚫고 되돌려 주었다. 그는 뻣뻣한 동작으로 버스에 올랐다. 존 그래디는 롤린스가 버스 통로를 걸어가는 것을 지켜보며 서 있었다. 그의 예상과는 달리 친구는 창가가 아니라 통로 건너편 자리에 앉았다. 존 그래디는 잠시 서 있다가 돌아서서 터미널을 빠져나와 비를 맞으며 천천히 호텔로 돌아갔다.

그는 외과의사 명단을 구해 고지대 사막의 자그마한 도시를 차례대로 훑었지만 그가 원하는 치료를 해 줄 의사는 단 한 명도 없었다. 매일 좁은 거리를 돌아다니느라 모든 길모퉁이와 카예혼(골목길)을 완전히 익혔을 정도였다. 일주일째에야 얼굴의 실밥을 제거할 수 있었다. 그가 평범한 금속 의자에 앉아 있는 동안 의사는 콧노래를 부르며 싹둑싹둑 가위질을 하고 겸자로 실을 뽑았다. 의사는 시간이 지나면 흉터가 한결 보기 좋아질 것이라고 말했다. 그러고는 지금은 흉터를 보지 말라고 권했다. 의사는 흉터 위에 붕대를 감고 50페소를 청구한 다음 닷새 후 다시 오면 배의 실밥을 제거해 주겠다고 했다.

일주일 후 그는 북쪽으로 향하는 트럭 짐칸에 올라 살티요를 떠났다. 날은 선선했고 구름이 잔뜩 끼어 있었다. 트럭 짐칸에는 커다란 디젤 엔진이 사슬로 묶여 있었다. 잠시 후 그는 모자를 눈 아래로 깊숙이 눌러 쓰고 일어나 트럭 운전석 지붕에 양손을 짚었다. 그는 그렇게 계속 서 있었다. 마치 시골에 소식을 전하는 사람인 양. 산을 넘고 황야를 건너 북쪽 몽클로바로 향하는, 새로이 발견한 복음의 전도사인 양.

4부

파레돈 건너편 사거리 정거장에서 트럭 짐칸에 농부 다섯 명이 올라타 그에게 고개를 끄덕이더니 예의 바르면서도 조심스럽게 말을 걸었다. 벌써 땅거미가 내려앉아 사방이 어둑했는데, 이슬비에 온몸이 축축이 젖었는지 정거장의 노란 불빛이 농부들의 물기 어린 얼굴을 비추었다. 농부들은 사슬에 묶인 엔진 앞에 우르르 몰려 앉았다. 그가 담배를 권하자 고마워하며 하나씩 받고는 비에 젖지 않게 손으로 성냥불을 가린 다음 다시 한번 고마워했다.

데 돈데 비에네?(고향이 어디요?)

데 테하스.(텍사스입니다.)

테하스. 이 돈데 바?(텍사스에서 왔군. 어디 가는 길이오?)

그는 가만히 담배를 피웠다. 그러다가 농부들을 바라보았다. 그중 나이 들어 보이는 사람이 그의 싸구려 새 옷을 턱짓으로 가리켰다.

엘 바 아 베르 아 수 노비아.(애인을 만나러 가는 길인가 보군.)

농부들이 진지한 표정으로 그를 바라보았다. 그는 고개를 끄덕이며 그렇다고 대답했다.

아, 케 부에노.(아, 아주 좋겠구려.) 명예를 획득하여 지키고 의지를 강화하고, 다른 힘을 모두 잃은 후에도 상처를 치료하고 생명을 유지하는 힘을 지닌 이들의 미소와 따뜻한 마음을 그는 이후로도 오랫동안 잊지 않고 되새겼다.

마침내 트럭이 출발하자 농부들은 여전히 서 있는 그에게 여기 앉으라며 짐 꾸러미를 건넸다. 꾸러미 위에 앉은 그는 아스팔트를 달리는 트럭의 콧노래에 맞추어 꾸벅꾸벅 고개를 끄덕였다. 비가 멈추고 밤하늘이 맑게 개자 끝 간 데 없는 어둠 속에서 달이 고속도로를 따라 높이 쳐진 전선 위를 달리며 단 하나의 은빛 음표처럼 타올랐다. 뒤쪽으로 사라져 가는 들판에는 비 덕분에 흙과 곡식과 후추 냄새가 넘실거렸고, 때로는 말 냄새가 풍겨 오기도 하였다. 자정 무렵 트럭은 몽클로바에 도착했다. 그는 농부 한 사람 한 사람과 악수를 나누고 운전석으로 가 운전사에게 고맙다는 말을 하고는 운전석 옆자리에 앉아 있던 두 사람에게도 고개를 끄덕이며 인사했다. 그는 트럭의 자그맣고 붉은 미등이 저 멀리 달려가다 고속도로로 들어서는 것을 가만히 바라보았다. 이제 어두컴컴한 도시에 그만 홀로 남겨졌다.

밤공기가 따스했다. 그는 어느 알라메다의 벤치에서 잠이 들었다가 날이 밝아 가게 문이 열린 후에야 잠에서 깼다. 푸른색 교복을 입은 아이들이 길을 따라 학교에 가고 있었다. 그는 일어나 길을 건넜다. 여자들이 가게 앞 보도를 청소하고, 행상인들이 자그마한 판매대나 탁자에 상품을 진열하며 하루 운수를 점쳐 보고 있었다.

그는 광장 옆 골목에 있는 식당 카운터에 앉아 커피와 판둘세[74]로 아침을 때우고는 파르마시아에서 비누를 사 면도기와 칫솔이 든 재킷 주머니에 넣고서 서쪽으로 뻗은 길을 따라 걷기 시작했다.

그는 프론테라까지 차를 얻어 탄 후 다시 산부에나벤투라까지 차를 얻어 탔다. 정오에 관개 수로에서 몸을 씻고 면도를 한 그는 옷이 마르기를 기다릴 셈으로 재킷을 깔고 누워 햇빛을 받으며 잠을 잤다. 수로 아래쪽에 나무로 만든 자그마한 임시 물막이가 있었는데, 깨어나 보니 벌거벗은 아이들이 그곳에서 물장구를 치며 놀고 있었다. 그는 일어나 재킷을 허리에 둘렀다. 그리고 수로 가장자리에 앉아 아이들을 바라보았다. 여자 아이 두 명이 헝겊으로 덮은 함지 하나를 같이 들고서 수로 옆을 따라 걸어왔다. 나머지 손에는 각각 헝겊으로 덮인 물통이 들려 있었다. 밭에서 일하는 농부들에게 점심을 가져다주는 길이었다. 가슴과 배에 사다리 모양의 시뻘건 흉터를 드러낸 채 반벌거숭이나 다름없는 꼴로 앉아 있는 하얀 피부의 사내에게 여자 아이들은 수줍게 미소 지어 보였다. 그는 조용히 담배를 피우며 진흙투성이 수로에서 멱을 감는 아이들

---

74) 단맛이 나는 멕시코의 빵.

을 바라보았다.

그는 오후 내내 무더위 속에서 쿠아트로시에나가스로 뻗은 메마른 길을 걸어갔다. 길을 가다 마주치는 사람들은 한결같이 그에게 인사를 건넸다. 밭에서 김을 매거나 길가에서 일을 하던 남자와 여자들이 일손을 멈추고서 고개를 끄덕이며 오늘 정말 날이 좋지 않느냐고 물으면 그는 정말 그렇다고 맞장구쳤다. 저녁에는 일꾼 가족들과 함께 천막에서 식사를 했다. 삼줄로 막대를 묶어 만든 식탁에 둘러앉아 대여섯 가족들이 다 같이 저녁을 먹었다. 식탁 위에 지붕 삼아 쳐 놓은 캔버스 천으로 진한 오렌지 빛 햇살이 녹아들면 지붕의 바느질 자국이 그림자가 되어 그들의 얼굴과 옷 위로 떨어졌다. 나무 상자 끄트머리를 잘라 만든 자그마한 판 위에 여자 아이들이 접시를 내려놓았는데, 위태위태한 식탁은 조금도 요동치지 않았다. 상석에 앉은 노인이 그들 모두를 대표하여 기도를 올렸다. 노인은 죽은 이를 기억해 주십사 하고 하느님께 기도한 뒤 하느님의 뜻에 따라 곡식이 자라는 것이니 하느님의 뜻을 저버린다면 곡식도 성장도 빛도 공기도 비도 모두 사라지고 암흑만이 남을 뿐임을 오늘 이 자리에 모인 모든 산 자들이 명심하게 해 달라고 기도하였다. 그리고 모두 음식을 먹기 시작했다.

그들은 그에게 잠자리를 마련해 주었지만 그는 감사를 표하고는 어둠 속으로 나와 도로를 따라 걷다 나무 몇 그루가 서 있는 곳에서 잠이 들었다. 아침에 눈을 뜨니 도로에 양들이 가득했다. 양 떼 뒤에는 일꾼을 태우고 가는 트럭 두 대가 따라가고 있었다. 그는 도로로 걸어가 운전사에게 태워 달라고 부탁했다. 운전사가 타라며 고개를 끄덕이자 그는 달리는 트럭 짐칸에 몸을 실으려고 애썼다. 일꾼들이 그것을 보고 서둘러 일어나 그의 손을 잡고 끌어 올렸다. 그렇게 여러 차례 차를 얻어 타고 한참을 걸은 후에 나다도레스를 지나 나지막한 산들을 넘어 바리알로 들어선 그는 라마드리드에서부터 시작되는 흙길을 따라 걷다 늦은 오후에 다시 한번 라베가에 발을 들여놓았다.

그는 가게에서 코카콜라를 사서 카운터에 기대선 채 꿀꺽꿀꺽 들이켰다. 그리고 한 병을 더 마셨다. 카운터를 보던 소녀는 모호한 눈빛으로 그를 바라보았다. 그는 벽에 걸린 달력을 유심히 살폈다. 무슨 요일인지 정확히 알 수 없어 물었더니 소녀도 모른다고 하였다. 그는 첫 번째 콜라 병 옆에 두 번째 병을 나란히 놓고는 가게를 나와 흙길을 따라 라푸리시마로 걸어갔다.

7주 만에 돌아온 그곳은 여름이 지난 뒤라 많이 변해 있었다. 그는 인적이 거의 없는 길을 걸은 끝에 해가 진 후 아시엔다에 도착했다.

헤렌테의 집 문을 두드리면서 보니 그 집 식구들이 저녁을 먹고 있었다. 안주인이 문을 열러 왔다가 그를 보고서 아르만도를 불러냈다. 아르만도는 이쑤시개로 이를 쑤시며 문 앞에 우뚝 섰다. 아무도 안으로 들어오라고 권하지 않았다. 안토니오가 나와서 그와 함께 정자에 앉아 담배를 피웠다.

키엔 에스타 엔 라 카사?(저택엔 지금 누가 있죠?) 존 그래디가 물었다.

라 다마.(노마님이 계셔.)

이 엘 세뇨르 로차?(로차 씨는요?)

엔 멕시코.(멕시코시티에 계시지.)

존 그래디는 고개를 끄덕였다.

세 푸에 엘 이 라 이하 아 멕시코. 포르 아비온.(주인님과 아가씨는 멕시코시티에 가셨어. 비행기를 타고 말이야.) 안토니오가 한 손으로 비행기 날아가는 모양을 흉내 냈다.

쿠안도 레그레사?(언제 돌아오죠?)

키엔 사베?(우리가 무슨 수로 알겠나?)

그들은 담배를 피웠다.

투스 코사스 케단 아키.(자네 물건을 챙겨 두었네.)

시?(그러셨어요?)

시. 투 피스톨라. 투다스 투스 코사스. 이 라스 데 투 콤파드레.(그래. 권총이랑 모두 챙겨 두었네. 자네 친구 것도 물론이고.)

그라시아스.(고맙습니다.)

데 나다.(고맙긴, 뭘.)

그들은 가만히 앉아 있었다. 안토니오가 그를 바라보았다.

요 노 세 나다, 호벤.(나도 정말 몰라.)

엔티엔도.(이해해요.)

엔 세리오.(진심이야.)

에스타 비엔. 푸에도 도르미르 엔 라 쿠아드라.(염려 마세요. 마구간에서 자도 괜찮을까요?)

시. 시 노 메 로 디가스.(그럼. 조용히 슬쩍 잔다면야.)

코모 에스탄 라스 예구아스?(암말들은 어때요?)

안토니오가 미소 지었다. 라스 예구아스.(암말이라.)

안토니오가 챙겨 둔 그의 물건들을 가지고 나왔다. 권총은 장전되어 있지 않았고, 총알은 아버지의 낡은 마블 사냥칼과 함께 면도용품 모칠라(꾸러미)에 들어 있었다. 그는 안토니오에게 감사 인사를 하고는 어둠 속에서 마구간을 향해 걸어갔다. 침대에는 매트리스가 돌돌 말려 있었고 베개나 이불은 보이지 않았다. 그는 매트리스를 펼치고 걸터앉아 부츠를 벗고 몸을 쭉 뻗었다. 그가 마구간에 들어올 때 성큼성큼 다가왔던 말들이 지금 코를 킁킁거리며 이리저리 발을 굴렀다. 그는 그 소리를 듣고 그 냄새를 맡으며 즐거워하다 어느새 잠이 들었다.

날이 밝자 늙은 마부가 방문을 열고는 가만히 서서 그를 바라보더니 다시 문을 닫았다. 마부가 마구간에서 나가자 존 그래디는 일어나 비누와 면도기를 챙겨 들고 마구간 끝에 있는 수도꼭지로 걸어갔다.

그가 저택으로 가는데 마구간과 과수원에서 고양이들이 나오더니 높은 담장 위로 쫓아오거나 낡은 나무 문 아래에서 그가 다가오기를 기다렸다. 카를로스가 양을 도살하여 얼룩진 정자 바닥 주위에는, 더 많은 고양이들이 모여 수국 사이로 떨어지는 이른 아침 햇살을 쬐고 있었다. 앞치마를 두른 카를로스가 정자 끝 쪽에 있는 집사의 집 문간에서 그를 바라보았다. 존 그래디가 인사를 건네자 그는 품위 있게 고개를 끄덕이고는 안으로 들어갔다.

마리아는 그를 보고도 그다지 놀라는 것 같지 않았다. 그는 아침을 차려 주는 그녀의 모습을 유심히 바라보며 그녀가 하는 말을 기계적으로 외웠다. 세뇨리타(마님)는 한 시간 후에 일어날 것이다. 10시에 세뇨리타를 태울 차가 올 것이다. 그러면 하루 종일 마카리타 부인 댁에서 지낼 것이다. 해가 지기 전에 돌아올 것이다. 밤에 차를 타는 것을 좋아하지 않기 때문이었다. 어쩌면 그가 떠나기 전에 만날 수도 있을 것이었다.

존 그래디는 커피를 마시며 앉아 있었다. 그가 담배를 부탁하자 그녀는 싱크대 위쪽 창턱에서 자신의 엘토로스 담뱃갑을 가져다 식탁에 놓았다. 그가 어디에 갔다 왔는지, 무슨 일이 있었는지 전혀 묻지 않았다. 하지만 가려고 일어서자 그의 어깨에 손을 얹고는 커피를 더 따라 주었다.

푸에데스 에스페라르 아키. 세 레반타라 프론토.(여기서 기다려도 괜찮아. 곧 일어나실 거야.)

그는 기다렸다. 카를로스가 들어와 싱크대에 칼을 놓고 다시 나갔다. 7시가 되자 마리아가 아침 식사 쟁반을 들고 부엌을 나갔다. 그리고 돌아와서는 그날 밤 10시에 저택으로 오면 세뇨리타께서 시간을 내어 주실 것이라고 말했다. 그는 자리에서 일어났다.

키시에라 운 카바요.(말을 탔으면 하는데요.)

카바요.(말이라.)

시. 포르 엘 디아, 노 마스.(네. 오늘 하루만요.)

모멘티토.(기다려 봐.)

돌아온 그녀는 고개를 끄덕였다.

티에네스 투 카바요. 에스페라테 운 모멘토. 시엔타테.(말을 타도 괜찮다고 하셨어. 여기 앉아서 좀 기다려.)

기다리는 동안 그녀는 도시락을 싸 종이 봉투에 넣고 끈으로 묶어 그에게 건넸다.

그라시아스.(고맙습니다.)

데 나다.(고맙기는.)

그녀는 탁자에서 담뱃갑과 성냥갑을 집어 그에게 건넸다. 그는 조금 전 그녀가 만나고 온 노마님의 생각을 읽을 수 있을까 하고 유심히 그녀의 표정을 살폈다. 그 결과 그는 자신의 짐작이 틀리기를 바라게 되었다. 그녀가 그의 손에 담배를 억지로 쥐여 주었다. 안달레 푸에스.(자, 어서 나가 보렴.)

마구간에는 새 암말들이 들어와 있었다. 그는 복도를 따라 걷다 중간중간 걸음을 멈추고 말들을 살폈다. 그리고 안장실에 들어가 불을 켜고 늘 쓰던 굴레와 안장 담요를 챙기고 선반에 놓인 여섯 개의 안장 중 가장 좋아 보이는 것을 내려 이리저리 살피며 먼지를 후 불고 뱃대끈을 확인한 다음 안장 머리를 들어 훌쩍 어깨에 짊어지고는 마구간을 나와 우리로 향했다.

종마는 누군가가 다가오자 쿵쿵 뛰기 시작했다. 그는 우리 입구에 서서 종마를 바라보았다. 종마는 고개를 흔들고 눈알을 굴리고 콧구멍으로 아침 공기를 들이켜며 달리다가 그를 알아보고는 방향을 틀어 그에게로 다가왔다. 그가 우리 문을 밀어젖히자 종마가 히잉 울음을 내뱉고 고개를 쭉 뻗어 그의 가슴에 매끄러운 주둥이를 들이밀고 킁킁거렸다.

그가 합숙소를 지나 달리면서 보니 모랄레스가 정자 아래에 앉아 양파를 까고 있었다. 노인은 느릿느릿 칼을 휘저으며 뭐라고 소리쳤다. 존 그래디는 고맙다고 외치다가 문득 노인이 그를 만나서 반갑다고 말한 것이 아니라 말이 그를 만나서 반가워한다고 했다는 것을 깨달았다. 그는 다시 손을 흔들고 말을 어루만졌다. 말은 평소 속도로는 그날에 알맞지 않다는 양 발을 쿵쿵 구르며 정문을 지나 저택과 마구간과 요리사가 보이지 않는 곳으로 경쾌하게 질주했다. 그는 반지르르 빛나며 진동하는 말의 옆구리를 찰싹 치며 시에나가 길을 전속력으로 달려갔다.

메사에 오른 그는 야생마들 사이를 달리다가 풀숲이나 삼나무 숲에 숨은 말들을 뒤쫓고 풀이 우거진 절벽 가장자리를 달리며 시원한 바람에 몸을 맡겼다. 마른 골짜기에서 죽은 망아지를 뜯고 있던 대머리수리들이 푸드득 날아올랐다. 그는 얼룩진 풀 위에 눈알도 가죽도 없이 축 늘어져 있는 가엾은 형체를 내려다보았다.

정오가 되자 그는 벼랑 끝 바위에 발을 대롱거리고 앉아 마리아가 싸 준 차가운 닭고기와 빵을 먹었다. 말뚝에 매어 둔 종마는 풀을 뜯었다. 부서진 빛과 그림자를 뚫고 서쪽으로 굽이치던 대지는 150킬로미터 너머 평야 위에 우뚝 솟아 산맥이 되더니, 대지인 양 혹은 대지를 바라보고 있는 눈인 양 희미하게 마지막 빛을 발하는 안개 속에 갇혀 여름 폭풍을 묵묵히 견뎌 내는 중이었다. 그는 담배를 피우다가 주먹으로 모자를 푹 누르고 돌덩이를 얹어 묵직하게 만든 다음 풀밭에 누워 얼굴에 올렸다. 그는 행운을 가져다줄 꿈들을 생각했다. 풀어 헤친 머리 위로 검은 모자를 반듯이 쓰고 허리를 꼿꼿이 펴고서 말을 몰던 그녀가 어깨 너머로 뒤돌아보며 미소 짓는 순간의 입술과 두 눈을 떠올렸다. 그리고 블레빈스를 생각했다. 마지막 남은 재산을 그에게 넘겨주던 그 얼굴과 눈을. 살티요에 있을 때 꿈에서 블레빈스를 본 적이 있었다. 블레빈스는 그의 곁에 앉아 죽음에 대해 이야기하다 죽음은 아무것도 아니며, 자신은 그를 믿고 있다고 말하였다. 그는 블레빈스가 자기 꿈에 충분히 찾아온 다음에는 영원히 이 세상을 떠나 죽은 자들 곁에 머물 것이라고 생각했다. 풀잎이 바람을 한 자락 잘라 그의 귀로 보내자 잠이 쏟아졌지만 꿈은 전혀 찾아오지 않았다.

저녁에 초원 위로 말을 달리는데 땅거미가 짙게 드리워진 과수원에서 소들이 차례차례 밖으로 나왔다. 그는 가시덤불이 자라는 황폐한 사과나무 과수원으로 들어가 사과를 하나 따서 깨물었다. 단단한 녹색 사과는 시큼했다. 그는 천천히 말을 몰며 땅에 떨어진 사과가 없는지 살폈지만 이미 소들이 다 먹어 치운 뒤였다. 그러다 폐허가 된 오두막이 나타났다. 문 위쪽 벽이 사라지고 없었다. 그는 집 안으로 말을 몰고 들어갔다. 비가(들보)가 일부 무너져 있고 사냥꾼이나 소치기들이 바닥에 불을 피운 흔적이 남아 있었다. 낡은 송아지 가죽이 한쪽 벽에 못 박혀 있고 창문은 텅 비어 있었다. 이미 오래전에 창틀을 떼어 장작으로 썼던 것이다. 집 안에서는 이상한 기운이 감돌았다. 마치 삶이 존재할 수 없는 장소인 양. 말은 그곳이 전혀 마음에 들지 않아 보였다. 그는 고삐를 말의 목에 살짝 갖다 대고 발꿈치로 말의 옆구리를 슬쩍 쳤다. 말은 조심스럽게 뒤돌아서 집 밖으로 나와 과수원과 습지를 지나 길로 들어섰다. 포도주 색 빛을 받으며 비둘기들이 구구거렸다. 말이 자기 그림자를 밟을 때마다 불안해하자 그는 그림자가 말 발굽에 닿지 않도록 방향을 이리저리 바꾸어 달렸다.

그는 가축 우리에 달아 놓은 수도꼭지에서 몸을 씻고서 새 셔츠로 갈아입고 부츠의 먼지를 닦은 다음 합숙소로 향했다. 이미 사방이 어둑했다. 바케로들은 식사를 마치고 정자 아래에 앉아 담배를 피우고 있었다.

부에나스 노체스.(안녕하세요).

에레스 투, 후안?(아니, 존 아니야?)

클라로.(정말 존이잖아.)

순간 침묵이 감돌았다. 그러다 누군가가 입을 열었다. 에스타스 비엔베니도 아키.(이렇게 돌아와서 기쁘네.)

그라시아스.(감사합니다.)

그는 그들과 함께 앉아 담배를 피우며 무슨 일이 있었는지 자세히 이야기해 주었다. 그들은 존 그래디보다는 롤린스와 훨씬 가깝게 지냈던 만큼 롤린스에 대해 많이 염려하였다. 롤린스가 돌아오지 않을 것이라고 말하자 그들은 슬퍼하면서도, 조국을 떠나는 것은 엄청난 희생이라고 했다. 사람이 다른 나라가 아닌 그 나라에 태어나는 것은 결코 우연이 아니며, 날씨와 계절이 땅을 형성하는 만큼이나 사람의 내적인 운명 역시도 형성하여 대를 이어 자식들에게 물려주게 하기 때문에 그 운명을 쉽게 벗어날 수는 없다는 것이었다. 그들은 소와 말과 발정기에 이른 야생 암말과 라베가에서 치른 결혼식과 비보라에서 있었던 장례식에 대해 이야기했다. 그 누구도 파트론이나 두에냐에 대해 언급하지 않았다. 그녀에 대해서도. 결국 그는 잘 자라는 인사를 남기고 마구간으로 돌아와 간이침대에 누웠지만 시간을 알 방법이 없어 다시 일어나 저택으로 가서 부엌 문을 두드렸다.

그는 잠시 기다렸다가 다시 문을 두드렸다. 마리아가 문을 열어 주어 안으로 들어가니 카를로스가 금방 부엌에서 나간 것이 분명했다. 마리아는 싱크대 위쪽 벽에 걸린 시계를 바라보았다.

야 코미스테?(밥은 먹었니?)

노.(아니요.)

시엔타테. 아이 티엠포.(여기 앉으렴. 시간은 충분해.)

그가 식탁에 앉아 있는 동안 마리아는 매리네이드 소스를 쳐서 구운 양고기를 접시에 담아 오븐에 몇 분 데운 후 커피와 함께 그의 앞에 놓았다. 그녀는 10시를 조금 남겨 두고 설거지를 마치고서 앞치마에 손을 닦고 복도로 나갔다. 돌아온 그녀는 문가에서 발을 멈추었다. 그는 일어났다.

에스타 엔 라 살라.(마님은 응접실에 계셔.)

그라시아스.(고맙습니다.)

그는 복도를 지나 응접실로 향했다. 두에냐 알폰사는 공식적인 듯한 자세로 서 있었다. 그 우아한 옷차림에서 한기가 느껴졌다. 그녀가 방을 가로질러 다가와 맞은편 의자를 향해 고개를 끄덕였다.

여기 앉게.

그는 무늬가 새겨진 카펫을 천천히 밟으며 가서 의자에 앉았다. 그녀 뒤쪽 벽에 걸린 커다란 태피스트리에는 길 위에 선 두 기수 사이로 점점 흐릿해져 가는 풍경 속에서 회합이 열리고 있었다. 서재로 통하는 문 위에는 귀가 한쪽만 달린 성난 황소 머리가 걸려 있었다.

엑토르는 자네가 안 돌아올 거라고 했지만 나는 그럴 리가 없다고 장담했지.

그분은 언제 오십니까?

한동안 안 올 거네. 설령 온다 해도 자네를 만나지는 않을 거야.

꼭 말씀드려야 할 것이 있습니다.

이미 자네에게 유리하도록 잘 말해 두었지 않았나. 조카가 자네 때문에 실망이 이만저만이 아니야. 나도 상당한 액수를 써야 했지.

악의가 있어 그런 것은 아니었지만 마음이 많이 괴로웠습니다.

자네도 알겠지만 호송병들이 전에도 여기에 왔다 갔다네. 그때 엑토르는 따로 조사를 해 보겠다고 하고 그들을 돌려보냈지. 그네들 말이 사실이 아닐 거라고 믿어 의심치 않았던 거야.

왜 저한테 말씀하시지 않았을까요?

엑토르가 코만단테한테 그렇게 약속했거든. 안 그랬으면 그때 바로 자네들을 잡아갔을 거야. 엑토르는 자기가 직접 알아볼 생각이었어. 코만단테야 체포 전에 자네들이 먼저 눈치채면 당연히 곤란해질 테고.

어찌 된 사정인지 설명할 기회를 줄 수는 있었잖습니까?

자네는 엑토르에게 두 번이나 거짓을 고했어. 그런데 한 번 더 속이지 않는다는 법이 어디 있겠나?

저는 거짓말한 적 없습니다.

말 도둑 사건은 자네가 여기 오기 전부터도 알고 있었네. 도둑이 미국인이라고들 했지. 엑토르가 자네에게 그것에 대해 물었을 때 자네는 모두 부인했잖나. 몇 달 후 자네 친구가 엥칸타다로 돌아가 사람을 죽였네. 그것도 경찰을 말이야. 두말할 여지가 없어.

로차 씨는 언제 돌아오십니까?

자네를 다시 볼 일은 없을 거네.

제가 범죄자라고 믿으시는군요.

불가피하게 그렇게 된 거라고 믿고 싶네. 하지만 있었던 일을 없었던 일로 할 수는 없어.

왜 돈까지 써 가며 저를 감옥에서 빼내신 거죠?

그 이유야 자네도 잘 알 텐데.

알레한드라 때문이군요.

그래.

그 대가로 알레한드라는 무엇을 약속했나요?

그것 역시 잘 알고 있지 않나.

저를 다시는 안 만나기로 했군요.

그래.

그는 의자에 등을 기대고 그녀 너머로 벽을 응시했다. 태피스트리를. 무늬가 새겨진 호두나무 찬장에 놓인 푸른색 장식용 화병을.

우리 집안 여자 중에 명예롭지 못한 사랑 때문에 곤경에 처한 이를 꼽자면 열 손가락도 모자라네. 물론 시대를 잘 만나 남자가 혁명가로 거듭나는 경우도 있었지. 내 여동생 마틸데는 스물한 살 나이에 두 번이나 남편을 잃었어. 두 명 다 총에 맞아 죽었다네. 이중 결혼을 했거든. 타락한 핏줄이라니, 아무도 그런 사실을 인정하고 싶어 하지 않지. 집안에 내린 저주야. 하지만 그 애는 자네를 다시는 안 만날 거네.

그녀를 속이셨죠?

협상할 수 있어서 무척 기쁘긴 했지.

제가 고마워할 거라고는 생각지 말아 주십시오.

그런 건 기대도 안 하네.

무슨 권리로 제 일에 끼어드신 거죠? 그냥 절 내버려 두지 그러셨습니까?

살아남지 못했을걸.

네, 그랬겠죠.

그들은 침묵 속에 앉아 있었다. 복도에서 시계가 똑딱거렸다.

말을 한 마리 내주겠네. 자네가 말을 고를 때 안토니오가 자기 직무를 다하리라 믿네. 돈은 있나?

그는 그녀를 바라보았다. 힘겨운 삶을 사신 만큼 열린 마음을 갖고 계시리라 기대했습니다.

잘못 생각했군.

그런 것 같군요.

내 경험상 고통을 겪었다고 해서 마음이 더 넓어지는 것은 아니더군.

사람에 따라 다르겠죠.

자네는 내 삶에 대해 잘 알고 있다고 생각하나 보군. 쓰라린 과거를 지닌 늙은 여인네는 남들의 행복에 질투를 느끼지. 흔한 이야기지만 내 경우는 아니야. 알레한드라의 엄마가 노발대발한 것에 비하면 나는 아무것도 아니네. 그 애 엄마를 안 만난 것을 다행으로 알게나. 왜, 놀랐나?

네.

그랬겠지. 조카며느리가 좀 더 품위 있는 사람이었다면 난 자네에게 더 혹독하게 대했을 거야. 난 사회적인 사람이 아니라네. 내가 겪은 사회는 여자를 억압하는 기계나 다름없었어. 멕시코에서 사회는 아주 중요해. 여자들은 투표권조차 없는 사회지. 멕시코 사람들은 사회나 정치에 광분하지만 실천은 형편없어. 우리 집안은 가추피네[75]이지만, 스페인인이나 크리오요나 광분하기는 매한가지야. 스페인에 있었던 정치적 비극이 20년 전 멕시코 땅에서 그대로 되풀이되었네. 진실을 볼 수 있는 사람들이 비극의 희생양이 된 거지. 전혀 다른 동시에 완전히 똑같아. 스페인 사람의 심장에는 자유에 대한 강한 열망이 깃들어 있지만, 그 열망은 오직 자기 자신의 자유만을 향하고 있네. 온갖 진실과 명예를 한없이 사랑하지만 그 본질은 사랑하지 않아. 피를 뿌리지 않는 한 어떤 것도 증명될 수 없다고 강하게 확신하지. 여자의 순결, 투우, 대장부. 심지어

75) 스페인 태생의 백인으로, 멕시코에서 태어난 스페인계 백인인 크리오요에 비해 보다 높은 지위를 차지했다.

신마저도 마찬가지네. 내 눈에 알레한드라는 여전히 아이야. 하지만 그 나이 때 내가 어땠는지 역시 잘 기억하고 있네. 난 솔다데라(여자 투사)가 될 수도 있었어. 알레한드라도 마찬가지겠지. 난 그 애가 어떤 삶을 살게 될지 결코 모를 거네. 운명이 있다 해도 우리로서는 전혀 알 길이 없지. 운명이 처음부터 결정되는 것인지, 혹은 우연히 일어난 사건을 짜 맞추어 운명이라고 부르는 것인지 우리는 모르잖나. 사실 우리 존재는 아무것도 아니야. 자네는 운명을 믿나?

네, 믿습니다.

내 부친께서는 행위나 사건들을 연결하는 감각이 아주 뛰어나셨지. 나도 그 점을 닮았는지는 모르겠네. 자신이 내린 결정을 알 수 없는 힘의 탓으로 돌려서는 안 되지만, 어떤 결정을 만들어 낸 것과는 아주 동떨어져 보이는 다른 이들의 결정에도 그 책임이 있다고 아버지는 말씀하셨지. 그 예로 동전 던지기를 드셨어. 애초에 동전은 그저 금속 덩어리에 불과했지만 조폐국의 화폐 주조자가 쟁반에서 그 금속 덩어리를 집어 둘 중 하나의 방법을 택해 형틀에 올려놓고 이런저런 작업을 가하여 카라 이 크루스(앞면과 뒷면)를 만들어 낸 거야. 동전이 얼마나 여러 번, 어떻게 빙글빙글 돌더라도 앞면과 뒷면은 바뀌지 않아. 그러다 우리 차례가 오고, 그 차례가 지나가지.

그녀는 미소 지었다. 희미하게. 그리고 짧게.

어리석은 주장이야. 하지만 작업장에 앉아 있는 이름 모를 하찮은 일꾼은 계속해서 내 마음에 남아 있다네. 정말 운명이라는 것이 있어 우리 집안을 지배하고 있다면 아첨을 하든 합리적으로 설득을 하든 어떻게든 할 수 있을 거야. 하지만 동전 주조자는 그럴 수 없지. 얼룩진 안경을 쓴 침침한 눈으로 운명이 정해지지 않은 금속 덩어리들을 바라보겠지. 그리고 하나를 골라. 어쩌면 잠시 주저할 수도 있어. 그동안 알 수 없는 어느 세계의 운명은 어느 쪽으로도 결정되지 않은 채 유보되는 거지. 아버지는 이런 비유를 이용해 행위나 사건의 기원에 접근할 수 있었던 게 분명해. 하지만 나에게 세계는 언제나 꼭두각시 인형극에 다름없었어. 커튼 뒤로 고개를 들이밀어 줄을 올려다보면 또 다른 꼭두각시의 손을 발견하게 돼. 그 꼭두각시 역시 줄에 묶여 움직이지. 그렇게 계속 올라가 봐도 언제나 마찬가지야. 위대한 사람들의 폭력과 광기 어린 죽음을 연출한 꼭두각시의 줄을 내 두 눈으로 직접 보았지. 그 줄은 자연의 파괴도 연출했다네. 멕시코가 예전에 어땠는지 아나? 멕시코의 과거 모습과 미래 모습을 말해 주지. 자네의 장점으로 여겼던 것들이 마지막 순간 자네의 단점으로 변하게 되었다는 것을 자네도 깨닫게 될 걸세.

내가 어렸을 적에 이 고장은 끔찍이도 가난했어. 지금 모습만 봐서는 상상도 못할 정도였지. 나는 그런 지독한 가난을 보고서 큰 영향을 받았다네. 시내에는 장에 나온 소작농한테 옷을 빌려주는 티엔다까지 있었어. 소작인들은 옷이 없어서 빌린 옷을 입고 시장을 돌아다니다가 밤이 되면 담요와 누더기를 걸치고 집으로 돌아갔지. 소작인들은 그야말로 빈털터리였어. 그나마 긁어모을 수 있는 몇 푼은 모두 장례식에 들어갔지. 평범한 집에는 부엌칼 말고는 공산품이 전혀 없었어. 핀

하나, 접시 하나, 단지 하나, 단추 하나 없었지. 아무것도 없었어. 시내에 나온 소작인들은 아무런 가치도 없는 것들을 팔려고 애썼지. 트럭에서 떨어져 나온 볼트나 용도도 알 수 없는 닳아 빠진 부품 같은 것을 말일세. 애처롭기까지 했어. 누군가가 물건을 보고 그 가치를 알아볼 테니 그 사람을 찾기만 하면 된다고 믿고 있더군. 어떤 실망도 뒤흔들어 놓을 수 없는 강한 믿음이었지. 그들이 그 밖에 무얼 할 수 있었겠나? 무엇 때문에 그 믿음을 포기하겠나? 그들에게 산업 사회는 상상도 할 수 없는 그 무엇이었고, 산업 사회에서 살아가는 사람 역시 낯선 존재일 뿐이었어. 그렇다고 소작인들이 어리석었던 것은 아니라네. 결코 아니지. 아이들을 보면 잘 알 걸세. 아이들의 총명함은 놀라울 정도야. 그리고 아이들이 누리는 자유는 부럽기까지 하지. 제약이라고는 거의 없고, 충족시켜야 할 기대도 별로 없어. 그러다 열한 살이나 열두 살이 되면 아이이기를 멈춘다네. 하룻밤 새 어린 시절이 끝나지만 그렇다고 젊은이의 삶을 누리는 것도 아니야. 아주 진지해지지. 어떤 끔찍한 진실이나 직관이 찾아오기라도 한 것 같아. 인생의 어느 단계에서 순식간에 눈을 뜬다는 것이 놀랍긴 하지만, 그들이 대체 무엇을 깨닫는지는 전혀 모르겠네.

열여섯 살 무렵 나는 책을 많이 읽었고 불가지론자가 되었지. 신께서 당신이 만든 세상에 불의를 용납하는 것을 목격하고는 신을 믿기를 거부했지. 난 열렬한 이상주의자였고 모든 생각을 거리낌 없이 말했어. 부모님은 크게 충격을 받으셨지. 그러다 열일곱 살 여름에 내 인생이 영원히 변하게 되었어.

프란시스코 마데로 집안에는 아이가 열세 명 있었는데, 나는 그중 몇몇과 친하게 지냈어. 라파엘라는 나랑 동갑에다 생일이 사흘밖에 차이가 나지 않았지. 우리 둘은 아주 절친한 친구였어. 카란사[76]의 딸들보다도 더 친했다네. 테니아모스 콤파드라스호 콘 수 파밀리아.(아주 절친한 집안.) 이해하겠나? 이 표현은 번역을 할 수가 없어. 마데로 집안이 내 킨세아네라 파티를 로사리오에서 열어 줄 정도였지. 그해에 돈 에바리스토가 우리들을 캘리포니아로 데려갔어. 파라스에서부터 토레온에 이르는 아시엔다의 모든 소녀들이 갔지. 그때도 이미 나이가 많았던 에바리스토 씨가 그런 용기를 내시다니, 나는 정말 감탄했지. 정말 멋진 분이셨어. 주지사를 지내기도 한 거부셨지. 나를 아주 예뻐하셔서 내가 아무리 내 생각을 대단한 철학인 양 늘어놓아도 다 받아 주셨다네. 난 로사리오로 간다니 무척 기뻤지. 그 당시에는 아시엔다 사이에 교류가 많았네. 오케스트라와 샴페인이 갖춰진 멋진 파티를 열었지. 유럽에서 온 손님이 있을 때도 있었어. 파티는 새벽까지 계속되었지. 뜻밖에도 나는 인기가 꽤 좋았어. 나의 지나친 예민함도 누그러들었고. 하지만 두 가지에 대해서는 예외였어. 그 첫 번째가 마데로 집안의 첫째 아들과 둘째 아들인 프란시스코와 구스타보의 귀향이었지.

두 사람은 5년 동안 프랑스에서 학교에 다녔다네. 그 전에

76) 멕시코의 정치가로, 마데로를 암살한 빅토리아노 우에르타에 대항하는 세력을 이끌었다.

는 미국 캘리포니아와 볼티모어에서 공부했고. 두 사람을 다시 만났을 때는 서로 오래 알고 지낸 터라 가족이나 다름없었지. 하지만 함께한 기억은 아이 적에 있었던 일이 전부였어. 그들에게도 나는 아주 미지의 인물이었을 거야.

프란시스코는 장남으로서 특별한 지위를 누렸지. 현관 앞에 탁자를 놓고 친구들과 회의를 했어. 그해 가을에 그 집에 자주 초대받아 갔는데, 난 그곳에서 내 생각에 가장 가까운 사상들을 처음으로 접하게 되었네. 내가 사는 세상이 어떻게 바뀌어야 할지 눈뜨게 된 거야.

프란시스코는 그 지역의 빈곤층 아이들을 위해 학교를 세우고 약을 나눠 주었어. 나중에는 자신의 집 부엌에서 음식을 만들어 수백 명의 사람들을 먹여 살렸지. 요즘 사람들에게 그 당시의 흥분을 전달하기란 쉽지 않아. 사람들은 프란시스코에게 크게 끌렸어. 프란시스코와 함께한다는 것만으로도 아주 기뻐했다네. 그때까지만 해도 그가 정치에 입문한다는 말은 전혀 없었어. 그저 새로 알게 된 사상들을 매일매일 일상생활에서 실천하려고 했을 뿐이야. 그러다 멕시코시티에서 사람들이 찾아오기 시작했어. 프란시스코가 무슨 일을 하든 구스타보는 늘 힘이 되어 주었지.

자네가 내 말을 이해할 수 있을지 솔직히 모르겠네. 당시 나는 열일곱 살이었고, 나에게 이 나라는 철없는 아이의 손에 들린 값비싼 화병 같았어. 온통 열정이 감돌았지. 모든 것이 가능해 보였어. 난 우리 같은 사람이 수천 명도 넘으리라 생각했다네. 프란시스코나 구스타보 같은 사람 말이야. 하지만 그렇지 않았지. 나중에는 아예 그런 사람이 아무도 없는 것 같았어.

구스타보는 어렸을 때 사고를 당해 한쪽 눈이 의안이었어. 그렇다고 해서 내 눈에 매력이 덜해 보이지는 않았다네. 아니 정반대였지. 내게 구스타보보다 더 좋은 친구는 없었어. 구스타보는 내게 좋은 책을 권해 주었고, 우리는 몇 시간이고 함께 이야기했지. 그는 아주 현실적인 사람이었어. 그 점에서는 프란시스코보다 뛰어났지. 구스타보는 프란시스코와는 달리 초자연적인 힘을 믿지 않았어. 늘 진지한 사람이었지. 그러다 가을이 끝나기 전, 난 아버지와 삼촌과 함께 산루이스포토시의 어느 아시엔다에 놀러 갔다가 지난번에 말했던 사고로 손가락을 잃었네.

남자 애에게도 그런 사고가 큰 영향을 미치지. 하지만 여자애는 그런 사고로 인해 삶이 완전히 황폐해져. 나는 사람들 앞에 나타나지 않았어. 심지어 아버지마저 나를 대하는 태도가 달라진 것 같았다네. 나를 결함 있는 존재로 볼 수밖에 없으셨겠지. 나는 결혼도 제대로 할 수 없을 거라고들 생각했지. 아마 맞는 생각일 거야. 반지를 끼울 자리조차 없으니. 사람들은 나를 아주 조심스럽게 대했어. 정신병원에서 돌아온 사람처럼 말이야. 나는 그 정도 결함이야 쉽게 받아들이는 가난한 집안에서 태어났기를 진심으로 빌었어. 그런 상태에서 나는 늙어서 죽기만을 기다렸지.

그렇게 몇 달이 흘렀네. 그런데 크리스마스 바로 전날 구스타보가 나를 만나러 왔어. 나는 겁에 질렸지. 그래서 동생을 시켜 그만 가 달라고 부탁했어. 하지만 구스타보는 계속 기다렸어. 그날 밤 꽤 늦게 아버지가 집에 돌아오시다가 구스타보가 현관에서 모자를 무릎에 올려놓고 혼자 앉아 있는 것을 보고는 깜짝 놀라셨어. 아버지는 내 방에 와서 뭐라고 말했지만 나는 손으로 귀를 틀어막았지. 정확히 무슨 일이 있었는지는 나도 모르겠네. 하지만 구스타보가 모소처럼 밤새 현관에 앉아 있었다는 것만은 분명해. 바로 여기 이 집에서 말이야.

다음 날 아버지는 내게 무척 화를 내셨지. 그 광경을 굳이 설명 안 해도 잘 알겠지. 내가 분노에 겨워 질러 댄 소리가 분명 구스타보의 귀에까지 들렸을 거야. 하지만 난 아버지의 뜻을 거역할 수 없었고 결국엔 구스타보를 만나기로 했지. 나는 우아하게 차려입었어. 왼손에 손수건을 들면 다른 쪽 손이 눈에 덜 띈다는 것을 알고 있었지. 구스타보는 일어나 나에게 미소 지었어. 우리는 정원을 산책했어. 그때는 지금보다 정원이 더 잘 가꿔져 있었다네. 구스타보는 앞으로의 일과 계획에 대해 이야기하고, 프란시스코와 라파엘라와 다른 친구들의 소식을 전해 주었지. 구스타보는 예전이나 다름없이 나를 대했어. 그러고는 자기가 어쩌다 눈을 잃었는지, 학교에서 아이들이 얼마나 잔인하게 놀려 댔는지 이야기하고는 아무에게도, 심지어 프란시스코에게도 하지 못한 이야기를 나에게 털어놓았지. 나라면 이해할 수 있을 거라며 말이야.

로사리오에서 종종 이야기했던 것들에 대해서도 밤늦도록 이야기했지. 불운을 견뎌 낸 이들은 특출해지는 법이니 불운을 자신에게 주어진 선물이자 힘으로 여겨야지, 불운 때문에 움츠러들었다가는 앞으로 나아가기는커녕 쓰라림 속에 묻혀 버리게 되므로 사람이라면 누구나 추구해야 하는 모험 속으로 뛰어들어야 한다고 했어. 구스타보는 아주 진지하면서도 온화하게 말했어. 현관에서 새어 나오는 빛으로 그가 울고 있다는 것을 알 수 있었지. 나의 영혼을 위하여 울고 있는 것이 분명했어. 나는 그처럼 존중받은 적이 없었다네. 그렇게 솔직하고 진지하게 나를 대하는 남자는 처음이었지. 나는 무어라 말해야 할지도 몰랐어. 그날 밤 나는 절망에서 벗어나, 앞으로 내가 어떻게 될 것인지에 대해 깊이 생각해 보았네. 나는 정말 가치 있는 사람이 되고 싶었어. 그리고 불구나 불행을 견딜 만한 영혼이 없다면 어떻게 가치 있는 사람이 될 수 있을지 자문했지. 진정 가치 있는 사람이라면 그 가치가 불확실한 운에 좌우될 리가 없다고, 가치는 결코 변하지 않는다고 생각한 거야. 오래지 않아 내가 지금 찾고 있는 것은 이미 알고 있는 것이라는 사실을 깨달았네. 용기는 언제나 지속되는 법이며, 겁쟁이가 가장 먼저 버리는 것은 바로 자기 자신이라는 사실 말이야. 자기 자신을 버리게 되면 남들을 배신하는 것도 쉬워지지.

물론 어떤 사람은 다른 사람보다 용기를 발휘하기가 더 쉬울 수도 있어. 하지만 열망한다면 누구나 용기를 얻을 수 있다는 것 또한 분명한 사실이야. 열망 그 자체가 바로 용기이거든. 열망 그 자체가 말이야. 나는 그것이 진실이라고 확신했어.

그래, 운도 영향을 미치지. 구스타보가 그렇게 우리 집으로 찾아와 내게 그런 말을 할 때 대단한 결단력을 발휘했다는 것을 나는 세월이 흐른 뒤에야 깨달았어. 거절당하거나 조롱당

할지도 모른다는 생각도 그를 막지 못했던 거야. 마침내 난 그의 선물이 단순히 말 속에만 있었던 것이 아니라는 것을 깨달았어. 말하지 않고도 내게 전해 준 것이 있었지. 난 바로 그날부터 그를 사랑하게 되었어. 그가 이 세상을 떠난 후 40년 가까이 세월이 흘렀지만 나의 감정은 조금도 변함없다네.

그녀가 소매에서 손수건을 꺼내 눈 밑을 훔쳤다. 그리고 고개를 들었다.

자네는 인내심이 아주 대단하군. 그 뒷이야기야 다 알려진 것이니 자네도 잘 알고 있겠지. 그 다음 몇 달간 나의 혁명 정신은 다시 불타올랐고, 프란시스코 마데로의 정치 활동은 더욱 분명해졌지. 사람들이 프란시스코 마데로를 진지하게 받아들이면서 적들이 생겨났고, 그 이야기는 곧 독재자 디아스의 귀에도 들어갔어. 프란시스코는 자신의 이상을 펼치기 위해 오스트레일리아에 있던 재산을 팔아야 했어. 그러다 얼마 안 있어 경찰에 체포되었지. 하지만 미국으로 탈출할 수 있었어. 그래도 결의는 조금도 흔들림이 없었지만 설마 그가 훗날 멕시코의 대통령이 될 줄은 아무도 예상하지 못했지. 마데로 형제가 돌아왔을 때 그들은 총과 함께였네. 혁명이 시작된 거야.

그동안 유럽에 보내진 나는 계속 그곳에 머물러 있었어. 아버지는 지주 계층이 지녀야 할 책임감에 대해 당신의 의견을 솔직히 밝히셨지. 하지만 혁명은 전혀 다른 문제였어. 아버지는 내가 마데로 형제와 관계를 끊겠다고 약속하지 않는 한 결코 집으로 돌아올 수 없다고 하셨고, 나는 절대 그런 약속은 할 수 없다고 했지. 구스타보와 내가 약혼했던 것은 아니야.

편지가 점점 뜸해지다 어느 순간 뚝 그쳤지. 그러다 그가 결혼했다는 소식을 들었어. 그때나 지금이나 난 구스타보를 원망하지 않아. 혁명은 몇 달이나 계속되었고 그 때문에 자금이 바닥났지. 총알도 다 떨어지고, 빵 한 조각 남지 않았어. 디아스가 마침내 달아나 자유선거가 이루어지자 프란시스코 마데로는 멕시코 공화국에서 국민 선거에 의해 선출된 최초의 대통령이 되었어. 마침내 말이야.

이제 멕시코에 대해 말해 주지. 이 용감하고 선하고 명예로운 남자에게 무슨 일이 있었는지 말해 주겠어. 그 무렵 난 영국에서 선생 일을 하고 있었네. 동생이 영국에 와서 여름이 끝날 때까지 나와 함께 지냈지. 동생은 나한테 함께 돌아가자고 사정했지만 난 그럴 수 없었어. 난 고집쟁이에다 자존심이 아주 강했거든. 아버지의 정치적 맹목성이나 나에 대한 태도를 도저히 용서할 수 없었어.

프란시스코 마데로는 취임 첫날부터 음모가들과 모사꾼들에게 둘러싸였네. 인간의 원초적인 선함에 대한 믿음이 파멸의 씨앗이 되고 말았던 거야. 한번은 구스타보가 우에르타 장군을 총으로 위협해 프란시스코 앞에 데려가 반역자라고 고발했어. 하지만 프란시스코는 그 말을 새겨듣지 않고 우에르타를 복직시켰지. 우에르타, 그 살인마이자 짐승 같은 놈을 말이야. 1913년 2월에 무장봉기가 일어났어. 물론 우에르타가 비밀리에 연루되어 있었지. 그놈은 자신의 지위가 확고해지자 반역자들과 타협해 정부에 대항하도록 이끌었어. 구스타보가 체포되었어. 뒤이어 프란시스코와 피노 수아레스가 체포되었고. 구스타보는 시우다델라(요새) 안마당에서 폭도들한테 넘겨졌네. 횃불과 램프를 든 폭도들이 우르르 몰려들어 오호 파라도(의안)라고 모욕하고 고문을 했어. 구스타보가 자신의 아내와 아이들을 봐서라도 살려 달라고 부탁하자 폭도들은 그를 겁쟁이라고 놀려 댔지. 그가 겁쟁이라니. 폭도들은 그를 밀치고 두들겨 패고 그에게 불을 붙였어. 구스타보는 제발 멈추라고 다시 한번 애원했지. 그러자 어떤 놈이 곡괭이를 들고 앞으로 나와 그의 멀쩡한 눈을 파냈어. 그는 캄캄한 어둠 속에서 신음하며 비틀거리면서도 입은 굳게 다물었어. 어떤 놈이 얼굴에 권총을 들이대고 방아쇠를 당겼지만 폭도들이 그의 팔을 잡아당기는 바람에 턱만 날아가고 말았지. 그는 모렐로스[77] 동상 앞에 쓰러졌어. 마침내 그를 향해 소총이 일제히 발사됐지. 그런 후에도 술 취한 폭도 하나가 비틀비틀 걸어 나와 다시 한번 방아쇠를 당겼어. 폭도들은 그의 시신을 걷어차고 침을 뱉었어. 의안을 파내어 진기한 물건인 양 자기들끼리 돌려 보았지.

그들은 조용히 앉아 있었다. 시계가 똑딱거렸다. 잠시 후 그녀가 고개를 들었다.

그래. 그가 말한 공동체란 바로 그런 것이었어. 그이는 아주 훌륭한 사람이었어. 자신의 모든 것을 기꺼이 나누어 주었지.

프란시스코는 어떻게 되었나요?

피노 수아레스와 함께 교도소 뒤로 끌려가 총살당했네. 탈

---

77) 19세기 초에 활동한 멕시코의 성직자이자 혁명가.

출을 시도했기 때문에 총살시켰다는 살인마들의 주장은 냉소주의자들의 코웃음거리도 안 되었지. 프란시스코의 어머니는 태프트 대통령에게 아들이 살 수 있게 중재해 달라고 부탁하는 전보를 보냈어. 미국 대사관에 직접 가서 대통령에게 전해 달라고 했지. 하지만 십중팔구 전보는 보내지지 않았을 거야. 마데로 집안은 추방당해서 쿠바나 미국이나 프랑스로 뿔뿔이 흩어졌네. 마데로 집안이 유대계 혈통이라는 소문은 예전부터도 있었어. 아마 사실일 거야. 모두들 머리가 아주 좋았거든. 적어도 유대인과 비슷한 운명을 지니기는 했지. 현대의 디아스포라[78]이고 순교이고 박해이고 추방이었지. 지금 프란시스코의 어머니는 손자들과 함께 콜로니아로마에 살고 계시다네. 찾아뵌 적은 없지만 서로 말 없는 자매애를 느끼지. 그날 밤 여기 정원에서 구스타보는 커다란 부상이나 상실의 고통을 겪은 사람들은 강력한 유대감을 갖게 된다고 말했는데, 그 말이 맞았어. 사람이 가질 수 있는 가장 강한 유대감은 슬픔의 유대감이며, 가장 견고한 단체는 비통의 단체이지. 난 아버지가 돌아가신 후에야 유럽에서 돌아왔네. 지금은 아버지에 대해 더 깊이 알 수도 있었을 텐데 하고 후회해. 아버지 역시 당신에게 그다지 맞지 않는 삶을 선택하셨지 싶어. 혹은 그런 삶이 당신을 선택했든가. 아마 우리 모두 그랬을 거야. 아버지는 원예학 책을 즐겨 보셨지. 여기서 목화 재배를 처음 시작

78) '흩어진 사람들'이라는 뜻으로, 기원전 6세기 유대왕국이 패망한 후 팔레스타인을 떠나 온 세계에 흩어져 사는 유대인을 이르는 말.

한 사람이 바로 우리 아버지시라네. 목화 산업이 번창하는 것을 보았다면 무척 기뻐하셨을 텐데. 세월이 지난 후에야 나는 아버지와 구스타보가 얼마나 닮았는지를 깨달았어. 두 사람 다 결코 군인이 될 마음이 없었지. 멕시코를 제대로 이해하지 못했다는 점에서도 같아. 아버지처럼 구스타보도 학살과 폭력을 증오했어. 하지만 증오심이 부족했던 거야. 진실을 가장 크게 착각한 사람은 프란시스코였어. 결코 멕시코의 대통령 자리에 어울리는 사람이 아니었어. 실은 멕시코인으로서도 부적당했지. 결국 우리 모두는 생각을 바꾸게 되었어. 살면서 그렇게 하지 못했다면 죽어서라도 그렇게 되었네. 꿈과 현실 중에서, 소망과 실제로 기다리는 것 중에서 세상은 아주 가차 없이 선택하지. 난 내 인생과 내 조국에 대해 오래도록 생각했다네. 알려질 수 있는 진실은 얼마 없어. 우리 집안은 운이 좋았고, 다른 집안은 운이 좀 나빴지. 그걸 가려내기야 아주 간단하지.

나는 학교에서 생물학을 공부했다네. 과학자들은 실험할 때 박테리아든, 쥐든, 사람이든 일부를 택해 특정한 조건을 부여하지. 그러고는 자연 상태 그대로 있었던 두 번째 무리와 비교해. 그 두 번째 무리를 대조군이라고 부르지. 대조군 덕분에 실험 효과를 측정하고 그 중요성을 판단할 수 있는 거야. 역사에는 대조군이 없어. 달리 이랬을 수도 있다고 아무도 말할 수 없는 거지. 그저 이랬을 수도 있는데라고 한탄할 뿐, 그것을 현실로 만들 수는 없어. 역사를 모르면 같은 실수를 되풀이한다고들 말하지. 하지만 역사를 안다고 해서 실수를 피할 수 있다고는 생각 안 해. 탐욕과 어리석음과 피에 대한 욕망은 역사에서 끊임없이 반복되네. 심지어 모든 것을 안다는 신마저도 세상을 바꿀 힘은 없는 게 아닌가 싶어.

아버지는 지금 우리가 앉아 있는 곳에서 200미터도 떨어지지 않은 곳에 묻혀 계시네. 나는 거기에 자주 찾아가서 아버지께 말을 걸곤 한다네. 살아 계실 적에는 결코 할 수 없었던 말들을 하지. 아버지는 나의 조국 안에 나의 추방지를 만드셨어. 의도적으로 그러신 건 아니야. 내가 태어났을 때부터 이 집에는 다섯 가지 언어로 된 책들이 가득 차 있었지. 이 세상이 여자로서 나를 거부할 것을 알기에 나는 다른 세상을 붙잡았어. 다섯 살에 읽기를 시작한 이후로 아무도 내 손에서 책을 빼앗지 못했지. 절대로. 그리고 아버지는 나를 유럽에서 가장 좋은 학교 두 곳에 보내셨어. 엄격하고 권위적인 분이긴 했지만 아버지는 가장 위험한 종류의 자유사상가이기도 하셨어. 자네는 내가 겪은 실망에 대해 말했지. 실망을 했다 하더라도 그 때문에 나는 더욱 무모해졌을 뿐이야. 알레한드라는 내가 생각하는 유일한 미래이고, 그 애를 위해서라면 내 전부를 걸 수 있어. 내가 그 애에게 바라는 삶은 더 이상 존재하지도 않을 거야. 하지만 그 애가 무엇을 바라지 않는지는 잘 알고 있네. 여기서 더 잃을 것은 없어. 난 1월이면 일흔세 살이야. 나는 당대의 뛰어난 인물들을 많이 사귀었지. 그중에서 만족스러운 삶을 산 이는 거의 없어. 나는 알레한드라가 아예 다른 계층의 사람과 결혼해서 사교계의 속박에서 벗어나기를 바란다네. 나는 그 애가 인습적인 결혼을 하는 것은 절대 반대야. 하지만 나는 그 애가 무엇을 할 수 없는지도 알고 있어. 여기서 더 잃을 것은 없어. 그 애가 앞으로 어떤 세상에서 살게 될지 나는 전혀 몰라. 그러니 그 애가 어떻게 살아야 한다고 고집하지도 않아. 그저 이익보다 진실을 더 소중히 여기지 않으면 어떻게 살든 아무런 차이가 없다는 것을 알 뿐이야. 도덕적이어야 한다는 말이 아니라 진실을 알고 있어야 한다는 뜻이라네. 자네가 어리다거나 교육이 부족해서, 혹은 외국인이라서 내가 반대한다고 생각하겠지만 전혀 그렇지 않아. 난 적절한 구혼자라는 관념에 반대해야 한다는 생각을 알레한드라의 마음에 깊이 새겨 주었네. 우리는 언젠가 그 애를 구해 줄 사람이 오리라는 기대에 함께 가슴 설레곤 했지. 그 사람이 어떤 옷을 입고 있는가는 전혀 중요하지 않아. 하지만 우리 가문의 여자들에게는 어떤 방종한 피가 흐르고 있다는 것 또한 사실이야. 제멋대로에다 앞을 내다보지 못하고 경솔하지. 그 애에게도 그런 면이 있다는 것을 알고 있었던 만큼 내가 좀 더 조심했어야 했어. 자네를 제대로 보지 못했으니 정말 유감이야. 하지만 이제라도 제대로 볼 수 있으니 그나마 다행이지.

제 설명은 들어 볼 마음도 없으시군요.

어찌 된 일인지는 알고 있네. 자네도 어쩔 수 없는 상황에서 그렇게 된 것이겠지.

그렇습니다.

그럴 줄 알았네. 하지만 그건 설명이 되지 않아. 난 어쩔 수 없이 역경에 처했다는 이유만으로 동정하지는 않는다네. 운이 나빴을 수야 있지. 하지만 그것만으로 모든 것이 다 용서된다고 생각하나?

알레한드라를 만나고 싶습니다.

그렇게 말할 줄 알았네. 좋아, 허락하지. 허락을 안 한다 해서 자네가 안 만날 것도 아니겠지만. 그 애는 나와 한 약속을 절대 깨트리지 않을 걸세. 두고 보게.

알겠습니다. 두고 보죠.

그녀가 일어서자 스커트의 기다란 뒷자락이 아래로 떨어졌다. 그녀가 손을 내밀었다. 그는 일어나 아주 잠시 그 손을 쥐었다. 침착하고도 우아한 악수였다.

자네를 다시는 못 본다니 유감이군. 자네한테 내 이야기를 하면서 나도 마음이 많이 괴로웠다네. 하지만 우리는 우리의 적이 누구인지 알아야 해. 증오의 망령을 이겨 내느라 한평생을 불행하게 보내는 사람을 본 적이 있지.

저는 결코 마님을 증오하지 않습니다.

증오하게 될 걸세.

두고 보죠.

그래. 우리에게 어떤 운명이 닥칠지 두고 보세.

운명을 안 믿으시는 줄 알았는데요.

그녀는 손을 저었다.

안 믿는다는 건 아니네. 운명에게 지배받기를 거부했을 뿐이지. 운명이 법이라면 운명 역시 그 법에 종속되어 있는 것 아니겠나? 인간은 어디에라도 책임을 지우기 마련이야. 그것이 본성이지. 우리는 작업대 쟁반에서 금속 덩어리를 하나씩 집어 드는 안경 낀 동전 주조자와 같다는 생각이 가끔씩 들어. 작업대 밖에는 어떤 혼돈도 있을 수 없다고 단정하고서 빈틈없이 일에 몰두하지.

아침에 그는 합숙소로 걸어가 바케로들과 식사한 후 작별 인사를 나누었다. 그런 다음 헤렌테의 집에 들러 안토니오와 마구간에 가 말을 타고 우리를 돌아다니며 길이 덜 든 말들을 둘러보았다. 그는 어느 말을 고를지 그 전에 미리 정해 두었다. 그 말이 그들을 발견하고서 콧김을 내뿜더니 뒤로 돌아 종종걸음으로 달아났다. 롤린스의 흰 점박이 검은 말이었다. 그들은 흰 점박이에게 밧줄을 걸어 끌고 갔다. 정오가 되자 흰 점박이는 어느 정도 유순해졌다. 그는 말 주위를 걸으며 말이 진정되기를 기다렸다. 말은 몇 주째 사람을 태운 적이 없어 뱃대끈 자국조차 남아 있지 않은 데다 여물을 먹는 법도 잘 모르고 있었다. 그는 저택으로 걸어가 마리아에게 작별 인사를 하고는 점심 도시락과 함께 왼쪽 위 귀퉁이에 라 푸리시마의 상징이 새겨진 장밋빛 봉투를 건네받았다. 저택을 나와 봉투를 열어 보니 돈이 들어 있었다. 그는 얼마인지 세어 보지도 않고 돈을 주머니에 찔러 넣고 봉투를 접어 셔츠 주머니에 넣었다. 그러곤 안토니오가 말을 데리고 기다리고 있는 저택 앞 피칸 나무 사이로 걸어갔다. 그는 안토니오와 묵묵히 아브라소(포옹)를 한 후 안장에 올라 말 머리를 돌려 길을 떠났다.

그는 라베가에서도 내리지 않고 계속 나아갔다. 말은 숨을 몰아쉬며 눈에 보이는 모든 것에 눈알을 굴렸다. 길에 멈춰 있던 트럭이 시동을 걸고 가까이 다가오자 말은 절망적으로 신음하며 뒤로 돌아 달아나려고 들다가 아예 주저앉았다. 그는 말을 쓰다듬으며 트럭이 지나갈 때까지 끊임없이 속삭였다. 그리고 다시 길을 떠났다. 일단 마을을 벗어나자 그는 길에서도 벗어나 볼손의 광대한 태곳적 평지를 가로질렀다. 말발굽이 메마른 석회 플라야[79]를 밟자 소금으로 덮인 표면이 짓밟힌 부레풀처럼 쩍쩍 갈라졌다. 그는 절묘하게 쌓인 하얀 석회 언덕과, 빛으로 뒤덮인 동굴 바닥처럼 석회 꽃이 무성한 하얀 바하다를 지나 앞으로 나아갔다. 저 멀리 가느다란 고리 모양의 초지를 따라, 파리한 나무와 하칼이 빽빽이 들어차 맑은 아침 공기 속에서 덧없다는 듯 흔들리고 있었다. 말은 자연스러운 걸음걸이로 앞으로 나아가며 그의 속삭임을 들었다. 그는 경험으로 알게 된 세상의 진실과 진실일지도 모를 것들에 대해 속삭였다. 말로 내뱉었을 때 과연 어떤 소리가 날지 궁금했기 때문이었다. 그는 또한 자기가 왜 그 말을 좋아하고 왜 그 말을 선택했는지를 설명하고, 어떤 해도 입지 않도록 지켜 주겠다고 약속하였다.

정오 무렵 그는 농지에 난 길을 따라가고 있었다. 그러다 걸음걸음으로 다져진 밭 가장자리에서 물을 실어 나르는 관개용수로 앞에 멈추어 말에게 물을 먹인 후 더위를 식히려고 미루나무 숲 그늘로 향했다. 아이들이 그에게 몰려와 앞에 앉자 그는 도시락을 나누어 주었다. 개중에는 발효한 빵을 처음 먹어 보는 아이도 있었다. 아이들은 어찌해야 할지 몰라 가장 나이

79) 사막의 오목한 저지대로, 우기에는 얕은 호수가 된다.

많은 소년을 쳐다보았다. 길가에 나란히 앉은 다섯 아이들은 아시엔다의 말린 햄이 든 샌드위치 반쪽을 왼쪽에서부터 오른쪽으로 건네며 엄숙하게 베어 먹었다. 아이들이 샌드위치를 다 먹자 존 그래디는 칼로 사과와 구아바 파이를 잘랐다.

돈데 비베?(어디로 가는 거예요?) 대장 격인 소년이 물었다.

그는 질문에 대해 가만히 생각해 보았다. 아이들은 기다렸다. 그가 입을 열었다. 나는 예전에 어느 커다란 아시엔다에서 살았어. 하지만 지금은 집이 없단다.

아이들은 아주 진지한 표정으로 그를 살펴보았다. 푸에데 비비르 콘 노소트로스.(우리랑 같이 살아요.) 그는 고맙다고 하고는 지금 다른 마을에 노비아(여자 친구)가 살고 있어서 청혼하러 가는 길이라고 말했다.

에스 보니타, 수 노비아?(예쁜가요?) 그는 그녀가 매우 아름다우며 믿을 수 없을 정도로 눈이 파랗다고 답하고는, 그녀의 아버지는 부유한 아센다도이지만 자신은 가난뱅이라고 했다. 아이들은 조용히 그의 말을 듣다가 가망 없음에 몹시 낙담하였다. 개중 나이가 많은 여자 아이가 노비아가 그를 정말 사랑한다면 무슨 일이 있어도 그와 결혼할 것이라고 말했지만 대장 소년은 그다지 낙관적이지 않았다. 부잣집에서는 딸이 아버지의 의견을 거스를 수 없다는 것이었다. 소녀는 그런 문제는 할머니가 매우 중요한 역할을 하는 만큼 선물을 해서 할머니의 마음을 사야 한다고 했다. 할머니의 도움이 없다면 성공할 가능성이 거의 없다는 것이었다. 소녀는 그것이 세상 전체가 다 알고 있는 진실이라고 했다.

존 그래디가 소녀의 지혜에 고개를 끄덕이고는 이미 할머니의 마음을 상하게 하여 도움을 받을 수 없다고 말하자 아이들은 음식을 먹던 것을 뚝 멈추고 물끄러미 땅바닥만 내려다보았다.

에스 운 프로블레마.(큰일이네요.) 대장 소년이 말했다.

데 아쿠에르도.(그러게 말이야.)

자그마한 여자 아이가 그에게 기대앉았다. 케 오펜사 레 디오 아 라 아부엘리타?(어쩌다 할머니의 마음을 상하게 했어요?)

에스 우나 이스토리아 라르가.(얘기하자면 아주 길단다.)

아이 티엠포.(시간은 많아요.) 아이들이 말했다.

그는 미소 지으며 아이들을 바라보았다. 정말 시간은 많았기에 그는 있었던 일을 모두 이야기했다. 어떻게 다른 나라에서 이곳으로 왔는지, 두 젊은이가 어떻게 말을 탔는지, 돈도, 음식도, 몸을 가릴 옷조차 없는 남자 아이를 어떻게 만나게 되었는지, 함께 말을 타고 오며 어떻게 함께 지냈는지 모두 말했다.

그 아이는 혈기왕성했고 아주 멋진 말을 몰았지만 신이 번개로 자신의 목숨을 거두어 가리라는 두려움에 떨고 있었지. 그 탓에 그만 사막에서 말을 잃어버리고 말았어.

그는 그 후 어떤 일이 일어났고, 어떻게 엥칸타다의 마을에서 말을 훔쳤는지, 아이가 그 마을로 돌아갔다가 어떻게 사람을 죽였는지, 경찰이 아시엔다로 찾아와 그와 그의 친구를 어떻게 잡아갔는지, 할머니가 돈을 내 주는 대신 어떻게 노비아가 다시는 그를 보지 못하도록 했는지를 이야기했다.

말을 마치자 아이들은 가만히 앉아 있었다. 마침내 소녀가 입을 열어 그 아이를 할머니에게 데려가 그 아이 탓임을 밝히게 해야 한다고 말했다. 존 그래디는 그가 이미 죽었기 때문에 불가능하다고 답했다. 아이들은 그 말에 십자가를 긋고 손가락에 키스했다. 대장 소년은 상황이 어렵기는 하지만 중재자를 찾아서 그를 위해 나서게 해야 한다고 했다. 할머니가 그의 탓이 아님을 알게 되면 마음을 바꿀 것이기 때문이었다. 소녀가 그쪽 집은 부자인데 존 그래디는 가난하다는 점을 잊고 있다고 지적했다. 말을 한 마리 갖고 있으니 그리 가난한 것은 아니라고 소년은 말했다. 아이들은 뭐라고 말할지 고대하며 존 그래디를 바라보았다. 그는 자신이 보기와는 달리 매우 가난하며 말도 그 할머니가 준 것이라고 말했다. 그러자 아이들 몇몇이 한숨을 쉬며 고개를 절레절레 흔들었다. 소녀가 현명한 사람이나 쿠란데라(지혜로운 늙은 여인)를 찾아가 의논하라고 말하자 다른 어린 소녀는 하느님께 기도해야 한다고 말했다.

어둠이 내린 늦은 밤 그는 토레온에 도착했다. 호텔 앞에 말을 매어 두고 안으로 들어가 마구간이 있는지 물었지만 호텔 직원은 그런 것에 대해 아는 것이 없었다. 직원은 유리창 너머로 말을 쳐다보고는 존 그래디를 바라보았다.

푸에데 데하를로 아트라스.(뒤에 두셔도 됩니다.)

아트라스?(뒤요?)

시. 아푸에라.(네, 밖에 말입니다.) 직원이 뒤쪽을 가리켰다.

존 그래디는 뒤편을 바라보았다.

포르 돈데?(어디 말입니까?)

직원이 어깨를 으쓱하곤 프런트 너머로 손바닥을 내밀어 복도를 가리켰다. 포르 아키.(이쪽으로 가시면 됩니다.)

로비의 소파에 앉아 있던 노인이 창밖을 바라보고는 존 그래디에게 괜찮다고, 말이 호텔 로비를 지나가는 것보다 더 끔찍한 일이 무수하다고 말했다. 존 그래디는 호텔 직원을 한 번 쳐다보고는 밖으로 나와 고삐를 풀고 말을 안으로 끌고 갔다. 직원이 앞장서 복도를 걸어가 존 그래디가 말을 안마당으로 끌고 가도록 뒷문을 열어 주었다. 그는 말에게 세면기 물을 먹인 다음 트라후아릴로에서 사 두었던 자그마한 곡물 포대를 풀고 쓰레기통 뚜껑을 뒤집어 거기에 쏟아부었다. 그리고 안장을 벗겨 물을 적신 빈 포대로 말을 구석구석 문질러 주고는 안장을 짊어지고 호텔로 들어가 열쇠를 받아 방으로 갔다.

깨어나니 정오였다. 거의 열두 시간 동안 잠을 잔 것이었다. 그는 일어나 창가로 가 밖을 내다보았다. 호텔 뒤쪽 자그마한 마당에서 말이 어린아이 셋을 태우고 얌전히 걸어가고 있었다. 다른 두 아이가 말의 머리와 꼬리를 각각 붙잡고 있었다.

그는 전화국에서 아침 내내 줄을 서서 네 창구 중 어느 한 곳에서 연결되기를 기다렸다. 마침내 차례가 왔지만 그녀와 통화가 되지 않았다. 그가 카운터에 다시 신청서를 내밀자 유리 뒤편에 있던 아가씨가 그의 얼굴을 살피더니 오후에 다시 신청하는 것이 더 나을 거라고 일러 주어 그는 그렇게 했다. 전화가 연결되자 어떤 여인이 전화를 받고는 그녀에게 사람을 보냈다. 그는 기다렸다. 전화기를 든 그녀는 그의 전화일 줄 알았다고 말했다.

꼭 만나야 해.

그럴 수 없어.

꼭 만나야 해. 거기로 가겠어.

안 돼. 그러지 마.

내일 아침에 출발하겠어. 지금 토레온에 있어.

고모할머니는 만나 보았니?

그래.

침묵이 감돌았다. 그러다 그녀가 입을 열었다. 우린 만나선 안 돼.

만나야 해.

어차피 난 여기에 없을 거야. 이틀 후에 라 푸리시마로 떠나.

기차역에서 만나자.

안 돼. 안토니오 아저씨가 마중 나올 거야.

그는 눈을 감고 수화기를 꽉 쥐고는 사랑한다고, 그들이 자신을 죽인다 하더라도 그녀가 그런 약속을 할 권리는 없다고, 이번이 마지막이 될지라도 꼭 만나야만 한다고 이야기했다. 그녀는 오래도록 침묵했다. 그리고 말했다. 하루 일찍 출발하겠다고. 고모할머니가 편찮으시다고 하고 내일 아침 출발할 테니 사카테카스에서 만나자고. 그리고 전화를 끊었다.

그는 철도 남쪽 바리오(구역) 너머에 있는 마구간에 말을 맡기면서 파트론에게 아직 완전히 길들지 않은 말이니 조심하라고 일렀다. 마구간 주인이 고개를 끄덕이며 일꾼을 소리쳐 부르긴 했지만 존 그래디는 주인이 나름대로 생각을 해서 스스로 결론을 내리리라는 것을 알 수 있었다. 그가 안장을 안장실로 끌고 가 걸이에 얹고 나오자 일꾼이 문을 잠갔다. 그는 사무실로 들어갔다.

선금을 내려고 했지만 주인이 살짝 손을 저으며 괜찮다고 했다. 그는 햇살을 받으며 거리를 걸어가다 시내로 향하는 버스에 올랐다.

그는 가게에서 자그마한 배낭과 새 셔츠 두 벌과 새 부츠 한 켤레를 산 후 기차역으로 걸어가 표를 끊고 식당에서 식사를 했다. 그는 부츠를 길들이기 위해 이리저리 걷다가 호텔로 돌아갔다. 권총과 칼과 낡은 옷을 넣고 둘둘 만 침낭을 물품 보관실에 맡기면서 호텔 직원에게 아침 6시에 깨워 달라고 말하고는 방으로 올라갔다. 아직 해가 저물기도 전이었다.

그는 호텔에서 나와 선선한 회색 아침 속으로 걸어갔다. 기차에 오르니 빗방울이 차창을 후두두 때렸다. 맞은편 의자에 어린 소년이 누나와 함께 앉아 있었다. 기차가 출발하자 소년이 그에게 어디에서 왔고 어디로 가는지 물었다. 텍사스에서 왔다고 했지만 남매는 그다지 놀라는 것 같지 않았다. 판매원이 아침 도시락을 사라고 외치며 지나가기에 남매들에게 함께 먹자고 권하자 소년이 당황하며 거절했다. 그 역시도 당황했다. 그는 식당차에서 우에보스 란체로스 큰 접시와 커피를 먹고는 젖은 유리창 너머로 회색 들판을 바라보았다. 새 부츠와 새 셔츠를 차려입은 그는 실로 오랜만에 편안함을 느꼈다. 가슴을 짓누르던 무게가 덜어진 듯싶었다. 그는 예전에 아버지가 했던 말을 되새겼다. 겁에 질려서는 돈을 벌 수 없고, 걱정에 눌려서는 사랑을 할 수 없다. 출라 선인장 외에 아무것도 없는 지루한 평야가 끝나고 기차는 거대한 야자나무 숲으로 들어섰다. 그는 기차역 매점에서 산 담뱃갑을 꺼내 담배에 불을 붙인 후 담뱃갑을 식탁에 내려놓고 차창을 향해, 비를 맞으며 스쳐 달아나는 경치를 향해 연기를 내뿜었다.

기차는 오후 늦게 사카테카스에 이르렀다. 그는 역에서 나와 그 옛날 하늘 높이 세워진 석조 수도교를 지나 시내로 들어갔다. 비가 북쪽에서부터 계속해서 좇아와 돌길이 젖어 있고, 가게는 모두 닫혀 있었다. 그는 이달고 거리를 걷다 대성당을 지나 아르마스 광장으로 들어가 레이나 크리스티나 호텔에 방을 잡았다. 식민지풍의 오래된 호텔은 조용하고 시원했으며 돌로 된 로비 바닥은 반들반들하고 거무스름했다. 마코앵무새가 새장에 앉아 사람들이 들어오고 나가는 것을 바라보았다. 로비에 붙은 식당에서는 사람들이 여태 식사를 하고 있었다. 그는 열쇠를 받아 들고 위로 올라갔다. 호텔 보이가 그의 자그마한 배낭을 들고 갔다. 방은 넓고 천장이 높으며 침대에 자수 이불이 덮여 있었고, 탁자에는 고급 유리병에 물이 담겨 있었다. 호텔 보이가 커튼을 활짝 젖히더니 욕실로 가 모든 것이 다 갖추어져 있는지 점검했다. 그는 창가 난간에 기대어 밖을 내다보았다. 마당에서 한 노인이 붉고 하얀 제라늄 화분 사이에 무릎을 꿇고 앉아 꽃을 손질하면서 코리도[80] 한 구절을 반복해서 나직이 흥얼거렸다.

그는 보이에게 팁을 주고는 옷장에 모자를 넣고 문을 닫았

80) 이야기 형식으로 진행되는 멕시코 노래.

다. 그리고 침대에 몸을 쭉 뻗고 누워 무늬가 새겨진 천장 들보를 바라보았다. 그러다 일어나 모자를 쓰고 식당으로 내려가 샌드위치를 먹었다.

그는 굽이굽이 물결치는 길을 따라 오래된 건물과 고립된 자그마한 광장들을 지나갔다. 사람들의 옷차림에서 어떤 우아함이 느껴졌다. 비가 그치고 공기는 상쾌했다. 상점들이 다시 문을 열기 시작했다. 그는 광장 벤치에 앉아 구두닦이에게 부츠를 닦은 뒤 그녀에게 줄 선물을 사려고 상점 진열창을 살폈다. 결국 그는 아주 평범한 은 목걸이를 값도 깎지 않고 부르는 대로 주고 샀다. 여주인은 은 목걸이를 종이에 싸서 리본을 묶었다. 그는 목걸이를 셔츠 주머니에 넣고는 호텔로 되돌아갔다.

산루이스포토시와 멕시코시티에서 오는 기차는 8시에 도착할 예정이었다. 그는 7시 30분에 벌써 역에 가 있었다. 기차는 9시가 다 되어서야 들어왔다. 그는 플랫폼에서 사람들 틈에 섞여 기차에서 내리는 승객들을 바라보았다. 그녀가 기차에서 내리는데도 거의 못 알아볼 뻔하였다. 그녀는 발목까지 내려오는 기다란 푸른색 드레스에 챙이 넓은 푸른색 모자를 쓰고 있었다. 그에게나 플랫폼에 있는 다른 사람에게나, 그녀는 학생 같아 보이지 않았다. 역무원이 발판을 내려서는 그녀에게서 자그마한 가죽 가방을 받아 들었다가 그녀가 다 내려오자 다시 돌려주며 모자에 손을 대어 인사했다. 그녀가 돌아서서 바라보자 그는 그녀가 이미 차창으로 자신을 보았다는 것을 깨달았다. 가까이 다가오는 그녀의 아름다움은 존재할 수 없을 만큼 찬란하였다. 이런 장소는 물론이고 그 어디에도 있을 것 같지 않은 아름다움이었다. 그녀는 그에게 다가와 슬프게 미소 짓고는 그의 뺨에 난 흉터를 어루만지다 그곳에 키스했다. 그는 그녀에게 키스하고는 가죽 가방을 받아 들었다.

살이 많이 빠졌구나. 그녀가 말했다. 그는 본시 존재하고 있는 우주의 미래를 찾고자 하는 사람처럼 그녀의 푸른 눈을 바라보았다. 숨조차 멎어 버려 말이 쉽사리 나오지 않았다. 그는 그녀에게 매우 아름답다고 말했다. 미소 짓는 그녀의 눈에는 그녀가 처음 그의 방에 찾아왔던 밤에 보았던 슬픔이 어려 있었다. 그 슬픔에는 자신도 포함되어 있지만 자신만이 전부가 아님을 그는 알아차렸다.

몸은 좀 어때?

괜찮아.

레이시는?

그 녀석도 괜찮아. 집으로 돌아갔어.

협소한 터미널을 지나 밖으로 나오자 그녀가 그의 팔짱을 꼈다.

택시 잡을게. 그가 말했다.

그냥 걷자.

그래, 좋아.

거리는 사람들로 북적댔다. 아르마스 광장에는 주지사 관저 앞에 주름 종이로 장식된 단상을 짓느라 목수들이 망치질을 하고 있었다. 이틀 후 그곳에서 독립 기념 연설이 있을 예정이었다. 그는 그녀의 손을 잡고 거리를 건너 호텔로 향했다. 그는 손을 통해 그녀의 마음을 읽으려고 했지만 아무것도 알 수 없었다.

그들은 호텔 식당에서 저녁을 먹었다. 사람들 앞에서 그녀와 함께 있는 것이 처음인 그는 근처에 앉은 남자들의 시선이나 그것에 대처하는 그녀의 우아함에 다소 당황하였다. 그는 웨이터가 커피를 가져오자 프런트에서 산 미국 담배를 꺼내 불을 붙였다가 재떨이에 내려놓고는, 무슨 일이 있었는지 꼭 들어 달라고 말했다.

그는 블레빈스와 카스텔라르 감옥과 롤린스가 당한 일부터 시작하여 심장에 부러진 칼이 꽂힌 채 자신의 품에 안겨 죽어 간 쿠치예로에 대한 일까지 모두 이야기했다. 하나도 빠짐없이. 그리고 침묵 속에 가만히 앉아 있었다. 고개를 든 그녀의 눈에서 눈물이 흘러내렸다.

말해 봐. 그가 말했다.

못 해.

말해 봐.

네가 누군지 내가 어떻게 알겠어? 너는 어떤 사람이지? 우리 아버지는 어떤 분이지? 너 위스키 마셔? 창녀와 놀아나? 우리 아버지 역시 마찬가지일까? 남자는 대체 어떤 사람들이야?

나는 남들한테 말 못 한 것까지도 너에게 다 말했어. 말해야 할 것은 모두 말했어.

그게 무슨 소용이야? 무슨 소용이냐고?

나도 몰라. 난 그저 진실을 믿을 뿐이야.

그들은 오래도록 가만히 앉아 있었다. 마침내 그녀가 고개를 들어 그를 바라보았다. 아버지께 우리가 사랑하는 사이라고 말했어.

으스스한 한기가 그의 몸을 뚫고 지나갔다. 식당은 너무나도 조용했다. 나직이 속삭이는 그녀의 목소리 사이로 그를 감싸고 있는 침묵이 느껴졌다. 그는 고개를 들 수조차 없었다. 입을 열긴 했지만 그의 목소리는 사라지고 없었다.

왜?

고모할머니 때문이었어. 내가 널 그만 만나지 않으면 아버지한테 다 말해 버리겠다고 협박하셨어.

그러지 않으셨을 거야.

글쎄, 모르겠어. 하지만 고모할머니 뜻에 좌지우지되는 것이 견딜 수 없었어. 그래서 차라리 내가 직접 밝히기로 했어.

왜?

나도 몰라. 모르겠어.

정말이야? 정말 말해 버린 거야?

그래. 사실이야.

그는 의자에 등을 기대고 양손으로 얼굴을 가렸다. 그리고 다시 그녀를 바라보았다.

고모할머니는 어떻게 아셨지?

나도 몰라. 이런저런 일로 눈치채셨겠지. 어쩌면 에스테반 할아버지가 말했는지도 모르겠어. 내가 들어오고 나가는 소리를 들었을 테니.

부인하지 않았어?

응.

아버지는 뭐라셨는데?

아무 말도. 아무 말도 안 하셨어.

왜 나한테 말 안 했어?

메사에 가 있었잖아. 말하려고 했어. 하지만 넌 돌아오자마자 체포되어 버렸어.

너희 아버지가 날 체포하게 시키셨군.

그래.

대체 왜 말한 거야?

나도 모르겠어. 내가 어리석었어. 고모할머니의 오만함 때문이었어. 난 협박 따위는 당하지 않겠다고 말했지. 고모할머니 때문에 내가 정신이 나갔더랬나 봐.

고모할머니가 미워?

아니, 미워하지 않아. 하지만 내게 나 자신이 되라고 말씀해 놓고는 끊임없이 당신의 말을 따르게끔 유도하셔. 그렇다고 미워하지는 않아. 고모할머니도 어쩔 수 없는 일이니. 하지만 나 때문에 아버지가 크게 상심하셨어. 나 때문에 말이야.

아무 말도 안 하셨다고?

그래.

그럼 어떻게 하셨는데?

그냥 식탁에서 일어나서 방으로 들어가 버리셨어.

식당에서 그 말을 한 거야?

그래.

고모할머니도 있을 때?

응. 아버지는 그냥 방으로 들어가시더니 다음 날 날이 밝기도 전에 떠나셨어. 말에 안장을 얹고 그냥 가 버리셨지. 개들만 데리고 혼자 산으로 올라가신 거야. 너를 죽이려는 줄 알았어.

그녀는 울고 있었다. 사람들이 그들을 쳐다보았다. 그녀는 눈을 내리깐 채 어깨만 들썩이며 조용히 흐느꼈다.

울지 마, 알레한드라. 울지 마.

그녀는 고개를 저었다. 내가 다 망친 거야. 차라리 죽고 싶어.

울지 마. 내가 다 알아서 해결할게.

불가능해. 그녀가 고개를 들고 그를 바라보았다. 그는 그때 처음으로 절망을 보았다. 그는 이미 절망을 보았다고 생각했지만 그것은 착각이었다.

메사까지 와 놓고는 왜 날 안 죽이셨을까?

나도 몰라. 내가 스스로 목숨을 끊을까 염려되셨나 봐.

정말 그럴 생각이었어?

나도 몰라.

내가 다 알아서 해결할게. 나한테 맡겨 둬.

그녀는 고개를 저었다. 넌 몰라.

뭘 모르는데?

난 아버지가 날 사랑하지 않으실 줄은 몰랐어. 그러실 수 있으리라고는 꿈에도 생각지 못했어. 하지만 이젠 알아.

그녀는 핸드백에서 손수건을 꺼냈다. 미안해. 사람들이 우리를 보고 있어.

어둠 속에서 마당으로 비가 쏴아 쏟아지며 커튼이 방 안에서 펄럭였다. 눈물을 흘리며 사랑한다고 말하는 그녀의 벌거벗은 하얀 몸을 꼭 안고서 그는 결혼하자고 말했다. 그의 힘으로 살아갈 수 있다고, 미국에 가서 살면 아무도 그들을 해치지 못한다고. 그녀는 밤새 깨어 있었다. 새벽녘에 그가 눈을 뜨니 그녀는 그의 셔츠를 입고 창가에 서 있었다.

비에네 라 마드루가다.(아직 새벽이야.) 그녀가 말했다.

그래.

그녀는 침대로 다가와 그의 곁에 앉았다. 꿈에서 널 보았어. 꿈에서 네가 죽었어.

어젯밤에?

아니, 오래전에. 처음 시작되기도 전에. 이케 우나 만나.(난 약속을 했어.)

약속.

그래.

내 목숨을 살리려고.

그래. 사람들이 너를 낯선 거리로 끌고 갔어. 새벽이었지. 아이들이 기도하고 있었어. 요라바 투 마드레. 콘 마스 라손 투 푸타.(네 어머니가 울고 계셨지. 너의 창녀보다 더 슬퍼하시는 게 당연해.)

그는 손으로 그녀의 입을 막았다. 그런 식으로 말하지 마. 말도 안 돼.

그녀는 그의 손을 떼어 꼭 쥐고서 혈관을 따라 쓰다듬었다.

새벽에 그들은 밖으로 나가 거리를 거닐었다. 거리를 쓸던 청소부와 자그마한 상점을 열거나 계단을 청소하던 여인들과 이야기를 나누기도 했다. 식당에서 아침을 먹고 여자 행상인들이 자갈길에 멜코차, 차라무스카 같은 사탕을 늘어놓고 있는 파세오(골목길)와 카예혼을 지나다가 그는 그녀에게 딸기를 사 주었다. 딸기 파는 소년은 자그마한 놋쇠 저울에 딸기를 달아 알카트라스(원뿔) 모양으로 접은 종이에 쏟아부었다. 그들은 날개 하나가 부러진 하얀 천사 석상이 서 있는 오래된 독립 공원을 거닐었다. 석상의 손을 속박하는 수갑의 사슬은 허리쯤에서 끊어져 있었다. 그는 마음속으로 북부행 기차가 도착할 때까지 몇 시간이나 남았는지 헤아려 보았다. 기차가 토레온을 향해 출발하는 순간 그녀는 기차에 타고 있을 수도 있고, 타고 있지 않을 수도 있었다. 그는 자신을 믿고서 인생을 맡긴다면 결코 그녀를 실망시키거나 버리지 않을 것이라고, 죽는 그 순간까지 그녀를 사랑할 것이라고 말했다. 그녀는 믿는다고 했다.

정오가 되기 전에 호텔로 돌아가는 길에 그녀가 그의 손을 이끌었다.

이쪽으로 가자. 보여 줄 것이 있어.

그녀는 대성당 벽을 따라 걷다 아치형 지붕이 줄지어 선 아케이드를 지나 거리로 들어섰다.

여기가 어디야?

그가 물었다.

그냥 어떤 곳이야.

그들은 구불구불 이어진 좁은 골목을 따라 걸었다. 무두질 공장을 지나, 주석 세공소를 지나, 작은 광장에 들어서자 그녀가 돌아섰다.

외할아버지가 바로 여기서 돌아가셨어.

어디?

여기. 바로 이곳 말이야. 과달라하리타 광장.

혁명 때 말이구나.

그래. 1914년 7월 23일이었지. 외할아버지는 라울 마데로 밑에서 사라고사 여단을 이끄셨어. 당시 스물네 살이셨지. 외할아버지 부대는 도시 북부에서부터 밀고 내려왔어. 세로 데 로레토. 티에라 네그라. 그 당시에는 여기가 모두 캄포였어. 외할아버지는 이런 낯선 장소에서 돌아가신 거야. 카예(거리) 델 데세오와 카예혼 델 펜사도르 멕시카노가 만나는 이곳 에스키나(모퉁이)에서. 울어 줄 어머니조차 곁에 없었지. 꼭 코리도 가사 같았어. 작은 새 한 마리 날아가지 않았네. 그저 돌바닥에 피만 흘러내릴 뿐. 너한테 여길 보여 주고 싶었어. 그만 가자.

키엔 푸에 엘 펜사도르 멕시카노?(펜사도르 멕시카노(생각에 잠긴 멕시코인)는 누구야?)

운 포에타.(시인이야.) 조아퀸 페르난데스 데 리사르디. 아주 힘겨운 삶을 살다가 젊은 나이에 죽었어. 여긴 열망의 거리에 대비되는 카예 데 노체 트리스테(슬픈 밤의 거리)야. 멕시코에 딱 들어맞는 이름이지. 이제 그만 가자.

호텔로 돌아오니 하녀가 방을 청소하고 있었다. 하녀가 방을 나가자 그들은 커튼을 치고 사랑을 나누고는 서로의 품에 안겨 잠이 들었다. 일어나 보니 저녁이었다. 그녀는 몸에 수건을 두르고 욕실에서 나와 침대에 걸터앉아 그의 손을 쥐고 가만히 그를 바라보았다. 네 소원을 들어줄 수 없어. 진심으로 사랑해. 하지만 할 수 없어.

그는 자신이 지금 이 순간까지 살아오며 결국 아무것에도 이르지 못했다는 사실을 아주 분명히 깨달았다. 차갑고 냉정한 그 무엇이 어떤 존재인 양 그의 몸 안으로 들어왔다. 그는 그 존재가 악의의 웃음을 날리는 것을 상상했다. 그 존재가 자신을 떠나리라고 믿을 만한 이유는 전혀 없었다. 그녀는 다시 욕실로 들어가 옷을 갖추어 입고 밖으로 나왔다. 그는 그녀를 침대에 앉히고 두 손을 꼭 잡고 애원했지만 그녀는 그저 고개만 젓다가 눈물로 얼룩진 얼굴을 돌리고는 가야 할 시간이라고, 기차를 놓치면 안 된다고 말할 뿐이었다.

그들은 거리를 걸어갔다. 그녀는 그의 손을 쥐었고 그의 다른 한 손은 그녀의 가방을 들고 있었다. 그들은 오래된 석조 투우장 너머에 난 가로수 길을 따라 걷다 조각이 새겨진 석조 음악당을 지나 계단을 내려갔다. 메마른 바람이 남쪽에서 불어오고 찌르레기들이 유칼리나무에서 푸드덕대며 찌익찌익거렸다. 해가 가라앉으며 푸른 석양이 공원을 가득 채우자 가로수와 수도교 벽을 따라 가스등에 노란 불이 들어왔다.

그들은 플랫폼에 서 있었다. 그는 자신의 가슴에 안겨 있는 그녀에게 계속해서 속삭였지만 그녀는 아무 말도 하지 않았다. 기차가 가쁜 숨을 몰아쉬며 남쪽에서 달려와 뭉실뭉실 김을 내뿜고는 부르르 멈춰 섰다. 어둠 속에서 검게 탄 거대한 도미노처럼 차창이 철로를 따라 곡선을 그리며 늘어섰다. 그는 24시간 전에 자기가 탄 기차가 도착했던 때와 지금을 저도 모르게 비교했다. 그녀는 목에 걸린 은 목걸이를 만지작거리다 몸을 돌려 가방을 들고서 온통 눈물 젖은 얼굴로 그에게 마지막 키스를 한 다음 떠나 버렸다. 떠나가는 그녀의 모습을 보자 그는 이것이 현실이 아니라 꿈인 것만 같았다. 플랫폼에서는 가족들과 연인들이 인사를 나누고 있었다. 한 남자가 작은 소녀를 안아 올려 빙글빙글 돌리자 까르르 웃음을 터트리던 소녀가 그의 얼굴을 보고는 웃음을 뚝 멈추었다. 그는 기차가 출발할 때까지 어떻게 가만히 서 있을 수 있을지 알 수 없었다. 그래도 그는 가만히 서 있었다. 기차가 출발하자 그는 몸을 돌려 거리로 향했다.

그는 숙박비를 내고 짐을 싸서 호텔을 나왔다. 그리고 북부의 소란스러운 맥줏집의 전형적인 잡탕 음악이 열린 문에서 터져 나오는 어느 골목 술집에 들어가 술에 취하여 싸움을 벌였다. 회색 새벽에 수탉이 우는 소리에 눈을 떠 보니 그는 창가에 종이 커튼이 쳐진 녹색 방에서 철제 침대에 누워 있었다.

그는 뿌연 거울에 얼굴을 비춰 보았다. 턱이 붓고 멍이 들어 있었다. 고개를 좀 움직이면 얼굴 양쪽이 모두 거울에 비칠 것 같았다. 턱을 다무니 고통이 밀려왔지만 참을 만했다. 그는 불확실한 지난밤의 기억에서 몇 가지를 기억해 냈다. 한쪽 어깨에 코트를 걸치고 반쯤 등을 돌려 떠나려 하던 롤린스의 마지막 모습처럼 어떤 남자가 거리 끝에 서 있었다. 어느 누구도 그의 저택을 파괴할 수 없으리라. 어느 누구도 그의 딸을 무너뜨릴 수 없으리라. 아무도 드나들지 않는 창고의 골 진 철제 벽 문가에서 그는 빛을 보았다. 비에 젖어 드는 도시 속에 펼쳐진 텅 빈 공터를 보았다. 개 한 마리가 공터 나무 상자에서 나와 축 늘어진 누르스름한 가로등 빛 속으로 들어가 버림받은 서커스 개처럼 벽돌 조각을 피해 이리저리 걷다가 팡파르도 없이 시커먼 건물 사이로 사라져 갔다.

방 밖으로 나왔지만 그곳이 어디인지 알 수 없었다. 가랑비가 내렸다. 그는 도시 서쪽에 우뚝 솟은 라부파 산을 보고 방향을 잡았지만 구불구불 감아 도는 길 때문에 이내 길을 잃었다. 어느 여인에게 중심가로 가는 길을 물었다. 그녀는 방향을 가르쳐 주고는 그가 걸어가는 모습을 가만히 바라보았다. 그가 이달고 거리에 이르자 개 떼들이 빠른 속도로 달려와 앞을 가로질러 갔다. 개 한 마리가 젖은 돌길에 미끄러지며 버둥거리다 결국 넘어졌다. 너저분한 털북숭이 개들이 뒤를 돌아보며 으르렁댔고, 넘어진 개는 간신히 몸을 일으켰다. 개들은 다시 아까처럼 달려갔다. 그는 도시 밖으로 나가 상행선 고속도로에 서서 엄지손가락을 들었다. 남은 돈은 얼마 없었지만 갈 길은 한참이나 멀었다.

그는 흰 양복을 입은 남자가 모는 낡은 라살레 오픈카를 타고서 하루 종일 달렸다. 남자는 멕시코 전체를 통틀어 이런 종류의 차는 이것 한 대뿐이라고 말했다. 또한 자기가 젊었을 적에 전 세계를 여행했고, 밀라노와 부에노스아이레스에서 오페라를 공부했다고 했다. 남자는 시골을 스쳐 지나가는 동안 열정적으로 손을 저으며 아리아를 불렀다.

그는 여러 번 차를 얻어 탄 끝에 다음 날 정오 무렵 토레온에 도착해 호텔로 가서 침낭을 찾았다. 그리고 말을 찾으러 갔다. 면도도 목욕도 하지 않았고 갈아입을 옷조차 없었다. 마부는 그를 보고 동정적으로 고개를 끄덕였지만 그런 몰골을 보고도 전혀 놀란 것 같지 않았다. 말을 몰고 차 사이로 나아가자 말은 겁을 집어먹고 제멋대로 질주하더니 커다란 접시를 버스 옆으로 걷어찼다. 안전한 차 속에 있는 버스 승객들은 즐거워하며 차창 밖으로 몸을 내밀고 소리를 질러 그들을 자극했다.

데고야도 거리에서 아르메리아(무기 판매점)를 발견한 그는 말에서 내려 가로등 기둥에 고삐를 묶어 놓고 안으로 들어가 45구경 롱콜트 총알을 한 상자 샀다. 그리고 변두리 티엔다에 들러 토르티야와 콩 통조림 몇 개와 살사 소스와 치즈를 사서 담요로 싸 안장 뒤에 맨 침낭 위에다 묶고는 물통을 채우고 말에 올라타 북쪽으로 향했다. 비 덕분에 온 땅이 무르익어 길가에 풀들이 싱싱한 푸른빛을 발하고, 벌판 여기저기에 꽃들이 만발했다. 그는 밤이 되면 마을에서 멀리 떨어진 벌판에서 잠을 잤다. 모닥불도 피우지 않았다. 고삐에 묶인 말이 풀 뜯는 소리와 공허함을 가로지르는 바람 소리에 귀 기울이며 누워, 둥근 반구를 따라 돌다 땅 끝 어둠 속으로 사라져 가는 별들을 바라보았다. 그렇게 누워 있는 동안 심장 속에 똬리 튼 고통이 불꽃처럼 타올랐다. 세상의 고통이란 형태 없는 기생충 같은 존재가 알을 깔 따스한 인간의 영혼을 찾아다니는 것이라는 상상을 하며, 무엇으로 인해 사람이 그런 존재에게 무방비 상태가 되는지 알 것 같다는 생각이 들었다. 그 존재에게는 마음이 없으니 영혼의 한계를 알 길이 없다는 것을 몰랐던 그는 영혼에 한계가 없을지도 모른다는 생각에 두려움에 떨었다.

다음 날 오후 그는 볼손에 깊숙이 들어갔고, 다시 하루가 지나자 울퉁불퉁한 땅이 북쪽의 메마른 산을 받치고 있는 산간 지대에 접어들었다. 말이 너무 지쳐 달릴 수가 없어서 자주 쉬어야만 했다. 습기나 축축한 땅 덕에 말발굽이 조금이라도 편하게끔 밤에 말을 몰며, 그는 저 멀리 떨어진 평지의 자그마한 마을들이 고르지 않은 어둠 속에서 희미하게 노란 빛을 발하는 것을 바라보았다. 저런 곳에서 생활하는 것은 자신으로서는 도저히 상상할 수 없다는 것을 그는 잘 알고 있었다. 닷새 후 어두운 밤에 이름을 알 수 없는 자그마한 교차로에 이르자 그는 말을 멈추었다. 나무판자에 뜨겁게 달군 쇠로 마을 이름을 새겨 기둥에 못질한 표지판들을 보름달 덕분에 읽을 수 있었다. 산헤로니모. 로스핀토스. 라로시타. 맨 아래에는 다른 쪽을 가리키는 화살표와 함께 라 엥칸타다라고 적혀 있었다. 그는 오랫동안 가만히 앉아 있다가 몸을 숙이고 침을 뱉었다. 그는 서쪽의 어둠을 바라보았다. 제기랄. 내 말을 이딴 곳에 내버려 두지는 않겠어.

첫 번째 회색 빛이 드리울 무렵 그는 밤새 달려 완전히 지친 말을 이끌고 언덕에 올라 마을을 살폈다. 오래된 진흙 벽돌 사이로 일찍이 램프가 켜진 노오란 창문이 보였고, 가느다란 연기가 바람 없는 새벽 속으로 곧디곧게 올라갔다. 너무나도 고요하여 마을은 마치 어둠 속에 실로 매달려 있는 것 같았다. 그는 말에서 내려 자신의 전 재산을 펼치고는 총알 상자를 열어 반 정도를 주머니에 넣은 뒤 권총 탄창에 여섯 발이 모두 장전되어 있는지 확인한 다음 탄창을 닫고 총을 허리에 찼다. 그리고 물건을 다시 침낭에 말아 안장 뒤에 묶고 말에 올라 마을로 들어갔다.

거리에는 아무도 없었다. 그는 말을 가게 앞에 매어 두고 옛 학교 건물로 걸어가 현관 앞에서 안을 들여다보았다. 문을 열려고 했지만 잠겨 있었다. 그래서 뒤쪽으로 돌아가 유리를 깨고 손을 집어넣어 빗장을 벗긴 다음 총을 꺼내 들고 안으로 들어갔다. 방에 들어선 그는 창가로 가 거리를 살폈다. 그리고 몸을 돌려 서장의 책상으로 갔다. 그는 맨 위 서랍을 열어 수갑을 꺼내 책상 위에 놓고는 의자에 앉아 발을 책상에 걸쳤다.

한 시간 후 청소부가 열쇠로 문을 열고 들어왔다. 그러다 그가 앉아 있는 것을 보고 깜짝 놀라 어찌할 바를 몰랐다.

파살레, 파살레, 에스타 비엔.(어서 들어와요. 괜찮아요.)

그라시아스.(감사합니다.)

그녀는 방을 가로질러 뒤쪽으로 가려고 했다. 하지만 그는 그녀를 멈춰 세우고는 벽에 기대어 있는 접이식 금속 의자에 앉으라고 권했다. 그녀는 조용히 의자에 앉았다. 그 어떤 질문도 하지 않았다. 그들은 그저 기다렸다.

서장이 거리를 건너오는 모습이 보였다. 이어서 판자 바닥이 삐걱대는 소리가 들렸다. 서장이 한 손에 커피를 들고 다른 손에 열쇠 뭉치를 들고 겨드랑이에 편지를 끼우고 들어오다가 존 그래디가 권총을 책상에 세워 쥐고 있는 것을 발견했다.

시에라 라 푸에르타.(문 닫아.)

서장의 눈이 급히 문으로 향했다. 존 그래디가 일어났다. 그리고 권총의 공이치기를 당겼다. 찰칵 하는 소리와 함께 탄창이 아침의 침묵을 날카롭게 가르며 제자리로 들어갔다. 청소부는 두 손으로 귀를 막고 눈을 감았다. 서장은 팔꿈치로 서서히 문을 닫았다.

어쩔 셈인가?

내 말을 가지러 왔어.

말?

그래.

나한테 없어.

말이 어디에 있는지 아는 것이 신상에 좋을걸.

서장은 청소부를 바라보았다. 여전히 손으로 귀를 막고 있었지만 눈은 뜨고 있었다.

이쪽으로 와서 물건을 내려놔. 존 그래디가 말했다.

서장은 책상으로 걸어가 커피와 편지만 내려놓고 열쇠 뭉치는 그대로 쥐고 있었다.

열쇠도 내려놔.

그는 열쇠를 책상에 내려놓았다.

뒤로 돌아.

네가 지금 무슨 짓을 하고 있는지는 알고 있겠지?

네가 듣도 보도 못한 짓을 하는 거지. 뒤로 돌아.

그는 뒤로 돌았다. 존 그래디는 앞으로 손을 뻗어 서장의 권총집 뚜껑을 열고 권총을 꺼내어 공이치기를 푼 다음 자신의 허리춤에 꽂았다.

다시 돌아.

서장이 뒤로 돌았다. 손을 들라는 말은 안 했는데도 스스로 손을 들고 있었다. 존 그래디가 책상에서 수갑을 집어 허리에 찼다.

크리아다(청소부)는 어디에 가둬 놓을까?

만데?(뭐라고?)

됐어. 가자.

그는 열쇠 뭉치를 집어 들고 책상 앞으로 나와 서장을 앞으로 밀었다. 그리고 청소부에게 턱짓했다.

바모노스.(갑시다.)

뒷문은 여전히 열려 있었다. 그들은 밖으로 나와 감옥으로 향했다. 존 그래디는 자물쇠를 풀고 문을 열었다. 노인이 창백한 삼각형 빛에 눈을 껌벅이며 예전 모습 그대로 앉아 있었다.

야 에스타스, 비에호?(영감님, 여태 계셨어요?)

시. 코모 노.(그럼. 당연하지.)

벤 아키.(이리 나오세요.)

노인은 한참을 걸려 힘겹게 일어섰다. 그리고 한 손으로 벽을 짚고서 발을 질질 끌며 앞으로 나왔다. 존 그래디는 노인에게 이제부터 자유라고 했다. 그리고 청소부에게 안으로 들어가라고 손짓하고는, 불편을 끼친 데 대해 사과했다. 그녀는 괜찮으니 걱정 말라고 말했다. 그는 문을 닫고 자물쇠를 잠갔다.

돌아서서 보니 노인은 그대로 서 있었다. 존 그래디는 노인에게 집으로 가라고 말했다. 노인이 서장을 바라보았다.

노 로 미레 아 엘, 테 로 디고 요. 안달레.(볼 것 없어요. 제 말들으세요. 어서 가세요.) 존 그래디가 말했다.

노인이 손을 잡고 키스를 하려 하자 존 그래디는 얼른 손을 빼냈다.

어서 가세요. 저 자식 눈치 볼 것 없어요. 어서요.

노인은 절뚝거리며 정문으로 가 빗장을 풀고 거리에 발을 디뎠다. 그리고 몸을 돌려 다시 문을 닫고 그곳을 떠났다.

서장과 함께 거리로 나온 존 그래디는 허리에 찬 권총 두 개를 재킷으로 가리고 말에 올랐다. 존 그래디의 손은 앞으로 수갑이 채워져 있었고 서장이 말의 고삐를 끌고 걸어갔다. 길을 꺾어 차로가 사는 푸른색 집에 도착한 서장은 현관문을 두드렸다. 여인이 문으로 나왔다가 서장을 보고는 다시 사구안(복도)으로 들어갔다. 잠시 후 차로가 현관으로 나와 고개를 끄덕이고는 이쑤시개로 이를 쑤셨다. 그는 존 그래디를 쳐다본 뒤 서장에게로 고개를 돌렸다. 그리고 다시 존 그래디를 쳐다보았다.

테네모스 운 프로블레마.(문제가 생겼어.) 서장이 말했다.

차로는 이쑤시개를 빨았다. 존 그래디의 허리에 찬 권총을 보지 못한 탓에 서장이 왜 그러는지 이해할 수 없었다.

벤 아키. 시에라 라 푸에르타.(이리 나와서 문 닫아.) 존 그래디가 말했다.

차로가 고개를 들어 총신을 바라보는 순간, 존 그래디는 머릿속에서 톱니바퀴가 맞물리며 모든 것이 뒤집혀 제자리로 떨어지는 것이 느껴졌다. 차로는 서장을 방패 삼아 몸을 숨기며 문을 닫았다. 그리고 말에 탄 이를 노려보았다. 그 눈 속에서 태양이 이글거리고 있었다. 차로는 옆으로 조금 걸어 나와 다시 그를 바라보았다.

키에로 미 카바요.(내 말을 찾으러 왔어.) 존 그래디가 말했다.

차로는 서장을 바라보았다. 서장은 어깨를 으쓱했다. 차로는 다시 존 그래디를 바라보고는 오른쪽을 힐끔거리다 눈을 내리깔았다. 존 그래디가 오코티요 덤불 울타리 쪽을 보니 흙으로 지은 오두막 몇 채와 커다란 건물의 녹슨 양철 지붕이 보였다. 말에서 훌쩍 뛰어내리는 그의 손목 한쪽에 수갑이 덜렁거렸다.

바모노스.(가자.)

롤린스의 말은 집 뒤편에 흙으로 지은 마구간에 있었다. 그가 말을 걸자 말이 고개를 들고 히잉거렸다. 그는 말에 재갈과 고삐를 씌우라고 차로에게 명령했다. 그리고 권총을 들고 서 있다가 차로에게서 고삐를 받아 들었다. 그는 다른 말은 어디에 있는지 물었다. 차로가 침을 삼키며 서장을 바라보았다. 존 그래디는 서장에게 다가가 멱살을 쥐고 머리에 권총을 들이댔다. 그리고 차로에게 다시 한번만 더 서장을 쳐다보면 당장 쏴 버리겠다고 말했다. 차로는 눈을 내리깔고 서 있었다. 존 그래디는 더 이상 안 봐주겠다고, 서장은 어차피 죽은 목숨이지만 그는 하기에 따라서 살려 줄 수도 있다고 말했다. 그리고 블레빈스는 자신의 동생이었고, 아버지께 반드시 서장의 머리를 가져가겠노라고 피의 맹세를 하였으며, 설령 자신이 실패하더라도 다른 형제들이 차례로 찾아올 것이라고 말했다. 차로는 어찌할 바를 몰라 눈알을 굴리다 서장을 쳐다보더니 아예 눈을 감고 몸을 돌려 한 손으로 정수리를 움켜쥐었다. 하지만 존 그래디는 서장을 바라보고 있었다. 서장의 얼굴에 처음으로 의심의 기색이 감돌았다. 서장이 차로에게 무언가 말을 하려 하자 그는 서장의 머리에 권총을 들이대고 멱살을 움켜쥐고는, 한 번만 더 입을 열면 그 자리에서 쏴 버리겠다고 단언했다.

투. 돈데 에스탄 로스 오트로스 카바요스?(너, 나머지 말 한 마리는 어디 있지?)

차로는 마구간을 내려다보며 서 있었다. 마치 연극 무대에서 한 줄짜리 대사를 외우는 엑스트라 같았다.

엔 라 아시엔다 데 돈 라파엘.(돈 라파엘의 목장에 있네.)

그들은 마을을 가로질러 갔다. 서장과 차로는 롤린스의 말에 안장도 없이 같이 탔고 존 그래디는 아까처럼 수갑을 찬 채 말을 몰며 뒤에서 따라갔다. 한쪽 어깨에는 여분의 고삐를 메고 있었다. 그들은 마을 중심가를 조용히 지나갔다. 아침 일찍 흙길을 쓸고 있던 늙은 여인이 허리를 펴고서 그들이 지나가는 것을 바라보았다.

아시엔다까지는 10킬로미터 정도 되었다. 그들은 10시쯤 목장에 도착해 열려 있는 정문을 통해 안으로 들어가 집 뒤편 마구간으로 향했다. 개들이 말 앞에서 겅중거리며 짖어 댔다.

존 그래디는 우리 앞에서 말을 멈추고 수갑을 풀어 주머니에 넣고서 허리춤에서 권총을 꺼냈다. 그리고 말에서 내려 우리 문을 열고 안으로 들어가라고 손을 저었다. 그는 흰 점박이 검은 말을 우리에 넣고 문을 닫고는 두 사람에게 말에서 내리라고 한 후 권총을 흔들며 마구간으로 들어가라고 손짓했다.

마구간은 어도비 벽돌로 된 높다란 새 건물로, 양철 지붕이 덮여 있었다. 맞은편 문은 닫힌 채였고 칸마다 각각 문이 달려 있었는데, 빛이 들지 않아 어둑했다. 그는 총부리로 서장과 차로를 앞으로 밀쳤다. 말들이 킁킁 냄새 맡는 소리와 비둘기들이 다락 어디에선가 구구거리는 소리가 들렸다.

레드보. 그가 외쳤다.

저 끝 쪽에서 말이 히이잉거렸다.

그는 두 사람에게 앞으로 가라고 총으로 지시했다. 바모노스.(앞으로 가.)

뒤돌아보니 문가에 한 사내의 실루엣이 보였다.

키엔 에스타?(거기 누구세요?) 사내가 말했다.

존 그래디는 차로 뒤로 가서 총신을 그의 옆구리에 갖다 대었다. 레스폰델레.(대답해.)

루이스.(루이스라네.) 차로가 말했다.

루이스?(루이스라고?)

시.(그래.)

키엔 마스?(다른 사람은 누군가?)

라울. 엘 카피탄.(라울일세. 서장 말이야.)

사내는 어리둥절하여 서 있었다. 존 그래디는 서장 뒤로 물러났다. 테네모스 운 프레소.(죄수를 붙잡았다고 해.)

테네모스 운 프레소.(죄수를 붙잡았어.) 서장이 외쳤다.

운 라드론.(도둑.) 존 그래디가 속삭였다.

운 라드론.(도둑 말이야.)

테네모스 케 베르 운 카바요.(말을 보러 왔다고 해.)

테네모스 케 베르 운 카바요.(말을 보러 왔어.)

쿠알 카바요?(어느 말?)

엘 카바요 아메리카노.(미국인의 말.)

사내는 가만히 서 있더니 빛이 쏟아지는 문가를 떠났다. 아무도 말이 없었다.

케 파소, 옴브레?(대체 무슨 일이야?) 사내가 외쳤다.

아무도 대답하지 않았다. 존 그래디는 마구간 문 너머 햇빛이 내리쬐고 있는 땅바닥을 바라보았다. 사내의 그림자가 문 옆으로 길게 늘어졌다. 그리고 물러났다. 그는 귀를 기울였다. 그러다 두 사람을 마구간 뒤로 밀쳤다. 바모노스.(어서 가.)

그는 다시 말을 불러 어느 칸에 있는지 확인하고는 문을 열어 말을 꺼냈다. 말은 존 그래디의 가슴에 주둥이를 비볐다. 존 그래디가 속삭이자 말이 히이잉거리더니 몸을 돌려 고삐도 없이 빛이 내리쬐는 문가로 달려갔다. 문을 향해 걸어가면서 보니 다른 말 두 마리도 칸막이 문에 머리를 내밀고 있었다. 두 번째 말은 바로 블레빈스의 커다란 갈색 말이었다.

그는 걸음을 멈추고 그 말을 바라보았다. 그의 어깨에는 여전히 여분의 고삐가 걸려 있었다. 그는 차로를 불러 어깨를 흔들어 고삐를 빼어 건네며 저 말에 씌워서 끌고 나오라고 지시했다. 그는 아까 마구간에 왔던 사내가 말 한 마리는 안장과 고삐를 쓴 채, 다른 한 마리는 고삐만 있고 안장은 없이 우리에 있는 것을 보았으리라는 점을 잘 알고 있었다. 차로가 블레빈스의 말에 고삐를 다 씌우기도 전에 사내가 집에서 총을 가지고 오리라는 그의 짐작은 정확히 맞아떨어졌다. 그 사내가 마구간 밖에서 다시 서장을 불렀다. 서장은 존 그래디를 바라보았다. 차로는 한 손에 고삐를 들고 다른 손으로 말의 주둥이를 쥐고 있었다.

안달레.(어서.) 존 그래디가 말했다.

라울.(라울.) 사내가 외쳤다.

차로는 말 귀에 굴레끈을 걸고 고삐를 쥔 채 칸막이 안에서 있었다.

바모노스.(가자.) 존 그래디가 말했다.

마구간 복도에는 가로대에 밧줄과 고삐 등의 마구가 걸려 있었다. 그는 밧줄 뭉치 하나를 집어 차로에게 건네고는 한쪽 끝을 블레빈스 말의 아래턱 끈에 묶으라고 지시했다. 차로가 굳이 위험을 무릅쓰지는 않을 것이기에 제대로 묶었는지 확인해 볼 필요가 없음을 존 그래디는 잘 알고 있었다. 그의 말은 문가에 서서 뒤를 바라보고 있다가 몸을 돌려 마구간 바깥벽에 기대 서 있는 사내를 바라보았다.

키엔 에스타 콘티고?(저 사람은 누구인가?) 사내가 외쳤다.

존 그래디는 주머니에서 수갑을 꺼내고 서장에게 뒤로 돌아 손을 등 뒤로 돌리라고 명령했다. 서장은 머뭇거리며 문 쪽을 쳐다보았다. 존 그래디가 권총을 들어 올려 공이치기를 당겼다.

비엔, 비엔.(알았어, 알았다고.)

존 그래디는 그의 손목에 수갑을 채워 앞으로 떠밀고는 차로에게 말을 가져오라고 손짓했다. 롤린스의 말이 마구간으로 들어와 레드보에게 주둥이를 비볐다. 주니어가 고개를 들더니 차로가 말들을 끌고 오는 것을 레드보와 함께 바라보았다. 블레빈스의 말과 칸막이에 있던 다른 말까지 끌고 오고 있었다.

존 그래디는 마구간 바닥으로 떨어지는 빛과 그림자의 경계선에 서서 차로에게서 고삐를 받아 들었다.

에스페라 아키.(여기 있네.)

시.(알겠소.)

그는 서장을 앞으로 밀쳤다.

키에로 미스 카바요스. 나다 마스.(내 말들을 되찾으러 왔어. 그뿐이야.) 그가 외쳤다.

아무런 대꾸도 없었다.

그는 블레빈스의 말 아래턱 끈에 연결된 밧줄을 내려놓고는 말 엉덩이를 찰싹 때렸다. 말은 땅에 질질 끌리는 밧줄을 밟지 않으려고 고개를 비스듬히 들고서 빠른 걸음으로 밖으로 나갔다. 그러다 몸을 돌려 롤린스의 말을 이마로 살짝 치고는 바깥벽에 웅크리고 앉은 사내를 바라보았다. 사내가 말에게 겁을 준 것이 분명했다. 말이 머리를 홱 돌리더니 눈만 깜박거리며 꿈적도 않는 것이었다. 존 그래디는 땅바닥에서 밧줄 끝 부분을 쥐고서 수갑을 찬 서장의 손 사이로 넣어 쭉 빼낸 다음 마구간 문기둥에 걸쳤다. 그리고 문 밖으로 나가 웅크리고 있는 사내의 양미간에 권총을 들이댔다.

사내는 들고 있던 소총을 떨어트리며 양손을 들어 올렸다. 그와 동시에 존 그래디는 다리가 꺾이면서 바닥으로 쓰러졌다. 그는 소총이 발사되는 소리를 듣지 못했지만, 그 소리를 들은 블레빈스의 말이 앞발을 번쩍 들더니 껑충껑충 뛰어오르다 그만 밧줄을 밟고 흙바닥 위로 쿵 하고 쓰러졌다. 다락방 지붕에서 비둘기 떼가 아침 햇살 속으로 푸드덕푸드덕 날아올랐다. 흰 점박이 말이 울타리를 따라 냅다 뛰기 시작했고 나머지 말들도 서둘러 자리를 옮겼다. 그는 권총을 쥐고 일어서려다가 총에 맞았다는 사실을 깨닫고는, 사람들이 어디에 숨었는지 두리번거렸다. 사내가 바닥에 놓인 소총을 주우려고 손을 뻗었지만 존 그래디가 몸을 돌려 그에게 권총을 쏘고 소총을 주워 들었다. 그러고는 쓰러진 채 일어나려고 버둥대는 말에게로 몸을 굴려 말의 머리를 가렸다. 그런 다음 조심스럽게 상체를 일으켜 주변을 살폈다.

노 티레 엘 카바요.(말은 쏘지 마.) 뒤쪽에 있던 사내가 외쳤다. 존 그래디는 30미터 정도 떨어진 트럭 짐칸에서 운전석 지붕에 총신을 얹고 서 있는 사내를 발견했다. 그가 권총을 겨누자 사내는 얼른 몸을 숙여 운전석 뒷유리와 앞유리를 통해 이쪽을 살폈다. 그는 공이치기를 당기고 권총을 조준해 앞유리에 구멍을 뚫었다. 그리고 다시 공이치기를 당기고 몸을 휙 돌려, 바닥에 무릎 꿇고 앉은 사내에게 총구를 겨누었다. 존 그래디의 몸 아래에서 말이 신음을 내뱉으며 느리면서도 꾸준히 숨을 쉬었다. 사내는 두 손을 번쩍 들었다. 노 메 마테.(살려주세요.) 존 그래디는 트럭을 바라보았다. 트럭 밑으로 보이는 부츠 덕분에 사내가 트럭 뒤에 서 있음을 알 수 있었다. 그는 말 위에 엎드려 방아쇠를 당겨 부츠를 향해 발사했다. 사내는 트럭 뒷바퀴로 옮겨 갔다. 그는 다시 총을 쏴서 타이어를 맞추었다. 사내는 트럭 뒤에서 튀어나와 공터를 가로질러 오두막으로 달려갔다. 타이어가 아침의 침묵 속에서 쒸이 하는 단조로운 음을 노래하는 동안 트럭 한쪽이 서서히 주저앉았다.

레드보와 주니어는 어두운 마구간 벽 그림자 속에서 눈알을 굴리며 부들부들 떨고 있었다. 존 그래디는 말을 몸으로 감싸듯이 누워, 뒤에 있는 사내에게 권총을 겨누고는 차로를 소리쳐 불렀다. 대답이 없자 다시 한번 부르고, 안장과 고삐와 밧줄을 가지고 나오지 않으면 파트론을 죽여 버리겠다고 단언했다. 모두들 가만히 기다렸다. 잠시 후 차로가 문으로 나왔다. 차로는 해로움을 막는 부적이라도 되는 양 자신의 이름을 외쳐 댔다.

파살레. 나디에 레 바 아 몰레스타르.(어서. 아무도 쏘지 않을 테니 염려 마.) 존 그래디가 소리쳤다.

차로가 안장을 얹고 고삐를 씌우는 동안 그는 레드보에게 말을 걸었다. 블레빈스의 말은 규칙적으로 천천히 숨을 내쉬었다. 그의 배가 입김 덕분에 따뜻해지더니 셔츠가 촉촉이 젖어 들었다. 그는 자신이 말과 같은 속도로 숨 쉬고 있음을 깨달았다. 마치 말의 일부가 자신 속으로 들어와 숨을 쉬고 있는 것 같았다. 그러다 그 말에게는 이름조차 없다는 암묵적 공모에 깊이 빠진 듯했다. 그는 자신의 다리를 살폈다. 바지 자락이 피로 검게 물들고 땅에도 피가 고였다. 마비된 듯 기묘한 느낌이었지만 고통은 전혀 없었다. 차로는 레드보에게 안장을 씌워 그에게로 데려왔다. 그는 천천히 몸을 일으키며 블레빈스의 말을 내려다보았다. 그를 바라보는 말의 눈빛은 저 너며 영원의 끝없는 푸르름을 향하고 있었다. 그는 소총으로 땅을 짚고서 있는 힘껏 몸을 일으켰다. 총에 맞은 다리에 무게가 실리자 하얀 고통이 몸 오른쪽을 타고 차르르 치솟았다. 그는 한껏 숨을 들이마셨다. 블레빈스의 말이 비틀비틀 일어나 밧줄을 훽 잡아당기자 마구간에서 비명 소리가 들려왔다. 서장이 몸을 굽히고 팔을 등 뒤로 뻗은 채 파르르 떨리는 밧줄을 따라 비틀대며 나오는 모습이 꼭 연기에 숨이 막혀 구멍에서 뛰쳐나오는 동물 같았다. 서장은 모자가 벗겨져 검은 생머리가 축 늘어진 잿빛 얼굴로 도와 달라고 소리쳤다. 첫 번째 총성에 말이 밧줄을 밟아 쓰러질 때 팔이 위로 젖혀지며 어깨뼈가 탈골된 탓에 고통이 이루 말할 수가 없었던 것이다. 존 그래디는 일어나 블레빈스의 말 아래턱 끈에서 밧줄을 풀고는 차로가 가져온 다른 밧줄을 묶은 뒤 그 끄트머리를 차로에게 건네며 레드보의 안장 머리에 감고 나머지 말 두 마리를 데려오라고 지시했다. 그러고 나서 그는 서장을 바라보았다. 서장은 뒤로 수갑을 찬 채 땅바닥에 비스듬히 앉아 있었다. 농가의 사내는 여전히 몇 미터 밖에서 무릎을 꿇고 두 손을 들고 있었다. 존 그래디가 내려다보자 사내가 설레설레 고개를 저었다.

에스타 로코.(미쳤군.)

티에네 라손.(맞는 말이야.) 존 그래디가 말했다.

카라비네로(소총병)에게 오두막 밖으로 나오라고 하라는 그의 지시에 서장이 두 번 외쳐 불렀으나 아무런 반응이 없었다. 그가 말을 타고 떠나려고 들면 오두막에 있는 사내가 분명 막으려고 들 것이고, 그렇게 되면 블레빈스의 말이 천둥 같은 총소리에 놀랄 것이 분명하므로 어떻게든 조치를 취해야 했다. 차로는 말들을 붙잡고 서 있었다. 그는 차로에게 고삐를 받았다 다시 건네고는 서장을 흰 점박이 말에 태우라고 말했다. 그러고는 블레빈스의 말에 기대어 호흡을 가다듬으며 다리를 살폈다. 그러다 쳐다보니 차로는 고삐를 잡고 서장 앞에서 있었지만 서장은 움직이려고 하지 않았다. 그는 권총을 들어 서장 바로 앞에 총알을 박으려다가 블레빈스의 말에 생각이 미쳤다. 그는 무릎 꿇은 사내를 다시 한번 쳐다보고는 소총을 지팡이 삼아 말의 목 아래로 흘러 땅에 떨어진 레드보의 고삐를 주워 들고, 권총을 허리춤에 끼우고 등자에 발을 올린 다음 몸을 쭉 뻗어 피투성이 다리를 안장 너머로 넘겼다. 실패했다가는 다시 시도할 수 없다는 것을 잘 알기에 필요 이상으로 세게 다리를 휘둘렀다. 고통 때문에 비명이 터져 나올 것만 같았다. 그는 안장 머리에 감긴 밧줄을 풀고 서장이 앉아 있는 곳으로 말을 몰았다. 그는 겨드랑이에 소총을 끼운 채 오두막 어디에 사내가 숨어 있는지 살폈다. 그러다 말이 서장을 밟을 뻔하였지만 그는 그러든 말든 전혀 신경 쓰지 않았다. 그저 차로에게 마구간 문기둥에 걸린 밧줄을 풀어 이리로 가져오라고 시킬 뿐이었다. 그는 둘 사이에 증오심이 흐르고 있다는 사실을 진작에 알아차렸다. 차로가 밧줄을 가져오자 그것을 서장의 수갑에 묶으라고 했다. 차로는 시킨 대로 하고는 뒤로 물러섰다.

그라시아스.(고맙습니다.) 존 그래디가 말했다. 그러곤 밧줄을 감아 중간쯤에서 안장 머리에 묶고는 말을 전진시켰다. 서장은 상황을 파악하고서 벌떡 일어났다.

모멘토.(잠깐.)

존 그래디는 오두막을 살피며 계속 나아갔다. 땅바닥에 느슨하게 풀어져 있던 밧줄이 팽팽해지자 서장은 고함을 지르며 손을 뒤로 하고 달리기 시작했다. 모멘토.(잠깐만.) 서장이 소리쳤다.

그들이 우리에서 나올 때 서장은 레드보를 타고 있었다. 존 그래디는 뒤에서 서장의 허리에 팔을 두른 채 말을 몰았다. 블레빈스의 말은 밧줄에 묶여 뒤에서 따라오고 나머지 말 두 마리는 앞장서 갔다. 그는 길에서 죽는 한이 있더라도 네 마리 모두 마구간에서 빼내 와야 한다는 굳은 결심 외에는 아무 생각도 할 수 없었다. 피투성이 다리는 마비되어 곡식 자루처럼 묵직했고 부츠에서는 피가 흘러넘쳤다. 우리 문을 나설 때 그는 차로의 손에 들린 모자를 휙 뺏어 머리에 쓰고는 고개를 끄덕였다.

아디오스.(안녕히 계시오.)

차로는 고개를 끄덕이고 뒤로 물러섰다. 존 그래디는 서장을 꽉 붙잡고 소총을 허리께에 비스듬히 들고 우리 쪽을 살피며 진입로를 내려갔다. 차로는 여전히 문가에 서 있었지만 다른 두 사내는 보이지 않았다. 앞에 앉은 서장에게서 고약한 땀 냄새가 풍겼다. 그는 아까 서장의 셔츠 단추를 풀고 손을 집어넣어 한쪽 어깨를 끼워 주었다. 농가를 지나는 동안 사람이라고는 보이지 않았지만 길에 나와서 보니 여자와 소녀들

대여섯이 부엌 한구석에서 밖을 응시하고 있었다.

길에서 그는 주니어로 갈아탔다. 흰 점박이 검은 말은 멀찍이 앞장섰고, 밧줄로 연결된 블레빈스의 말은 뒤에서 쫓아왔다. 그들은 빠른 속도로 엥칸타다로 향했다. 그는 흰 점박이가 달아나지 않으리라 장담할 수 없었고 안장 없이 주니어를 타는 것이 힘들었지만 다른 도리가 없었다. 서장은 어깨가 아프다고 투덜대며 고삐를 뺏으려고 들더니 나중에는 치료를 받아야 한다고 우겼고, 그다음에는 소변을 눠야 한다고 고집했다. 존 그래디는 지나온 길을 살펴보았다. 맘대로 해. 어차피 냄새야 지독한데 오줌쯤이야.

10분은 족히 지난 후에 말을 탄 사람들이 길에 나타났다. 네 사람이 몸을 바짝 숙이고 한 손에 소총을 든 채 전속력으로 달려왔다. 존 그래디는 고삐를 놓고 몸을 돌려 공이치기를 당겨 총을 발사했다. 블레빈스의 말이 서커스 말처럼 몸을 배배 꼬았다. 서장이 길 한가운데에 그대로 있는 것으로 보아 레드보의 고삐를 잡으려고 버둥대고 있음에 틀림없었다. 존 그래디는 서장이 타고 있는 말로 몸을 날렸고, 덕분에 서장은 앞으로 고꾸라질 뻔하였다. 뒤에서 말이 멈추더니 발을 굴렀다. 그는 소총에 새 총알을 넣고 다시 발사했다. 레드보가 뒤를 돌아 팽팽하게 당겨진 밧줄을 쳐다보았다. 블레빈스의 말은 완전히 광분 상태에 빠져 있었다. 그는 몸을 돌려 총신으로 서장의 팔을 갈겨 고삐를 떨어트렸다. 그리고 그것을 얼른 주워 바짝 잡아당기며 총신으로 레드보를 찰싹 친 다음 뒤를 살폈다. 네 사람은 길에서 벗어나 사라졌지만 잡목림 사이로 마지막 말의 뒷모습을 볼 수 있었다. 그는 그들이 어떤 선택을 할지 잘 알고 있었다. 그는 밧줄을 감아 눈이 뿌얘진 블레빈스의 말을 가까이 끌어당겨 기를 팍 꺾은 다음 다시 레드보를 찰싹 때렸다. 말 머리를 나란히 하고 앞으로 나아가서 나머지 말 두 마리도 따라잡은 뒤 덤불숲을 지나 마을의 서쪽 구릉지로 들어갔다. 서장은 반쯤 뒤돌아보며 새로운 불평을 늘어놓았지만 그는 그저 다정스럽게 꽉 껴안아 줄 뿐이었다. 뻣뻣한 몸을 고통스레 파르르 떠는 서장의 모습은 마치 장난으로 훔쳐 가는 마네킹 같았다.

그들은 널찍한 마른 시내 바닥을 따라 말을 몰았다. 속도를 높일수록 그의 다리는 지독히도 흔들렸고, 서장은 제발 내려달라고 울부짖었다. 태양의 방향으로 보아 시내는 동쪽으로 뻗어 있었다. 한참을 나아가니 길이 좁아지면서 울퉁불퉁해졌다. 멀찍이서 앞서 가던 말들이 조심스레 걸음을 옮기다 앞쪽 비탈을 바라보았다. 거침없이 명령하는 그의 목소리에 말들은 위에서 자갈이 굴러 떨어지는데도 계속 비탈을 올라갔다. 북쪽을 면한 자갈투성이 불모지를 올라가는 동안 그는 서장을 다시 꽉 붙잡고는 뒤를 돌아보았다. 저 멀리 1.5킬로미터쯤 떨어진 탁 트인 평야에서 말을 탄 사람들이 부채꼴 모양으로 달려오고 있었다. 그러다 시내 바닥으로 들어가 시야에서 사라졌는데, 모두 넷이 아니라 여섯이었다. 그는 서장 앞으로 손을 뻗어 안장 머리에 감긴 밧줄을 풀었다가 여유분을 더 주고 다시 감았다.

저 형씨들이 너한테 받을 돈이라도 있나 보지.

그는 다시 앞으로 나아가 30미터 아래를 바라보고 있는 말들을 따라잡았다. 저 아래 광야에는 숨을 곳이 전혀 없었고, 시내 외에는 다른 길이 없었다. 15분만 벌면 충분했지만 그럴 수가 없었다. 그는 말에서 내려 절뚝거리며 흰 점박이 말을 붙잡았다. 말은 발을 굴리며 불안한 눈빛으로 그를 바라보았다. 그는 안장 머리에서 고삐를 풀고 등자에 발을 얹어 힘겹게 올라타 말 머리를 돌려 서장을 바라보았다.

따라와. 무슨 생각 하는지 다 알아. 내가 널 못 쫓아갈 줄 안다면 다시 생각하는 게 좋을걸. 네놈의 버릇을 고쳐 놓기 위해서라면 개 패듯이 패는 것도 마다하지 않을 테니. 메 엔티엔데?(알아들었어?)

서장은 대답하지 않았다. 간신히 냉소 어린 미소를 지어 보일 뿐이었다. 존 그래디는 고개를 끄덕였다.

그래, 그렇게 계속 웃어. 내가 죽으면 너도 죽을 줄 알아.

그는 말 머리를 돌려 시내로 내려갔다. 서장이 따라왔다. 자갈 더미가 쌓인 곳에 이르자 그는 말에서 내려 고삐를 묶어 놓고 담배를 꺼내 불을 붙인 뒤 소총을 들고서 절뚝거리며 주위를 걸어다녔다. 그러다 몸을 가릴 만한 그늘진 곳에 서서 허리춤에서 서장의 권총을 꺼내 땅에 내려놓고 칼로 셔츠를 길게 잘라 끈을 꼬았다. 그리고 끈을 둘로 잘라 그중 하나로 방아쇠를 당겨 묶었다. 안전을 위해 방아쇠를 단단히 묶은 그는 죽은 나뭇가지를 꺾어 나머지 끈으로 권총의 공이치기와 연결시켰다. 그리고 적당한 크기의 돌덩이를 나뭇가지 위에 놓아 고정시킨 다음 권총을 쭉 빼자 끈 때문에 공이치기가 당겨졌다. 그는 권총을 바닥에 놓고 그 위에 돌멩이를 얹었다. 천천히 손에서 총을 놓자 총은 그대로 가만히 있었다. 그는 담배를 한껏 빨아 불씨를 돋우어 조심스럽게 끈에 올려놓은 후 뒤로 물러나 소총을 집어 들고 절뚝거리며 말이 서 있는 곳으로 돌아갔다.

그는 물병을 집어 들고 흰 점박이에게서 재갈과 고삐를 벗긴 다음 말의 턱을 쓰다듬었다. 너를 떠나보내자니 정말 마음이 아파. 넌 정말 멋진 말이야.

그는 서장에게 물병을 건네고 어깨에 재갈과 고삐를 걸친 뒤 손을 들어 올렸다. 서장은 그를 내려다보더니 멀쩡한 쪽 손을 내밀었다. 그는 힘겹게 서장의 뒤쪽에 올라타 고삐를 쥐고 말 머리를 돌려 다시 위로 올라갔다.

그는 풀어 놓은 말들을 찾아내어 아래로 몰며 광야로 나갔다. 땅이 화산암이라 말을 추적하기가 쉽지는 않겠지만 불가능한 것은 아니었다. 그는 속력을 가했다. 3킬로미터 저 앞에 나지막한 바위투성이 메사에서 나무와 함께 희망이 엿보였다. 메사까지 반도 못 가 묵직한 총성이 탕 하고 울렸다. 그는 언제 권총이 발사될지 계속 귀를 기울이고 있었다.

서장, 당신은 금방 무고한 주민에게 총을 쐈어.

멀리서 보았던 나무는 마른 시내 줄기가 꺾이는 곳에 서 있었다. 그는 덤불을 지나 미루나무 숲으로 들어가 말 머리를 돌려 금방 지나온 광야를 유심히 살폈다. 말을 탄 사람들은 보이지 않았다. 그는 남쪽 하늘에 떠 있는 태양을 보고 네 시간은 족히 지나야 해가 질 것이라고 어림했다. 말의 뜨거운 몸뚱아리에 땀이 방울방울 맺혔다. 그는 다시 한번 광야를 바라보고는 다른 말들이 시내 바닥에서 물을 마시고 있는 버드나무 쪽으로 말을 몰았다. 그는 말들 곁으로 가 땅에 내려 주니어를 붙잡아 어깨에 걸치고 있던 고삐와 재갈을 씌웠다. 그런 다음 서장에게 레드보에게서 내리라고 소총으로 지시한 뒤 뱃대끈을 풀어 안장과 안장 담요를 끌어내렸다. 그는 안장 담요를 집어 주니어 등에 던지고는 말에 몸을 기대어 숨을 가다듬었다. 다리에서 끔찍스러운 고통이 밀려왔다. 그는 소총을 말에 기대 세우고 안장을 들어 올려 가까스로 레드보의 등에 얹은 뒤 뱃대끈을 죄다가 잠시 휴식을 취했다. 말이 푸르르 입김을 내뿜자 그는 다시 뱃대끈을 조여 고정시켰다.

그는 소총을 집어 들고 서장에게로 향했다.

물을 마시고 싶으면 지금 잔뜩 마셔 두는 게 좋을걸.

서장은 한 팔을 움켜쥔 채 말 옆으로 다가가 무릎을 꿇고 물을 마신 후 목덜미에 물을 끼얹었다. 일어서는 서장의 표정이 매우 심각했다.

날 여기 남겨 두지 그래?

그럴 일은 없을 거야. 넌 내 인질이니까.

만데?(뭐라고?)

가자.

서장은 모호한 기색으로 서 있었다.

왜 돌아왔지?

말을 찾으러. 가자.

서장은 부상당하여 피 흘리는 그의 다리를 턱짓했다. 바지

자락 전체가 피로 검게 물들었다.

넌 죽을 거야.

그거야 신이 알아서 할 일이지. 어서 움직여.

신이 두렵지 않나 보지?

신을 두려워할 이유는 전혀 없어. 오히려 신한테 따질 게 몇 가지 있지.

넌 신을 두려워해야 해. 넌 경찰도 아니잖아. 네겐 이렇게 할 권리가 없어.

존 그래디는 소총을 지팡이 삼아 기대었다. 그리고 몸을 돌려 무덤덤하게 침을 뱉고 서장을 응시했다.

말에 타. 앞장서 말을 몰아. 내 시선에서 벗어나기만 하면 즉각 총알 맛을 보게 될 줄 알아.

땅거미가 드리울 무렵 그들은 엥칸타다 산맥의 발치에 이르렀다. 그들은 바위의 어두컴컴한 링콘(모서리) 아래에 난 메마른 도랑을 따라 위로 올라가다 바닥에 겹겹이 쌓인 자갈을 타고 넘어 티나하(단지) 모양의 커다란 바위에 이르렀다. 둥그렇고 시커먼 바위 바닥에는 얕으나마 물이 남아 있어 밤하늘의 별이 미동도 않고 반짝반짝 빛을 냈다. 흩어져 있던 말들이 바위 안쪽으로 조심스레 내려서더니 푸르르 입김을 내뿜고는 물을 들이켰다.

두 사람은 말에서 내려 티나하 바위 맞은편에 배를 깔고 누워 벨벳처럼 부드럽고 검은 차가운 물을 벌컥벌컥 마셨다. 바위에서 한낮의 열기가 여전히 배어 나오고 있었다. 물을 양껏 마신 그들은 얼굴과 목덜미에 물을 끼얹고는 말들이 물을 마시는 것을 바라보다가 또다시 물을 마셨다.

그는 서장을 그곳에 남겨 둔 채 소총을 들고 절룩거리며 도랑을 올라 물에 휩쓸려 죽은 덤불을 모아 티나하 바위 위쪽 끄트머리에 불을 피웠다. 그는 모자로 부채질을 해 불꽃을 돋우고 장작을 쌓아 올렸다. 불빛에 물 위로 드리워진 말들의 그림자는 말라 가는 땀으로 뒤범벅인 채 유령처럼 발을 옮기며 붉은 눈을 끔벅거렸다. 그는 서장을 바라보았다. 조약돌이 널브러져 있는 바위 기슭에 모로 누워 있는 모습이, 미처 물에 이르지 못하고 죽은 그 무엇 같았다.

그는 절뚝거리며 말들에게 다가가 밧줄을 꺼내고는 바닥에 주저앉아 밧줄을 자르고 올가미를 만들어 말의 앞발을 느슨하게 묶었다. 그리고 소총에서 총알을 모두 빼내어 주머니에 넣은 뒤 물병 하나를 들고 모닥불로 돌아갔다.

그는 모자를 저어 불을 돋우고는 허리춤에서 권총을 꺼내 탄창 핀을 당겨 총알이 장전된 탄창과 탄창 핀을 빼내어 소총 총알을 넣어 둔 주머니에 같이 넣었다. 그런 다음 칼을 꺼내 칼 끝으로 권총 손잡이 나사를 풀어 외부 손잡이와 나사를 다른 주머니에 넣었다. 그는 모닥불 속의 숯에 부채질을 하고 막대로 긁어모아 더미를 만들어 총신을 그 가운데에 집어넣었다.

서장이 몸을 일으키고 앉아 그를 바라보았다.

그들이 널 찾아낼걸. 바로 여기서 말이야.

여기서 계속 죽치고 있을 줄 아나 보지.

난 더 이상 갈 수 없어.

곧 자신의 능력에 놀라게 될 거야.

그는 셔츠를 벗어 티나하 바위에 고인 물로 적시고 모닥불로 돌아와 모자로 다시 불을 돋우다가 부츠와 벨트와 바지를 벗었다.

총알은 그의 허벅지 윗부분으로 들어와 빙글빙글 돌다가 뒤로 빠져나갔다. 그는 다리를 돌려 상처 양쪽을 살폈다. 젖은 셔츠로 조심스레 닦으니 가면에 뚫린 두 개의 구멍처럼 상처가 휑하니 모습을 나타냈다. 피를 닦아 내자 시퍼런 살이 드러났다. 그 바깥쪽은 누런 빛을 띠고 있었다. 그는 막대로 권총 손잡이 뼈대를 모닥불에서 꺼내어 자신의 그림자에 덮인 권총을 잠시 바라보다가 다시 모닥불 속에 집어넣었다. 서장은 무릎에 팔을 얹은 채 가만히 그가 하는 양을 바라보았다.

꽤나 요란하겠군. 말발굽에 밟히지 않도록 조심해.

서장은 대답하지 않았다. 그는 모닥불을 부채질하며 서장을 바라보았다. 다시 권총을 꺼내니 총신 끝이 빨갛게 빛을 발했다. 그는 총을 바위 위에 놓고는 젖은 셔츠로 재빨리 손잡이를 집어 빨건 총신을 다리에 난 구멍 속으로 깊숙이 밀어 넣었다.

서장은 그가 설마 그럴 줄은 상상도 못 하고 있었고, 설령 상상을 했다 하더라도 진짜로 할 줄은 꿈에도 모르고 있었다. 서장은 벌떡 일어나려다 뒤로 넘어져 티나하 바위 물에 빠질 뻔했다. 살에 닿은 총이 쉿 하고 소리를 내기도 전에 존 그래디의 입에서 고함이 터져 나왔다. 고함 소리에 사방에 있던 밤의 시시한 생명들이 즉각 입을 다물고, 말들은 모닥불 너머 어둠 속에서 허우적대고 비명을 지르며 별을 할퀴다 공포에 질려 그 굵직한 허벅지를 접으며 주저앉았다. 그는 숨을 들이쉬었다 다시 길게 울부짖으며 총신을 두 번째 상처로 밀어 넣었다. 아까보다 총신이 식었을 것이기에 그만큼 더 오래 있다 총을 빼내고는 옆으로 꼬꾸라졌다. 총이 바위로 떨어지며 철거덕철거덕 구르더니 쉬잇 소리와 함께 웅덩이 속으로 가라앉았다.

그는 고통에 몸부림치며 엄지손가락 안쪽을 꽉 깨물었다. 다른 손으로는 바위에 올려 둔 물병을 집어 뚜껑을 연 후 다리에 끼얹었다. 살에서 불꼬챙이처럼 쉬잇 소리가 났다. 그는 숨을 헐떡이며 물병을 떨어트리고는 상체를 일으켜 나직이 레드보를 불렀다. 앞발이 묶여 다른 말들처럼 주저앉아 일어나려고 허우적대는 레드보에게서 공포를 씻어 주기 위해서였다.

그는 몸을 돌려 바닥에 떨어져 물을 콸콸 쏟고 있는 물병으로 손을 뻗었다. 그런데 서장이 발로 물병을 차 버리는 것이었다. 그는 고개를 들었다. 서장은 소총을 들고 그 앞에 서 있었다. 서장은 개머리판을 겨드랑이에 끼운 채 총으로 위를 가리켰다.

일어나.

그는 등을 쭉 펴고 웅덩이 너머 말들을 쳐다보았다. 두 마리밖에 없었다. 한 마리는 도랑 아래로 달아난 것이 분명했는데, 아마도 블레빈스의 말 같았다. 서장은 자신의 벨트를 들어 올리다 흐트러진 개머리판을 가까스로 바로 했다.

열쇠는 어디 있지?

그는 벌떡 일어나 서장에게서 소총을 빼앗았다. 공이치기가 터걱 하는 둔한 금속성 소리를 냈다.

저쪽에 가서 앉아. 그가 말했다.

서장은 주저했다. 검은 두 눈이 총구를 향했다. 눈 속에서 번득이는 계산이 엿보였다. 맹렬하게 밀려오는 고통 속에서 총만 장전되어 있다면 서장을 쏴 버릴지도 모르겠다는 생각이 솟구쳤다. 그는 수갑 사슬을 확 잡아챘다. 서장은 나지막이 울부짖으며 등을 굽혀 한 팔을 움켜쥔 채 비틀비틀 물러났다.

그는 총알을 꺼내 소총에 장전했다. 하나씩 하나씩 총알을 넣는 동안 땀이 비 오듯 쏟아지고 숨이 차올랐지만 온 힘을 다해 정신을 집중했다. 그는 고통으로 인해 얼마나 멍청해질 수 있는지 예전에는 알지 못했다. 다른 방법이 있었을 텐데 하는 생각에 이어 이렇게 해서 대체 무슨 소용일까 하는 생각이 들었다. 총알을 다 넣은 그는 넝마가 된 젖은 셔츠로 모닥불 장작 하나를 감싸 쥐고 웅덩이로 내려가 물속을 살폈다. 지독히도 맑은 물 아래 권총이 보였다. 그는 물속으로 들어가 몸을 굽혀 권총을 집어 벨트에 찼다. 계속 나아가니 가장 깊은 곳이 그의 허벅지까지 닿았다. 그는 그곳에 서서 바지에 묻은 피와 상처의 열기를 빼내며 레드보에게 말을 걸었다. 말이 어기적어기적 물가로 다가왔다. 그는 어깨에 소총을 메고 횃불을 높이 쳐들고서 어두운 티나하 바위 안쪽에 서 있었다. 나무가 활처럼 휘며 오렌지 빛으로 변하는데도 횃불을 내릴 생각도 않고 말에게 계속 말을 걸었다.

그는 물가에서 타오르고 있는 모닥불을 떠나 도랑 아래로 내려가 블레빈스의 말을 끌고 돌아왔다. 어둠은 늘 그렇듯 남쪽 하늘을 뒤덮었고, 공기 중에서 비 냄새가 풍겼다. 그는 안장 없이 레드보를 탄 채 작은 행렬을 이끌며 수시로 귀를 기울였지만 아무 소리도 들리지 않았다.

물가에 남겨 둔 모닥불의 흔적이라고는 바위 링콘에 어른거리는 불빛뿐이었다. 그 불빛마저도 점점 누그러들더니 사막의 밤이 내뿜는 어둠 속에 휘감기다 완전히 사라져 버렸다.

그들은 도랑을 벗어나 남쪽을 면한 산등성이를 올라갔다. 주위에는 끝없이 펼쳐진 어둠과 침묵뿐이었고, 시커먼 알로에가 띄엄띄엄 높다랗게 서 있었다. 그는 자정은 지났으리라 짐작했다. 수시로 뒤를 돌아 서장을 살폈지만 롤린스의 말 위에 구부정하니 앉아 있는 몰골이, 그날의 모험으로 인해 몸이 쭈그러든 것만 같았다. 그들은 계속 나아갔다. 그는 축축한 셔츠를 벨트에 묶고 위에 아무것도 걸치지 않은 탓에 차가운 한기가 들었다. 말에게 아주 긴 밤이 될 것이라고 말하였는데, 그 말은 그대로 실현되었다. 때때로 그는 잠에 빠져들었다. 그러다 소총이 돌투성이 바닥에 떨어지는 털컥 소리에 눈을 번쩍 뜨고서 말을 멈추고 되돌아갔다. 그는 소총을 쳐다보았다. 롤린스의 말을 타고 있던 서장이 멈추어 서서 그를 바라보았다. 그는 다시 말에 오를 수 있을지 확신이 들지 않아서 소총을 그냥 버릴까 생각했다. 하지만 결국 말에서 내려 소총을 집어 들고는 말을 주니어 옆으로 끌고 가 서장에게 등자에서 발을 빼라고 지시했다. 그는 빈 등자에 발을 걸어 레드보에 올라타 다시 길을 떠났다.

동틀 녘 그는 자갈투성이 비탈에서 소총을 어깨에 메고 발치에 물병을 놓고 홀로 앉아 회색 빛 속에서 모습을 드러내는 사막을 살펴보았다. 메사와 광야, 그리고 해가 떠오르는 동쪽 저 멀리로 시커먼 산이 나타났다.

그는 물병 마개를 비틀어 빼어 벌컥벌컥 물을 마신 후 물병을 들고서 가만히 앉아 있었다. 그러다 다시 물을 들이켰다. 동쪽 산자락 바위에 부서진 첫 번째 햇살이 100킬로미터를 가로질러 광야로 떨어졌다. 움직이는 것은 아무것도 없었다. 1.5킬로미터 밖 계곡 비탈에 사슴 일곱 마리가 멈추어 서서 그를 빤히 바라보았다.

그는 오래도록 가만히 앉아 있었다. 그러다 일어나 산등성이를 올라 개잎갈나무로 향했다. 나무 아래에 말들이 서 있고, 서장이 기진맥진한 기색으로 바닥에 앉아 있었다.

일어나.

서장이 고개를 들었다.

더 이상 갈 수 없어.

일어나. 포데모스 데스칸사르 운 포코 마스 아델란테. 바모노스.(나중에 다시 쉬면 돼. 어서 일어나.)

그들은 산등성이에서 벗어나 좁고 기다란 계곡을 오르며 물을 찾았지만 허탕이었다. 그래서 계곡을 가로질러 동쪽으로 향했다. 높이 떠오른 태양 덕분에 등이 포근했다. 그는 셔츠를 허리에 둘러 말렸다. 오전이 반쯤 지나 계곡을 벗어나자 말들이 탈진했다. 그는 문득 서장이 죽을지도 모르겠다는 생각이 들었다.

그들은 돌로 된 저수조를 발견하고서 말에서 내려 배수관에서 떨어지는 물을 마시고 말에게 물을 먹인 후 말라비틀어진 오크 나무 그림자 아래에서 쉬면서 끝없이 펼쳐진 광야를 바라보았다. 1.5킬로미터쯤 떨어진 곳에 소 몇 마리가 서 있었다. 소들은 풀을 뜯을 생각도 않고 동쪽을 바라보고 있었다. 그는 대체 무엇을 보나 싶어 그쪽으로 고개를 돌렸지만 아무것도 보이지 않았다. 서장을 쳐다보니 주름지고 창백한 몰골이었다. 한쪽 부츠는 굽이 떨어져 나가 없고, 바지 자락에는 모닥불에서 묻은 검댕과 재가 층층이 얼룩졌고, 혁대는 목에 둘러 한 팔을 걸치고 있었다.

널 죽이지는 않겠어. 난 너와는 달라.

서장은 가타부타 말이 없었다.

그는 몸을 일으켜 주머니에서 열쇠를 꺼내고는 소총을 지팡이 삼아 절뚝절뚝 걸어가 서장의 손목에 채워진 수갑을 풀었다. 서장이 손목을 내려다보다가 살갗이 벗겨지고 멍이 든 손목을 조심스레 문질렀다. 존 그래디는 서장 앞에 그대로 서 있었다.

셔츠 벗어. 어깨뼈를 맞춰 주겠어.

만데?(뭐라고?)

키테세 수 카미사.(셔츠 벗어.)

서장은 고개를 저으며 아이가 저항하듯 손을 내뻗었다.

뻗대지 마. 이건 요청이 아니라 명령이야.

코모?(대체 왜?)

노 티에네 오트라 살리다.(다른 수가 없으니까.)

그는 서장의 옷을 벗겨 쫙 펼치고 그 위에 서장을 똑바로 눕혔다. 어깨가 심하게 멍이 들고 팔뚝 전체가 푸르죽죽했다. 서장이 고개를 들었다. 굵은 땀방울이 이마에서 번들거렸다. 존 그래디는 서장의 겨드랑이 아래에 한쪽 다리를 꿇고 앉아 서장의 손목과 팔뚝을 붙잡아 살며시 돌렸다. 서장은 절벽에서 떨어지는 사람 같은 표정으로 그를 바라보았다.

걱정 마. 우리 집안은 멕시코에서 100년째 의술을 펼치고 있으니까.

서장은 비명을 지르지 않겠다고 굳게 다짐했지만 뜻대로 되지 않았다. 말들이 놀라 발을 구르며 서로 뒤에 숨으려고 밀쳐 댔다. 서장은 자신이 알아서 하겠다는 듯이 팔을 움켜쥐었지만 존 그래디는 뼈가 타닥 하며 제자리에 들어가는 것을 느끼고는 다시 한번 더 팔을 돌렸다. 서장은 머리를 쳐들며 헉하고 숨을 들이켰다. 존 그래디는 서장의 팔을 놓고 소총을 집어 들고 몸을 일으켰다.

에스타 콤푸에스토?(맞춰졌나?) 서장이 씨근거리며 물었다.

그래. 잘 맞춰졌어.

서장은 팔을 움켜쥔 채 눈을 껌벅이며 누워 있었다.

어서 셔츠 입고 일어나. 네 친구들이 올 때까지 기다릴 생각은 추호도 없어.

나지막한 구릉지를 오르던 그들은 자그마한 에스탄시아를 발견하고 말에서 내려 폐허가 된 옥수수 밭을 지나 멜론 몇 개를 찾아내 돌투성이 밭고랑에 주저앉아 먹었다. 그는 절뚝거리며 모은 멜론을 들고 옥수수 밭을 되돌아가 말 바로 앞에 던져 깨트려 주었다. 그는 소총에 기대서서 농가를 바라보았다. 마당에 칠면조 몇 마리가 돌아다니고 집 뒤쪽 장대 우리에 말 몇 마리가 갇혀 있었다. 그는 다시 멜론 밭으로 가 서장을 데려와 말에 올라 길을 떠났다. 에스탄시아가 내려다보이는 산등성이에 오르고 보니 목장은 생각보다 규모가 컸다. 농가 뒤쪽으로 몇 채의 건물이 옹기종기 모여 있고 울타리와 어도비 벽담과 관개 수로가 사각형을 이루고 있었다. 방목하는 소들이 갈비뼈가 앙상히 드러난 모습으로 덤불 사이에 서 있었다. 정오의 열기 속에서 수탉이 꼬끼오 울었다. 대장간에 누군가가 있는지 규칙적으로 금속 두드리는 소리가 아련히 들려왔다.

그들은 터덕터덕 구릉지를 올랐다. 그는 소총을 들고 가기가 너무 힘들어 탄알을 빼고서 서장이 타고 있는 말의 안장 옆에 묶었다. 불에 시커메진 권총을 다시 조립하여 총알을 재고 허리춤에 찬 뒤였다. 그는 블레빈스의 말을 느릿느릿 몰았지만 다리의 상처에서 고통이 끊임없이 밀려와 잠이 들려야 들 수 없었다.

초저녁에 그는 말을 쉬게 하고는 메사 동쪽 가장자리에 앉아 주변을 살폈다. 매와 매 그림자가 종이 새처럼 비탈을 미끄러지듯 날아갔다. 먼 곳을 바라보고 있자니 잠시 후 말을 탄 사람들이 나타났다. 10킬로미터쯤 떨어져 있었다. 그들은 도랑이나 그림자 속으로 들어갈 때마다 사라졌다가 얼마 후 다시 나타났다.

그는 말에 올라 다시 길을 떠났다. 서장은 혁대로 팔을 고정시킨 채 말 위에서 꾸벅꾸벅 졸았다. 고지대라 시원하긴 했지만 해가 진 후에는 추울 터였다. 그는 말들을 독려하며 계속 앞으로 나아갔다. 그들은 어둠이 내리기 직전 산등성이 동쪽에서 깊은 계곡을 발견하여 아래로 내려가 바위 사이에서 물을 찾았다. 말들은 필사적으로 비탈을 내려가 벌컥벌컥 물을 들이켰다.

그는 주니어의 안장을 벗겨 안장의 나무 등자와 서장의 손목을 수갑으로 묶고는 안장을 들고 갈 수만 있다면 얼마든지 가라고 말했다. 그리고 모닥불을 피우고 돌덩이로 에워싸 놓은 다음 발로 엉덩이 자리만큼만 쓸어 낸 뒤 벌렁 드러누워 부상당한 다리를 쭉 펴고 권총을 허리춤에 찔러 넣은 채 눈을 감았다.

잠결에 돌멩이 밟는 말발굽 소리에 이어 웅덩이에서 말이 물 마시는 소리가 들렸다. 웅덩이의 돌은 고대 유적의 돌처럼 부드럽고 똑발랐으며 말 주둥이에서 떨어지는 물방울은 우물에 떨어지는 양 똑똑 소리를 울렸다. 그는 꿈속에서 비스듬한 돌길을 우아하게 걷는 말들을 보았다. 마치 사회의 질서가 무너지고 돌에 새긴 글귀가 모두 지워져 버린 고대의 유적지에 온 말들 같았다. 피투성이가 된 말들은 한때 가 보았고 다시 가 볼 곳들에 대한 추억을 나르듯 아주 조심스레 움직였다. 마지막으로 그는 비조차도 지울 수 없는 곳에 새겨졌기에 영원히 계속될 질서를 말의 심장 속에서 보았다.

눈을 뜨니 세 명의 남자가 그를 내려다보며 서 있었다. 어깨에 서라피를 걸친 그들은 모두 권총을 들고 있었는데, 그중 한 명은 그가 총알을 빼 둔 소총을 쥐고 있었다. 그들이 장작을 보탠 덕분에 모닥불이 활활 타올랐지만 그는 몹시 추웠고, 몇 시간이나 잤는지 전혀 알 수 없었다. 그는 일어나 앉았다. 소총을 든 사내가 손가락을 툭툭 꺾더니 손을 내밀었다.

데메 라스 야베스.(열쇠 내놔.)

그는 주머니에서 열쇠를 꺼내 사내에게 건넸다. 그 사내는 다른 사내 한 명과 함께 모닥불 맞은편 안장에 묶여 있는 서장에게로 갔다. 세 번째 사내는 그의 앞에 그대로 서 있었다. 서장의 손에서 수갑을 푼 후 소총을 든 사내가 되돌아왔다.

쿠알레스 데 로스 카바요스 손 수요스?(어느 말이 네 거지?)

토도스 손 미오스.(모두 제 겁니다.)

사내는 모닥불 빛을 받으며 그의 눈을 지그시 바라보더니 다른 사내들에게 돌아가 뭔가를 의논했다. 그들이 서장을 데리고 지나갈 때 보니 서장은 손을 뒤로 하고 수갑을 찬 채였다. 사내가 소총의 탄창을 열고 비어 있는 것을 보더니 총을 바위에 기대 세웠다. 그리고 존 그래디를 바라보았다.

돈데 에스타 수 세라페?(서라피는 어디 있나?)

노 텡고.(없습니다.)

사내는 어깨에서 서라피를 풀더니 베로리카[81]를 하듯 흔들며 그에게 건넸다. 그리고 돌아서서 모닥불을 지나 자신의 말에게로 갔다. 다른 일행이 말 위에서 기다리고 있었다.

키에네스 손 우스테데스?(당신들은 누구죠?) 그가 외쳤다.

서라피를 주었던 사내가 모닥불 빛이 희미하게 어른거리는

---

81) 투우에서 케이프를 우아하게 흔드는 한 방법.

곳에서 뒤돌아보더니 모자챙에 살짝 손을 갖다 대었다. 옴브레스 델 파이스.(이 땅의 사람이네.) 그리고 모두들 그 자리를 떠났다.

이 땅의 사람. 계곡을 오르는 말발굽 소리가 들리다 사라져 갔다. 그는 다시는 그들을 볼 수 없었다. 아침이 되자 그는 레드보에 안장을 씌우고 다른 말들을 앞세워 계곡을 오른 후 메사를 따라 북쪽으로 향했다.

그는 하루 종일 말을 몰았다. 하늘에 구름이 잔뜩 끼어 있고 산 아래에서 시원한 바람이 달음질쳐 올라왔다. 그는 소총에 다시 총알을 재어 안장 앞쪽에 끼우고 어깨에 서라피를 둘렀다. 다른 말들은 멀찍이 앞서서 걸어갔다. 저녁이 되자 북쪽 지역이 온통 검게 물들고 차가운 바람이 불기 시작했다. 풀이 드문드문 자라고 부서진 화산암이 뒹구는 습지 가장자리를 통과한 그는 고지대의 어느 바하다에서 소총을 무릎에 놓고 앉아 차가운 푸른빛 황혼을 바라보았다. 고삐를 매어 둔 말들은 뒤쪽에서 풀을 뜯고 있었다. 빛이 사그러들어 총을 조준할 수 없게 되기 직전 사슴 다섯 마리가 바하다로 들어와 귀를 쫑긋 세우더니 풀을 뜯기 시작했다.

그는 가장 작은 사슴을 겨냥해 총을 발사했다. 블레빈스의 말이 고삐가 묶인 채 울부짖으며 발을 굴렀고, 사슴들은 바하다를 껑충껑충 뛰어 어스름 속으로 달아났다. 가장 작은 사슴만이 홀로 누워 버둥거렸다.

다가가서 보니 사슴은 피투성이가 되어 풀 위에 쓰러져 있었다. 그는 소총을 든 채 무릎을 꿇고 사슴 목덜미에 손을 얹었다. 사슴은 무서워하기는커녕 따스하고 촉촉한 눈빛으로 그를 바라보다가 마지막 숨을 거두었다. 그는 오래도록 사슴을 바라보며 앉아 있었다. 불현듯 서장이 살아 있을까 싶더니 블레빈스의 일이 생각났다. 이어서 알레한드라를 처음 보았던 날이 떠올랐다. 호수를 건너느라 온통 젖은 말을 몰며 시에나가의 저녁 길을 달리던 그녀의 모습이. 그는 초원 위에 서 있던 소와 새와 메사의 말들을 생각했다. 시커먼 하늘 아래로 서늘한 찬바람이 바하다를 내달렸다. 바스러지는 햇빛 대신 차가운 남빛이 스며들며 사슴의 눈이 어둠에 녹아들었다. 풀 그리고 피. 피 그리고 돌. 돌 그리고 단조로이 내리던 비의 첫 번째 빗방울이 만들어 낸 검은 웅덩이. 그는 알레한드라의 완만한 어깨선에서 처음 보았던 슬픔을 생각했다. 그 슬픔을 이해했다고 생각했지만 사실은 아니었던 것이다. 그는 철이 든 후 느껴 보지 못했던 깊은 고독감에 빠져들었다. 이 세계를 사랑함에도 이 세계에서 철저한 이방인이 된 것만 같았다. 그는 세계의 아름다움 속에 비밀이 숨겨져 있다고 생각했다. 세계의 심장은 끔찍한 희생을 바탕으로 뛰는 것이며 세계의 고통과 아름다움은 각자 지분을 나눠 가지는데, 끔찍한 적자로 허덕이는 와중에 단 한 송이의 꽃을 피우기 위해 어마어마한 피를 바치는 것인지도 모른다는 생각이 들었다.

아침 하늘은 맑았지만 공기가 매우 쌀쌀했고 북쪽 산봉우리는 눈을 이고 있었다. 잠에서 깨는 순간 그는 아버지가 돌아가셨음을 깨달았다. 그는 꺼져 가는 장작을 긁어모아 입김으로 불을 돋우어 사슴의 엉덩이 살을 굽고 서라피를 칭칭 두른 채 고기를 먹으며 지금까지 지나온 남쪽 지역을 바라보았다.

그는 다시 길을 떠났다. 정오 무렵 눈 쌓인 길을 지나는데 눈이 녹아 잉크처럼 질척해진 새카만 땅 위를 덮은 얇은 얼음이 빠드득빠드득 부서졌다. 말들이 태양 빛에 번쩍이는 눈 더미를 힘겹게 헤치고 어두컴컴한 전나무 숲길을 지나 햇살과 그림자가 얼룩지고 로진[82]과 젖은 돌 냄새가 풍기는 북쪽 등성이를 내려가는 동안 새들의 노랫소리는 일절 들리지 않았다.

산을 내려가던 존 그래디는 저녁 무렵에 저 멀리 빛나는 불빛을 보고서 말들을 독려하며 쉬지 않고 나아갔다. 짙은 어둠이 내릴 무렵 그와 말은 모두 기진맥진하여 로스피코스에 도착했다.

달랑 하나 있는 흙길에는 최근에 내린 빗물로 여기저기 웅덩이가 패어 있었다. 지저분한 알라메다에 덤불로 지은 정자 하나가 무너질 듯 서 있고, 낡은 철제 벤치가 몇 개 놓여 있었다. 새로 새하얗게 칠을 한 가로수들은 군데군데 불이 켜진 가로등 위에서 어둠에 묻혀 버려, 마치 주형틀에서 막 떼어 낸 연극 무대용 석고 나무 같았다. 말들은 철도처럼 바큇자국이 파인 메마른 흙길에 아주 조심스레 발을 디뎠다. 나무 문을 하나둘 지나칠 때마다 문 뒤에서 개들이 컹컹 짖어 댔다.

아침에 일어나니 몹시 추운 데다 다시 비가 내리고 있었다. 마을 북쪽 변두리에서 천막도 없이 잠을 잔 그는 온몸이 젖었고 악취가 진동했다. 그는 말에 안장을 얹고 서라피로 몸을

---

82) 송진에서 테레빈유를 증류하고 남은 잔류물.

감싸고는 나머지 말들을 앞세워 마을 중심가로 들어갔다.

알라메다에 자그마한 접이식 양철 탁자가 몇 개 놓여 있고 여자 아이들이 팔을 쳐들고 종이 리본을 매달고 있었다. 비에 젖으면서도 웃으면서 철사 너머로 리본 뭉치를 주고받는 아이들의 손은 염색약 탓에 빨강, 파랑, 초록으로 물들었다. 그는 지난밤에 지나쳤던 티엔다 앞에 말을 묶고 안으로 들어가 말이 먹을 귀리 한 포대를 사고 아연 도금 양동이를 빌려 물을 담았다. 그리고 알라메다에서 소총을 지팡이 삼아 기대 서서 말들이 물을 마시는 것을 바라보았다. 그는 자신이 호기심의 대상이 될 줄 알았지만 사람들은 그저 우아하게 고개를 끄덕이며 그냥 지나쳐 갔다. 그는 양동이를 가게에 돌려준 후 거리로 나와 자그마한 식당으로 들어가 좁다란 나무 식탁 세 개 중 하나에 가 앉았다. 식당 바닥에 막 쓸어 모은 진흙이 쌓여 있고 다른 손님은 보이지 않았다. 그는 벽에 소총을 기대 세운 뒤 우에보스 레부엘토스[83]와 코코아를 주문하고는 음식이 오기를 묵묵히 기다렸다. 그는 느릿느릿 음식을 먹었다. 그의 입맛에는 너무 기름졌고 코코아는 카넬라(계피)로 만든 것이었다. 그는 코코아를 한 컵 더 주문하고는 토르티야 한 장을 접어 먹으며 길 건너 광장에 서 있는 말과 여자 아이들을 바라보았다. 아이들이 종이 리본을 걸어 놓은 정자는 꼭 꽃줄 장식을 단 관목 더미 같았다. 식당 주인이 코말(석쇠)에 막 구운 뜨뜻한 토르티야를 공손히 가져다주며 오늘 결혼식이 있

83) 멕시코의 달걀 요리.

는데 비가 와서 참 안됐다고 말했다. 주인은 그에게 어디에서 왔느냐고 묻고는 그렇게 먼 곳에서 왔느냐며 놀랐다. 그는 텅 빈 식당 창가에 서서 광장에 모인 사람들을 바라보다가, 신께서 젊은이들에게 인생을 시작할 때 삶의 진실을 모르게 하신 것은 정말 옳은 판단이었다고 말했다. 그렇지 않았다면 젊은이들은 아예 인생을 시작할 엄두도 못 낼 것이기 때문이었다.

10시쯤 비가 갰다. 가로수에서 물이 뚝뚝 떨어지고 종이 리본이 물에 흠뻑 젖어 줄줄이 늘어졌다. 그는 말 곁에 서서 교회에서 신랑 신부와 하객들이 몰려나오는 것을 바라보았다. 크고 우중충한 검은색 옷을 걸친 신랑은 긴장한 것 같지는 않았지만 어색한 옷차림에 반쯤 절망한 듯 보였다. 신부가 당황한 기색으로 신랑을 꼭 붙잡았다. 신혼부부는 계단에 서서 사진을 찍었는데, 전통 결혼 의상을 입고서 교회 앞에 서 있는 모습이 이미 낡아 버린 사진처럼 보였다. 비 오는 날 잊힌 마을에서 세피아 빛 흑백 사진이 된 두 사람은 순식간에 노인이 되었다.

알라메다에서 검은 레보소(숄)를 두른 할머니가 양철 탁자와 의자를 기울이자 빗물이 주르르 흘러내렸다. 할머니와 몇몇 사람들이 소쿠리와 양동이에서 음식을 꺼내 상을 차렸고, 그 옆에 때 묻은 은색 옷을 차려입은 세 명의 악사가 악기를 들고 서 있었다. 신랑은 신부의 손을 잡고서 교회 계단 앞 웅덩이를 피해 가도록 거들었다. 웅덩이 속 회색 하늘 위로 두 사람의 회색빛 모습이 어른거렸다. 어린 소년이 뛰어나와 웅덩이에서 첨벙첨벙 발을 굴러 신랑 신부에게 흙탕물을 튕기고는 친구들과 함께 달아났다. 신부는 신랑을 꼬옥 잡았다. 신랑은 얼굴을 찌푸리며 소년들을 노려보았지만 어쩔 도리가 없었다. 신부는 옷을 내려다보다 신랑을 보며 활짝 웃음 지었다. 그러자 신랑과 하객들도 웃음을 터트렸다. 그들이 좌우를 살피며 싱글벙글 웃으면서 길을 건너 다가오자 악사들이 연주를 시작했다.

그는 남은 돈으로 커피와 토르티야와 과일 통조림과 콩 통조림을 샀다. 통조림들은 선반에 얼마나 오래 있었는지 녹이 슬고 상표가 희미했다. 그가 지나치면서 보니 하객들은 탁자에 앉아 음식을 먹고 있고 악사들은 연주를 멈춘 채 웅크리고 앉아 양철 컵을 들고 홀짝이고 있었다. 하객이 아닌 듯한 사내가 벤치에 홀로 앉아 있다가 느릿느릿 다가오는 말발굽 소리에 고개를 들어 백인 기수를 보더니 한 손을 들어 올렸다. 서라피를 두르고 소총을 들고 있던 그도 한 손을 들어 보이고는 계속 길을 갔다.

그는 마을 끝에 서 있는 나지막한 흙집을 지나 북쪽으로 뻗은 흙길을 따라갔다. 길은 불모의 자갈 언덕 사이를 굽이치며 갈라지고 끊어지다 마침내 녹슨 파이프와 펌프 기둥과 해묵은 목재 사이에 널린 폐광 찌꺼기들 속으로 사라졌다. 그는 고지대를 넘어 저녁 무렵에 반대편 등성이로 내려와 장엄한 식민지 시절의 도시에 이르렀는데, 크레오소트를 칠한 올리브 나무가 살아 있는 그 어떤 것보다 오래된 듯이, 마치 1000년도 넘게 황야에 서 있었다는 듯이 굳건히 버티고 있었다.

계속해서 앞으로 나아가는 그를 다른 말들이 뒤따랐다. 물

웅덩이에서 비둘기 떼가 푸드득 날아올랐다. 우중충한 검은 구름과 서쪽 산 사이의 좁다란 하늘에서 물속으로 떨어지는 핏방울처럼 해가 뚜욱 떨어지자, 빗물에 생기를 머금고 석양에 금빛을 빛내던 사막에 스멀스멀 어둠이 깔리며 바하다와 언덕과 코르디예라처럼 길고 준엄하게 뻗은 돌이 느릿느릿 검게 물들더니 멕시코 남쪽 저 멀리까지 땅거미가 내려앉았다. 지나가면서 보니 범람지로 밀려와 담을 이루고 있는 화성암 위로 자그마한 사막여우가 나와 밤을 관찰하는 성상인 양 침묵 속에 당당히 앉아 있었다. 아카시아 나무에서 비둘기가 구구거리고 이집트처럼 새카만 어둠이 짙게 드리우자 타가닥타가닥 말발굽 소리와 쉬이쉬이 말 숨소리 외에는 침묵과 고요만이 어둠을 가득 메웠다. 그는 말에게 북극성을 가리켜 보인 다음 계속해서 나아갔다. 동쪽 하늘에서 둥근 달이 떠오르고 코요테 무리가 구슬피 울자 뒤이어 아까 지나온 광야 저 너머 남쪽에서 다른 무리들이 답을 했다.

그는 가랑비를 맞으며 텍사스 주 랭트리 바로 서쪽에서 강을 건넜다. 북풍이 불어 몹시 추운 날이었다. 강이 굽이치는 곳에 소들이 음울한 모습으로 서 있었다. 그는 소들이 지나온 길을 따라 버드나무 숲과 카리살(갈대밭)을 지나 자갈 바닥 위로 잿빛 물이 흐르는 곳에 이르렀다.

그는 차가운 회색 물결이 이는 여울을 유심히 바라보다 말에서 내려 뱃대끈을 느슨하게 풀고 옷을 벗고는 오래전에 했던 것처럼 바짓가랑이에 부츠를 넣고 셔츠와 재킷과 권총을 차곡차곡 담고서 벨트를 당겨 허리를 꽉 조였다. 그런 다음 바지를 목에 두르고 벌거벗은 채 말에 올라 소총을 높이 쳐들고 다른 말들부터 강에 몰아넣은 다음 레드보를 이끌고 물속으로 들어갔다.

그는 하얗게 질리고 부들부들 떨며 텍사스 땅 위로 올라섰다. 그는 잠시 말을 멈추고 북쪽 광야를 바라보았다. 파리한 풍경 속에 소들이 벌써 고개를 푹 숙이고 느릿느릿 다가와 말들을 향해 나직이 음매거렸다. 그는 이 땅에서 죽은 아버지를 생각하며 빗속에서 벌거벗은 채 말 위에 앉아 가만히 눈물 흘렸다.

오후 일찍 랭트리에 들어서니 그곳에도 여전히 비가 내리고 있었다. 가장 먼저 눈에 띈 것은 후드 뚜껑이 열린 픽업 트럭과 시동을 걸려고 애쓰고 있는 두 사내였다. 사내 중 한 명이 고개를 들어 그를 바라보았다. 사라진 과거에서 찾아온 망령이라도 발견한 줄 안 모양이었다. 사내가 팔꿈치를 치자 동료까지 합세해 그를 쳐다보았다.

안녕하세요. 실례지만 오늘이 며칠이죠? 존 그래디가 물었다.

그들은 서로를 바라보았다.

목요일입니다. 첫 번째 사내가 말했다.

날짜는요?

사내는 그를 빤히 바라보다가 그의 뒤쪽에 서 있는 말들을 바라보았다. 날짜라고요?

네.

추수감사절이에요. 다른 사내가 말했다.

그는 그들을 바라보았다. 그리고 거리를 둘러보았다.

저기 저 식당이 문을 열었을까요?

네, 열었어요.

그는 안장 머리에서 손을 들어 올려 말을 쓰다듬으려다 문득 멈추었다.

혹시 소총을 사실 생각 없습니까?

그들은 서로를 바라보았다.

첫 번째 사내가 입을 열었다. 어쩌면 얼 사장님이 살지도 모르겠군요. 벌목꾼들을 도우려고 애를 많이 쓰시니까.

식당 주인 말씀입니까?

네.

그는 모자챙에 손을 살짝 갖다 대고 말했다. 정말 감사합니다. 그가 말을 몰아 거리를 내려가자 다른 말들도 뒤를 따랐다. 사내들은 계속 그와 말을 쳐다보았다. 그들이 뭐라 했는지는 굳이 말할 필요도 없었다. 소켓 렌치를 들고 있던 사내는 흙받이에 공구를 내려놓고, 그가 식당 모퉁이를 돌아 보이지 않을 때까지 동료와 멀뚱히 서서 바라보았다.

그는 말의 주인을 찾아서 몇 주 동안이나 국경 지역을 돌아다녔다. 크리스마스 직전 오조나에서 세 사람이 말의 소유권을 주장하며 고소를 하자 그 지역 경관이 말을 데려가 우리에 가두었다. 심리는 낡은 석조 건물에 들어선 법정에서 열렸다. 서기가 소장을 읽고 사람들의 이름을 부르자 판사가 몸을 돌려 존 그래디를 내려다보았다.

피고는 변호사를 선임하지 않았습니까?

네, 변호사는 필요 없습니다. 저는 그저 그 말에 대해 말하기만 하면 됩니다.

판사는 고개를 끄덕였다.

그렇다면 한번 말해 보시죠.

네, 판사님. 괜찮으시다면 처음부터 이야기하고 싶습니다. 처음 이 말을 봤을 때부터 말입니다.

뜻대로 하세요.

모든 일을 이야기하는 데 약 30분이 걸렸다. 그는 설명을 마치고 나서 물을 마실 수 있겠느냐고 물었다. 아무도 대답하지 않았다. 판사가 서기에게 고개를 돌렸다.

서기, 피고에게 물 좀 갖다 주세요.

판사는 메모한 노트를 읽다가 존 그래디를 바라보았다.

피고에게 세 가지 질문이 있습니다. 이에 모두 답한다면 그 말은 피고의 것입니다.

좋습니다, 판사님.

피고는 질문의 답을 알 수도 있고 모를 수도 있습니다. 거짓말쟁이는 자기가 무슨 말을 했는지 기억하지 못하는 법이니까요.

저는 거짓말쟁이가 아닙니다.

압니다. 그저 기록상 필요해서 묻는 겁니다. 세상에 어느 누가 그런 이야기를 지어낼 수 있겠습니까.

판사는 다시 안경을 쓰고는 존 그래디에게 누에스트라 세뇨라 데 라 푸리시마 코셉시온의 면적을 물었다. 그다음에는 아센다도의 요리사 남편의 이름을 물었다. 마지막으로 노트를 내려놓고 존 그래디에게 지금 깨끗한 팬티를 입었느냐고 물었다.

법정에 숨죽인 웃음소리가 퍼졌지만 판사와 서기는 진지한 표정이었다.

네, 그렇습니다.

현재 이 자리에 여성이 없으므로 피고의 다리에 난 총알 구멍을 보았으면 합니다. 피고가 싫다면 다른 요청을 할 수도 있습니다.

괜찮습니다. 존 그래디는 벨트를 풀고 바지를 무릎까지 내려서 오른쪽 다리를 판사를 향해 돌렸다.

됐습니다. 피고는 물을 마셔도 좋습니다.

그는 바지를 끌어 올리고 벨트를 채운 뒤 서기가 탁자에 내려놓은 물컵을 집어 벌컥벌컥 들이켰다.

아주 끔찍해 보이는군요. 치료를 전혀 받지 않았다고 했지요?

네. 치료해 줄 사람이 없었습니다.

그랬겠죠. 괴저병에 걸리지 않은 것을 다행으로 여기세요.

네. 아주 잘 지졌거든요.

지졌다고요?

네.

뭘로 지졌죠?

총신으로요. 빨갛게 달군 총신으로 상처를 지졌습니다.

법정에 절대적인 침묵이 내려앉았다. 판사는 의자에 등을 기댔다.

경관은 존 그래디 콜에게 말을 돌려주세요. 스미스 씨, 저 젊은이가 말의 주인이라는 사실을 아시겠지요. 피고는 이만 가도 좋습니다. 진술하느라 수고 많았습니다. 이곳이 카운티로 승격된 이후로 나는 줄곧 판사 노릇을 해 왔고, 그동안 수많은 이야기를 들으며 인류에 대해 심각한 회의를 품게 되었지만 이번은 아닙니다. 고소인 세 분은 점심 식사 후 법정에서 다시 보았으면 합니다. 즉, 1시에 말입니다.

고소인들의 변호사들이 벌떡 일어났다. 재판장님, 이분들은 그저 말을 착각했을 뿐입니다.

판사는 메모장을 덮고서 자리에서 일어났다. 물론 착각이겠죠. 그것도 아주 심한 착각. 심리는 이만 마칩니다.

그날 밤 그는 1층에 불이 켜져 있는 것을 보고 판사의 집 현관문을 두드렸다. 멕시코 여자가 나와 무슨 일이냐고 묻자 그는 판사를 뵙고 싶다고 했다. 여자는 그가 스페인어로 말한 것을 다소 냉담한 어투로 영어로 되풀이하고는 잠깐 기다리라고 말했다.

현관으로 나온 판사는 옷을 걸치긴 걸쳤는데 낡은 플란넬 목욕 가운 차림이었다. 현관문 앞에 그가 서 있는 것을 보고 놀랐는지는 모르겠지만 겉으로는 전혀 내색하지 않았다. 판사가 방충문을 열었다.

어서 들어오게나.

폐를 끼쳐서 죄송합니다.

폐라니, 전혀 그렇지 않네.

존 그래디는 모자를 움켜쥐었다.

나는 밖에 나갈 생각이 전혀 없네. 그러니 나를 만나고 싶으면 안으로 들어오는 것이 좋을 거야.

알겠습니다, 판사님.

그는 기다란 복도로 들어섰다. 오른쪽에 난간을 두른 계단이 2층으로 뻗어 있었다. 집에서 음식 냄새와 가구 광택제 냄새가 풍겼다. 판사는 가죽 슬리퍼를 신고 카펫이 깔린 복도를 조용히 걸어가 왼쪽의 열린 문으로 들어갔다. 방에는 책이 가득했고 벽난로에서 불이 활활 타오르고 있었다.

들어오게. 어머니, 이 젊은이는 존 콜입니다.

그가 들어오자 회색 머리의 여자가 일어나 미소 짓고는 판사를 바라보았다.

찰스, 나는 먼저 올라가 보마.

그러세요.

판사가 존 그래디를 바라보았다. 여기 앉게.

존 그래디는 의자에 앉아 무릎에 모자를 올려놓았다.

판사도 자리에 앉았다.

자, 말해 보게. 시간은 쏜살같이 지나가는 법이거든.

네, 판사님. 제가 말씀드리고 싶었던 것은, 판사님이 법정에서 하신 말씀에 왠지 마음이 편치 않았다는 겁니다. 판사님은 제가 한 행동이 모두 옳은 듯이 말씀하셨지만 저는 그렇게 생각하지 않습니다.

그럼 어떻게 생각하나?

그는 모자를 내려다보았다. 그렇게 한참을 가만히 있다가 마침내 고개를 들었다. 제가 옳지 않았던 것 같습니다.

판사는 고개를 끄덕였다. 말에 관해 뭔가 말 안 하고 그냥 넘어간 게 있나?

네, 판사님. 그렇습니다.

뭐였나?

그게 실은 애정 문제입니다.

그랬군.

어느 목장에서 일했는데, 저는 그곳 목장 주인을 아주 존경했습니다. 그분도 제 일솜씨에 아무 불만이 없었고요. 저한테 정말 잘해 주셨죠. 그런데 그분이 제가 일하고 있던 산에 올라오셨지요. 저를 죽이러 오셨던 것 같습니다. 제가 자초한 일이지요. 모두 제 탓입니다.

여자 애를 임신시킨 건 아니겠지?

아닙니다. 그저 사랑했을 뿐입니다.

판사는 진지하게 고개를 끄덕였다. 사랑하기 때문에 임신이 되었는지도 모르잖나.

네, 그건 그렇지요.

판사는 그를 찬찬히 살펴보았다. 자네는 자기 자신한테 너무 엄격한 것이 아닌가 싶군. 내가 보기엔 자네는 위기에서 빠져나오기 위해 정말 최선을 다했네. 이제는 그만 다 떨치고 앞으로 나아가야 할 때야. 내 아버지는 이렇게 말씀하시곤 했지. 무엇인가를 너무 되씹다 보면 그것이 너를 먹어 버릴 수도 있다고.

네, 판사님.

그것 말고도 또 있지. 아닌가?

네, 판사님.

무엇이지?

교도소에 있을 때 한 소년을 죽였습니다.

판사는 의자에 등을 기대었다. 그것 참 유감스러운 일이로군.

그 일 때문에 마음이 괴롭습니다.

상대방이 먼저 공격했던 거겠지.

네. 하지만 그렇다고 달라지는 것은 없습니다. 그 애는 칼로 절 찔러 죽이려고 했죠. 그런데 어쩌다 보니 제가 이기고 말았습니다.

그런데 왜 마음이 괴로운 건가?

저도 모르겠습니다. 전혀 모르는 애였거든요. 이름조차 모릅니다. 어쩌면 아주 착한 사람이었는지도 모르죠. 사형수였는지 아닌지도 모르겠습니다.

그가 고개를 들었다. 난롯불 빛이 축축이 젖은 그의 눈을 비추었다. 판사는 그를 가만히 바라보았다.

착한 사람이 아니었다는 것쯤은 자네도 알고 있잖나?

네, 아마 그랬겠지요.

설마 판사가 되어 판결을 내리고 싶은 것은 아니겠지?

물론 아닙니다. 그럴 마음은 조금도 없습니다.

나도 마찬가지네.

네?

난 판사가 되기 싫었어. 젊은 시절 샌안토니오에서 변호사로 활동하다가 아버지가 편찮으셔서 여기로 돌아와 검사로 일했지. 판사가 되고픈 마음은 추호도 없었어. 자네랑 생각이 비슷했거든. 지금도 그 생각은 여전하지만.

그런데 왜 마음을 바꾸셨죠?

마음을 바꾸면서도 그걸 알아차리지 못했지. 재판이 불공

정하게 이루어지는 경우를 수없이 접하고, 어릴 적 동무들이 일말의 정의감도 없이 공직에 앉아 있는 꼴을 보아야 했지. 달리 선택의 여지가 없기도 했고. 그래, 선택의 여지가 없었어. 난 1932년에 이 지역 젊은이 한 명을 전기의자로 보냈다네. 나는 그 일에 대해 자주 생각해. 착한 사람은 아니었지. 하지만 그래도 자꾸 생각이 나. 같은 상황에 처한다면 다시 같은 결정을 내릴까? 그래, 그럴 거야.

사실 저는 사람을 더 죽인 거나 마찬가지입니다.

왜, 또 다른 누군가를 죽였나?

네.

그 멕시코인 서장 말인가?

네. 서장이었는지 뭔지는 모르겠지만요. 그곳 사람들은 마드리나(보호자)라고 부르더군요. 진짜 경찰은 아니었던 거죠.

하지만 자네가 죽인 것은 아니잖나?

네, 제가 죽인 건 아니죠.

그들은 가만히 앉아 있었다. 장작이 재로 변해 갔다. 밖에서는 바람이 윙윙 불었고, 그는 곧 그런 바깥으로 나갈 터였다.

전 심지어 그를 죽일 결심도 하지 않았습니다. 그렇게 생각은 했지만 실은 아니었던 거죠. 만약 그 사람들이 서장을 데려가지 않았더라면 어찌 되었을지 모르겠습니다. 그랬다 해도 어차피 죽었을 수도 있죠.

그는 난롯불에서 고개를 들어 판사를 바라보았다.

그 사람한테 분노했던 것은 아닙니다. 화를 내고 싶지도 않았죠. 그 사람이 죽인 남자 아이는 저랑 아무 사이도 아니었습니다. 물론 안됐기는 합니다. 하지만 그 애를 친구나 동생으로 여긴 것은 아닙니다.

왜 자네는 자신이 서장을 죽이고 싶어 했다고 생각하나?

모르겠습니다.

그건 자네와 하느님만이 알 수 있는 일일세. 그렇지 않나?

그렇겠지요. 판사님한테 무슨 대답을 듣고 싶었던 것은 아닙니다. 답이 있을 수가 없는 문제니까요. 그저 판사님이 혹시 저를 특별하게 여기실까 봐 찾아온 겁니다. 저는 전혀 특별한 사람이 아닙니다.

이렇게 찾아와 주어서 무척 기쁘네.

그는 양손으로 모자를 움켜쥐었다. 곧 일어날 듯했지만 그대로 앉아 있었다.

그 사람을 죽이고 싶었던 것은 그 아이가 숲속으로 끌려가 총에 맞는 것을 제가 가만히 지켜만 보았기 때문입니다. 저는 심지어 항의조차 하지 않았죠.

항의해 봤자 무슨 소용이 있었겠나?

없었겠지요. 하지만 그렇다고 해서 제 행동이 옳았다고는 할 수 없습니다.

판사는 손을 뻗어 난로에 기대 세워진 부지깽이를 집어 장작을 들쑤시고 다시 제자리에 놓았다. 그리고 팔짱을 끼고 그를 가만히 바라보았다.

아까 내가 자네 말을 믿지 않았다면 어떻게 했겠나?

글쎄요.

그 말이 정답이네.

그 말은 그들의 것이 아니었습니다. 그러니 제 마음이 편치 못했겠지요.

그래, 그랬겠지.

저는 말의 진짜 주인을 꼭 찾아야 합니다. 무거운 짐이지만 피할 수 없습니다.

올바른 생각이야. 자네가 말 주인을 찾을 수 있으리라 믿네.

감사합니다, 판사님. 꼭 찾을 겁니다. 제가 살아 있는 한 말입니다.

그는 자리에서 일어났다.

이렇게 시간 내 주셔서 감사합니다. 불쑥 찾아왔는데도 맞아 주시다니.

판사도 자리에서 일어났다. 언제든지 환영일세.

감사합니다, 판사님.

밖이 추운데도 그가 말의 고삐를 풀고 태울 사람 없는 말들을 앞쪽으로 이끈 후 말에 오르는 동안 판사는 가운과 슬리퍼 차림으로 현관 앞에 묵묵히 서서 기다렸다. 그가 말 머리를 돌려 현관 등 아래 서 있는 판사에게 손을 들어 보이자 판사도 손을 들어 올렸다. 가로등이 빚어낸 빛 웅덩이들을 지나 거리를 내려가는 그의 모습은 어둠 속으로 점점 사라져 갔다.

그 주 일요일 아침, 그는 텍사스 주 브래킷 빌에서 식당에 앉아 커피를 마시고 있었다. 카운터 보는 종업원과 카운터 맨 끝에서 담배를 피우며 신문을 읽는 그 외에는 식당에 아무도 없었다. 카운터 뒤쪽에 라디오가 켜져 있었는데 잠시 후 어떤 목소리가 지미 블레빈스의 복음 시간이라고 말했다.

존 그래디가 고개를 들었다. 지금 저거 어느 방송이죠?

델리오인데요. 종업원이 말했다.

그는 오후 4시 30분쯤에 델리오 방송국에 이르렀고, 블레빈스 목사의 집에 도착했을 때는 어스름해질 무렵이었다. 목사는 진입로에 자갈이 깔린 하얀 목조 가옥에 살고 있었다. 존 그래디는 편지함 앞에서 말에서 내려 말들을 끌고 진입로를 따라 집 뒤로 가서 부엌 문을 두드렸다. 자그마한 금발 여인이 밖을 내다보고는 문을 열었다.

어떻게 오셨죠? 무슨 도울 일이라도?

네, 블레빈스 목사님 댁에 계십니까?

무슨 일로 그러시지요?

그게, 말 때문입니다.

말이라고요?

네.

그녀는 그의 어깨 너머로 말들을 바라보았다. 어느 말 말씀이시죠?

갈색 말요. 저기 가장 큰 말입니다.

축복은 해 주시겠지만 안수를 하지는 않으십니다.

네?

동물한테 안수를 해 주지는 않으십니다.

여보, 누가 왔어? 부엌에서 남자가 소리쳤다.

어떤 젊은이가 말을 데리고 왔어요. 그녀가 소리 높여 대꾸했다.

목사가 문으로 나왔다. 세상에, 저 말들 좀 봐.

귀찮게 해 드려서 죄송합니다. 혹시 목사님의 말이 아닐까 해서요.

내 말이라고? 난 평생 말이라고는 가져 본 적이 없는데.

말을 축복받게 하려는 것 아니었나요? 여자가 말했다.

열네 살쯤 된 지미 블레빈스라는 아이를 아십니까?

어렸을 때 노새 한 마리를 키웠지. 덩치가 아주 커다랬어. 성질도 아주 고약했고. 아, 지미 블레빈스라는 아이를 아느냐고? 지미 블레빈스가 전체 이름인가?

네, 목사님.

아니, 그런 사람은 기억에 없는데. 지미 블레빈스야 알긴 하지만, 정확한 이름은 지미 블레빈스 스미스와 지미 블레빈스 존스라네. 다른 지미 블레빈스가 생겼다는 편지를 일주일에 한두 통씩 받기는 하지만. 안 그래, 여보?

그럼요.

해외에서 편지가 오지. 가장 최근 편지는 지미 블레빈스 창이야. 자그마한 동양인 아기라네. 사진도 받았지. 참, 젊은이 이름은 어떻게 되나?

콜입니다. 존 그래디 콜.

목사는 손을 내밀어 생각에 잠긴 표정으로 악수를 나누었다. 콜이라. 성이 콜인 사람은 알고 있다네. 다행이군. 저녁은 먹었나?

아니요, 목사님.

여보, 이 젊은이가 우리와 함께 저녁을 들고 싶어 할지도 모르겠군. 자네 닭고기랑 과일 푸딩 좋아하나?

그럼요, 어릴 때나 지금이나 늘 좋아하는걸요.

앞으로는 더욱 좋아하게 될 걸세. 이렇게 맛있는 닭고기와 과일 푸딩은 생전 처음일걸.

그들은 부엌에서 식사를 했다. 우리 둘만 있을 때는 그냥 부엌에서 먹어요. 목사의 아내가 말했다.

그는 빠진 식구가 누구인지 묻지 않았다. 목사는 아내가 자리에 앉기를 기다렸다가 고개를 숙이고 음식과 식탁과 이 자리에 앉아 있는 이들을 축복했다. 기도가 이어지며 모든 것을 축복하더니 미국에 뒤이어 다른 나라들까지 축복하기 시작했다. 그는 전쟁과 기근과 전도와 특히 러시아와 유태인과 식인 풍습에 관한 문제를 늘어놓은 뒤 예수 그리스도의 이름으로 아멘을 외친 후 옥수수 빵을 집어 들었다.

내가 어떻게 그런 생각을 했는지 다들 궁금해하지. 하지만 신기할 것은 전혀 없네. 라디오 방송을 딱 듣는 순간 라디오가 무엇을 위해 만들어졌는지 분명히 떠올랐지. 따지고 자시고 할 것도 없었어. 외삼촌이 라디오를 설치하셨다네. 우편 주문으로 산 것이었어. 상자 안에 든 부품을 조립하기만 하면 되는 거였지. 사우스조지아에 살고 있었지만 라디오 이야기는 많이 들었어. 하지만 두 눈으로 직접 본 적은 한 번도 없었지. 아주 다른 세상이었어. 아무튼 라디오를 듣는 순간 라디오의 소명이 무엇인지가 분명하게 느껴졌네. 다른 이유는 있을 수가 없었지. 하느님의 말씀이 들리지 않는 곳에서 살겠다고 마음을 굳혔다고 쳐. 하지만 라디오에서 하느님의 말씀이 크게 울려 퍼진다면? 아무리 굳은 결심을 했다 해도 무슨 소용이겠나. 귀머거리가 되지 않고서야 어쩔 도리가 없지. 세상 만물에는 다 제각각 쓰임새가 있기 마련이라네. 라디오라고 왜 안 그렇겠나? 그렇지, 그렇고말고. 그보다 더 확실한 이유가 있겠나? 나는 성직에 들어섰을 때부터 라디오를 염두에 두고 있었네. 사실 라디오 덕분에 성직자가 된 셈이지.

목사는 말을 하면서 접시에 음식을 담더니 말을 뚝 그치고 먹기 시작했다. 덩치가 별로 큰 편도 아닌 사람이 두 접시 가득 먹고는 커다란 그릇에 담긴 복숭아 파이를 뚝딱 해치우고 버터밀크를 큰 잔으로 여러 컵 들이켰다.

식사를 마친 목사는 입을 닦고서 의자를 뒤로 밀었다. 먼저 일어나겠네. 일하러 가야 하거든. 주님께서는 결코 쉬지 않으신다네.

목사가 일어나 집 안으로 사라졌다. 목사 부인이 복숭아 파이를 다시 내오자 존 그래디는 감사히 받았다. 그녀는 자리에 앉아 그가 식사하는 모습을 바라보았다.

라디오에 처음 손을 얹게 만든 사람이 바로 우리 목사님이지요.

네?

목사님이 처음 그 일을 시작하셨죠. 라디오에 손을 얹는 것 말이에요. 라디오 방송에서 기도하는 동안 라디오에 손을 얹으면 모두 치유해 주신답니다.

네.

전에는 사람들이 물건을 보내면 그 물건에 대고 기도하셨죠. 그랬더니 문제가 너무 많은 거예요. 사람들은 하느님의 종에게 너무 많은 것을 기대해요. 목사님이 많은 사람들을 치료했다는 사실이 라디오를 통해 알려지게 됐지요. 이런 말 하기는 좀 그렇지만, 그 때문에 많은 문제가 생겼어요. 적어도 내 생각엔 그래요.

그는 계속 음식을 먹었다. 그녀는 그를 바라보았다.

시신을 보냈지 뭐예요.

네?

시신을 보냈다고요. 나무 상자에 시신을 넣어 철도 우편으로 보낸 거죠. 하지만 목사님도 어찌할 수 없는 일이지요. 죽은 사람을 다시 살릴 수는 없잖아요. 오직 예수님만이 가능한 일인데.

네, 그렇지요.

버터밀크 좀 더 드려요?

네, 감사합니다. 맛이 정말 끝내주는걸요.

그렇다니 다행이에요.

그녀는 그의 컵에 버터밀크를 따르고는 다시 자리에 앉았다.

목사님은 아주 열심이세요. 사람들은 전혀 모르고 있지만. 목사님의 목소리가 전 세계로 방송된다는 거 알아요?

그렇습니까?

중국에서도 편지가 온답니다. 놀랍기 그지없는 일이죠. 중국의 자그마한 노인들이 라디오를 에워싸고 앉아 목사님의 말씀을 경청하다니.

무슨 말인지 못 알아들을 텐데요.

프랑스에서도 편지가 오고 스페인에서도 편지가 온답니다. 전 세계에서 편지가 와요. 목사님의 목소리는 마치 악기 같아요. 목사님의 말씀에 따라 라디오에 손을 얹으면 서아프리카의 팀북투에 있든 남극에 있든 전혀 문제 될 것이 없답니다. 목사님의 목소리는 바로 그곳에 있으니까요. 목사님의 목소리가 닿지 않는 곳은 이 세상에 없어요. 언제 어디서나 울려 퍼지지요. 라디오를 틀기만 하면 되는 거예요.

물론 라디오 방송국을 폐쇄시키려고 드는 무리도 있어요. 하지만 방송국은 멕시코에 있거든요. 브링클리 박사가 여기 온 것도 그 때문이지요. 라디오 방송국을 찾으러 온 거예요. 심지어 화성에서도 라디오 방송이 들린다는 거 알아요?

그렇군요.

그럼요. 화성인들이 처음으로 예수님의 말씀을 듣는 순간을 생각하면 가슴이 벅차올라 눈물이 날 것 같아요. 우리 목사님이 해내신 거죠. 바로 목사님이 말이에요.

집 안에서 드르렁드르렁 코 고는 소리가 울려 퍼졌다. 그녀는 미소 지었다. 아유, 가엾은 양반. 얼마나 힘이 드실까. 그런데도 사람들은 그걸 전혀 몰라요.

그는 말 주인을 끝내 찾을 수 없었다. 2월이 막바지에 접어들 무렵 그는 아스팔트 도로 가장자리의 흙길을 따라 다시 북쪽으로 향했다. 대형 화물차가 도로를 씽씽 달릴 때마다 울타리에 바짝 붙어야 했다. 3월 첫째 주에 그는 샌앤젤로로 돌아와 너무도 익숙한 풍경을 지나 땅거미가 깔릴 즈음 롤린스네 목장에 이르렀다. 서부 텍사스 평야가 바람 한 점 없이 고요히 멎어 있는, 그해 들어 처음으로 따스한 밤이었다. 그는 마구간 앞에서 말에서 내려 집으로 걸어갔다. 롤린스의 방에 불이 켜져 있었다. 그는 손가락 두 개를 입에 대고 휘파람을 불었다.

롤린스가 창가로 다가와 밖을 내다보았다. 그리고 곧장 부엌 문으로 나와 집 옆으로 돌아 나왔다.

이게 누구야?

누구긴 누구겠어.

대단해. 정말 대단해.

롤린스는 마치 진기한 그 무엇을 보는 듯한 눈빛으로 친구를 빙빙 돌며 불빛에 비추어 보았다.

말을 되찾고 싶어 할 것 같아서.

세상에. 주니어를 데려왔단 말이야?

저기 마구간에 있어.

대단해. 믿을 수가 없어. 넌 정말 대단한 녀석이야.

그들은 함께 초원을 달리다 말들을 풀어놓고 둘이서 땅바닥에 앉아 이야기를 나누었다. 그는 무슨 일이 있었는지 모두 설명했다. 그리고 둘 다 침묵에 빠져 가만히 앉아 있었다. 서쪽 하늘에 걸린 녹초가 된 달 앞으로 길쭉한 구름들이 유령 함대처럼 지나갔다.

어머니는 만나 보았니? 롤린스가 물었다.

아니.

아버지가 돌아가신 건 알고 있지?

응. 그러실 줄 알았어.

너희 어머니가 멕시코로 너한테 소식을 보내려고 했어.

그랬군.

루이사 아줌마의 어머니가 몹시 아프셔.

아부엘라 할머니가?

그래.

그분들은 어떻게 지내고 있어?

다 잘 지내는 것 같아. 아르투로 아저씨를 시내에서 만났는데, 너희 어머니가 학교에 일자리를 구해 주었대. 청소나 뭐 그런 일을 하시나 봐.

할머니는 괜찮으실까?

글쎄. 워낙 연로하시니.

그러게.

이제 어쩔 셈이야?

가야지.

어디로?

나도 몰라.

사기를 치지 그래. 수입이 짭짤할 텐데.

거 좋지.

그 집에서 그냥 살 수도 있어.

계속 갈 생각이야.

여긴 썩 괜찮은 나라야.

그래. 나도 알고 있어. 하지만 나의 나라는 아니야.

그는 일어나 몸을 돌려 북쪽을 바라보았다. 사막 너머로 도시의 불빛이 번쩍거렸다. 그는 고삐를 쥐고 말에 오른 후 블레빈스의 말에 다가가 그 고삐를 잡았다.

네 말을 잡고 있어. 안 그랬다가는 날 쫓아올 거야.

롤린스가 일어나 말을 잡았다.

그럼 네 나라는 어딘데?

나도 몰라. 나도 어디인지 몰라. 그 나라에서 어떤 일을 겪을지도 모르고. 존 그래디가 말했다.

롤린스는 대꾸하지 않았다.

친구, 다음에 다시 보자.

그래. 꼭 다시 보자.

그가 말 머리를 돌려 지평선을 향해 서서히 멀어지는 동안 롤린스는 고삐를 쥐고 가만히 서 있었다. 그러다 조금이라도 더 보려고 발꿈치를 들었지만 그의 모습은 이내 사라지고 없었다.

니커보커에서 장례식이 치러지던 날은 바람이 불어 시원했다. 그는 길 건너 초원으로 말을 몰고 가 북쪽으로 뻗은 길을 오래도록 바라보았다. 구름이 층층이 쌓여 하늘이 회색으로 물드는 사이 장례 행렬이 나타났다. 낡은 패커드 영구차 뒤로 갖가지 자동차와 트럭들이 먼지투성이가 되어 쫓아왔다. 자그마한 멕시코인 공동묘지 앞에서 차들이 모두 멈추고 사람들이 내렸다. 낡고 검은 양복을 입은 남자들이 영구차 뒤에서 아부엘라의 관을 꺼내 공동묘지 정문으로 들고 갔다. 그는 모자를 손에 들고 길을 건넜다. 그를 쳐다보는 이는 아무도 없었다. 관은 신부님과 하얀 가운을 입고 종을 울리는 소년을 따라 공동묘지 안으로 들어갔다. 사람들은 무덤에 흙을 덮고 기도하고 눈물 흘리고 통곡한 후 서로서로 부축하며 공동묘지를 나와 울면서 차에 올랐다. 차는 한 대씩 한 대씩 좁다란 아스팔트 길을 떠나 왔던 곳으로 되돌아갔다.

영구차는 사라진 지 오래였다. 길 저 아래에 픽업트럭이 세워져 있었다. 그는 모자를 쓰고 길가 둔덕 경사면에 앉아 있었다. 잠시 후 어깨에 삽을 멘 두 사내가 공동묘지에서 나와 길을 따라 걷더니 트럭 짐칸에 삽을 놓고 차에 올라타 유턴을 하여 그곳을 떠나갔다.

그는 일어나 길을 건너 묘지로 들어가 지하의 오래된 석조 납골당과 자그마한 묘석과 기념물과 햇빛에 바랜 조화와 중국 도자기와 깨진 셀룰로이드 성모상을 지나갔다. 그가 아는, 혹은 알았던 이름들이 눈에 띄었다. 비야레알, 소사, 레예스, 헤수시타 올구인. 나시오. 팔레시오. 두루미 한 마리. 이 빠진 우윳빛 유리병. 저 멀리 굽이치는 초원과 개잎갈나무 숲을 맴도는 바람. 아르멘다레스. 오르넬로스. 티오도사 타린, 살로메르 하케스, 에피타시오 비야레알 쿠에야르.

그는 비석 없는 땅 앞에 모자를 들고 서 있었다. 이 여인은 그의 가족들을 위해 50년 동안 일했다. 아기였던 그의 어머니를 돌보았고, 그의 어머니가 태어나기 전부터도 그 집안을 위해 일했으며, 그의 어머니의 삼촌들이자 오래전에 모두 세상을 떠난 야성미 넘치는 그래디 집안의 남자들을 보살폈다. 그는 모자를 손에 쥔 채 당신은 나의 아부엘라라고 말하고 스페인어로 작별 인사를 한 뒤 몸을 돌려 모자를 쓰고 눈물 젖은 얼굴로 바람을 맞았다. 그는 마음을 진정하려는 듯, 혹은 땅을 축복하려는 듯, 혹은 늙든 젊든 부자든 가난하든 검든 희든 남자든 여자든 상관없이 쏜살같이 달려가는 세상을 늦추려는 듯 잠시 양손을 뻗은 채 가만히 서 있었다. 아무리 몸부림치든, 그 이름이 무엇이든, 살아 있든 죽어 있든 세상은 달려갔다.

나흘 후 그는 페이커스 강을 건너, 하늘을 등지고 우뚝 선 예이츠 유정의 채굴기가 기계로 만든 새인 양 땅을 쪼아 대는 텍사스 주 이라안에서 점점 멀어져 갔다. 채굴기는 마치 강철을 용접하여 만든 원시 시대의 거대한 새 같았다. 소문으로는 과거에 정말 그러한 새들이 그곳에 살았다고 했다. 서부 평야에는 아직도 인디언들이 살고 있었다. 오후 늦게 말을 타고 가면서 보니 깎이고 흔들리는 불모지 위에 원뿔형 오두막이 듬성듬성 모여 마을을 이루고 있었다. 북쪽으로 400미터쯤 떨어진 마을에는 장대를 세우고 염소 가죽을 덮은 오두막 말고는 아무것도 없었다. 인디언들은 그를 가만히 쳐다보았다. 말을 타고 지나가는 그를 두고 뭐라고 평하거나 서로 수군대거나 손을 들어 올려 인사하거나 큰 소리로 인사를 건네는 이는 아무도 없고, 그저 가만히 바라보기만 할 뿐이었다. 알아야 할 것은 모두 안다는 듯이. 그들은 다가왔다가 멀어지는 그를 그 자리에 서서 가만히 바라보았다. 그저 그가 지나가는 길이기에. 그저 그가 사라질 것이기에.

붉은 사막을 지나자 붉은 먼지가 피어올라 말의 다리를 맹렬히 공격해 댔다. 저녁이 되자 바람이 불며 저 앞의 하늘이 온통 붉게 물들었다. 불모의 땅인 만큼 소라고는 거의 눈에 띄지 않았지만, 해 질 녘 핏빛 태양 앞에 황소 한 마리가 제물로 바쳐져 고통당하고 있는 짐승처럼 먼지 속에서 데굴데굴 구르고 있었다. 핏빛 먼지가 태양을 온통 휘감았다. 그는 발꿈치로 말을 살짝 때려 앞으로 나아갔다. 태양이 그의 얼굴을 구릿빛으로 물들이고 붉은 바람이 어둠의 땅을 건너 서쪽에서 불어오는데, 자그마한 사막의 새들이 마른 고사리 숲과 말과 기수 사이에서 재잘거렸다. 기다란 검은 그림자는 마치 세상에 유일한 존재의 그림자인 양 말을 바싹 뒤따랐다. 그러다 어두워지는 땅속으로, 다가올 세상 속으로 점점 사라져 갔다.

작품 해설

'국경 삼부작'의 첫 번째 작품, 그 독특한 아름다움

코맥 매카시는 최근에야 우리에게 이름이 알려졌지만, 미국에서는 윌리엄 포크너와 허먼 멜빌의 명맥을 잇는 최고의 작가로 오래전부터 비평계와 대중 모두에게서 사랑받고 있다. 저명한 문학비평가 해럴드 블룸은 토머스 핀천, 돈 드릴로, 필립 로스와 더불어 매카시를 미국 4대 작가로 꼽았으며, 배우 브래드 피트는 가장 좋아하는 작가로 코맥 매카시를 들었다.

하지만 매카시가 처음부터 성공 대로를 달려온 것은 결코 아니다. 1933년 로드아일랜드 주에서 변호사의 아들로 태어난 그는 공군에서 4년간 복무한 후 단편소설로 작가의 길에 들어섰지만, 생계를 위해 자동차 수리공으로 일해야 했다. 그러던 중 1965년 첫 번째 장편 『과수원지기(The Orchard Keeper)』로 윌리엄 포크너 상을 수상하면서 비평계의 열렬한 찬사가 이어졌으나, 대중의 관심을 끈 것은 1985년 장편 『핏빛 자오선(Blood Meridian)』을 발표하면서부터였다. 『핏빛 자오선』은 매카시 소설의 핵심이라고 할 수 있는, 인간의 어두운 본성에 대한 냉소를 가장 잘 그려 낸 작품으로 평가받는다.

"피를 흘리지 않는 삶이란 존재하지 않습니다. 인류가 진보하여 모두가 조화 속에서 살 수 있다는 주장은 사실 위험하기 짝이 없는 허상입니다. 이로 인해 고통받는 이는 가장 먼저 자신의 영혼과 자유를 포기한 사람들입니다. 결국에는 욕망의 노예가 되어 자신의 삶을 공허하게 만들 뿐이죠."(1992년 《뉴욕 타임스》 인터뷰에서)

이러한 대중적 성공 이후 오래도록 침묵을 지키다 1992년에야 출간된 『모두 다 예쁜 말들(All the Pretty Horses)』은 매카시에게 가없는 명성을 안겨 주었다. 출판 이후 6개월 동안이나 《뉴욕 타임스》 베스트셀러에 올랐으며, 미국의 권위 있는 문학상인 전미 도서상과 전미 비평가협회상을 수상했다. 비평가들이 그해 최고의 작품으로 『모두 다 예쁜 말들』을 만장일치로 꼽은 것은 당연한 지경이었다.

이후 매카시는 『국경을 넘어(The Crossing)』(1994년)와 『평원의 도시들(Cities of the Plain)』(1998년)을 발표하여 『모두 다 예쁜 말들』로 시작되는 '국경 삼부작'을 완성했다. 그러나 다시 침묵에 빠져 한참을 독자의 마음을 애태운 후 2005년에야 『노인을 위한 나라는 없다(No Country for Old Men)』를 발표하고, 이듬해 『로드(The Road)』를 출간해 2007년 퓰리처상을 수상하는 영예를 안았다. 또한 오랜 은둔을 깨고 2007년 「오프라 쇼」에 출연해 생애 최초로 텔레비전 인터뷰를 하는 놀라운 모습을 보여 주었다.

『모두 다 예쁜 말들』의 원서를 펼쳐 읽는 순간, 독특한 아름다움에 매혹되는 동시에 마음 한구석이 무지근했다. 과연 제대로 번역할 수 있을지 두려웠다. 역시나 번역 내내 고생이 이만저만이 아니었다. 중간중간 적지 않은 슬럼프도 겪었다. 그럼에도 끝까지 포기하지 않을 수 있었던 것은 원수 같은 원문의 매력 때문이었던 것 또한 사실이다. 덕분에 다음부터는 웬만큼 어려운 책도 꿋꿋이 번역할 수 있게 되었으니, 번역을 업으로 삼은 사람의 입장에서는 무척이나 고마운(?) 일이다.

그렇다고 내용이 난해한 것은 아니다. 스페인어 때문에 다소 고생하긴 했지만, 무엇보다 힘겨웠던 것은 독특한 문체의 아름다움을 한글로 옮겨 내는 일이었다. 행위 하나하나를 'and'로 연결시켜 묘사하면서도 지루하기는커녕 매혹적인가 하면, 툭툭 떨어지는 단문들이 줄을 잇는데도 묘하게 착착 감기는 것이었다. 이런 책을 읽는 것은 크나큰 즐거움이지만, 번역하는 것은 머리 쥐어뜯기 딱 알맞은 일이다.

독특한 원문의 매력을 얼마나 잘 살려 냈을지 생각하면 지금도 걱정에 가슴이 떨린다. 비록 부족한 점이 눈에 띄더라도 역자로서는 피를 말려 가며 최선을 다했다는 점을 부디 믿어 주길 빈다.

줄거리가 궁금해 '옮긴이의 말'부터 힐긋거리는 독자들을 이런저런 긴소리로 김새게 하고 싶지는 않다. 한마디로 살짝 귀띔해 주자면, 꿈을 찾아 용감하게 집을 떠나 온갖 위험 속에서 냉혹한 현실과 맞닥뜨리며 어른이 되어 가는 한 소년의 슬프고도 매혹적인 이야기라 할 수 있다.

번역하는 동안 클리프스 노츠(Cliffs Notes)에서 발행한 『모두 다 예쁜 말들 해설서(Cliffes Notes on All The Pretty Horses)』를 참고했다. 일부 동의하지 않는 부분도 있지만, 어쨌든 내용을 보다 명확히 파악하는 데 큰 도움이 되었으니 고맙기 그지없다. 또한 스페인어 관련하여 도움 주신 많은 분들에게도 감사드린다. 여러 분야의 여러 분들에게서 도움을 받아 일일이 이름을 밝히지 못하는 점 양해 바란다. 그럼에도 혹여 실수가 있다면 이는 어디까지나 역자의 실수이니, 번역하느라 고생한 점을 감안하여 부디 조금만 나무라 주시길 빈다.

김시현

작가 연보

1933년 미국 로드아일랜드주 프로비던스에서 찰스 조지프 매카시와 글레디스 크리스티나 맥그레일 사이에서 여섯 남매 중 한 명으로 태어남. 부모는 아일랜드 가톨릭교도였음.

1937년 변호사인 아버지를 따라 가족 모두 테네시주 녹스빌로 이주함. 세인트 메리 교구 학교와 녹스빌 가톨릭 고등학교에 다녔고, 녹스빌에 있는 성모 무염시태 성당에서 복사로 활동하며 미사 집전을 도왔음. 매카시는 학교 교육이 별로 가치 있다고 생각하지 않았고, 자신의 관심사를 좇는 것을 선호함.

1951년 테네시 대학교에 입학했으나 1953년 미 공군에 합류하기 위해 중퇴하고 1957년까지 사 년간 복무. 알래스카에 주둔하는 동안 독서에 탐닉함.

1957년 테네시 대학교로 돌아가 학생 문예지 《더 피닉스》에 C. J. 매카시란 이름으로 단편 소설 「익사 사건」과 「수전을 위한 경야」를 발표함. 매카시는 이 작품들로 1959년과 1960년에 잉그램 메릴 재단에서 수여하는 문예 창작 기금을 받았으나 1959년 테네시 대학교를 완전히 중퇴하고 시카고로 떠남.

1959년 작가로서의 경력을 위해 자신의 이름을 찰스에서 코맥으로 개명. 코맥은 아일랜드의 고모들이 그의 아버지에게 지어 준 가족 애칭임. 다른 자료에서는 그가 블라니 성을 지은 아일랜드 족장 코맥 매카시를 기리기 위해 이름을 바꿨다고도 함.

1961년 대학 동창이던 리 홀먼과 결혼. 결혼 후 녹스빌 외곽 스모키 산맥 부근으로 이주.

1962년 아들 컬런이 태어남. 아기를 돌보고 집안일을 하면서 매카시는 아내에게 일자리를 구해 자신이 소설을 쓰는 데 집중할 수 있도록 도와달라고 부탁함. 이에 실망한 리가 이혼을 청구 후 와이오밍으로 이주함.

1965년 시카고에 있는 자동차 부품 공장에서 파트 타임으로 일하며 꾸준히 쓴 첫 번째 장편 소설 『과수원지기』를 랜덤하우스에서 출간. 랜덤하우스의 편집자 앨버트 어스킨은 그 후 이십 년간 매카시의 작품들을 맡아 편집하게 됨.

1966년 포크너 작품과의 유사성과 독특한 이미지 사용에 대한 비평가들의 호평 속에서 소설 『과수원지기』로 포크너 상을 받음. 미국문예아카데미에서 받은 여행 지원금으로 여객선 실바니아호를 타고 아일랜드로 가던 중 가수 겸 댄서로 일하던 앤 드라일을 만나 잉글랜드에서 결혼함. 록펠로 재단에서 받은 지원금으로 남부 유럽을 여행, 이비사섬에서 두 번째 소설 집필.

1968년 두 번째 장편 소설인 『바깥의 어둠』 출간.

1969년 테네시주 루이빌로 이주. 극심한 빈곤 속에서 다음 작품을 쓰기 시작함.

1973년 애팔래치아 산맥 남부를 배경으로 하는 세 번째 장편 소설 『신의 아들』을 발표함.

1976년 두 번째 아내와 이혼 후 텍사스주 엘파소로 이주. 1974년 PBS 방송국의 리처드 피어스가 매카시에게 텔레비전 드라마 「비전스」의 한 해 각본을 의뢰함. 1928년에 출간한 남북전쟁 이전에 유명한 기업가였던 윌리엄 그레그를 다룬 전기에서 영감을 받아 각본을 완성. '정원사의 아들'이라 이름 붙인 에피소드는 1977년 1월 6일 방영된 이후 수많은 해외 영화제에서 상영되었고, 1977년 에미상 시상식에서 두 개 부문 후보에 오름.

1979년 테네시강 녹스빌에서의 경험을 바탕으로 쓴 반자전적 소설 『서트리』 출간.

1981년 맥아더 펠로우 상 수상. 상금으로 후속작을 쓰기 위한 미국 남서부 여행을 떠남.

1985년 『핏빛 자오선』 출간. 《뉴욕 타임스》로부터 "일리아스 이래 가장 유혈이 낭자한 소설"이란 평을 얻으며 문단에

센세이션을 일으킴.

1992년 『모두 다 예쁜 말들』 출간. 육 개월 만에 양장본으로 19만 부 판매. 전미 도서상과 전미 비평가협회상 수상.

1994년 『국경을 넘어』 출간.

1998년 『평원의 도시들』 출간. 이로써 국경 삼부작을 모두 완성함.

2005년 1980년대를 배경으로 하는 서부극 『노인을 위한 나라는 없다』 발표. 2007년 코언 형제가 동명의 영화로 제작하여 아카데미 시상식 네 개 부문 시상, 전 세계 일흔다섯 개 이상의 상을 받음.

2006년 폐허가 된 100년 후 도시의 참혹한 삶을 그린 『로드』를 출간하여 퓰리처상 수상. 2007년 오프라 윈프리 북클럽 도서로 선정. 2009년 동명의 영화가 개봉하여 호평을 받음.

세계문학전집 379

모두 다 예쁜 말들

1판 1쇄 펴냄 2008년 8월 22일
2판 1쇄 펴냄 2011년 3월 18일
2판 5쇄 펴냄 2017년 11월 10일
3판 1쇄 펴냄 2021년 6월 30일
3판 3쇄 펴냄 2023년 9월 13일

지은이 코맥 매카시
옮긴이 김시현
발행인 박근섭, 박상준
펴낸곳 (주)민음사

출판등록 1966. 5. 19. (제 16-490호)
서울특별시 강남구 도산대로1길 62(신사동) 강남출판문화센터 5층 (우편번호 06027)
대표전화 02-515-2000 팩시밀리 02-515-2007
www.minumsa.com

ISBN 978-89-374-6379-2 04800
ISBN 978-89-374-6000-5 (세트)

* 잘못 만들어진 책은 구입처에서 교환해 드립니다.

민음사 세계문학전집

세계문학전집 목록

1·2 변신 이야기 오비디우스·이윤기 옮김 서울대 권장도서 100선

3 햄릿 셰익스피어·최종철 옮김 서울대 권장도서 100선 | 미국대학위원회 선정 SAT 추천도서

4 변신·시골의사 카프카·전영애 옮김 서울대 권장도서 100선

5 동물농장 오웰·도정일 옮김 미국대학위원회 선정 SAT 추천도서 | 《타임》 선정 현대 100대 영문소설

6 허클베리 핀의 모험 트웨인·김욱동 옮김 《뉴스위크》 선정 100대 명저

7 암흑의 핵심 콘래드·이상옥 옮김 미국대학위원회 선정 SAT 추천도서 | 《뉴스위크》 선정 10대 명저

8 토니오 크뢰거·트리스탄·베네치아에서의 죽음 토마스 만·안삼환 외 옮김 노벨 문학상 수상 작가

9 문학이란 무엇인가 사르트르·정명환 옮김

10 한국단편문학선 1 김동인 외·이남호 엮음 국립중앙도서관 선정 청소년 권장도서

11·12 인간의 굴레에서 서머싯 몸·송무 옮김

13 이반 데니소비치, 수용소의 하루 솔제니친·이영의 옮김 노벨 문학상 수상 작가

14 너새니얼 호손 단편선 호손·천승걸 옮김

15 나의 미카엘 오즈·최창모 옮김

16·17 중국신화전설 위앤커·전인초, 김선자 옮김

18 고리오 영감 발자크·박영근 옮김

19 파리대왕 골딩·유종호 옮김 노벨 문학상 수상 작가 | 《타임》 선정 현대 100대 영문소설

20 한국단편문학선 2 김동리 외·이남호 엮음

21·22 파우스트 괴테·정서웅 옮김 서울대 권장도서 100선 | 미국대학위원회 선정 SAT 추천도서

23·24 빌헬름 마이스터의 수업시대 괴테·안삼환 옮김

25 젊은 베르테르의 슬픔 괴테·박찬기 옮김 논술 및 수능에 출제된 책(1998~2005)

26 이피게니에·스텔라 괴테·박찬기 외 옮김

27 다섯째 아이 레싱·정덕애 옮김 노벨 문학상 수상 작가

28 삶의 한가운데 린저·박찬일 옮김

29 농담 쿤데라·방미경 옮김

30 야성의 부름 런던·권택영 옮김

31 아메리칸 제임스·최경도 옮김

32·33 양철북 그라스·장희창 옮김 노벨 문학상 수상 작가 | 서울대 권장도서 100선

34·35 백년의 고독 마르케스·조구호 옮김 노벨 문학상 수상 작가 | 서울대 권장도서 100선

36 마담 보바리 플로베르·김화영 옮김 서울대 권장도서 100선

37 거미여인의 키스 푸익·송병선 옮김

38 달과 6펜스 서머싯 몸·송무 옮김

39 폴란드의 풍차 지오노·박인철 옮김

40·41 독일어 시간 렌츠·정서웅 옮김

42 말테의 수기 릴케·문현미 옮김

43 고도를 기다리며 베케트·오증자 옮김 노벨 문학상 수상 작가 | 서울대 권장도서 100선

44 데미안 헤세·전영애 옮김 노벨 문학상 수상 작가

45 젊은 예술가의 초상 조이스·이상옥 옮김 서울대 권장도서 100선

46 카탈로니아 찬가 오웰·정영목 옮김

47 호밀밭의 파수꾼 샐린저·정영목 옮김 《타임》 선정 현대 100대 영문소설 | 미국대학위원회 선정 SAT 추천도서 | 《뉴스위크》 선정 100대 명저 | BBC 선정 꼭 읽어야 할 책

48·49 파르마의 수도원 스탕달·원윤수, 임미경 옮김

50 수레바퀴 아래서 헤세·김이섭 옮김 노벨 문학상 수상 작가 | 국립중앙도서관 선정 청소년 권장도서

51·52 **내 이름은 빨강** 파묵 · 이난아 옮김 노벨 문학상 수상 작가
53 **오셀로** 셰익스피어 · 최종철 옮김 서울대 권장도서 100선
54 **조서** 르 클레지오 · 김윤진 옮김 노벨 문학상 수상 작가
55 **모래의 여자** 아베 코보 · 김난주 옮김
56·57 **부덴브로크 가의 사람들** 토마스 만 · 홍성광 옮김 노벨 문학상 수상 작가
58 **싯다르타** 헤세 · 박병덕 옮김 노벨 문학상 수상 작가
59·60 **아들과 연인** 로렌스 · 정상준 옮김 《뉴스위크》 선정 100대 명저
61 **설국** 가와바타 야스나리 · 유숙자 옮김 노벨 문학상 수상 작가 | 서울대 권장도서 100선
62 **벨킨 이야기 · 스페이드 여왕** 푸슈킨 · 최선 옮김
63·64 **넙치** 그라스 · 김재혁 옮김 노벨 문학상 수상 작가
65 **소망 없는 불행** 한트케 · 윤용호 옮김 노벨 문학상 수상 작가
66 **나르치스와 골드문트** 헤세 · 임홍배 옮김 노벨 문학상 수상 작가
67 **황야의 이리** 헤세 · 김누리 옮김 노벨 문학상 수상 작가
68 **페테르부르크 이야기** 고골 · 조주관 옮김
69 **밤으로의 긴 여로** 오닐 · 민승남 옮김 노벨 문학상 수상 작가 | 미국대학위원회 선정 SAT 추천도서
70 **체호프 단편선** 체호프 · 박현섭 옮김
71 **버스 정류장** 가오싱젠 · 오수경 옮김 노벨 문학상 수상 작가
72 **구운몽** 김만중 · 송성욱 옮김 서울대 권장도서 100선 | 국립중앙도서관 선정 청소년 권장도서
73 **대머리 여가수** 이오네스코 · 오세곤 옮김
74 **이솝 우화집** 이솝 · 유종호 옮김 논술 및 수능에 출제된 책(1998~2005)
75 **위대한 개츠비** 피츠제럴드 · 김욱동 옮김 《타임》 선정 현대 100대 영문소설
76 **푸른 꽃** 노발리스 · 김재혁 옮김
77 **1984** 오웰 · 정회성 옮김 《타임》 선정 현대 100대 영문소설 | 《뉴스위크》 선정 100대 명저
78·79 **영혼의 집** 아옌데 · 권미선 옮김
80 **첫사랑** 투르게네프 · 이항재 옮김
81 **내가 죽어 누워 있을 때** 포크너 · 김명주 옮김 노벨 문학상 수상 작가
82 **런던 스케치** 레싱 · 서숙 옮김 노벨 문학상 수상 작가
83 **팡세** 파스칼 · 이환 옮김
84 **질투** 로브그리예 · 박이문, 박희원 옮김
85·86 **채털리 부인의 연인** 로렌스 · 이인규 옮김
87 **그 후** 나쓰메 소세키 · 윤상인 옮김
88 **오만과 편견** 오스틴 · 윤지관, 전승희 옮김 미국대학위원회 선정 SAT 추천도서
89·90 **부활** 톨스토이 · 연진희 옮김 논술 및 수능에 출제된 책(1998~2005)
91 **방드르디, 태평양의 끝** 투르니에 · 김화영 옮김
92 **미겔 스트리트** 나이폴 · 이상옥 옮김 노벨 문학상 수상 작가
93 **페드로 파라모** 룰포 · 정창 옮김
94 **차라투스트라는 이렇게 말했다** 니체 · 장희창 옮김 국립중앙도서관 선정 청소년 권장도서
95·96 **적과 흑** 스탕달 · 이동렬 옮김 국립중앙도서관 선정 청소년 권장도서
97·98 **콜레라 시대의 사랑** 마르케스 · 송병선 옮김 노벨 문학상 수상 작가 | BBC 선정 꼭 읽어야 할 책
99 **맥베스** 셰익스피어 · 최종철 옮김 서울대 권장도서 100선 | 미국대학위원회 선정 SAT 추천도서
100 **춘향전** 작자 미상 · 송성욱 풀어 옮김 서울대 권장도서 100선
101 **페르디두르케** 곰브로비치 · 윤진 옮김
102 **포르노그라피아** 곰브로비치 · 임미경 옮김
103 **인간 실격** 다자이 오사무 · 김춘미 옮김
104 **네루다의 우편배달부** 스카르메타 · 우석균 옮김

105·106 이탈리아 기행 괴테·박찬기 외 옮김
107 나무 위의 남작 칼비노·이현경 옮김
108 달콤 쌉싸름한 초콜릿 에스키벨·권미선 옮김
109·110 제인 에어 C. 브론테·유종호 옮김 BBC 선정 꼭 읽어야 할 책
111 크눌프 헤세·이노은 옮김 노벨 문학상 수상 작가
112 시계태엽 오렌지 버지스·박시영 옮김 《타임》 선정 현대 100대 영문소설 | 《뉴스위크》 선정 100대 명저
113·114 파리의 노트르담 위고·정기수 옮김 미국대학위원회 선정 SAT 추천도서
115 새로운 인생 단테·박우수 옮김
116·117 로드 짐 콘래드·이상옥 옮김 《뉴스위크》 선정 100대 명저
118 폭풍의 언덕 E. 브론테·김종길 옮김 미국대학위원회 선정 SAT 추천도서
119 텔크테에서의 만남 그라스·안삼환 옮김 노벨 문학상 수상 작가
120 검찰관 고골·조주관 옮김
121 안개 우나무노·조민현 옮김
122 나사의 회전 제임스·최경도 옮김 미국대학위원회 선정 SAT 추천도서
123 피츠제럴드 단편선 1 피츠제럴드·김욱동 옮김
124 목화밭의 고독 속에서 콜테스·임수현 옮김
125 돼지꿈 황석영
126 라셀라스 존슨·이인규 옮김
127 리어 왕 셰익스피어·최종철 옮김 서울대 권장도서 100선 | 《뉴스위크》 선정 100대 명저
128·129 쿠오 바디스 시엔키에비츠·최성은 옮김 노벨 문학상 수상 작가
130 자기만의 방·3기니 울프·이미애 옮김
131 시르트의 바닷가 그라크·송진석 옮김
132 이성과 감성 오스틴·윤지관 옮김
133 바덴바덴에서의 여름 치프킨·이장욱 옮김
134 새로운 인생 파묵·이난아 옮김 노벨 문학상 수상 작가
135·136 무지개 로렌스·김정매 옮김
137 인생의 베일 서머싯 몸·황소연 옮김
138 보이지 않는 도시들 칼비노·이현경 옮김
139·140·141 연초 도매상 바스·이운경 옮김 《타임》 선정 현대 100대 영문소설
142·143 플로스 강의 물방앗간 엘리엇·한애경, 이봉지 옮김 미국대학위원회 선정 SAT 추천도서
144 연인 뒤라스·김인환 옮김
145·146 이름 없는 주드 하디·정종화 옮김
147 제49호 품목의 경매 핀천·김성곤 옮김 《타임》 선정 현대 100대 영문소설
148 성역 포크너·이진준 옮김 노벨 문학상 수상 작가 | 퓰리처상 수상 작가
149 무진기행 김승옥
150·151·152 신곡(지옥편·연옥편·천국편) 단테·박상진 옮김 《뉴스위크》 선정 100대 명저
153 구덩이 플라토노프·정보라 옮김
154·155·156 카라마조프가의 형제들 도스토옙스키·김연경 옮김
157 지상의 양식 지드·김화영 옮김 노벨 문학상 수상 작가
158 밤의 군대들 메일러·권택영 옮김 퓰리처상 수상 작가
159 주홍 글자 호손·김욱동 옮김 서울대 권장도서 100선 | 미국대학위원회 선정 SAT 추천도서
160 깊은 강 엔도 슈사쿠·유숙자 옮김
161 욕망이라는 이름의 전차 윌리엄스·김소임 옮김
162 마사 퀘스트 레싱·나영균 옮김 노벨 문학상 수상 작가
163·164 운명의 딸 아옌데·권미선 옮김

165 **모렐의 발명** 비오이 카사레스·송병선 옮김

166 **삼국유사** 일연·김원중 옮김 서울대 권장도서 100선

167 **풀잎은 노래한다** 레싱·이태동 옮김 노벨 문학상 수상 작가

168 **파리의 우울** 보들레르·윤영애 옮김

169 **포스트맨은 벨을 두 번 울린다** 케인·이만식 옮김

170 **썩은 잎** 마르케스·송병선 옮김 노벨 문학상 수상 작가

171 **모든 것이 산산이 부서지다** 아체베·조규형 옮김 《타임》 선정 현대 100대 영문소설

172 **한여름 밤의 꿈** 셰익스피어·최종철 옮김 미국대학위원회 선정 SAT 추천도서

173 **로미오와 줄리엣** 셰익스피어·최종철 옮김 미국대학위원회 선정 SAT 추천도서

174·175 **분노의 포도** 스타인벡·김승욱 옮김 노벨 문학상 수상 작가 | 《타임》 선정 현대 100대 영문소설

176·177 **괴테와의 대화** 에커만·장희창 옮김

178 **그물을 헤치고** 머독·유종호 옮김 《타임》 선정 현대 100대 영문소설

179 **브람스를 좋아하세요...** 사강·김남주 옮김

180 **카타리나 블룸의 잃어버린 명예** 하인리히 뵐·김연수 옮김 노벨 문학상 수상 작가

181·182 **에덴의 동쪽** 스타인벡·정회성 옮김 노벨 문학상 수상 작가

183 **순수의 시대** 워튼·송은주 옮김 《뉴스위크》 선정 100대 명저 | 퓰리처상 수상작

184 **도둑 일기** 주네·박형섭 옮김

185 **나자** 브르통·오생근 옮김

186·187 **캐치-22** 헬러·안정효 옮김 《타임》 선정 현대 100대 영문소설

188 **숄로호프 단편선** 숄로호프·이항재 옮김 노벨 문학상 수상 작가

189 **말** 사르트르·정명환 옮김

190·191 **보이지 않는 인간** 엘리슨·조영환 옮김 《타임》 선정 현대 100대 영문소설

192 **왑샷 가문 연대기** 치버·김승욱 옮김 퓰리처상 수상 작가

193 **왑샷 가문 몰락기** 치버·김승욱 옮김 퓰리처상 수상 작가

194 **필립과 다른 사람들** 노터봄·지명숙 옮김

195·196 **하드리아누스 황제의 회상록** 유르스나르·곽광수 옮김

197·198 **소피의 선택** 스타이런·한정아 옮김 퓰리처상 수상 작가

199 **피츠제럴드 단편선 2** 피츠제럴드·한은경 옮김

200 **홍길동전** 허균·김탁환 옮김

201 **요술 부지깽이** 쿠버·양윤희 옮김

202 **북호텔** 다비·원윤수 옮김

203 **톰 소여의 모험** 트웨인·김욱동 옮김

204 **금오신화** 김시습·이지하 옮김

205·206 **테스** 하디·정종화 옮김 미국대학위원회 선정 SAT 추천도서 | BBC 선정 꼭 읽어야 할 책

207 **브루스터플레이스의 여자들** 네일러·이소영 옮김

208 **더 이상 평안은 없다** 아체베·이소영 옮김

209 **그레인지 코플랜드의 세 번째 인생** 워커·김시현 옮김 퓰리처상 수상 작가

210 **어느 시골 신부의 일기** 베르나노스·정영란 옮김

211 **타라스 불바** 고골·조주관 옮김

212·213 **위대한 유산** 디킨스·이인규 옮김 서울대 권장도서 100선 | BBC 선정 꼭 읽어야 할 책

214 **면도날** 서머싯 몸·안진환 옮김

215·216 **성채** 크로닌·이은정 옮김

217 **오이디푸스 왕** 소포클레스·강대진 옮김 서울대 권장도서 100선

218 **세일즈맨의 죽음** 밀러·강유나 옮김

219·220·221 **안나 카레니나** 톨스토이·연진희 옮김 서울대 권장도서 100선

222 **오스카 와일드 작품선** 와일드 · 정영목 옮김
223 **벨아미** 모파상 · 송덕호 옮김
224 **파스쿠알 두아르테 가족** 호세 셀라 · 정동섭 옮김 노벨 문학상 수상 작가
225 **시칠리아에서의 대화** 비토리니 · 김운찬 옮김
226·227 **길 위에서** 케루악 · 이만식 옮김 《타임》 선정 현대 100대 영문소설 | 《뉴스위크》 선정 100대 명저
228 **우리 시대의 영웅** 레르몬토프 · 오정미 옮김
229 **아우라** 푸엔테스 · 송상기 옮김
230 **클링조어의 마지막 여름** 헤세 · 황승환 옮김 노벨 문학상 수상 작가
231 **리스본의 겨울** 무뇨스 몰리나 · 나송주 옮김
232 **뻐꾸기 둥지 위로 날아간 새** 키지 · 정회성 옮김 《타임》 선정 현대 100대 영문소설
233 **페널티킥 앞에 선 골키퍼의 불안** 한트케 · 윤용호 옮김 노벨 문학상 수상 작가
234 **참을 수 없는 존재의 가벼움** 쿤데라 · 이재룡 옮김
235·236 **바다여, 바다여** 머독 · 최옥영 옮김
237 **한 줌의 먼지** 이블린 워 · 안진환 옮김 《타임》 선정 현대 100대 영문소설
238 **뜨거운 양철 지붕 위의 고양이 · 유리 동물원** 윌리엄스 · 김소임 옮김 퓰리처상 수상작
239 **지하로부터의 수기** 도스토옙스키 · 김연경 옮김
240 **키메라** 바스 · 이운경 옮김
241 **반쪼가리 자작** 칼비노 · 이현경 옮김
242 **벌집** 호세 셀라 · 남진희 옮김 노벨 문학상 수상 작가
243 **불멸** 쿤데라 · 김병욱 옮김
244·245 **파우스트 박사** 토마스 만 · 임홍배, 박병덕 옮김 노벨 문학상 수상 작가
246 **사랑할 때와 죽을 때** 레마르크 · 장희창 옮김
247 **누가 버지니아 울프를 두려워하랴?** 올비 · 강유나 옮김
248 **인형의 집** 입센 · 안미란 옮김
249 **위폐범들** 지드 · 원윤수 옮김 노벨 문학상 수상 작가
250 **무정** 이광수 · 정영훈 책임 편집 서울대 권장도서 100선
251·252 **의지와 운명** 푸엔테스 · 김현철 옮김
253 **폭력적인 삶** 파솔리니 · 이승수 옮김
254 **거장과 마르가리타** 불가코프 · 정보라 옮김
255·256 **경이로운 도시** 멘도사 · 김현철 옮김
257 **야콥을 둘러싼 추측들** 욘존 · 손대영 옮김
258 **왕자와 거지** 트웨인 · 김욱동 옮김
259 **존재하지 않는 기사** 칼비노 · 이현경 옮김
260·261 **눈먼 암살자** 애트우드 · 차은정 옮김 《타임》 선정 현대 100대 영문소설
262 **베니스의 상인** 셰익스피어 · 최종철 옮김
263 **말리나** 바흐만 · 남정애 옮김
264 **사볼타 사건의 진실** 멘도사 · 권미선 옮김
265 **뒤렌마트 희곡선** 뒤렌마트 · 김혜숙 옮김
266 **이방인** 카뮈 · 김화영 옮김 노벨 문학상 수상 작가 | 미국대학위원회 선정 SAT 추천도서
267 **페스트** 카뮈 · 김화영 옮김 노벨 문학상 수상 작가 | 국립중앙도서관 선정 청소년 권장도서
268 **검은 튤립** 뒤마 · 송진석 옮김
269·270 **베를린 알렉산더 광장** 되블린 · 김재혁 옮김
271 **하얀 성** 파묵 · 이난아 옮김 노벨 문학상 수상 작가
272 **푸슈킨 선집** 푸슈킨 · 최선 옮김
273·274 **유리알 유희** 헤세 · 이영임 옮김 노벨 문학상 수상 작가

275 픽션들 보르헤스·송병선 옮김 서울대 권장도서 100선

276 신의 화살 아체베·이소영 옮김

277 빌헬름 텔·간계와 사랑 실러·홍성광 옮김

278 노인과 바다 헤밍웨이·김욱동 옮김 노벨 문학상 수상 작가 | 퓰리처상 수상작

279 무기여 잘 있어라 헤밍웨이·김욱동 옮김 미국대학위원회 선정 SAT 추천도서

280 태양은 다시 떠오른다 헤밍웨이·김욱동 옮김 《타임》 선정 현대 100대 영문 소설

281 알레프 보르헤스·송병선 옮김

282 일곱 박공의 집 호손·정소영 옮김

283 에마 오스틴·윤지관, 김영희 옮김

284·285 죄와 벌 도스토옙스키·김연경 옮김 미국대학위원회 선정 SAT 추천도서

286 시련 밀러·최영 옮김

287 모두가 나의 아들 밀러·최영 옮김

288·289 누구를 위하여 종은 울리나 헤밍웨이·김욱동 옮김 노벨 문학상 수상 작가

290 구르브 연락 없다 멘도사·정창 옮김

291·292·293 데카메론 보카치오·박상진 옮김

294 나누어진 하늘 볼프·전영애 옮김

295·296 제브데트 씨와 아들들 파묵·이난아 옮김 노벨 문학상 수상 작가

297·298 여인의 초상 제임스·최경도 옮김 미국대학위원회 선정 SAT 추천도서

299 압살롬, 압살롬! 포크너·이태동 옮김 노벨 문학상 수상 작가

300 이상 소설 전집 이상·권영민 책임 편집

301·302·303·304·305 레 미제라블 위고·정기수 옮김

306 관객모독 한트케·윤용호 옮김 노벨 문학상 수상 작가

307 더블린 사람들 조이스·이종일 옮김

308 에드거 앨런 포 단편선 앨런 포·전승희 옮김 미국대학위원회 선정 SAT 추천도서

309 보이체크·당통의 죽음 뷔히너·홍성광 옮김

310 노르웨이의 숲 무라카미 하루키·양억관 옮김

311 운명론자 자크와 그의 주인 디드로·김희영 옮김

312·313 헤밍웨이 단편선 헤밍웨이·김욱동 옮김 노벨 문학상 수상 작가

314 피라미드 골딩·안지현 옮김 노벨 문학상 수상 작가

315 닫힌 방·악마와 선한 신 사르트르·지영래 옮김

316 등대로 울프·이미애 옮김 《타임》 선정 현대 100대 영문소설 | 《뉴스위크》 선정 100대 명저

317·318 한국 희곡선 송영 외·양승국 엮음

319 여자의 일생 모파상·이동렬 옮김

320 의식 노터봄·김영중 옮김

321 육체의 악마 라디게·원윤수 옮김

322·323 감정 교육 플로베르·지영화 옮김

324 불타는 평원 룰포·정창 옮김

325 위대한 몬느 알랭푸르니에·박영근 옮김

326 라쇼몬 아쿠타가와 류노스케·서은혜 옮김

327 반바지 당나귀 보스코·정영란 옮김

328 정복자들 말로·최윤주 옮김

329·330 우리 동네 아이들 마흐푸즈·배혜경 옮김 노벨 문학상 수상 작가

331·332 개선문 레마르크·장희창 옮김

333 사바나의 개미 언덕 아체베·이소영 옮김

334 게걸음으로 그라스·장희창 옮김 노벨 문학상 수상 작가

335 **코스모스** 곰브로비치 · 최성은 옮김
336 **좁은 문 · 전원교향곡 · 배덕자** 지드 · 동성식 옮김 노벨 문학상 수상 작가
337·338 **암 병동** 솔제니친 · 이영의 옮김 노벨 문학상 수상 작가
339 **피의 꽃잎들** 응구기 와 시옹오 · 왕은철 옮김
340 **운명** 케르테스 · 유진일 옮김 노벨 문학상 수상 작가
341·342 **벌거벗은 자와 죽은 자** 메일러 · 이운경 옮김 퓰리처상 수상 작가
343 **시지프 신화** 카뮈 · 김화영 옮김 노벨 문학상 수상 작가
344 **뇌우** 차오위 · 오수경 옮김
345 **모옌 중단편선** 모옌 · 심규호, 유소영 옮김 노벨 문학상 수상 작가
346 **일야서** 한사오궁 · 심규호, 유소영 옮김
347 **상속자들** 골딩 · 안지현 옮김 노벨 문학상 수상 작가
348 **설득** 오스틴 · 전승희 옮김
349 **히로시마 내 사랑** 뒤라스 · 방미경 옮김
350 **오 헨리 단편선** 오 헨리 · 김희용 옮김
351·352 **올리버 트위스트** 디킨스 · 이인규 옮김
353·354·355·356 **전쟁과 평화** 톨스토이 · 연진희 옮김
357 **다시 찾은 브라이즈헤드** 이블린 워 · 백지민 옮김
358 **아무도 대령에게 편지하지 않다** 마르케스 · 송병선 옮김
359 **사양** 다자이 오사무 · 유숙자 옮김
360 **좌절** 케르테스 · 한경민 옮김 노벨 문학상 수상 작가
361·362 **닥터 지바고** 파스테르나크 · 김연경 옮김 노벨 문학상 수상 작가
363 **노생거 사원** 오스틴 · 윤지관 옮김
364 **개구리** 모옌 · 심규호, 유소영 옮김 노벨 문학상 수상 작가
365 **마왕** 투르니에 · 이원복 옮김 공쿠르상 수상 작가
366 **맨스필드 파크** 오스틴 · 김영희 옮김
367 **이선 프롬** 이디스 워튼 · 김욱동 옮김 퓰리처상 수상 작가
368 **여름** 이디스 워튼 · 김욱동 옮김 퓰리처상 수상 작가
369·370·371 **나는 고백한다** 자우메 카브레 · 권가람 옮김
372·373·374 **태엽 감는 새 연대기** 무라카미 하루키 · 김연경 옮김
375·376 **대사들** 제임스 · 정소영 옮김
377 **족장의 가을** 마르케스 · 송병선 옮김 노벨 문학상 수상 작가
378 **핏빛 자오선** 매카시 · 김시현 옮김
379 **모두 다 예쁜 말들** 매카시 · 김시현 옮김
380 **국경을 넘어** 매카시 · 김시현 옮김
381 **평원의 도시들** 매카시 · 김시현 옮김
382 **만년** 다자이 오사무 · 유숙자 옮김
383 **반항하는 인간** 카뮈 · 김화영 옮김 노벨 문학상 수상 작가
384·385·386 **악령** 도스토옙스키 · 김연경 옮김
387 **태평양을 막는 제방** 뒤라스 · 윤진 옮김
388 **남아 있는 나날** 가즈오 이시구로 · 송은경 옮김
389 **앙리 브륄라르의 생애** 스탕달 · 원윤수 옮김
390 **찻집** 라오서 · 오수경 옮김
391 **태어나지 않은 아이를 위한 기도** 케르테스 · 이상동 옮김 노벨 문학상 수상 작가
392·393 **서머싯 몸 단편선** 서머싯 몸 · 황소연 옮김
394 **케이크와 맥주** 서머싯 몸 · 황소연 옮김

395 **월든** 소로 · 정회성 옮김

396 **모래 사나이** E. T. A. 호프만 · 신동화 옮김

397·398 **검은 책** 오르한 파묵 · 이난아 옮김 노벨 문학상 수상 작가

399 **방랑자들** 올가 토카르추크 · 최성은 옮김 노벨 문학상 수상 작가

400 **시여, 침을 뱉어라** 김수영 · 이영준 엮음

401·402 **환락의 집** 이디스 워튼 · 전승희 옮김

403 **달려라 메로스** 다자이 오사무 · 유숙자 옮김

404 **아버지와 자식** 투르게네프 · 연진희 옮김

405 **청부 살인자의 성모** 바예호 · 송병선 옮김

406 **세피아빛 초상** 아옌데 · 조영실 옮김

407·408·409·410 **사기 열전** 사마천 · 김원중 옮김 서울대 권장도서 100선

411 **이상 시 전집** 이상 · 권영민 책임 편집

412 **어둠 속의 사건** 발자크 · 이동렬 옮김

413 **태평천하** 채만식 · 권영민 책임 편집

414·415 **노스트로모** 콘래드 · 이미애 옮김

416·417 **제르미날** 졸라 · 강충권 옮김

418 **명인** 가와바타 야스나리 · 유숙자 옮김 노벨 문학상 수상 작가

419 **핀처 마틴** 골딩 · 백지민 옮김 노벨 문학상 수상 작가

420 **사라진 · 샤베르 대령** 발자크 · 선영아 옮김

421 **빅 서** 케루악 · 김재성 옮김

422 **코뿔소** 이오네스코 · 박형섭 옮김

423 **블랙박스** 오즈 · 윤성덕, 김영화 옮김

세계문학전집은 계속 간행됩니다.